小球大乾坤

朱国顺　李宁　主编

红双喜

辉煌六十年

小球大乾坤

二〇一九年四月

邓亚萍

精益求精
日新月异
创新名牌
喜上加喜

为上海红双喜题
二〇〇二年十月 邹家华

《小球大乾坤》编委会

主 编
朱国顺　李　宁

副主编
阎小娴　楼世和

执行主编
李天扬

编委会成员
（按姓氏笔画为序）

朱国顺　李天扬　李　宁　徐利刚
章建华　阎小娴　楼世和　管亚松

采写记者
（按姓氏笔画为序）

厉苒苒　华心怡　孙佳音　李元春　吴南瑶
沈琦华　陆玮鑫　金　雷　陶邢莹

序

　　小小的乒乓球，被称为中国"国球"。因为她是中国人夺得世界冠军最多的项目，成为中国竞技体育和中国力量的象征；因为她在中国如此普及，如此大众，人人都可以挥上一拍，人人都可以谈论一番；因为她是中国与世界交流的一张名片，是纽带和桥梁。

　　从1959年容国团为中国首夺世界冠军到2019年匈牙利世乒赛为止，中国拥有115位乒乓球世界冠军。这些世界冠军，是每个年代的风云人物。容国团、徐寅生、李富荣、蔡振华、刘国梁是中国乒乓的领军人物，也在世界乒坛上举足轻重，他们有着多重乒乓角色：运动员、教练、协会领导人，担任每个角色时，他们都如同打乒乓球一样，全力以赴，勇攀高峰。他们既代表了中国乒乓的高度，也是世界乒乓的风向标。他们的风采、故事、智慧，为人津津乐道，影响着一代又一代的年轻人。他们和中国乒乓一道，在世界上受人尊敬，世界乒乓因此而不断进行规则、技术和竞赛的创新。

　　有人说，打乒乓的都是聪明人；也有人说，思考乒乓如同思考人生。乒乓好像一门哲学，徐寅生的《如何打好乒乓球》的讲话就被毛泽东赞赏"充满了辩证唯物论"，一切从零开始，是不是世界发展的恒定规律？毛泽东、周恩来喜爱打乒乓，也在打乒乓时思考问题。中美建交，小球推动了大球。2015年，中国国家元首访问美国，向林肯中学捐赠的就是乒乓装备。不在球场上，我们可以在各种外交场合或者重要活动中找到乒乓的身影，中国与亚洲、欧洲、美洲、非洲的交往和融合，不仅仅是政府、协会层面，在民间也是如火如荼。国际乒联是目前会员最多的国际单项体育组织，可以想见"乒乓大家庭"之大，影响力之广。

中国乒乓球的强大，不仅仅是国球永远拿金牌，更是中国乒乓拥有不断调整、提升自己的能力，面对任何挑战都能从容应对。中国乒乓球的强大，是运动员和教练员拼搏的结晶，是乒乓运动管理者智慧的体现，也是深厚的群众基础、后备专业力量的贡献；中国乒乓球的强大，也是无数个与之相关的服务保障、器材研发、运动推广力量共生的结果。

谈到乒乓，必然谈到红双喜，提及红双喜，必然联想到乒乓。作为乒乓大家庭中必不可少的成员，红双喜由中国乒乓催生，伴随中国乒乓的强大走向世界舞台，又成为世界乒乓的一支重要力量，无论是乒乓器材的国际标准制定，还是世界乒乓顶级赛事，或者乒乓的全球普及推广，红双喜都有一席之地。

百年制造，六十载品牌。1959年容国团夺冠后，在北京世乒赛上使用中国器材成为一种期待，进而诞生了符合国际标准的红双喜品牌全套乒乓器材，"红双喜"这个喜庆的名字，还是由周恩来亲自命名的。如果一直向前追溯1927年，红双喜的前身在上海生产出可用于比赛的乒乓球，红双喜的乒乓制造历史接近百年。

2019年，既是中国乒乓首冠60周年，也是红双喜品牌诞生60周年。改革开放之前，红双喜从无到有，成为具备国际标准的品牌，经历40多年的改革开放之后，红双喜由弱到强，成为世界领先的乒乓品牌；现在，红双喜又从乒羽小球跨度到大球项目，发展举重项目。红双喜的发展史，有着中国乒乓的发展背景和缩影，也是中国运动品牌发展的一面镜子，凝结红双喜百年历史中每一代员工的汗水。红双喜的发展和创新，得到各个时代乒乓运动员、教练、领队、中国乒协、乒羽中心、国家体育总局、各省市乒乓队、训练基地、国际乒联、裁判员、乒乓文化传播人、资深球迷的关注、指点和帮助。

乒乓星光璀璨，限于篇幅，本书选取60篇人物故事，讲述了他们精彩的人生经历和故事。小球大乾坤，本书力求多角度、多方位展现乒乓的魅力、运动的魅力和这些人物的个人传奇，展现他们与红双喜的故事。

本书编委会

目录

徐寅生	情与智的思辨　国与球的牵挂	1
李富荣	我这辈子，就是好胜	8
杨树安	站位高，走得远	14
蔡振华	居安思危　"严"字当头	19
刘国梁	当教练也要拿所有冠军	27
张燮林	"点石成金"的魔术师	35
雷　军	解开中国乒乓长盛不衰密码	42
刘凤岩	甘做体坛"救火队长"	47
柳　屹	跑好中国乒乓外交这一棒	52
王励勤	乒坛"常青树"的秘诀	57
张　雷	要想赢球，先学会输球	62
秦志戬	"精雕细琢"出马龙	66
程嘉炎	一副扑克排出乒乓对阵图	71
姚振绪	我是一个乒乓爱好者、痴迷者、享用者	76
陆元盛	既是恩师，又似慈父	81
沈积长	他为国球默默奉献	89
黄　飚	国乒的"心理大师"	93
梁友能	徒弟都比我有名	100
许绍发	倒逼出来的球拍革新	104
李光祖	"海外兵团主席"一生不离国球	108

曹燕华	我的人生，没有遗憾	113
张德英	一块胶皮都化了的红双喜	119
邓亚萍	走别人没走过的路	123
乔　红	"乒乓女皇"边上的温柔绿叶	132
王　涛	从"开门黑"到"满堂彩"	138
吕　林	他和搭档吹响"王者归来"号角	143
丁　松	天边一颗孤傲的星	148
孔令辉	一千块海绵，选一块	154
王　楠	我是个喜欢较劲的人	160
刘国正	他有一颗"大心脏"	169
王　皓	挂在天花板上的那颗乒乓球	174
马　龙	我是中国制造	180
丁　宁	被红双喜引入乒乓世界	187
樊振东	从"小胖"到"东哥"	192

托马斯·维克特	推广"在中国制造"	197
施之皓	"要对球好一点儿"	204
斯蒂夫·丹顿	"中国通"CEO	209
保罗·舒尔茨	结婚礼物是红双喜乒乓球	214

沙海林	我的红双喜情结	220
张学兵	从红双喜开始的工作人生	224
滕俊杰	乒乓伴我行	228
阎小娴	乒乓朋友圈	234
曹剑杰	我参加了红双喜"护牌行动"	238
陈一平	我与红双喜的不解之缘	242

孙麒麟	把世界冠军培养成大学生	248
夏　娃	红双喜的"家宴"	252
顾寇凤	"中国第一"女裁判	257

李　宁	从世界冠军到董事长	262
王顺林	研究红双喜上海品牌的时代特性	267
李洪洲	掌管乒乓球产量的大管家	275
陈德凤	忆红双喜的第一个黄金时代	279
黄勇武	我是"企业创新"倡导者	285
刘　蓉	人心齐了才能干好事业	292
楼世和	红双喜如何成为行业领跑者	295
章建华	"特派员"的乒乓情缘	304
北冈功、邵博云	尼塔库和红双喜做到了双赢	309
王少民	创新是红双喜成功的基础	314
庄汉杰	"小球推动大球"的见证者	319
李良熹、杨熙春	画出"彩虹"掀"狂飙"	324
张青海、吴明元、刘幕国	人生因红双喜而精彩	331

附录一	中国乒乓球世界冠军名录	339
附录二	中国乒乓·红双喜·辉煌六十年	353

后　记		楼世和　383

情与智的思辨
国与球的牵挂

徐寅生 中国乒乓运动奠基人之一，国际乒联终身名誉主席，国家体委原副主任、中国乒协原主席、国际乒联原主席。当运动员时就被誉为"智多星"，曾四次获得世界冠军，在中国队首夺男团冠军的那场中日决赛中，对阵星野展弥时扣杀"十二大板"成为世乒赛历史上的不朽经典。1964年他在女队介绍经验的讲话，得到了毛泽东主席的高度赞扬，并亲笔批示，号召全国学习《如何打好乒乓球》一文。他不仅是中国乒乓保持世界领先的领导者，1995年当选国际乒联主席之后，又积极推动乒乓球从小球变成大球，为世界乒乓大家庭的融合和发展做出了巨大的贡献。

运动员时代，他留下"十二大板"的乒坛佳话；放下球拍，他以总教练身份率国乒重夺斯韦思林杯，并亲历"乒乓外交"的历史一刻；执掌国际乒联，他转型为顶层设计者，用"小球改大球"的创新提议，助乒乓球运动焕发新生。他就是徐寅生，一段银球传奇，一位乒坛智者。围绕乒乓球的改革与发展，他时时刻刻都在思考在实践……

"十二大板"是精神传承

打球时徐寅生就是个爱动脑筋的运动员，善于钻研对手，汲取经验。1961年在北京举行的第26届世乒赛男团决赛，他与日本选手星野展弥的"十二大板"佳话，实质是每球必争，见招拆招。当时中国队大比分1比2落后日本队，男团第四场的决胜局，徐寅生20比18拿到两个局点，下一分的争夺，他接发球抢攻，星野退守放起高球，一个近台一个远台，两人你来我往，斗智斗勇。待到星野放来第11个高球，徐寅生猛扣对方中路，迫使对手犹豫中动作变形，回球出界。中国队因此上演精彩逆转，第一次举起斯韦思林杯。

回顾这段球员生涯的巅峰之作，徐寅生把功劳归于国乒这个集体："王传耀说过，关键时刻日本选手惯用两招：一是落后时发球猛攻，利用对手求稳心理搏杀；二是防守时故意放高球，引起对手思想波动，出现失误。"徐寅生总结，老将毫无保留地传授，小将虚心努力地学习，是国乒传承至今的宝贵财富。1965年在南斯拉夫进行的第28届世乒赛，国乒卫冕男团冠军，第三次捧起斯韦思林杯后，徐寅生写下《赞战友》一文，发表于新华社等国内各大媒体。文中，他满怀激情，将一同奋斗的国手李富荣、庄则栋、张燮林、周兰荪等逐个颂扬，"我心里想的是写全队，写国乒这个可爱的集体"。

唯物辩证思想"放火"

不光钻研对手，徐寅生也爱钻研自己。1964年国庆节前，他应邀与国乒女队分享经验。徐寅生称自己是去女队"放火"，"豁出去了""讲得兴起，准备了满满一缸子的茶水，一口都没顾上喝"。通过剖析自己从事乒乓球运动的得失，从技术到心理，斗志到觉悟，个人到集体，结合观察到的女队实际情况，他留下的是珠玑诤言。

两个多小时的讲话，闪耀着一个普通运动员对待事业、看待人生的辩证思想的光芒，体现了一名青年努力学习、时刻自省的宝贵精神。时任国家体委主任的贺龙元帅为这篇名为《如何打好乒乓球》的讲话稿做批语，并呈送国家领导人。不久，《人民日报》刊发讲话稿，掀起学习唯物辩证法的热潮。

徐寅生放的这把火，点燃了国乒女队突破历史的希望。1965年4月的第28届世乒赛，中国女队在卢布尔雅那扳倒"四连冠"日本女队，首度登上团体冠军宝座。女双决赛中，林慧卿、郑敏之击败日本选手，第一次为中国捧回波普杯。

激将法开启国乒改革

1970年起出任国乒首任总教练，徐寅生对乒乓球技术的思考和改革更多了实践空间。第31届世乒赛，欧洲选手弧圈球结合快攻的打法兴起，国乒无缘男单冠军，徐寅生意识到，乒乓球运动正朝着一个新的高度发展。国乒的直拍快攻如何适应新形势？颇有争论。作为总教练，徐寅生坚持：必须速度结合旋转，向"快、准、狠、变、转"的方向发展。

谁来带头实践技术改革？徐寅生想到了郗恩庭。但大郗是世乒赛男单季军，正胶打了十来年，技术成熟，改反胶的话风险大，怎会轻易答应？1971年底，中国队访欧期间，郗恩庭先后输给对手，火车上，徐寅生使用了激将法。讨论技术时，他装作不感兴趣地跟大郗说："算了，反胶再好，你这辈子也不会改了。"这句话倒让正在思考自身技术不足的郗恩庭动了心："我回去试试。"徐寅生趁热打铁："光试不行，要下决心改到底。"大郗横了横心："改就改。"

经过一年多的艰苦训练，直板反胶快攻打法的郗恩庭出现在第32届世乒赛男单赛场。这个技术类型的选手参加世界大赛，国乒历史上是头一回。男单决赛，面对老对手、上届世乒赛淘汰自己的瑞典名将本格森，大郗报了一箭之仇。圣·勃莱德杯重回国乒怀抱，意味着徐寅生推行的技术创新，为国乒改革提供了有益启示。

亲历中美"乒乓外交"

身为国乒教练，徐寅生也亲身感受到小小银球推动历史的巨大力量。

受当时政治局势影响，中国队相继缺席1967年和1969年两届世乒赛，1971年，第31届世乒赛在日本名古屋举行，时隔六年，徐寅生以教练员身份率国乒重返世界乒坛，后来发生的一切，他坦言超出自己的预期。

"当时训练完乘车转场，美国选手科恩错上了我们的车。庄则栋见没人与他打招呼，想到周恩来总理提出的'友谊第一，比赛第二'的参赛目标，主动过去与他交流，还送了他纪念品。"徐寅生回忆。一个意外，一次偶遇，两国运动员的友好交往成为新闻，也让密切关注国乒动态的国家领导人看到推动中美关系的机遇。

世乒赛即将收尾时，国家领导人做出邀请美国乒乓球队访华的决定。1971年4月10日，美国代表团从香港入境，先后访问广州、上海和北京，新中国迎来首批美国客人。乒乓球冲破藩篱，掀开中美民间交往新篇章，为两国和平外交实现"破冰"。"小球转动大球，这是历史的机遇。"徐寅生说，由"乒乓外交"，中国乒乓人更加深刻地感受到肩负的历史使命，将中美两国的乒乓友谊代代相传。

2毫米的顶层设计

从国乒男团首次捧杯,到"乒乓外交"小球推动大球,徐寅生经历了从运动员、教练员、国家体委副主任到中国乒协主席、国际乒联主席一系列身份的转变,他始终把自己定位为"搞专业的",时刻思考并实践着乒乓球运动的革新与发展。

徐寅生至今都记得很清楚,参加了1996年亚特兰大奥运会期间召开的国际乒联会议后,他给红双喜副总经理楼世和拨去长途电话。当时上海是晚上,这个时间去电话,徐寅生说笑:"他们(楼世和)最怕晚上接到电话,怕出事。"红双喜的厂区之前发生过火灾,这事在公司领导心里还有阴影。但这个电话,徐寅生必须打。这是关系到乒乓球运动和中国乒乓未来的大计。

小小的乒乓球,转出多变的乒坛政治。这次会议前,关于乒乓球改革的争论风雨欲来。有一种舆论是:不能中国一家独大,这样没法扩大市场。事实上乒乓球并没有身处危机,奥运会的乒乓球赛,球票卖得很快。身为国际乒联主席,徐寅生则有自己的判断:乒乓球不能一拍打死,需要让比赛更好看、更精彩。那如何调整?有提议抬高球网的,有提议扩大球台的,甚至还有提议禁止反贴海绵球拍让旋转消失……这样争下去,真要乱了套。

之前去日本参加活动,当地中老年乒乓球爱好者给了徐寅生启发,"他们打的是44毫米(直径)的大球,比起38毫米的球,速度慢,旋转弱,适合年龄大的"。职业比赛的用球,是不是从40毫米改起?他的提议得到拥护。

干了一辈子乒乓,从运动员做到国际乒联官员再到主席,徐寅生感觉到,这是不可逆转的发展方向,降低球速,增加回合,提高观赏性,乒乓球才能吸引更多的国家和运动员参与,成为奥运会最受欢迎的项目之一。新官上任三把火。徐寅生这第一把火,小球改大球,就点燃了乒乓球改革的火苗。

"国际乒联正式提出改大球,但具体怎么改,莫衷一是。"徐寅生清楚,说是一回事,做是另一回事。小球改大球,要资金,要设备,要试产……在没有官方任何承诺的情况下，谁肯冒着做冤大头的风险，先揽下这活儿？国外的乒乓球器材企业，听说了这事，没有一个动起来，都驻足观望。有企业表示，这一改要动40多道工序，投入是天文数字。

会议结束的当晚，身在美国亚特兰大的徐寅生，拨通了万里之外红双喜副总经理楼世和的电话。电话里，徐寅生把小球改大球的初衷解释了一下，然后告诉听筒那头，球须先改起来，而且得快，新球试用后再做决定。时任奥运会中国代表团副团长的是李富荣，他也就此事给红双喜公司打了电话。

"当时楼总回复我：ّ让我和黄总（黄勇武总经理）合计一下。'"徐寅生回忆，很快，他就接到楼世和的回电，楼世和说："小球改大球，我们红双喜来做。"

2毫米的前行，开创国际乒坛的新纪元。为了这毫厘间的改进，红双喜投入了全新的模具，全新的生产线，徐寅生补充一条："凝结了红双喜工人师傅的智慧。"

40毫米大球很快从红双喜的工厂下线。中国乒协给国际乒联及不少协会送球，让他们试打，接着又在苏州办了一个大球邀请赛，请来马琳和白俄罗斯的萨姆索诺夫等中外好手参加。比赛期间，科研人员现场测试，媒体采访运动员及观众，了解他们使用大球的反馈。夺得冠军的萨姆索诺夫赛后对大球大加赞赏。印着红双喜商标的乒乓球又一次在乒坛引领话题。

徐寅生实地考察，"在现场看，确实比赛回合增多，精彩球不少，各方面反映良好"。直径增加2毫米后，大球速度下降13%，旋转减弱21%。之后，欧洲人在丹麦也搞了个大球邀请赛，大球得到乒坛认可。徐寅生卸任国际乒联主席后，接任的沙拉拉继续推进大球改革。

2000年悉尼奥运会后的扬州世界杯，红双喜的40毫米大球首次正式启用。国际乒坛的大球时代拉开帷幕。这是中国企业制定的标准第一次被国际单项赛事的最高组织机构确认为国际标准，红双喜由此成为制定国际标准的一流企业，在国际市场上争得领先位置。"其他国家的企业也生产40毫米大球，后来,他们都按红双喜的标准投产。"徐寅生回忆。

　　大球改革是成功的,比赛的观赏性有了明显提高,2015年乒超上海队与四川队的比赛,许昕与朱霖峰上演42板对攻引发乒坛震动,用大球也是其中一个原因。当年改做大球,除了模具和加工的投入,还要面对之前小球巨大的库存压力,作为一家企业的老总不得不考虑这些问题,但红双喜丝毫没有踟蹰。回顾昔日2毫米努力的背后,徐寅生感慨黄勇武和楼世和两位企业家的魄力和能力,"他们说只要是中国乒协的提议,为了乒乓球运动的发展,红双喜一定全力以赴。这让我深受感动"。

(金　雷)

我这辈子，就是好胜

李富荣 中国乒乓运动奠基人之一，亚乒联终身名誉主席，国家体育总局原副局长、中国奥委会原副主席。运动员时代他有"美男子加轰炸机"之称，曾4次获得世界冠军，连续3次闯进世乒赛男单决赛；作为总教练，他率队在1981年第36届世乒赛上史无前例地包揽了7项冠军；从1984年到2004年，他6次担任中国体育代表团副团长，率团在奥运会上争金夺银。

每天早起出门买菜、回家喝茶，然后运动一小时，跑步机、椭圆机、自行车轮换着练，下午打牌，晚上看电视，周末和儿孙们在一起，有空还会和老伴一起出门旅游。这是一位77岁退休老人的生活日常，看起来再寻常不过。

但坐在他家客厅，晒着太阳，吃着橘子，嘻嘻哈哈闲聊时，你又会觉出这位老人的不寻常。不寻常，是因为客厅四周散落的大大小小的照片和勋章，仿佛在诉说李富荣的体育人生：5次作为男团主力参加世乒赛，风华正茂；率军包揽世乒赛7项冠军，空前绝后；6次带队参加夏季奥运会，中国运动员所取得的一大半金牌都跟他有关系。不寻常，是因为李富荣几乎从一个胜利走向下一个胜利，不曾失败过、迷茫过、退缩过。

不过，这一切的开始，是一块再普通不过的乒乓球板，"小摊上买的，一块五毛钱"。

还给球板缝了布套

运动员时代的李富荣，15岁进入上海体育宫业余体校进行乒乓球训练，16岁便入选上海乒乓球队，同年被选入国家青年队集训。也就说是，在一年里他实现了业余体校、上海队、国家队的"三级跳"——不用说，他天赋极好。但李富荣却说，主要是因为他对乒乓球的"酷爱"，"一般的兴趣还真不行"。

聊起"酷爱"，李富荣兴致很高。他还记得小学时候的乒乓启蒙老师叫黄志钧；记得为了打球，中学时候自己转学去了市三初级中学，每天午饭扒拉一口才好省出时间来练球；记得陆耀老师叫他去考业余体校，考上后隔天下午训练，"我妈妈一开始是反对的，她觉得打球难成才，尤其是训练以后吃得也多，鞋子坏得还快，但我喜欢呀"。青春少年的热爱，仿佛就在眼前。

李富荣最记得自己的第一块乒乓板："那时候真不敢想买什么红双喜。我哥哥在玻璃厂当工人，每个星期给我五毛钱，我省了三个星期，揣着一块五，到摊头上买一块球板。那个海绵啊，跟银行里点钞票的海绵差不多软。"尽管如此，李富荣对这块乒乓板还是很宝贝，特地找出家里的黑色绒布，自己给球板缝了一个套子，每天欣欣然地背着，从新闸路走路去体育宫训练，"那时候没钱坐车，但训练我风雨无阻的，明天考试，今天该训练我还是要去训练的"。

跟容国团同屋三年

就这样，凭借天赋和努力，李富荣在1958年被傅其芳选入国家青年队，"11月我跟杨瑞华、徐寅生一起到北京，他们是国家队，我是青年队。1960年，'108将'就并在一起了"。那一年，国家体委举全国之力，选调了全国的108位乒乓球运动员到京，集中备战将在北京举行的第26届世界乒乓球锦标赛。分配宿舍时，李富荣被安排跟比他大五岁的容国团住一间。"当时对他很崇拜，跟他住一间，一进房间，我就树立好目标，也要做世界冠军。"

1959年，第25届世乒赛在联邦德国多特蒙德举行，容国团夺得男单冠军，为中国夺得世界体育比赛的第一个世界冠军，举国振奋。以实际行动向偶像致敬，李富荣每一天都在刻苦训练，"消耗很大，我记得我有一顿吃了八个鸡蛋"。他还记得那年夏天，每天训练不仅要湿透衣服，还会湿透鞋子，"那时候的回力球鞋，里面叽咕叽咕都是汗水"。有趣的是，因为崇拜，连容国团"穿剩下"的皮鞋李富荣也欢喜地买下了，"他三块钱处理了，卖给我，我就喜滋滋买了。穿了他的鞋，心里挺美的，哈哈"。

"我们一起住了三年。"这三年里，李富荣成长为中国乒乓球男队的绝对主力；这三年里，李富荣成了世界冠军。1961年第26届世乒赛，19岁的李富荣赢得了男团冠军、男单亚军、混双亚军和男双季军。

大多队员都怕"轰炸机"

作为运动员，李富荣先后参加过五届世乒赛，是四次男团冠军队的主力成员，但在国际乒坛，"美男子加轰炸机"的雅号或许要更出名些。说美男子，是因为他仪表堂堂、风度翩翩。夫人张予懿印象最深的是刚认识他不久时，发现他的裤线总是笔直的，"那时候，生活条件不好，也没有电熨斗什么的，原来是他每天睡觉前都要把裤子放到枕头下面压平，第二天永远是'笔管条直'"。1965年在南斯拉夫举行的第28届世乒赛过去一个多月，还有女孩子跑到大使馆想要见"美男子"。

说轰炸机，是因为李富荣打球攻势凌厉、作风勇猛。做运动员如此，做教练更是严格，"几乎没有队员不怕我"。眼前的李富荣爽朗里甚至带着几分和蔼，但连爱徒蔡振华都说："那时候我们都怕他，离老远看见他面对面走过来的时候，宁可绕着走。"李富荣最不苟言笑，叫队员害怕的，是1979年兵败朝鲜之后。当年中国男乒意外地失掉了团体、单打、双打冠军，只拿到了一个混双冠军，压力和懊丧之下，"两个星期，皮带足足松掉两格"。回国之后，不服输的李富荣把匈牙利夺冠的照片贴在训练日记上，天天看着，激励着自己和队员卧薪尝胆。

所有亲历过1979年和1980年中国乒乓球队冬训的人，可能一生都不会忘记在那两个寒冷的冬天里，自己的体能极限和意志品质受到的挑战。"那时候是练得挺狠，每天清晨6点出操，先跑五圈，2000米，然后是一小时以发球为主的技术训练；吃完早餐，上午技术训练两个半小时，还要加一小时的身体训练；下午又是三小时的技术训练，加多球；晚上基本上每天都开会……"李富荣一口气说完，叫人几乎来不及记全。但他哈哈笑着说，自己从严治军，也"身先士卒"，"谁都不喜欢跑步，有些队员还有逆反心理，我就每天带着他们一起跑"。所有的付出，都不会白费。两年后，第36届世乒赛上中国队打出漂亮的翻身仗，囊括7项锦标并包揽5个单项的冠亚军，不仅空前，而且绝后。当年的小将蔡振华说，两年看不到他笑，打赢了，终于看到李指导开心的笑容了。

稍微熟悉中国体育圈的人都知道，徐寅生和李富荣两位老领导也是老搭档，共事近50年，默契、和谐、有爱心，从没红过脸。不过徐寅生却也说，自己打球，队里除了长胶怪板的张燮林，最最"讨厌"李富荣，"揪心，烦。他在场上死缠烂打，再狼狈，他也一分一分跟你咬，咬得你头皮都发痒，最后即便你把他赢了，他还是不服"。这次与李富荣"当面对质"，他笑着承认说："反正不管输赢，要跟他拼到底。"

哪怕退休多年，李富荣争强好胜的性格一点儿也没改，凡事只要能分出输赢，他都想赢。现在要是出门玩球、下棋没有赢，他还会虎着脸回家来。在家和俩儿子"斗地主"，也要赢。他哈哈地笑着，说自己"反正这辈子好胜，改不了啦"。但或许正是这份改不了的好胜心，让他从小李到老李，从一名卓越的运动员到一名优秀的教练员，再到一名成功的体育官员，让他在竞技体育的世界里，顽强、拼搏、永不服输，赢了一次又一次，赢下荣誉，也赢得对手的尊重。

心系国球伙伴红双喜

也是在那一年，李富荣开始担任国家体委训练局副局长，并逐渐走上领导岗位。从1984年到2004年，李富荣六次担任中国奥运代表团副团长，一直位居中国竞技体育的决策层，他主管训练、比赛和反兴奋剂工作。在他主管的项目里，乒乓球是本行，羽毛球算触类旁通，其他的就都算不得纯粹内行，但他总是能在关键时刻，凭借自己多年的运动生涯和对于竞技体育规律的深刻理解，做出正确的决策。

尤其作为训练局局长的李富荣，大胆为中国一批优势项目选择"少帅"：乒乓球男队主教练蔡振华、羽毛球队副总教练李永波、体操队副总教练黄玉斌，他们挑起重担时平均年龄是32岁；数年后，周继红出任中国跳水队领队，时年32岁。"巧合，纯属巧合。"李富荣这样说，因为他入主中国男队时也是32岁。但有一些影响和关联一定不是巧合，比如李富荣担任过12年中国羽协主席，他对这项运动的影响力甚至在一定程度上超过了时任主教练的李永波，羽毛球队那些年颇有几位"美男子加轰炸机"式的运动员，他们俊朗的外形、出众的球技、昂扬的斗志，会叫人想起球桌边的李富荣。

  不过，李富荣心里最牵挂的还是乒乓球。比如，亚特兰大奥运会时，他作为总局训练局局长带队在前方指挥，激战正酣，但当时乒乓球也正面临"小球改大球"的关口，李富荣百忙之中主动打电话给红双喜总经理楼世和，"问长问短"，帮着企业一起分析利弊。聊及此，他说："我不是帮一个企业，我是帮中国乒乓。红双喜，是一个很难得的品牌，可以说这60年来，他们跟中国乒乓同生共长。是他们一次次为我们提供先进武器，在和平年代，才帮我们打下了那么多胜仗。"李富荣回忆道，他不仅记得20世纪80年代红双喜把上海的矮脚青菜和冬笋"背来"北京，分给国家队里的上海籍教练员、运动员，更记得每一次在队伍最需要甚至最危急的关头，红双喜给予中国乒乓球队的无条件支持，"好几次国际大赛，临上飞机，他们还在帮忙调整球拍和胶皮。所以我们不是客户，是伙伴，是一起征战世界的搭档"。

（孙佳音）

站位高，走得远

杨树安 北京冬奥会组委会副主席，第13届全国人大教育科学文化卫生委员会副主任委员，国家体育总局原副局长，曾任北京奥运会组委会副主席。他在担任国家体育总局乒羽中心主任、国际乒联副主席期间，为中国乒乓球在国际上争取话语权做出了突出贡献。

"红双喜是中国乒乓球运动发展的一个不二的伙伴,一个亲密无间的伙伴。"杨树安开门见山地说。这个名字,对普通球迷来说或许并非熟悉,但其实杨树安从1992年起,历任国家体委训练竞赛二司副司长、国家体育总局乒乓球羽毛球运动管理中心主任、国家体育总局竞技体育司司长、国家体育总局党组成员、局长助理、副局长,也是第29届奥林匹克运动会组织委员会副主席,可以说见证了也陪伴了近30年来国球的一次次改革、创新、振兴和辉煌。

在国家体育总局的一间办公室里,从繁忙的北京冬奥会筹备和全国人大工作中挤出时间来的杨树安接受了采访,他对红双喜很了解,也很有感情,他说:"上海的红双喜,是全国的红双喜,也是全世界的红双喜。因为它始终是很有思想性和前瞻性,也很会抓住机遇的一个很好的企业。"

走在前沿

"如果说中国的乒乓球运动是我们国家体育界最早走向世界、走向国际舞台的一项运动,也是最早为国家争光的这样一个运动项目,那么从一个企业来讲,红双喜也是比较早地走向世界,走向国际舞台的(1961年第26届北京世乒赛)。在长期的发展过程中,是红双喜一次次站在行业前沿,发挥自身的优势,才充分抓住了机遇。"杨树安特别以小球改大球前后举例说,"当时日本在国际乒乓市场更加具有话语权,日本提出要改成44毫米,其实他们对这项运动竞技的特点认识不清楚,把握不准确。但红双喜在研究这个问题的时候,紧紧地抓住乒乓球内在的规律,去思考、去研究、去做定量实验。"他还特别补充说,不仅定量实验是在没有国家资助的情况下,由企业自主自发完成的,"红双喜还适时地组织了大球的国际邀请赛,请世界上最优秀的运动员来苏州,企业负责出面、出资来组织这样的友好邀请赛,是气魄,也有胆识"。作为一个主管领导,也作为红双喜的亲密伙伴,杨树安乐见其成,他说虽然当时办比赛是一笔不小的开支,"但红双喜成功地把40毫米球的理念讲给大家听,让运动员、裁判员在实践中去感受它。回头看，这笔钱花得值"。很快，大球时代开启，红双喜40毫米乒乓球标准被国际乒联确定为国际标准。当年红双喜三星乒乓球产量突破1000万只；5年后，红双喜乒乓球在世界顶级赛事中的应用比例高达70%，占全球市场份额的近6成。

注重细节

又经过多年努力，红双喜的乒乓器材可以说在世界舞台独树一帜，乒乓球、球台、套胶、底板都具有领先国际的设计理念、研发能力和制作工艺，自悉尼奥运会起也连续多次成为夏季奥运会的官方器材供应商。2008年北京奥运会，红双喜还成为中国军团另两大优势项目——羽毛球、举重比赛的指定器材供应商。"羽毛球呢，世界上几乎所有赛事使用的都是尤尼克斯等品牌的球拍（后来有李宁牌），但红双喜很有战略头脑。"杨树安介绍说，当境内外的体育器材商都把注意力集中在球和球拍上的时候，便或多或少忽略了一些细节，"红双喜又敏锐地抓住了这样的一个机遇，它很注重细节。比如说短短几个月内开发了可升降的裁判椅。比如说羽毛球，过去都是裁判员从球筒里往外去拿，有的时候拿不到、拿不出来，有时候一次拿出来俩。红双喜就开发了一个可以光控的出球器，羽毛球可以自动出球，裁判员方便了，比赛也流畅了。红双喜从这些细节入手，扎扎实实地去做提升，从而去赢得自己的市场，扩大自己品牌的影响力"。在杨树安看来，红双喜的举重器材，不仅仅胜在色彩和美观度，"更重要的是，他们特别注意到杠铃杆的弹性、表面的摩擦系数等，这些细节，最终打动了国际体育组织的领导人"。

大局为重

主管、分管乒乓球多年，杨树安说，如果要总结中国乒乓数十年长盛不衰的经验，给其他运动项目一点儿借鉴，那便是以大局为重，"徐寅生同志讲得好，他说中国乒乓球队的每一个人都为这个集体做出了自己的贡献，但是任何一个人，如果你离开中国乒乓球这个集体，你将一事无成。我一直把他的这句话记在心里面"。如果要总结红双喜多年的发展，也给其他运动器材生产企业一点儿分享，那还是以大局为重，"它不仅仅是考虑企业自己的一片小天地，而是充分地考虑大局，从国家的大局来考虑，从整个项目发展的大局来考虑"。

杨树安回想说，虽然徐寅生、李富荣、蔡振华，每一任主教练的风格和个性全然不同，但大家在一个大集体里面，都是求同存异、团结友爱、协作拼搏的。"最典型的是徐、李两位老领导，从球风到沟通习惯，两个人完全是迥异的，一个慢慢悠悠，不急不忙转脑子，一个特别直爽，连球风都特别狠，但是他们在一起合作这么多年从来没红过脸，都是考虑怎么有利于这个项目的发展。包括派哪个运动员最后出赛，很敏感，也可能有个人情感在里面，但大家最终没有私心，就都是为了这个集体，为了国家利益。"

同样红双喜几十年来，以大局为重。不仅不与国内其他器材生产厂商计较一时一事的得失，还主动帮助中国乒乓球搞好外部团结和邦交。"比如说我们了解到世界五大洲乒乓球运动的发展不平衡，亚非拉还有很多发展中或者欠发达的国家和地区，他们也渴望开展乒乓球运动，但是这些国家和地区自身财力不够，能力也不够，开展不了，希望能有一些支持。"杨树安介绍说，当中国乒协从国际乒联了解到这样的一些信息，给各企业传递这样的一些信息后，红双喜总是率先行动，"把自己的一些产品，球鞋、球板、胶皮打包给对方送去。而且红双喜很聪明，整个过程是公开、透明的，不是说单一地对哪一个国家的乒乓球协会去支持，而是跟非洲的、拉美的、亚洲的乒乓球联盟去协商，由这些地区的组织统一地指定、分配。这样就帮助中国乒协、中国体育，广交朋友"。

如果说乒乓精神是胸怀祖国、放眼世界、为国争光的精神；是发愤图强、自力更生、艰苦奋斗的实干精神；是不屈不挠、勤学苦练、不断钻研、不断创新的精神，那么回望红双喜60年的发展之路，这个企业与中国乒乓事业同生共长，他们汇聚点滴努力，逐渐成为一个国家品牌，而且获得了世界乒乓球爱好者的广泛认可和厚爱。

（孙佳音）

居安思危 "严"字当头

蔡振华 全国总工会副主席，亚乒联盟主席，国家体育总局原副局长、中国乒协原主席。在运动场上他战术多变，勇猛无双，四次获得世界冠军，国际乒联因他改变球拍规则；1989年在中国乒乓陷入低谷时，他放弃国外舒适生活回国执教，带领中国乒乓重返世界之巅，在1995年天津世乒赛上包揽冠军。2009年担任中国乒协主席之后，他积极倡导"国际推广"，促进中国与世界的乒乓文化交流。不管是哪一个角色、哪一个岗位，他都全力以赴，勇于担当。

中华全国总工会副主席办公室里，有一面国旗、一副乒乓球拍，还有一件国乒外套。58岁的蔡振华，回忆起执掌国乒的峥嵘岁月，脸上的表情格外慈祥，和当年在比赛和训练中对运动员劈头盖脸痛斥的样子，天差地别。

他被称作中国乒乓球的"恺撒大帝"，对中国乒乓倾注了满腔热血。走在改革的前列，用发展的眼光来看待乒乓运动规律，谈及国乒的变革、严厉的执教手段，蔡振华无愧于对国乒的拳拳之心，无憾于自己的乒乓生涯。

满腔热血

1961年出生的蔡振华，属牛，有股牛劲。1989年世乒赛男团决赛，中国队以0比5惨败给瑞典队，失掉了保存八年之久的斯韦思林杯，男单、男双和混双冠军均被其他国家夺得，"世界乒坛霸主"尊严扫地，国乒陷入最低谷。紧要关头，国家队一声召唤，蔡振华带着怀有身孕的妻子，从意大利回到了北京，担任国乒男队教练。

此前，蔡振华被公派到意大利队担任主教练，三年半里，将意大利队带至世乒赛团体第7名，将该国的乒乓球水平提升了很大一个档次，被意大利乒乓球界称为"乒乓教父"。彼时的国乒，却跌至低谷，各路人才纷纷流失，赴海外打球。1987年时，蔡振华也曾萌生过这个想法，"我是不是还能继续打球？可能再打几年，一辈子就赚够了"。然而，当1989年目睹国乒陷入低谷时，蔡振华心酸不已："国家队是我们的大树，大树要倒了，我怎么可以不管不顾？"

他说，当时自己的思想很简单，就是一腔热血。在北京，他和妻子没有户口、没有房子，住的地方夏天热、冬天凉，这样的生活条件，和意大利天差地别，但他并没有皱眉头，"乒乓队的生活吸引了我。曾经集体生活的感觉，又回来了，在火车上打牌，在馆里一起训练"。此刻他才意识到，国乒，一直就在他心里。这，就是情结。

在蔡振华的运动员生涯里，唯独没拿过男单世界冠军，他有个心愿："自己带的运动员，有一天要拿到这块金牌。"

重整旗鼓

初回国内，队内士气低落，1991年千叶世乒赛，男团拿到了历史最低的第7名。蔡振华回忆说："当时悲观情绪很重，很多人都哀叹自己生错了年代。因为在那之前中国队是世界强队，中国队主力拿世界冠军很容易。而此时欧洲技术强于中国，以瓦尔德内尔为代表的欧洲力量非常强。"

蔡振华形容那段日子简直是"天灾人祸"。"欧洲乒乓以瑞典为首兴起，无论是训练理念还是技术，全方位超过了中国人。而中国队内部的管理、训练以及心理也出了问题，人才培养跟不上去。"

国乒最艰难的时刻到了，蔡振华并没有气馁。1991年，他成为男乒主教练，一系列的改革措施呼之欲出，这也是国乒重整旗鼓的开始。

1992年王涛/吕林获得奥运会男双冠军，随后刘国梁、丁松、孔令辉等人相继涌现。1995年天津世乒赛，中国队终于在家门口打了一场漂亮的翻身仗。1996年亚特兰大奥运会、2000年悉尼奥运会、2001年大阪世乒赛，中国队囊括了所有冠军。

面对大好形势，蔡振华依然居安思危："从那儿之后，我就在考虑如何保持这种良好的势头。运动规律是客观的，有高潮也有低潮，就跟经济规律一样。如何延长高潮，用充足的人才储备缩短低潮很关键。"

敢用新人

蔡振华很快实现了最初的愿望，培养出了男单世界冠军，在他执教期间，一个接一个男单世界冠军，不断涌现。

用发展的眼光，敢于起用新人、锻炼新人，蔡振华是个先行者，这也是国乒能打翻身仗的一个主要原因。"双子星"刘国梁和孔令辉闪耀世界乒坛，就是蔡振华最杰出的"作品"。

在"双子星"之前，国乒有个不成文的规定，双打组合由一名左手将和一名右手将配。"无论是步伐还是配合，我们首选左右手，这是最合理的配置。"蔡振华说。那么，刘国梁和孔令辉都是右手将，蔡振华为什么让他们两人搭档？

王涛/吕林虽是1992年双打奥运冠军，但蔡振华决定，早早地将新秀刘国梁和孔令辉派到世界赛场上去，"国乒真正的核心是下一代，不再是王涛、吕林、马文革，而是他们。那时候欧洲强，我们翻身就要靠下一代"。

蔡振华的选择没有错，1996年亚特兰大奥运会，刘国梁不仅夺得男双冠军，还成为中国第一位世乒赛、世界杯和奥运会冠军大满贯获得者。从此，"双子星"的名称，家喻户晓。次年，蔡振华正式担任总教练一职，成为国乒掌门人。

严苛竞争

当国乒在世界乒坛实现大包大揽之时，新的问题又出现了，队内人才济济，新人层出不穷，如何分配比赛名额，又如何继续保持霸主地位？"铁帅"蔡振华的理念是，制定一套行之有效的竞争机制，严苛又公平。

通过竞争会产生什么效应？"在奥运会、世乒赛上，当对手喘不了气的时候，我们的队员为什么比他们拥有更强大的心脏？这就源于我们队内的竞争机制，这样的机制要成为国乒的常态。"

2004年雅典奥运会前，国乒教练组为男双名额头疼。孔令辉/王皓在当年的巡回赛中表现抢眼，可以获得一个参赛资格。王励勤/阎森是奥运冠军，理应他们上，但阎森于2003年出了车祸，养伤恢复后功力能达几成，是个未知数。而新人马琳/陈玘潜力无穷。

三选二，以蔡振华为首的教练组，在"阎王"组合和陈马组合之间摇摆。距离报名截止还有一天，蔡振华当即拍板："既然这块奥运金牌必夺，那么首先就在队里一场定生死，谁赢谁上。"

蔡振华如此形容这场比赛，惨烈程度空前绝后。"徐寅生当裁判，吴敬平和施之皓现场指导，李富荣和我观战。运动员间可以商量，发球可以拖延时间，教练员可以随时指导，大家一分一分地打，知根知底，使出浑身解数。"打完之后，所有人都泪流满面，赢的人宣泄感情，输的人遗憾万分，"连我、徐寅生、李富荣以及两个教练也都眼泪汪汪"。蔡振华记忆犹新，当时自己的心脏都快跳出来了，比奥运会还紧张。那场队内赛，马琳/陈玘胜出，并最终站上了雅典奥运会冠军领奖台。

时任央视体育频道总监江和平听说了这事儿，找到蔡振华问："这么好的比赛，怎么不叫我们来直播呢？"从此以后，蔡振华和央视约定，大赛前通过队内比赛竞争名额，由央视播出，这也就是直通赛的前身。

痛骂队员

蔡振华的雷厉风行，众人皆知，队员没少被他"敲过榔头"。

这一点，他并不否认，甚至还自嘲，"以至于队员和教练都把我妖魔化了。当时队里流传一句话，只要蔡振华在，训练馆四楼就安定了，我不在，偷懒的人就多"。他还承认，媒体报道队员在他面前晕倒这件事是真的，他笑着说："走在路上，队员看到我，会从我面前绕道走，相隔100米。"

无论是1995年国乒打了翻身仗，还是之后国乒雄霸天下，蔡振华脑中的弦，从未松过。在外界看来，这是一支金牌之师，但在他看来，队内必须一如既往严格管理。

"队伍中存在的问题太大了，必须重新制定队规。"有人抽烟，有人打麻将,有人早恋,他毫不避讳地对那些冠军一一点名。队规细到抽一根烟罚多少钱,累积起来一包烟要罚好大的数字。这其中,最有名的,当属国乒恋爱风波。谈及此事,蔡振华道出个中原委:"我不是反对谈恋爱,只是波及了二队小队员。当时二队形成了一股风气,女生不谈恋爱就没面子,这是万万要不得的。"于是就有了一批队员被退回省队的新闻。

有一阵子,蔡振华因为压力太大,急得老喷鼻血,去医院却查不出问题。"那是在2001年亚运会期间,队伍出现了问题,输得很惨,我当时想,不能再输了,这种着急的心情都没办法形容。"

回想过去,再看当下,蔡振华承认,自己现在和气了不少。"我现在也常和老教练、老队友吃饭,当初我为了保持公平公正,跟他们刻意保持着距离。"有一次世界冠军联欢会,他上台发言,老冠军们在下面偷偷笑。蔡振华问他们,怎么了?他们说:"想想当初你当运动员时候的样子,和后来你当领导的样子,有意思……"蔡振华乐了:"是啊,我当运动员时也调皮,还是带头的那个。"

感恩在心

伴随着国乒崛起的,还有我国本土乒乓器材商红双喜的崛起。蔡振华指出,国乒之所以能在绝地反击后保持多年的长盛不衰,并非他一个人的功劳,而是源于几代人的努力所打下的基础,以及台前幕后方方面面的支持和保障。

2001年大阪世乒赛期间,蔡振华已经不再担任一线教练了,走上了管理岗位。然而,这届世乒赛,依旧让他热血沸腾,他对尹霄提出:"我想指导男团决赛,以此作为教练员的谢幕战。"还记得上一届的吉隆坡世乒赛团体赛上,国乒男队不可思议地在决赛中以2比3负于瑞典队,这是他执教生涯中一个刻骨铭心的痛,"哪里输的,就要从哪里夺回来"。憋了一股劲的蔡振华,最终带领国乒男队在大阪获得了这枚男团金牌。

庆功宴上，蔡振华请来了红双喜公司的代表，他做出了令众人出乎意料的举动，将这枚金牌挂在了红双喜公司总经理黄勇武的脖子上。"将教练生涯最后一枚金牌献给红双喜，绝不是一时冲动，而是发自内心的感谢。国乒和红双喜之间，早已是相亲相爱的一家人。"

蔡振华认为，国乒同民族品牌红双喜的关系，两者相辅相成。在队内，从20世纪80年代很多人使用进口器材，到如今90%以上的主力使用红双喜的器材，并笑傲国际乒坛，红双喜为乒乓事业的改革和推动做出了巨大的贡献，更为国乒保驾护航。

20世纪90年代，国际乒联不断改革器材和规则，想方设法让乒乓运动更普及，更具有可看性，国际乒乓大家庭更庞大，从另一个侧面也会让所有队伍不断站在同一起跑线，减少中国队的优势。但每次面临变革，蔡振华都胸有成竹，因为国乒的背后，有强大的技术支持，这是其他国家的乒乓队无法比拟的。"我对时任国际乒协主席沙拉拉说过，你改一次，我们中国就更强一次。刘国梁退役了，有王励勤、马琳接上，我们不怕损失一两个，因为我们是一个强大的团队。"

蔡振华告诉记者："沙拉拉他们不知道红双喜为乒乓改革做了多少贡献，做了多少实质性的事情。"比如，球变了，国乒第一时间能拿到红双喜提供的新旧数据对比，教练员学习后再去指导运动员。速度慢了、旋转下降了，红双喜做了大量的定量实验，给教练组研究。更重要的是，红双喜有服务至上的工作理念，帮助国乒队员在训练和比赛中得到"私人订制"。"我们队里从上到下形成一个共识：乒乓球运动的需要，也就是红双喜的需要；国乒的需要，也就是红双喜的需要。"

随着红双喜在国际大赛上成为指定赞助器材，红双喜在改革中推出适用于国际乒乓技术趋势的新产品，以及他们在器材方面研究数据的呈现，使得国乒以及红双喜在国际舞台上，占据了极大的话语权。

高瞻远瞩

当所有人谈到国乒一片赞誉之时，当所有人都认为国乒称霸世界已是常态时，蔡振华又有了更多前瞻性的思考。

2008年北京奥运会上国乒的包揽，本是件欢欣鼓舞之事，但蔡振华有了危机感，"我觉得，国乒继续包揽会产生一些问题，国乒的发展起码后10年到15年都没问题，但欧洲已经不行了。他们会觉得，永远打不过中国了，那么乒乓球在全球范围的普及和发展，势必出现问题"。蔡振华提出一个新思路，下届世乒赛，起码把1~2个项目金牌"让"给其他国家，这样他们才能有发展。

横滨世乒赛前，教练组思来想去，他决定牺牲混双金牌，"那时候我们的配对，全是乱配，也没怎么练过。到最后我急了，怎么打也输不了，金牌还是拿了"。比赛一结束，蔡振华就叫金牌队员写了"检讨"。

"如果国乒一家独大，而国际乒联想要去遏制中国，那么乒乓这条路一定会越走越窄。"蔡振华说，"东京世乒赛混双夺冠这件事，刺激了我，既然'让'不掉冠军，那我们就研究怎么去帮助人家"。

"养狼计划"的概念，横空出世。"其实我不喜欢有些人说的，狼来咬你了。我们的宗旨是，乒乓球的发展中心在中国，让世界上优秀的孩子从小到大，能在中国得到培训。"之后，蔡振华又提出了"中国制造"的概念，在这个交流过程中，中国的乒乓球文化能被外国选手带回本国去发展和普及，我们还同意外国选手来中国参赛，中国派教练去国外指导……

在后来的"第三次创业"中，蔡振华希望将乒乓球打造成世界性运动，价值最大化。唯一的遗憾，是本想将乒超打造成"乒乓NBA"这一商业推广计划，执行得并不是很好。

今天，当蔡振华华丽转身，离开乒乓圈之后，他对于乒乓的牵挂，一直在心底里。

（陶邢莹）

当教练也要拿所有冠军

刘国梁 中国乒协主席。6岁开始打乒乓球，直拍近台快攻打法，是中国第一位集奥运会、世乒赛、世界杯单打冠军于一身的男子大满贯运动员，曾11次获得世界冠军。2003年他开始执教生涯，2013年任国乒总教练，无论是运动员，还是带队管理，刘国梁都足智多谋，追求极致。2016年里约奥运会时，因国乒战绩出众，加上网友封的"不会打球的胖子"的戏称，让这位在亚特兰大奥运会上就包揽双金的体育明星，20年后又在网络上爆红。

中国首个奥运会乒乓球男单冠军、国乒第一位男子大满贯得主、国乒有史以来第一个球员兼教练、中国男乒最年轻的少帅……中国乒协主席刘国梁的头上，戴着数不尽的桂冠。

但督战中的他，常常只套一件简单的T恤，额头上总是大汗淋漓，似乎掩盖了昔日那份辉煌。

每天，刘国梁有无数比赛要看，很多会议要开，思想工作要挨个做，因为国乒承载着国人无尽的期望。

刘国梁常笑言："看来球迷都在为我操心呢。"这种压力和刺激，是他最乐于享受的感觉。自2003年进入国家队教练组，他就给自己定下目标："当教练员，我也要拿所有的冠军。"

打法"落后"的世界冠军

1976年1月10日出生的刘国梁，6岁开始学打球，15岁破格入选国家队。1992年，他就连获亚洲杯和亚锦赛的男团及混双冠军，一举成名。

1989年，江嘉良、陈龙灿等一批正胶选手被欧洲横板弧圈打法击败后，直拍快攻便开始逐渐消失在世界高手之林。就在直拍正胶快攻打法近乎灭绝的时代，刘国梁异军突起。

1994年，18岁的他收获了自己的第一个世界冠军——世界杯男团冠军。不过，这种非时代主流打法由于太过被队友熟悉，导致了刘国梁在内战中，难以逾越孔令辉和王涛这两座大山。1995年天津世乒赛，刘国梁好不容易击败王涛跻身决赛，结果还是败给了好兄弟孔令辉。

1996年亚特兰大奥运会前，刘国梁差点连名都报不上，后来教练组考虑到削球手丁松不太方便搭配双打，最终才决定派刘国梁去。机会只垂青有准备的人，刘国梁竟一举拿下了奥运会男单和男双两枚金牌。同年，再接再厉的刘国梁在世界杯上也登顶了冠军宝座。

多数人眼中的"落后"打法，刘国梁却凭借出色的发球技术，结合新的直拍横打及反面发球技术，使直拍打法获得了新生，他是技术创新的实践者和受益者。这也就不难理解，日后成为国乒掌门人，他给国乒注入了一系列改革。

国人期盼七年的大满贯

世界乒坛第一个大满贯选手是瑞典的瓦尔德内尔。而刘国梁首次为中国男乒捧得大满贯，国人等待了七年。

1996年，载誉归来的刘国梁，还没来得及体味奥运冠军的喜悦，就开始遭遇了一波失利的苦涩。1997年曼彻斯特世乒赛，刘国梁第一轮就被塞尔维亚选手卡拉卡塞维奇淘汰，随后，他接连两年在世界杯上无缘冠军。

1999年，刘国梁才23岁，但外界并不看好他的打法，当初江嘉良也是在23岁之后开始走下坡路的。很多人开始想，刘国梁，是不是不行了？

将自己的耳朵关掉，将注意力全部集中在乒乓球上，刘国梁最终证明了自己。1999年荷兰埃因霍温世乒赛，马琳连克萨姆索诺夫、瓦尔德内尔两大高手，状态好得不可思议。决赛中，刘国梁一度十分被动，先是以1比2的局分落后，好不容易坚持到了决胜局，两人战成19平。最后关头，两人你来我往，直到打到24比22，才分出胜负。刘国梁倒地庆祝，仰天长啸。经过长达七年的等待，中国乒坛终于迎来了第一位男子大满贯选手。

12年间，刘国梁共收获了11个世界冠军。

当教练也要拿遍冠军

带着运动员时代辉煌的战绩，2003年，刘国梁接任男队主教练一职，成了中国男乒最年轻的少帅。彼时，国乒正处于巴黎世乒赛无缘男单决赛的当口，刘国梁临危受命。刘国梁凭什么上得这么快？超一流选手就一定能成为好教练?质疑的声音很多,他自己也有些忐忑。

上任不到100天,马琳在江苏江阴世界杯赛上夺冠,这是刘国梁出任主教练之后获得的第一个冠军。然而,之后雅典奥运会男单丢冠,令他耿耿于怀:"我当教练绝不是为了混口饭吃,而是要当蔡指导那样的'金牌教练',要成为世界上最优秀的教练。北京奥运会,我的目标再明确不过,男单、男双,两块金牌都要拿!"

刘国梁说到做到,2005年11月,中国乒乓队首次公开竞聘男女队主教练,男队主帅一职竟然只有刘国梁一个人报名。压力再大,刘国梁愿意扛。"我们的工作就是这样残酷,所有的付出最后都要通过比赛成绩体现,有的人觉得这样太无情,但我就喜欢这种刺激,当队员我是大满贯,当教练我也要拿所有的冠军。"他享受着争夺冠军的过程。

从2003年上任到2017年卸任总教练的14年时间里,刘国梁率队再获9个奥运冠军、29个世乒赛冠军、25个世界杯冠军以及27个亚锦赛冠军。

重回国乒的"恐怖"男人

2018年10月,"不懂球的胖子"刘国梁重回国乒,这一次,他的头衔变成了中国乒协主席。刘国梁在微博上写下:"陪国乒,战东京,还有666天。"

当时的日媒也沸腾了,他们如此点评:"对想要在东京奥运会上获得乒乓球金牌的日本队来说,那个恐怖的男人回来了。"

新官上任三把火,刘国梁开始对国乒进行大刀阔斧的改革:严惩消极比赛的国乒队员;重新调整教练组,并提拔一系列年轻教练;给教练组下达冠军"必夺令",采取史上最严苛考核标准;设置参谋组、保障组、顾问组等强大的保障团队;将女队员扔进"男队"合练……

管理的手段很狠,但全队的心重新凝聚到了一起。刘国梁重回国乒后的首个大赛,也是东京奥运会前最重要的单项赛——布达佩斯世乒赛上囊括冠军,国乒开了"五金店",那是苦尽甘来的一刻,也是重新集结队伍向东京奥运会进发的一刻。刘国梁感慨万千。

队员眼中的恩师

刘诗雯苦等10年,终于收获世乒赛女单冠军,她第一个要感谢的人,就是刘国梁。马龙在30岁的年纪,成为国乒历史上继庄则栋之后第二个连续三届夺得世乒赛男单冠军的人,他第一个要感谢的人,也是刘国梁。

刘国梁究竟有什么"魔力"?

马龙揭秘了刘国梁给予他的帮助。2019年世乒赛决赛前,刘国梁陪他练了半小时,在马龙看来,刘国梁的发球、接发球、前三板还是很精准的,即便放到现在这个年代,也比较罕见。"刘指导打得又快,咣咣咣几个回合,和他练的时候我能集中全部精力,赛前调动的作用很大。"更令马龙受益的,是刘国梁的开导。"他在语言上太厉害了,他会通过语言帮你减压、激励你。心情不好的话,和他聊完天就舒服了。"马龙甚至指出,"放在过去的年代,他一定是特别好的政委"。

还记得马龙在告别国际赛场八个月后,复出的首场比赛是卡塔尔公开赛,在深圳的最后一夜,刘国梁找他促膝长谈。他提出了三个字:"大师级。""马龙,你要朝着大师级球员的方向前进。"

对每个人因材施教

对每个人因材施教,不只马龙深有感触,其他队员也同样受益匪浅。

许昕在单打失利的情况下,迅速调整状态,最终获得混双冠军,刘国梁颇为满意。因为东京奥运会乒乓球项目,混双是第一块决出的金牌,对后面的比赛起到至关重要的作用。"备战世乒赛前,我就给许昕提出——战略性调整。"

刘国梁告诉记者。

集训期间，刘国梁找来秦志戬，和许昕谈心，"混双项目，是老天赐予你的良机，为你量身定做的"。许昕是男队主力中唯一一个左手直拍选手，无论是混双还是男双，在国际赛场都取得了不俗的成绩。刘国梁给许昕制定了一个新的目标："你的双打是超一流的，要拿自己的强项，去和别人的弱项拼。接下来你的备战重点，要稍稍向混双倾斜。"在深圳，他还邀请了许昕的领导王励勤前来督训，一起讨论许昕的发展方向。

需要做思想工作的，不仅是充满朝气的年轻队员、需要调整方向的队员，还有萌生退意的老将。刘国梁不在国乒的日子里，刘诗雯一度萌生退役的想法，她心灰意冷的时候，刘国梁回归国乒，刘诗雯看到了希望。"无论是马琳指导还是刘主席，他们回归后都在鼓励我，说我还有潜力，让我不要留下遗憾。"

带着最后一搏的勇气，刘诗雯收获两金，刘国梁的眼眶也湿润了，"很多运动员都有这样一个过程，熬了这么多年，她真的令我很感动"。再一次，刘国梁向年轻队员提出，向老将学习。

严苛教训毫不留情

当运动员取得优秀的成绩，刘国梁从不吝惜溢美之词，这是为了给予他们更大的动力。而当运动员在成绩和思想上出现偏差时，刘国梁的批评，字字扎心，毫不留情。

早在"地表最强十二人"直通赛前，刘国梁就给樊振东下了死命令："你要打出全胜的战绩！"樊振东真的做到了。在刘国梁眼里，樊振东应该是马龙的接班人，但他的心态还不够成熟。同樊振东的交流，刘国梁着眼于对他未来的规划。"你要在大赛中让自己真正成熟，不能受外界舆论影响。"因为外界舆论总是将樊振东捧到一个极高的位置，所以刘国梁希望他能学会屏蔽信息,"别人夸你,你别当回事,要始终保持一颗平常心,你的规划不能着眼于当下。"

在布达佩斯世乒赛上,樊振东惨遭滑铁卢,无缘四强,刘国梁对着记者直言:"要让樊振东痛到骨子里去。他不能自己把位置摆那么高。其实亚洲杯夺冠时,他赢张本智和的球我就非常不满意,球路风格和打法的先进性没有体现。"这一次,刘国梁再次跟樊振东强调:"你的眼中不能只有马龙,你的眼中要有世界和未来。"

不忘感谢保障团队

在布达佩斯赛场拍摄最后一张集体照时,国乒队员捧着硕大的奖杯,刘国梁赶紧向红双喜总经理楼世和招手,"一起来"。当晚国乒庆功宴上,刘国梁带头向楼世和与红双喜的工作人员道谢。

国乒每一个冠军的背后,都离不开红双喜全心全意的保障。

比赛期间,一张照片在网络上走红。只见刘国梁和教练组成员以及前体操世界冠军李宁,在一间休息室里吃泡面。网友纷纷评论:"刘国梁有个中国胃。"国际乒联可没给中国队特殊待遇,原来,是世乒赛球台赞助商红双喜将办公室改造成了国乒休息室。而这,是大赛期间红双喜为国乒服务的标配。

从奥运会到世乒赛,国乒队员总有一个温馨的"家"。家里一应俱全,沙发、桌子、按摩床,还有各种中国食物、饮料、好茶,甚至还有训练和康复器材。

丁宁还记得,2016年里约奥运会时,每天比赛完,大家都会去红双喜租的公寓里放松休息。刘国梁托红双喜在当地买来各种菜烧汤,大家吃着热腾腾的饭菜,按摩放松、粘球拍。"大赛期间,我尽量不开会,在红双喜的公寓里大家各自释放压力,我顺便把要布置的东西传下去。"刘国梁说。与此同时,红双喜专业保障团队在这里给大家更换胶皮、修补球拍。

红双喜同国乒结缘的故事，传递了一代又一代，红双喜的60年，国乒一同见证。改新材料球那会儿，红双喜率先研制出符合国际乒联标准的新球，第一批球便送到了国乒手里，供他们试打，以提前为奥运会、世乒赛做备战工作。刘国梁说："改革刚推行时，我们肯定担心。但是和红双喜沟通后，我们心里有了底。每次红双喜新产品的研发，都是世界上速度最快、要求最高的。未来乒乓器材的走向，我希望红双喜一直都是引领者。"

刘国梁说，运动员和教练员的要求是极高的，但红双喜都能尽可能去满足，这是外界无法想象的，"红双喜几代人和国乒几代人建立了良好的友谊，始终能以国家利益的发展为大方向，我没觉得它是一个品牌，而更像是一个球队背后最强有力的支持者"。

刘国梁指出，有些企业商业气息太重，和队伍的发展建设难免产生矛盾，也有可能因为和中国走得太近而忽略了国际市场，这就很难在世界乒坛占据一席之地。而红双喜不光对中国乒乓队支持，对国际乒联的支持也是不可替代的，它同国乒之间不是利益，而是友谊。

"随着时代的发展、科技的进步，乒乓器材的推陈出新速度很快，但在乒乓运动发展历史上，我们中国的民族品牌始终独树一帜，红双喜在这个领域中有着不可替代的作用。"这令刘国梁备感自豪。在刘国梁看来，红双喜的发展和国乒的壮大息息相关，这是几代人的传承，这里面包含了一种为国奉献的精神。

（陶邢莹）

"点石成金"的魔术师

张燮林 国际乒联第一位"世界最高教练员荣誉奖"获得者,曾任国家体育总局乒羽中心副主任。当运动员时他被称为魔术师,直拍长胶打法变幻莫测,四次获得世界冠军。1972年至1995年任中国乒乓球女队主教练,率队获得10届世乒赛团体冠军,培养了焦志敏、邓亚萍等一大批世界冠军。

他有"变废为宝"的魔术,手持怪拍成为第26届世乒赛中国队成员。他有"点石成金"的魔术,麾下的弟子一次次登顶世界冠军。他还有一双慧眼,坚定地看到队员身上的巨大潜力。

乒坛"魔术师"张燮林已经79岁了,但他声音洪亮、思路清晰、目光如炬,早已退休的他,今年欣然加入国乒参谋组,为保持国球荣耀倾心付出。

少了一个气象员 多了一个运动员

记不清,有多少块球拍被爷爷劈碎;记不清,有多少次比赛险些失之交臂。乒乓球,在孩提时代的张燮林心中,便播下了种子,注定了他这一生都将奉献给乒乓事业。

弄堂里,两块洗衣板拼一起;菜场里,闭市后的台子上,就成了张燮林和小伙伴的一方乒乓乐土。自称"野路子"出身的他,五年级时就在学校里组了个队,取名"红旗队",建队还要去教务处开证明、敲图章,这是件很光荣的事。

"每逢周末,我总在人民广场附近的几家乒乓馆打球,看到上海滩大名鼎鼎的余诚打削球,就觉得那动作真优美,于是我改练削球。"考中学时,张燮林想选一个球台多的学校,但那只是一厢情愿的想法,再加之爷爷反对他打球,劈碎了好几块球拍,心灰意冷的张燮林决定放弃乒乓。

恰逢西安市气象干部学校招生。气象专业在当时是新兴专业,看起来很有前途,被录取的张燮林下定决心,好好念书。尽管思来想去,他还是带上了球拍,但被压在了箱底,他从不拿出来看,就怕睹物思球。

发小周同学和他一起考入那所学校,无意中在西安青年会的乒乓房里,看到业余高手摆擂台。周同学得意地告诉他们:"你们都不是张燮林的对手!"张燮林是谁?业余高手们都笑了:"你叫他来打,输了请你们吃一周的鸡丝面。"

"我都夸下海口了,你就给我个面子吧。"在周同学的软磨硬泡下,张燮林这才决定"复出"。结果一天车轮战下来,所有人都成了他的手下败将。至此,张燮林在西安乒乓圈的名声,传了开来。

校长知道后,给张燮林报名参加了西安市的一个乒乓赛,张燮林一路打到决赛。不过,当地观众当时还不认识他,只见对手来了,现场一阵骚动,原来,那个人在当地家喻户晓。不过,打了没几个回合,对方便摸清了张燮林的路数,自知不是对手,两人也不管胜负了,你削我攻,我攻你削,为观众奉献了一场精彩的对攻大战。

原本,张燮林或许会成为新中国第一批气象员,可听说工作将被分配到人烟稀少的偏远地带,不少人打起了退堂鼓,张燮林也不例外。退了学回到上海,他一度成了无业人员。

不当四级技工　要当冠军球员

恰逢上海汽轮机厂技工学校招生,家里人认为,学门手艺,考个四级技工,也是条出路。于是,张燮林别着二级运动员徽章去面试,正好碰到学校的体育老师,凭借体育特长,张燮林接到了录取通知书。

一边读书,一边参加业余比赛的张燮林,重新找到了乒乓的乐趣。每年,上海体育宫搞两场全市比赛,比赛日当天,张燮林下午3点离开学校,倒好几路公交车去赛场,晚上回家,次日一早再回工厂,他一点儿也不觉得辛苦。

不过,父亲站出来反对了,读书没读好,还倒贴路费,瞎折腾。父亲让他弃权,同学听说了,赶紧来家里帮他求情,说对方是上海滩的削球名将冯浩,如果张燮林赢了,就可以继续打下去,输了就被淘汰,"这是决定他命运的一场球!"父亲这才答应放他走。结果,张燮林赢了,后来,父亲还自己买票去看过他打球,现场观众如此拥护儿子的场景,感动了他,他便不再反对了。

张燮林的比赛还引来了著名漫画家张乐平的围观,他请张乐平在球拍背面画了"三毛",不过令他至今遗憾的是,后来因为反复粘胶皮的缘故,三毛画像被覆盖掉了。

进入上海汽轮厂工作后,张燮林被分在了镗床车间,依然继续着边工作、边打球的生活。1959年的一天,师傅突然通知他:"小张,你拿上脸盆、牙刷,去市体委报到,迎接第一届全运会。"也正是从那时候起,张燮林和徐寅生等名将,成了队友。

不过,成为专业乒乓球运动员的道路,依然障碍重重。全运会前,工厂发了一则通知,给张燮林两条路:要么回厂工作参与技术评定,要么离厂打球。张燮林再一次展开了激烈的思想斗争,情绪十分低落。上海队领队来看他,对他说了一句令他终生难忘的话:"上海找不到第二个张燮林,但四级技工一抓一大把。"

那一刻,张燮林终于正式踏上了专业乒乓球运动员的道路,辞职加盟上海队。1959年第一届全运会,他和徐寅生等人,代表上海队站上了男团冠军的领奖台。

胶皮变废为宝　削球如有魔力

中国队在世界乒坛长盛不衰,始于张燮林和队友们的开山创业。

20世纪50年代至70年代,数不清的中外名将败在这位"魔术师"的直板削球长胶拍下,他常常能把几乎落到地板上的球变魔术般地削回去,一如那幅名为"海底捞月"的著名照片。

1960年,张燮林夺得上海市运动会乒乓球单打冠军,当年12月,他和全国各地优秀选手共108人进京集训,备战即将在北京举行的第26届世乒赛。他从"108将"中脱颖而出,在单打比赛中先后淘汰了日本名将星野和三木,为中国队夺得男单冠军扫除了最大障碍。

日本名将星野说:"张燮林的球就像打不断的杨柳。"另一名选手三木则说:"我总觉得张燮林的削球像是火,呼的一下烧起来,一点儿也弄不清是怎么回事。"

张燮林的直板削球,征服了观众,也征服了对手,他被誉为乒坛"魔术师"。或许,他真的就是一个魔术师,将手中的球拍变得"独一无二"。

在上海队时,张燮林负责管器材。有一天他看到一大筐红双喜的6号胶皮,全部是次品,原本要扔掉。他一看那么多胶皮,颗粒比一般的要长一点,心想自己正好是打长胶的,何不试试看。主管教练看了,觉得这样的胶皮不太好攻,但张燮林偏要试。无心插柳,这批胶皮变废为宝,他手持黏好胶皮的球拍,在上海市比赛中一举夺冠,所有比赛都是3比0,未输一局。

第26届世乒赛,张燮林手持红双喜的球拍,在红双喜的球台上,打红双喜的球,令他备感骄傲。

伯乐慧眼相马　挑人力排众议

从儿时起,执意选择乒乓的张燮林,骨子里就是个很有主见的人。担任教练后,他向来在队里力排众议、坚持己见。因为他相信,自己的眼光不会错。倘若没有张燮林这名伯乐,就不会有日后葛新爱和邓亚萍在世界乒坛的成绩。张燮林被誉为"魔术师",而这两名弟子也以怪拍著称。从基层挑选,精心雕琢,张燮林没有看错人。

1973年,张燮林在河南观看全国锦标赛时,当地教练推荐了直板削球的葛新爱。细心的张燮林注意到,"这孩子挺肯学的"。就这样,20岁的葛新爱成了张燮林的大弟子。

1975年印度加尔各答世乒赛,在张燮林的力挺下,初出茅庐的葛新爱成了女团主力。中国女乒在上一届单项世乒赛中未能夺冠,这一次的决赛对手正是卫冕冠军的韩国队。比赛前夜,张燮林正准备拉窗帘,凑巧看到院子里有人在踱步。一看,竟然是葛新爱,"不会有什么心事吧?睡不着要影响第二天比赛啊"。带着疑问，张燮林下楼找到她。

葛新爱告诉他："听说开会只有您和另一个教练同意我上场，我担心输球，对不起您。"张燮林听了，赶紧安慰她："我大不了回汽轮机厂工作，还能分到带阳台的房子。你担心什么，我看好你。"

就这样，葛新爱睡了一个踏实的觉。第二天决赛，中国队同韩国队拼尽五盘，以3比2取得了最后的胜利。其中，由于葛新爱打法古怪、不正统，使对手很不适应，分别击败了李艾莉萨和郑贤淑，为中国队夺冠立了奇功，她也被送上了"乒坛怪杰"的称号。

关于征召邓亚萍进国乒的决定，国乒前前后后开了三次会，只有张燮林一个人投了赞成票。当邓亚萍13岁在全国比赛中击败成年选手夺得冠军时，张燮林就已经决定将来召她进队。但国乒教练组认为，她身材太过矮小。早有准备的张燮林，掏出一沓统计材料，用数字说话。"邓亚萍在比赛中主动失误11分，最后还能赢2分获胜。我问她的对手，她失误11分，你怎么还会输？那名队员告诉我，她老是进攻，我想控制她，所以也有失误。邓亚萍是个进攻很有特点的运动员，我相信，她经过我们教练组的调教，我们完全有能力帮助她将失误控制在5分，这样她就能轻松战胜任何一名对手了。"一番话，打动了其他教练，邓亚萍这才获批入队。

谈及邓亚萍，张燮林至今仍被她的刻苦所感动，"她每天都比其他人多练45分钟。我帮她算过，一天正常训练5小时，每天她多练45分钟，相当于一年比别人多练40天"。邓亚萍赴清华读书那一天，张燮林亲自送她……

执教严厉有加　责任放在心头

喝一杯普洱，聊一聊家常，张燮林笑眯眯的，看起来是个很和善的人。但他却坦言，一旦站在训练场上，自己是个很严厉的教练员，该开会就开会，该站队就站队。

执教女运动员，也不例外。张燮林讲了个小故事。"有一个女运动员打球一旦不顺，容易发小脾气，不仅瞎打，还胡乱踩球出气。我便公开批评她。你知不知道，红双喜生产一只球，要经过70多道工序，工人同志很辛苦，而且球还是周总理命名的。你有情绪可以理解，但不能拿球出气。你要是再这样，我叫《新民晚报》给你写一篇报道，看你怎么跟工人同志交代！"从此以后，队员都很珍惜乒乓球，那位女运动员，后来也取得了非常好的成绩。

张燮林还记得，自己当运动员时，有一次领导开会说："你要珍惜比赛中的每一分球。即便你不要这一分球，但全国人民需要！"这句话，也是张燮林反复教育队员的。

张燮林回忆说："毛泽东曾在中南海会议上号召说：'我们要学乒乓队这两个人，工作干劲要学庄则栋，工作方法要学张燮林。'"

张燮林在国乒执教期间，率女队共赢得35.5块世乒赛金牌。但这个数字，他已经记不得了。他唯独记得，在每一名队员身上倾注了多少心血，发生了多少故事。

1996年，国际乒联特授予张燮林"优秀教练员特别荣誉奖"，至今他仍是唯一获得此殊荣的教练员。国际乒联前主席沙拉拉评价说："张燮林在中国和世界乒坛上取得的成就，后人难以逾越。"

（陶邢莹）

解开中国乒乓
长盛不衰密码

雷 军 2017年担任国家体育总局乒羽中心党委书记，主任。中国乒协原秘书长，曾任国家体育总局手曲棒垒球运动管理中心党委书记，主任。

雷军，现任国家体育总局乒乓球羽毛球运动管理中心党委书记、主任。

掌管乒羽中心两年，雷军笑言自己是个"新兵"，但对于乒乓，对于红双喜的感情不可谓不深厚。1970年上学，在学校的水泥台子上，用砖支起网子打乒乓，和所有那个时代的孩子一样，雷军的梦想就是拥有一块红双喜球拍。从一个体育爱好者，走入体育高等院校，最后，成为一名体育管理者，乒乓、红双喜如同一条伏线，埋藏在雷军的人生历程中。

乒乓球源于欧洲，后自日本传入中国。在20世纪50年代末的第25届乒乓球世锦赛上，我国在乒乓球男子单打的决赛上由容国团获得了第一枚金牌，从那个时候开始，中国的乒乓球项目开始真正登上了国际比赛的大舞台。在那之后到现在的每一届世界乒乓球锦标赛上，中国队夺金牌如探囊取物，出现了长达多年连冠的局面，完成了对乒乓球这个项目近乎垄断级别的统治。从器材的引入到技术的革新，中国乒乓球的发展究竟有怎样的中国特色和秘密武器？

三个核心精神

"中国乒乓长盛不衰，国球精神起到了重要的作用，在这项运动中体现的民族精神、集体主义精神、创新精神具有重要的教育价值。"雷军用他自身经历的几个小故事，解锁了中国乒乓长盛不衰的密码。

雷军清楚地记得，当年徐寅生担任国家体委副主任的时候，曾经和体委的很多同志讲过中国乒乓队"一百个怎么办"的故事。一场比赛，一次赛事，可能会遇到1000个困难，事先准备了999个，有一个没准备到，可能在比赛中就会出现，就可能会导致失败。所以中国乒乓队历史上有个传统，每次大赛前要自问遇到什么样的问题怎么办。不是简单地说100个问题，可能100多，也可能200，甚至上千个问题，比如球拍突然坏了怎么办？突然崴脚了怎么办？风速突然加快了，观众叫喊声打扰了怎么办？到赛场晚了怎么办？交通堵塞怎么办？今天没吃好怎么办？诸如此类，从生活、训练、比赛到教练队员的所有方面的细节，每次大家都要自问自答。其实，这也是竞技体育带有规律性的一条传统，要把困难准备得很充分。

在那么多竞技体育项目中，中国乒乓可能是最让国人觉得"输不起"的一个，因此，100个怎么办也好，创新求实也好，中国乒乓球最核心的精神就是祖国利益高于一切。

举例来说，为备战在北京举办的第26届世乒赛，国家集训了108位运动员，他们这"108将"有分工单打、双打，有主力队员、陪练队员，充分展现了国家集体主义精神，全国一盘棋，就为在赛中取得好成绩。"祖国利益高于一切，不断创新，崇尚荣誉，这应该是中国乒乓球队最为核心的三点。"雷军道。

必胜的信念

2018年，雷军带队出征瑞典世锦赛。女子团体半决赛，丁宁第一场0比3意外地输给了年轻的中国香港小将苏慧音。"朱雨玲突然得到丁宁输球的消息，急匆匆地连自己的球拍都没拿就从后场跑了出去，结果打得一塌糊涂，但勉勉强强3比2赢了。第二天决赛对日本，还让不让丁宁上？"半决赛赢了中国香港，晚上回到酒店已经8点多了，包括睡觉，离第二天下午决赛，只有20多个小时了。就在这短短的时间里，如何将队员的心态调节好，让他们从失败的阴影中走出来？当时，雷军交给教练组的任务，就是要挨个和队员谈心，"必须去把队员的心事掏出来，拿到面上，不能藏在心里再去想，这其实就是一个调节"。

结果是，第二天，刘诗雯、丁宁和朱雨玲代表中国女队出战决赛，经过两个多小时的鏖战，最终以3比1击败实力上升的强劲对手日本女队成功卫冕。

由此可见，对中国队而言，每一次比赛、每一场赛事都是兢兢业业、全力以赴。类似的情况还发生在2018年雅加达亚运会上。本着旨在培养锻炼年轻队伍，男团派出了樊振东、林高远、梁靖崑、王楚钦、薛飞五员小将。半决赛时，王楚钦出场迎战中国台北17岁的林昀儒，失误不断，显得比较急躁。输球后，网上立刻有很多负面评论，责怪教练排兵有问题。这个时候，中国队非常冷静，中午回到宿营地，立刻开会讨论下午决赛怎么打。

亚运会上，日本、中国香港整体实力都构不成威胁，就是韩国李尚洙、郑荣植、张禹珍、金东贤、林钟勋，阵容非常整齐。樊振东肯定得打1号，林高远责无旁贷2号出场，3号是梁靖崑、王楚钦，还是薛飞？经过讨论，雷军作为领队，总结了三个依然派王楚钦出场的理由：第一，这场比赛就算第三场输了，团队冠军丢不掉，这是一个大前提。第二，这次亚运会乒乓兵团五个项目，最担忧的是混双，王楚钦和孙颖莎、林高远和王曼昱两组配合时间都很短，其中王曼昱的球路不是最适合打双打，和林高远的配合一直不算特别默契，这样混双的压力就落在王楚钦和孙颖莎肩上。亚运会结束后，王楚钦还要独自去打青奥会，在这样的背景下，如何能够提升和巩固王楚钦的信心，不能让他被一场比赛打垮，影响后边的比赛。第三，考虑韩国队怎么派人，李尚洙打1号是无疑的，张禹珍肯定会打3号。在亚运会前刚刚结束的韩国公开赛上，张曾经4比0战胜梁靖崑。从这个角度，韩国人一定会算中国队这个时候再用年轻的王楚钦，显然需要一定的魄力和胆识。中国队把韩国队算透了，最后出场的队员果然如中国队所料。雷军亲自问王楚钦还敢不敢打，小将答："你让我上，我绝对敢打，请放心。"

结果，王楚钦3比0痛快地拿下了张禹珍，一雪前耻。男子团体项目，中国队3比0横扫韩国队，如愿连续七届亚运会收获男团冠军。

"这就是中国乒乓球队，也只有中国乒乓球队能做出这样的决定。有坚定的必胜的信念，从球员到教练忘我地投入。换任何一支队伍，可能都做不到这样。"

独一无二的情缘

体育从奥林匹克精神发展至今，不仅在功能上，而且在外延上都在不断拓展。从20世纪80年代起，以振兴中华为目标，一代代乒乓人视祖国利益高于一切。中国体育一直在"制造"丰富着中国精神的内涵，在入主乒羽中心前，雷军曾为中国女子曲棍球队起名"冰山雪莲"。"当时，我们是用四句话诠释冰山雪莲精神：不畏困难的生存精神，持之以恒的坚持精神，全队如一的团队精神，永不言败的拼搏精神。就是在困难恶劣不适宜生长生根开花的地方，仍然要绽放出鲜艳的花朵。"

乒乓球发明于英国，鼎盛于中国。它之所以能够成为国球，并不是因为简单的国人喜欢，而是因为这个项目在发展演变提升过程中，形成了一个体系，这个体系里头包含着我们方方面面，也包含了像红双喜这样一个庞大的体系支撑。红双喜作为一家与中国乒乓你中有我、我中有你的企业，伴我国球奏凯歌，和中国乒乓结下的血肉之情，在中国体育项目上也是独一无二的。"一副球拍、一张球台、一张球网，处处蕴含着国球的故事，处处蕴含着中国的故事，体现和捍卫了泱泱大国的体育精神。祝福红双喜，祝福中国乒乓。"雷军道。

（吴南瑶）

甘做体坛"救火队长"

刘凤岩 中国乒乓球协会原副主席兼秘书长、中国羽毛球协会副主席、亚洲羽毛球联合会副主席、中国奥林匹克委员会委员。2001年至2013年在他担任国家体育总局乒羽中心主任期间，中国乒乓球队在雅典、北京和伦敦三个奥运周期内获得了无数荣誉和世界冠军，特别是在2012年伦敦奥运会上，中国乒乓球队和羽毛球队包揽了全部九枚金牌。

刘凤岩在体育总局的多个岗位上工作过，从训练局办公室主任到训练局副局长，分管举重和羽毛球，之后又去了篮球运动管理中心任副主任，最后又回到乒羽中心任主任，这也是他的体育管理生涯里最精彩的一段经历。刘凤岩说自己是体坛螺丝钉，国家需要自己去哪里，自己就钉在哪里。不过很多人对刘凤岩的评价是体坛"救火队长"，关键时刻，他顶得上去。

多才多艺

学生时代的刘凤岩多才多艺，其中在体育方面，最拿手的运动是乒乓球，曾代表所在团场参加过黑龙江生产建设兵团的比赛。

因为根正苗红和多才多艺，刘凤岩在1974年告别北大荒，作为"工农兵学员"就读于北京体育学院，一进校门，他就当上了学生会副主席，过了两年又当上了主席。这样的好学生当然受到校方的重视，1977年毕业后，他留校任教。

刘凤岩说其实他年轻时代最喜欢的还是乒乓球，因为兵团的比赛水平很高，像世界冠军张德英，就是从兵团比赛中脱颖而出的。考入北京体院时，本来想去乒乓球班学习，但招生老师麻雪田是足球老师，硬是让他进了运动系足球班。因为在兵团的时候，他当过他们团足球队的领队。不过他也没有想到，自己未来和乒乓球还会有一段不解之缘。

1983年，才华横溢且一表人才的刘凤岩担任了北体校党委宣传部副部长。1984年，刘凤岩考入清华大学，在社会科学系学习了两年，这两年的学习，充实了他的政治理论知识，为日后的管理教育工作打下了坚实的理论基础。洛杉矶奥运会之后，李富荣到北体进修，有人向他举荐多才而勤勉的刘凤岩，1986年，35岁的刘凤岩就任国家体委训练局办公室主任，一干就是八年。

管理有道

1994年，刘凤岩出任训练局副局长，分管的项目是举重和羽毛球。中国举重运动有过辉煌历史，但在1992年奥运会之后陷入了低谷，1994年亚洲锦标赛，在一共90块奖牌中，中国队只获得了一块铜牌。刘凤岩上任后，在李富荣的支持下，起用了以杨汉雄、陈文斌、王国新为代表的一批中青年教练，队伍的成绩很快有了起色。1995年世界锦标赛在广州举行，中国队一举获得了五块金牌。1996年奥运会，代表团并没有给举重队制定金牌的硬指标，但最终却由占旭刚和唐灵生各获得一块金牌。这两块金牌的意义可以用"突破"来形容。"能取得这样的成绩，我特别强调了教练员团队的作用，像组织全体教练员给运动员会诊等，发挥集体智慧。这些工作方法，和我当了八年办公室主任的经历不无关系。"刘凤岩说。

刘凤岩分管羽毛球项目的时间，和李永波入主国家队的时间差不多，是1994年。中国羽毛球历史上最惨重的一次失利，是1994年亚运会，中国队在全部7个比赛项目中都没有进入决赛，齐刷刷地获得了七块铜牌。在这种情况下，尽快走出低谷，成为刘凤岩的心愿。1995年，以刘凤岩为团长的中国羽毛球队参加苏迪曼杯赛，中国队经过顽强拼搏，战胜印尼队，首次夺得苏杯，中国羽毛球自此重振雄风，从那以后，他被国家队视为"福将"：只要是他带队参加的世界大赛，总能取得理想战绩。

有人将刘凤岩的管理之道概括为三句话——日常事务放、关键时刻上、光明磊落让。"放"是放手，在处理中心的日常事务时，放手让部下发挥聪明才智，尤其是在管理运动队时，要尊重一线运动员和教练员，相信他们的能力；"上"是担当，在一些涉及项目发展和社会形象的重大问题上，作为管理者要冲上去，勇于承担责任和善于做出决策；"让"是谦让，当中心的工作取得成绩的时候，尤其是所属运动项目取得荣誉的时候，管理者要把它视为集体的功劳，不能有分享利益的想法。

这三条，在刘凤岩任篮球运动管理中心副主任的时候，发挥得淋漓尽致。1998年起，刘凤岩担任了两年篮球运动管理中心副主任，时间虽然不长，但在这期间，他做了一件力挽狂澜的事情：平息了当时CBA俱乐部的一次事件。亦是在危急关头，刘凤岩扮演了"救火队长"的角色，因为他在训练局工作了很长时间，和很多省份的体育局关系密切，而多数俱乐部的模式都是企业和体育主管部门合办的。紧张斡旋的结果，各俱乐部接受了新的折中方案，中国篮球职业联赛得以按照自己的道路继续发展。

华彩乐章

北京申奥成功之后，刘凤岩又回到乒羽中心任主任，这一干就是12年，这也是他的体育管理生涯里最精彩的一段经历。刘凤岩的最后一班岗站得非常好，历史上第一次，一个项目中心包揽了乒羽两个项目的全部奥运会金牌。

在很多人眼中，似乎刘凤岩和羽毛球的关系更密切一些，其实这是一个误解：乒乓球界出的领导多，前有徐寅生和李富荣，后有蔡振华，因此，虽然在乒乓球的所有重要场合里都有刘凤岩的身影，但他总是恪守低调处世的原则，这样一来，公众的视线总会被领导和明星所吸引，就不太注意他的存在了。实际上，十几年来他参与了关于中国乒乓球的所有重要决策。但出现问题的时候，刘凤岩毫不退缩。

因为2012年伦敦奥运会上乒乓球、羽毛球两个项目包揽全部九块金牌，大家把刘凤岩称作"金牌主任"，但是刘凤岩则表示，"功劳应该归功于几代乒乓球、羽毛球界人士的共同努力，归功于乒乓队、羽毛球队全体教练员运动员的顽强拼搏，我个人的作用是微不足道的，只是做事、做人无愧我心就好"。

2019年是红双喜品牌创立60周年。刘凤岩觉得自己在任乒羽中心主任的时候，红双喜给予帮助最大的不仅是乒乓球比赛时的各种后勤保障、配套服务等，更是在中国乒乓球社会公益、科研和帮助其他国家和地区发展乒乓球运动方面,助力甚勤。在大众体育方面,乒乓球仍然是中国参与人群最多且越来越多的项目。刘凤岩认为中国乒乓球60年长盛不衰,和几代乒乓球队员艰苦奋斗,树立祖国利益高于一切的理念,发扬团结奋斗、顽强拼搏的精神分不开。

"另外,中央领导、各地领导和国家体育总局的支持,全国人民的热爱拥护,再加上如红双喜这样的企业长年累月的倾力支持。没有这几个条件,没有所有人在不同角度予以支持,光靠国家队、每个运动员孤军奋战,是很难取得这样的好成绩的。"在刘凤岩看来,乒乓球不仅是中国竞技体育的优势项目,而且也已经成为中国精神的一个符号,是中国民众的业余生活方式。很多外国人也是通过乒乓球这样的"国球"来了解中国的。"红双喜在这方面的功劳,有目共睹。"刘凤岩说。

刘凤岩说:"总结我在乒羽中心的这十来年,两支队伍成绩好固然让我感到高兴,但更让我感到欣慰的,是这两个项目科学、全面、健康地发展。作为一个管理者,能留给后来者一个更广阔的发展空间,这才是最重要的。我也感谢红双喜对乒羽中心的支持。"

(吴南瑶)

跑好中国乒乓外交这一棒

柳　屹　中国乒协副主席，国家体育总局乒羽中心副主任，国际乒联理事，亚乒联盟新闻委员会主席。自1992年从北外毕业后进入国家体委国际司，长期从事乒乓球等项目的体育外事工作，为中国乒乓球服务27年，多次随同中国乒乓球队参加国际重大赛事，代表中国乒协参加国际乒联、亚乒联盟会议。

中国乒乓球最著名的"外交事件"应该算是1971年的"乒乓外交",小球转动大球,震惊了世界。如今,中国乒乓球外事工作交棒到一位女性手中——柳屹,中国乒乓球协会副主席,长年从事外事工作,在中国乒协的国际合作和交往中扮演着重要的角色。从1992年踏进国家体委大院至今,柳屹已经为中国乒乓球服务了整整27年。她用"服务"这个词,谦逊而精到。

眼光和胸怀

用老一辈体育外交家魏纪中的话说,他们那一代的体育外交官,就是为了中华人民共和国合法权益跟国际奥委会、国际体育组织"吵架"。20世纪70年代,新中国在外交方面面临着重重国际封锁。为了让世界更加了解中国,体育行业特别是乒乓球是最能打开局面的。相对于当年"乒乓外交"意在树立中国形象,打破外事坚冰,如今的乒乓球外事工作则更重视从乒乓球这个项目的长远发展考虑,在国际乒坛发出中国自己的声音。举个例子,原先奥运会乒乓球奖牌的设置是男单、女单、男双、女双四块金牌。但在北京奥运会前,国际乒联就和中国乒协商量,能否把奖牌的设置改成男单、女单、男团、女团四个项目。即便是少了包揽男双女双金银牌的机会,但乒乓球团体比赛的影响力巨大,对运动项目本身来说,一定是个好事情,于是中国乒协便同意了国际乒联的建议。柳屹说,这个乒乓外事协商的经典案例说明了当前中国乒乓球外事工作最大的特点,不能一味地考虑本国利益,要从乒乓项目在世界范围内的普及和发展考虑,必要时,中国乒协也能做出让步和妥协。这不仅显示了中国乒乓球已经具备了"荣耀,世界共享"的国际眼光,更表明了中国乒乓球不怕挑战的勇气和胸怀。

记得入职那天

1992年,柳屹从北京外国语学院毕业的时候,学校有报考国家体委的机会,柳屹没有犹豫,一个字"去",且被顺利录取。说起体育,柳屹笑言自己是北外女生中少见的体育迷,可以说逢"球"必看。柳屹毕业那年刚巧碰上巴塞罗那奥运会,万人空巷观看中国体育健儿摘金夺银,柳屹说当时自己能去国家体委工作,让很多同龄人羡慕不已。

柳屹对入职那天记得分外清楚。第一天上班,刚到国家体委国际司报到,就被国际司领导安排去亚乒联秘书处,从事外事联络工作。要翻译一大堆文件,柳屹回忆自己干的头一件事就是文件翻译和填签证表,文件来来去去,忙得都没有时间喝水。

多年后,逐步成长为资深外事工作者的柳屹才知道,当年中国乒乓球外事工作量大面广,国际司领导想锻炼一下她这个初出茅庐的北外女生。

就这样,柳屹和乒乓球结了缘,时光如梭,转眼间柳屹为中国乒乓球事业服务了整整27年。

见证乒乓神话

走进体委大门的时候,柳屹笑言其实自己并不知道体委工作是干什么的,就是抱着"一颗螺丝钉,拧在哪儿就是哪儿"的心态。印象最深刻的是工作没有几天,就见到了大名鼎鼎的邓亚萍,当时可把自己给吓着了,震惊之余,更没想到的是,邓亚萍和自己的处长刘北剑相谈甚欢,这让柳屹非常羡慕。此时的她暗下决心,自己也要与运动员交朋友,努力工作,扎根体育外事领域,用实际行动做好运动员的服务工作。

柳屹说,其实体育外事工作非常琐碎和繁杂,不仅要关注国际乒坛的发展动向和变化,及时反馈给国内作为项目训练时的参考,还要在国际乒坛为中国队发声。俗话说"打好提前量,能做诸葛亮",针对中国乒乓球队人员变化多、时间不固定的特点,柳屹为了配合好球队出访比赛等纷繁复杂的各项外事活动,往往要多做两三倍的工作,还要设计各种预案,以备不时之需。

柳屹为中国乒乓球界服务的27年，也正是中国乒乓球不断发展、不断壮大的27年。从在巴塞罗那奥运会上取得了三块金牌开始，中国乒乓球队在国际赛场上成绩斐然，创造了长盛不衰的神话。柳屹庆幸自己见证并参与了这个伟大的过程。

如今聊起自己的外事风云，柳屹说："外事工作没有捷径可走。要开动脑筋，想一切办法完成组织交给我的任务。"

为中国乒乓发声

2019年是红双喜品牌诞生60周年。柳屹刚开始接触乒乓球外事工作，就知道了"红双喜"这个国产品牌。红双喜走过了60年，柳屹说，如今几乎全世界重要的乒乓球赛事中，都有红双喜的身影，特别是奥运会和世乒赛都选用了红双喜乒乓球运动器材，这显示了中国制造的实力。全世界只要是从事乒乓球运动的，没有不知道红双喜的，可以说红双喜是中国乒乓的骄傲。

中国向来有以体育为媒，推动各国团结、友好的外交传统。在柳屹从事乒乓球外事工作的27年中，红双喜积极履行企业的社会责任，毫不计较、不求回报，服务国家"乒乓外交"的大局。2008年，英国首相布朗到访中国，时任国务院总理的温家宝邀请布朗前往中国人民大学观看中英乒乓球友谊赛。时间紧、任务重，参加活动的嘉宾规格高，仅仅24小时，红双喜就完成了比赛场地的搭建和乒乓球比赛器材的安装调试。赛后两国领导人感叹，"乒乓外交"确实在世界外交史上创造了奇迹，因为体育是可以超越种族、制度以至文化的，可以连接人们的精神力量，促进各国人民的友谊。

2011年，中美乒乓外交40周年纪念活动在人民大会堂举办。红双喜主动请缨，协助国家体育总局相关部门把活动办得有声有色。2015年9月，"新乒乓外交"再度成为世界关注的焦点。中国国家主席习近平访问美国林肯中学。在习主席演讲现场，学校在醒目位置摆放出习近平赠送的礼物——三张乒乓球台以及一些乒乓球拍和比赛用球。这些乒乓球产品均出自红双喜，其中的乒乓球拍更是奥运冠军马龙和王皓的"同款球拍"。近年来，红双喜还和中国乒协一起举办了"筑梦行动"，走进非洲，走进拉美，走进大洋洲，把中国乒乓球的成功经验，推广到全世界。对此，柳屹作为一名中国体育界的外事官员，非常感谢红双喜对于中国体育外交的无私支持。

有作为，自然有地位。红双喜是国际乒乓球器材制造商联合会（FIT）的理事单位，上海红双喜股份有限公司的楼世和总经理是FIT的副主席，国际乒联的很多规则调整涉及器材的，都要和FIT协商。柳屹说，红双喜靠实力在FIT中取得了话语权，为中国乒乓发声，这也是中国制造走向世界的典范。红双喜在科研和创新上下了很大的功夫。红双喜的海绵和胶皮，已经是著名乒乓球选手的常规配置，特别是"狂飙3"胶皮。再看红双喜乒乓球台，不仅有彩虹球台，而且为了迎合乒乓球比赛转播的多媒体数字化，最近几年红双喜尝试推出了LED数字球台。柳屹觉得，红双喜代表了新一代的中国制造，她希望红双喜在下一个60年中，为中国乒乓球乃至世界乒乓球运动的发展，书写更华美的篇章。

（沈琦华）

乒坛"常青树"的秘诀

王励勤 中国乒协副主席,第13届全国政协教科卫体委员会委员,国际乒联运动委员会委员。职业生涯中他获得16个世界冠军头衔,被称为世乒赛之王(2001年、2005年、2007年世乒赛),与王皓、马琳一起开创了中国男子乒乓"二王一马"的辉煌时代。

王励勤家的柜子里，珍藏着一块白海绵，上面标记着生产日期、批号以及他的名字。现在这款白海绵，早已绝迹。那是王励勤反手第一次改技术时，红双喜为他量身定做的。

无论是红双喜的白海绵，还是红双喜"狂飚王"底板，都记录着王励勤30年乒乓生涯中，一次次遭遇低谷后爬起，重新上路的过程。

王励勤的球风，是干脆利落、力大无比的；他对待乒乓的态度，是坚决的、执着的；但他的心思，又有着上海男人独特的细腻和缜密。

变则通、通则久，这是他能成为中国乒坛"常青树"的原因。

冠军　不那么简单

6岁打球，13岁进上海队，15岁进国家队，王励勤的父母，怎么也没想到，那个原本要被送去学钢琴的儿子，会成长为乒乓世界冠军。

1996年第一届国际乒联职业巡回赛年终总决赛，王励勤一鸣惊人。他和阎森这对"菜鸟"组合，摘取男双金牌，当时，亚特兰大奥运会男双冠军孔令辉、刘国梁，巴塞罗那奥运会男双冠军王涛、吕林先后出局。

不过，王励勤在国乒的第一阶段职业生涯，起起伏伏，波动较大。在当时国乒团队中，他是被球迷既坚信过又质疑过的选手，也曾被主教练蔡振华劈头盖脸当众批评过。如今回忆起来，王励勤承认，自己当初也是"年少轻狂"，"年轻时的我，既在意外界的看法，又特别固执己见。不太能接受别人的意见，有点排斥"。

2000年，王励勤22岁，他开始学会调整自己，也愿意跟教练敞开心扉。王励勤说，悉尼奥运会男双冠军，是他整个职业生涯记忆最深的时刻。"当时我和阎森战胜了刘国梁和孔令辉，难度可想而知，这个奥运冠军，让我对今后的职业发展更有信心了。"夺冠后，这个1.85米的小伙子站在场边泪流满面，酣畅淋漓地宣泄着自己的情绪。的确，这是一个里程碑式的冠军，2001年大阪世乒赛，王励勤终于夺得了梦寐以求的男单冠军。

王励勤的母亲曾自豪地对媒体说："王励勤的名字是我取的，王者归来，励精图治，天道酬勤。"

变通　从器材入手

然而，成为王者的道路上，充满了重重的困难。2001年到2003年之间，他再次陷入起起伏伏之中。

2003年巴黎世乒赛，男单8进4，被球迷寄予厚望的王励勤手握四个赛点，却鬼使神差地连续两个正手扣杀打出界外，3比4，被奥地利选手施拉格翻盘，最终施拉格战胜韩国选手朱世赫捧走了圣·勃莱德杯。

究竟该如何突破自己的打法？如何解决技术上的难点？王励勤坦言，当时自己的思路进入一个混乱期。在同教练员、老运动员和老领导沟通后，王励勤决定，首先在器材上做一些改变。"有些运动员崇拜谁，就去用谁的拍子。比如我是横拍两面弧圈，马文革和孔令辉都是这个打法，但我认为自己的打法还是同他们有区别的。我没有用他们的拍子，感觉还是不太适应。"他想寻找一个唯有自己才能驾驭的拍子。

2003年，王励勤开始尝试用红双喜的底板，当时队里主力绝大部分用的都是进口底板，王励勤成了国乒男队主力中吃螃蟹的人。

球迷给王励勤取了个"大力"的绰号，因为他身高臂长，击球力大无比，似欧洲球员。"我喜欢偏硬的球拍，因为我力气大，这样击球的后劲会很足。当然，前提是要真正掌握球拍，因为力量大了之后，速度也快了，不容易控制。"他跟红双喜科研人员说："我的拍子，既要保持它的威胁性，又要便于控制。"

在还没有套胶的时代，王励勤是队里有名的"灌胶小能手"，他粘的胶皮，工工整整、服服帖帖，很多队友会在赛前请他帮忙灌胶。从中可以看出，心思细腻的王励勤，对器材的要求很高，也很懂器材。在决定使用红双喜底板前，红双喜楼总（楼世和）看出了王励勤忐忑的心情，跟他说："你思想上放下包袱，我们一定为你量身定做。"

于是，红双喜为王励勤量身定做的"狂飚王"诞生了。还记得以前，在一次比赛中，王励勤的底板出现了一个严重的质量问题，由于他过于专注，竟没有觉察到，赛后教练才发现底板坏了。由于用的是进口底板，身边没有品牌技术人员维修，他只能拿出备用拍，完成之后的比赛。自从用了红双喜的器材，技术人员如影随形，为他提供了强有力的保障。顺手不顺手、软硬度是否合适，都能在第一时间帮他解决。

变化　跟得上时代

2005年在家门口的上海世乒赛，王励勤终于第二次夺得世乒赛男单冠军，宣告王者归来。一时间，"狂飚王"在球迷中走俏，球迷奔走相告，这款底板成为当年红双喜销量最佳的产品之一。

至此，王励勤对于手中的"武器"，更有底气了。以至于他敢在赛前一周换新的备用球拍，而这通常是国乒队员赛前的大忌。因为即便是备用拍，他身边还有红双喜技术人员保驾护航，第一时间能同他一起对比新旧拍子的特性，并及时做出调整。"一般人不愿意用备用拍，但是我还好。因为如果发现这个拍子达不到我的想法，我就会果断换拍。否则比赛中会为了换还是不换这个问题而纠结。换掉了之后，自己起码从器材上先放下了，然后从主观上想办法去调动自己。"

王励勤直到36岁才退役，但其实，他的30年乒乓生涯，正是国际乒联改革最频繁的年代，不少球员因此提前退役，为何他没有被历史的变革所淘汰？

首先是球的变化，从38毫米到40毫米，从40毫米到40+毫米。球的重量增加了，速度和旋转都相对变慢了。其次是有机胶水被无机胶水替代，降低了击球质量。王励勤坦言："的确有不适应的过程，但人家变，我也要变。只有创新，才能立于不败之地。"他在技术人员的帮助下，一点点打磨器材，以适应球的变化。他还在技术上，同教练员讨论，不断完善自己的打法。30年的乒乓生涯，王励勤共获得16个世界冠军头衔，无愧于中国乒坛"常青树"的称号。

牵挂 寄语后来人

王励勤退役已经六年了，但他从未离开过乒乓工作的岗位。他先后担任上海队教练、市乒羽中心主任、上海体育职业技术学院副院长，如今是中国乒协副主席、市体育局竞体处处长，管的项目更多了，但对于乒乓的牵挂，是最特别的。

年轻时的习惯，没有变。每次到基层球队，他先拿小队员的球拍看一下，关心一下使用的是什么套胶，是不是符合队员的特点，是不是符合当今乒乓球的发展趋势。每周他都保持健身，一如他刚进国家队时那样，为了弥补身材瘦弱的缺陷，狠练力量。每次陪伴许昕征战国际大赛前，王励勤依然像个兄长一般，同他促膝长谈。

在今年的布达佩斯世乒赛上，许昕为国乒取得开门红，率先拿下混双金牌，对东京奥运会新增的混双项目备战有重大意义。在许昕眼里，王励勤永远是那个陪伴他左右的"力哥"。尽管王励勤现在上海市体育局担任部门领导，但他认为，"现在的运动员，所处的环境和我们当年不一样，所以要用一种能够让他接受的方式去沟通。他需要一个更加坚定的理由，让自己坚持下去。我需要做的是，帮助他找到这个理由"。

王励勤曾经是这么坚定地一次次走上最高领奖台的，如今这也是他对下一代年轻运动员的期望。他对许昕说："在运动员的黄金年龄段中，你究竟想要什么？你必须认定一个目标，然后去思考，通过哪些方法达到目标，哪些路径去实现目标。真正能够改变你命运的人，其实是你自己。"

（陶邢莹）

要想赢球，先学会输球

张　雷　中国乒乓球协会副主席，前世界冠军。从1997年开始担任北京乒乓球队教练、总教练，培养了张怡宁、郭焱、丁宁、马龙等一批世界冠军。

一套办公桌椅，一台电脑，一壶热茶，这就是上任不久的中国乒协副主席张雷办公室的"全部家当"。走进他位于先农坛体育场边的办公室，第一感觉便是朴素。"教练员嘛，最重要的是培养出好的运动员，其他的，都不重要。"目前依然主抓北京队训练，同时负责协调其他乒协事务的张雷说，比起客观条件，现在的这批孩子能否取得好成绩，才是最让他牵挂的事。

成功，需要多方支持

当运动员时，张雷经历过中国男队最低谷的一段时间。1991年日本千叶世乒赛，被寄予厚望的男乒被挡在了四强门外，仅获得第7名。"那时候乒坛竞争很激烈，有多支球队具备冲击冠军的实力。我们也很想从瑞典队手中把斯韦思林杯夺回来，最终拿了个第7名，从教练到队员都很难过。"张雷说。

但也正是这次惨痛的失利，改变了张雷的人生轨迹。之后他辗转国外俱乐部，了解了先进的管理理念和方法。三年后，回国出任教练的他，开始"学以致用"。"很多人觉得，乒乓球队成绩好坏，只取决于球员和教练，但中国乒乓球能从低谷中走出，与各方面的积极保障，其实是分不开的。"这位北京队主教练特意感谢了红双喜多年来对国家队和各地方队的大力支持。"这些年红双喜在器材方面给了我们很大的帮助，尤其是胶皮。"据张雷透露，为保证运动员能够找到最佳的击球感觉，红双喜每隔一段时间都会派专人来收集产品反馈，"他们每次都提供几十块胶皮供马龙选择，最终被选中的大概有十分之一，然后再根据本人的反馈进行微调，直到运动员满意"。张雷坦言，正是这样耐心细致的服务和保障，为中国乒乓球的长盛不衰打下了坚实的基础。

除了关注职业队伍的发展，履新之后的张雷也不忘把目光投向群众乒乓球。用他的话说，群众基础对运动项目的发展起着决定性的作用。"中国乒乓球的群众基础很好，如何把这个优势更好地利用起来，一直是我们在思考的问题。"张雷透露，目前他心中已经有了一些计划，正在和相关方面讨论。"（群众乒乓）是一个系统工程，也需要各界的支持。目前各地陆续有了一些好的范例，这无疑给我们提供了信心和启迪。"他如是说。

前进，也要学会暂停

张雷办公室的墙上，挂着一张照片，那是他和马龙一同登上全运会冠军领奖台的留影；在办公室外的通道上，丁宁获得世乒赛女单冠军的照片也被摆在显眼的位置。张雷说，那是他人生中最开心的两个时刻。说起两位世界冠军弟子，他脸上除了欣慰，还有一丝忧虑，"马龙和丁宁都很有好胜心，但有时候，他们也要学会暂停一下"。

从第一眼看到马龙和丁宁时，张雷就知道，这两个孩子肯定是好苗子。"他们俩身上都有股狠劲，有好胜心，这是好球员必须具备的素质。"说到这儿，他不禁回忆起当初带着马龙初登赛场的那些日子，"那时候他的技术已经很不错了，但心理和经验肯定不足，导致他连续输了好几场"。张雷记得很清楚，每次输完球，回到队里的马龙总喜欢给自己加练。马龙有个习惯，就是不论到哪里比赛，都会随身带着自己的枕头，这既能保证充足的休息，更是对自己的一种心理暗示。但一旦输了比赛，那个总能让他安然入睡的枕头，便会失去效用。"那会儿他总想着输球的事，愁眉苦脸的，又不能大喊大叫着发泄，有好几次我到他房里，他一直和我谈到凌晨。"张雷透露，一开始自己也不知如何去安慰和鼓励弟子，只能反复讲解技战术要领，慢慢地他才知道，马龙那强烈的好胜心，却成为他前进路上的最大阻碍。"后来每次比赛前后，我时常跟他说一句话：'你要想赢球，先学会输球。'"在张雷看来，每一场失利都是一次自我检视，"不管是世界冠军还是新手球员都要经历这样的过程，只有输了球才会认识到不足，然后不断进行改进，直至打败对手。所以到现在我还一直在跟年轻队员们强调这个理念"。

与马龙一样，如今在女子乒坛难逢敌手的丁宁，也经历过自我怀疑的阶段。2012年伦敦奥运会，丁宁遗憾地与女单金牌失之交臂。赛后，心有不甘的她在驻地附近的一个小屋里坐了许久，尽管周围所有人都给她发去了鼓励的信息，但那天的丁宁身上，依旧充满着负能量，甚至有了放弃的念头。"那时候我问她，这样放下球拍一走了之，你甘心吗？"张雷对当时的情况记忆犹新，"运动员都会有退役的一天，但是带着笑容退役，还是带着遗憾离开，差别很大。前进路上走累了，休息一下是必要的，那是为了下一次前进蓄力"。这一番话打开了丁宁的心结。经过一个晚上的调整，小姑娘又笑嘻嘻地出现在训练场上，之后的乒乓路，也走得平顺了许多。

有时，我比刘国梁幸福

按照中国乒乓球队的规矩，如果两位选手会师，教练是不能进行现场指导的。说起这一点，作为北京队教练的张雷，脸上露出了一丝得意的神色："单从这一点上来看，我比国家队的教练幸福。"他半开玩笑地说道。

前段时间，乒坛流行过这样一句话：拿全运会冠军比拿世乒赛冠军更难。近几年来，中国选手频繁在世界大赛的决赛中会师，的确让国乒教练组"省了心"，也让他们无缘亲自下场指导自己的弟子。但在国内比赛中，这样的情况并不会出现。"你想想，马龙和樊振东打决赛，国梁他们都没有机会到场边（指导），就我和王涛（八一队主教练）能做到。"张雷忍不住感叹，"那感觉真的非同凡响啊！"

身兼教练和乒协副主席两项职务，张雷身上的担子无疑更重了。但这位倔强好胜的北京爷们儿对此并不十分在意。"工作内容方面并没有太多变化，毕竟不管做什么，目标都是取得好成绩。"张雷坦言，中国乒乓球始终要居安思危，"现在其他国家和地区正在不停追赶，我们的队员，尤其是年轻队员还需要进一步磨炼，争取能早日挑起大梁，传承国球的衣钵"。

（陆玮鑫）

"精雕细琢"出马龙

秦志戬 中国乒协秘书长，中国乒乓球队男队主教练，前世界冠军。2005年从国家队退役后成为教练，曾执教马龙、许昕等运动员。

42岁的秦志戬，早生华发，满面沧桑。布达佩斯世乒赛男单决赛开始前，他在训练馆的门外，抽了好几支烟。作为新一期国乒男队主教练，他的压力，显而易见。

　　站在决赛赛场的，是自己亲手栽培的大满贯、国乒男队队长马龙，因伤已告别国际赛场整整八个月。最终，马龙战胜瑞典名将法尔克，在30岁的年纪成就世乒赛男单三连冠，秦志戬同马龙拥抱的那一刻，流下了幸福的泪水。

　　在马龙身上，他看到了自己当年的影子——对手中的球拍精益求精的态度，对每一个细节力求完美，追求冠军的道路，永不停歇。

人拍合一

　　秦志戬于2005年正式退役，进入教练组几个月后，他迎来了自己的第一个徒弟——马龙。那时在国乒，马龙还只是"小荷才露尖尖角"。

　　秦志戬从原先的马龙主管教练，到如今的男队主教练，对马龙的关心，十三年如一日。告别国际赛场八个月后，教练组给马龙报名参加卡塔尔公开赛，临行的前一晚，秦志戬带着红双喜研究所副所长王志信，一同来到了马龙的房间里。只见他拿着卡尺，亲自帮马龙测量底板的宽窄、高低，是否符合马龙的要求。

　　"对乒乓球运动员来说，球拍就是他们手中的武器，武器选好了，才能在赛场上'大杀四方'。"这是秦志戬的观点。选好武器后，还要同它进行磨合，去试它的弹性，找到人和球拍的契合度了，这块球拍就活了。

　　带着这块球拍，马龙复出的第一站，便取得了卡塔尔公开赛的冠军，当时他的功力，只恢复了七成。一个月后，当他以个人历史最低种子排名（11号种子）来到布达佩斯，成为继庄则栋后，第二个在世乒赛上取得男单三连冠的球员。

　　其实，在每一块马龙用过的球拍上，秦志戬都倾注了大量的心血。"在马龙的运动生涯里，还没有发生过在比赛前球拍出现问题的情况。"他这样形容马龙和球拍的关系："人拍合一。"

精选底板

秦志戬相信，球拍是有灵性的。这，还得从他当运动员开始说起。

对于红双喜球拍的执着，始于他6岁打球开始的第一块球拍。这之后，红双喜的器材，他没离过手。

有一块他用了14年的球拍，至今保存在家里的储藏室里，这是他最珍贵的宝贝，谁都不能碰。凭借这块球拍，他夺得了1994年世界杯男团冠军和2001年世乒赛混双冠军。"球拍用的时间越长，就越有味道。因为击球的感觉、控制力，都让我觉得很顺手。"

如果不当运动员，秦志戬或许是一名极有水平的"木匠师傅"。从小，他就喜欢研究底板，自己挑选、自己打磨，敲敲补补，一年又一年。拿刀片将胶皮撬下来，然后用绳子将底板捆起来，再将其压在电视机下面，尽量压得重一点儿。底板又在他的手中重新焕发了活力，紧致如新。秦志戬说，"既然球拍是我的武器，那就一定要成为对武器最熟悉的人。"

等到他当教练之后，对球拍精雕细琢的态度，又延续到了徒弟身上。他很欣慰，马龙也是一个对球拍精益求精的人，"他喜欢自己刷胶皮、粘套胶，一定要刷到平平整整，完全没有瑕疵为止"。

里约奥运会周期一开始，为了让马龙对球拍有更深的了解，秦志戬带他专门去了趟上海红双喜总部的球拍厂，参观原材料木材的制作过程，亲自挑选适合他的底板。

"木材有很多讲究，比如底板上是否有木痂。而且，南北方气候差异大，因为湿度的问题，会对球拍的软硬度有不同的影响。"在球拍厂，秦志戬带着马龙参观了烘干球拍的恒温室，随后，他向王志信提出为马龙特制一块球拍。

正是凭借这块球拍，马龙在2015年苏州世乒赛上创造了56连胜的奇迹，并在里约奥运赛场登顶大满贯。

疏导心理

秦志戬同马龙之间的默契，很难用言语来形容。以前他认为，马龙是先天下之忧而忧的人，总是习惯给自己背负上沉重的压力。而现在，他为马龙的成熟感到自豪，"他依然是那个不将霸气写在脸上的人。但我很放心，只要他拿着球拍，站在赛场上，就是能够拼搏到底的人"。

曾经的马龙，有点胆小，为了磨炼他，秦志戬故意让他摸黑上山去找拿所谓的"生日礼物"。马龙在山上转了一小时四十分钟也没找到，倒是被山上人家养的狗吓得够呛。

莫斯科直通赛前，为了给马龙做榜样，秦志戬戒了烟。他嘴上没说，但马龙看出来了，这对马龙无疑是一种激励。

运动员在每个年龄段、每个成绩面前，心态是不同的。在马龙的成长过程中，秦志戬对他的指导，是不断变化的。现在，秦志戬不需要用以前的方式去点醒马龙了，而是要适时帮马龙卸压。"养伤期间，他还是比较着急的，总希望能快一点儿恢复。作为教练，我希望他能始终保持一个良好的心态。"在深圳集训期间，秦志戬一直跟他反复强调："现在的你，成绩不是第一位的，一定要先找到比赛的感觉，然后循序渐进。不要想着一复出就英雄归来，而是要将卡塔尔公开赛、亚洲杯，作为你夺取世乒赛冠军的阶梯。"

从马龙的眼神里，秦志戬看到了答案。

展望东京

不言而喻，现在秦志戬肩上的担子更重了。如今他的身份，是整个男队教练组的领头人,还是中国乒协的秘书长,管理的事务更多了。

  布达佩斯世乒赛,是秦志戬担任男队主教练后,交出的第一份完美答卷。但正如他所说的,危机感一直都在。他已经展望东京奥运会,投入新一轮战略部署中,参加世乒赛的男单五虎将,是不是人人都有在奥运会上夺冠的实力?夺冠后的马龙,接下来该怎么办?没有夺冠的四个人,又该怎么办?"方方面面的问题,都需要我们一步步去考虑。"秦志戬说。保持多年的午觉习惯,早就没了,而这满头白发,他哪有时间去染啊!

(陶邢莹)

一副扑克排出乒乓对阵图

程嘉炎 1934年出生，1950年参加空军，1972年转入国家体委，历任乒乓球处处长、国家体委乒乓球运动管理中心副主任、中国乒乓球协会秘书长、中国奥林匹克委员会委员，曾任国际乒联规则委员会委员，从1981年至1995年，先后三十余次在奥运会、世界锦标赛、世界杯等大赛上担任主要技术官员，著有《乒乓球赛法研究》等。

程嘉炎，国家体育总局乒羽中心原副主任、中国乒协原副主席，是乒乓球界的元老级人物。

说起程嘉炎的传奇，坊间有传闻，说是程嘉炎用一副扑克牌排来排去，就排出了20世纪70年代初期中国举办的亚洲、亚非和亚非拉乒乓球邀请赛的赛程，还巧妙地让一些参赛国在比赛过程中互相避开，赛事组织水平之高，不亚于现在的电脑编程。乒坛老将庄则栋亲眼见证过程嘉炎这"扑克牌式"的乒乓球比赛编排绝技，他在自传中还特意提到了程嘉炎的这一独门功夫。后来，程嘉炎把这套他独创的乒乓球比赛编排写成了书，广而告之，一时间各地乒乓球比赛的组织者都自诩"程门弟子"。

卡片自助式抽签

不过让程嘉炎在国际乒坛一举成名的则是他创造的乒乓球比赛的抽签方式，也有人猜测这也是受扑克牌的影响，程嘉炎称它为卡片自助式抽签方法。1973年8月，程嘉炎首创的中国卡片自助式抽签方法在第一届亚非拉乒乓球友好邀请赛上获得成功，被许多国家视为最理想的乒乓球比赛抽签方法。后来，在1987年的第39届国际乒乓球联合会代表大会上，国际乒联技术委员会讨论并肯定了中国卡片自助式抽签方法。在1988年的汉城奥运会上，乒乓球比赛的两次抽签都采用了程嘉炎的卡片自助式抽签方法。国际乒联的领导人对这种抽签方法给予了高度评价，说这种抽签方法能够使国际乒联竞赛规程关于抽签的基本原则得到实现。国际乒联还表示，卡片自助式抽签方法采取控制过程公开化和自助式，具有良好的可信性，能使每个参赛者或参加抽签者都最大限度地得到均等机会，从而保证了抽签的科学性。

军中当乒乓裁判

程嘉炎在中国乒乓球赛事编排和裁判领域是传奇。这个传奇和上海也颇有渊源。1950年，程嘉炎那时还在上海的高桥中学念书，正好赶上"抗美援朝保家卫国"。于是年轻的程嘉炎报名参军进入了空军部队。在部队，程嘉炎待了20年。程嘉炎从事的是空军无线电仪表的研究工作。喜欢乒乓球运动的他，在业余时间喜欢钻研乒乓技术，还在专业的体育刊物上发表过一些文章，于是他成了部队公认的乒乓专家，部队要举办什么乒乓球比赛，自然会请程嘉炎帮忙组织，而且他做乒乓裁判，能说得出判罚依据，战士们自然心服口服。一来二去，程大裁判在军中算是小有名气。

完成总理任务

1971年，当时中国准备筹办三个大型的国际比赛——亚洲乒乓球友好邀请赛、亚非乒乓球邀请赛和亚非拉乒乓球邀请赛。时任国家体委主任的王猛也是部队出身，自然晓得程嘉炎是乒乓专家，应该了解乒乓球的竞赛组织工作，就希望他能转业进国家体委，专门研究这三大国际乒乓球比赛的组织工作。即便不愿意脱下军装，程嘉炎还是架不住王猛命令式的说服工作，勉勉强强进入了对他来说既熟悉又陌生的乒乓球竞赛组织和裁判领域。程嘉炎面对的第一个工作，就是研究如何组织筹办新中国第一个大型的国际乒乓球邀请赛。

难，还真不是一般的困难，没有任何资料，没有任何经验可循。程嘉炎回忆，像亚非拉乒乓球邀请赛中有100多个国家参赛，其中就遇到不少棘手的问题。比如，当时越南、柬埔寨正在打仗，如果遇上，肯定有一方会弃权，由此产生的国际影响不好，怎么办？周总理为此两次接见程嘉炎，并亲自指示，要尽量使有的参赛国在比赛过程中互相避开。这是硬任务，容不得丝毫差错。聪明的程嘉炎用扑克牌模拟参加国，排来排去，十几个昼夜，终于用技术的手法避开了这些问题。是困难也是挑战，而克服困难后，带给程嘉炎的是作为一名新中国乒乓事业开拓者的自豪。程嘉炎因为参与组织筹办国际乒乓球邀请赛，两次受到周恩来总理的接见，并亲耳聆听周总理对比赛编排的具体指示，这在中国体育界是极少见的。

当程嘉炎顺利地组织筹办完亚洲、亚非、亚非拉乒乓球邀请赛后，他终于明白了乒乓绝不是简简单单的一项体育运动，它是中国与世界关系的一部分。程嘉炎下定决心，认准了乒乓球就是自己的终身事业，他要服务好这个不简单的小球。

扶植冠军摇篮

刚进入国家体委乒乓球处的程嘉炎其实有些茫然，自己该做些什么呢？首先不需要自己上场打球，也有专业的教练负责乒乓球队日常的训练工作。细细想来，程嘉炎对自己有个初步的角色定位，用他自己的话就是要想清楚两个问题：我得考虑我擅长什么？我能为中国的乒乓球事业做些什么？除了全国范围内乒乓球的组织竞赛工作，程嘉炎重点把目光投向了中国乒乓后备力量的培养问题。

早在20世纪80年代，程嘉炎就提出要建立"三个十"：建立10所乒乓球运动学校，建立10所乒乓球小学，建立10个乒乓球城市。这"三个十"的建设目的就是着眼于培养世界顶级比赛的冠军苗子。为此，程嘉炎跑遍了全国数百个城市，他特别提到了上海的乒乓球小学——巨鹿路一小，这个全国有名的"乒乓球世界冠军的摇篮"就是程嘉炎一手扶植起来的。可不要小看这"三个十"，乒乓作为"国球"的群众普及度就是这样一点一滴建立起来的，老老少少哪个不会拿着乒乓球拍挥两板？有人戏称，乒乓球的难度等级分为：初级、中级、高级、难度、噩梦，最后是中国。毫不夸张地说，对于中国乒乓球运动的普及，程嘉炎功不可没。这不比拿一个世界冠军轻松，而且更考验推动者的耐心和毅力。不仅如此，程嘉炎还把中国乒乓球队二线队员的集训安排到了诸如无锡、连云港这样的地区和城市举行，这推动了乒乓球运动在全国各地的普及推广，也在某种程度上激发和提高了这些地区的乒乓球运动水平。

48年的缘分

说起和红双喜的渊源，程嘉炎说有整整48年的缘分。1971年，程嘉炎从部队借调到国家体委乒乓球处，参与组织国际乒乓球赛事工作。也正是那个时候，喜欢钻研乒乓球比赛编排和规程的程嘉炎就与上海著名的乒乓球品牌红双喜结下了不解之缘，一起进行了中国乒乓球器材历史上的几个重大革新。

在程嘉炎看来，红双喜不仅仅是一个企业，它也是中国乒乓球事业不可分割的重要部分。

1971年，他专程从北京跑到上海，在繁华的南京东路上海文教用品公司楼上找到了红双喜，希望能和红双喜的技术人员一起研究乒乓球比赛所遇到的器材问题。为了适应国际大赛的器材要求，程嘉炎希望红双喜在器材制作技术上要进行革新。举个例子，当时程嘉炎就对红双喜提出乒乓球台要做到能靠转轮移动和静止固定。不要小看这些革新，程嘉炎说当时有很多国外媒体说中国的乒乓球器材不行，但红双喜在国际乒乓球赛事中的优异表现，让这些声音彻底没了市场。用程嘉炎的话说，红双喜在中国乒乓球事业的战线中守住了自己的位置。

程嘉炎退休后还参与运作了中国乒乓球超级联赛。程嘉炎说，红双喜为中国"乒超"提供了大量的器材。其实不仅如此，凡是中国队参加的国际比赛，包括世乒赛和奥运会，红双喜都是和中国乒乓球队一起"在现场"。

程嘉炎说，纪念红双喜品牌诞生60周年，不应该把红双喜仅仅当作一个企业来看，应该从这个品牌看到中国乒乓球事业是如何一步一步走向辉煌的，而且红双喜也是一个与时俱进的企业，从当年的"友谊第一，比赛第二"到如今的"构建和谐社会"，红双喜和中国乒乓球运动一起发挥着巨大的社会作用。

（沈琦华）

我是一个乒乓爱好者、痴迷者、享用者

姚振绪 中国乒协原副主席兼秘书长、中国乒乓球队原领队、国际乒联技术委员会原主席。1995年开始担任亚特兰大、悉尼、雅典、伦敦奥运会的乒乓赛事技术代表,北京奥运会乒乓竞赛经理。曾获得国际乒联"贡献奖",他拥有众多的乒乓收藏品,熟悉乒乓历史,被誉为乒乓"活电脑"。

在运动员攀登的路上我初露锋芒，却遭遇"文革"；我当教练，教的外国运动员比中国运动员多；不想当干部，偏偏让我当领队；以运动员教练员的身份直接参加世界比赛的机会一次没有，参与组织的国际大赛世界锦标赛及奥运会数量之多，能和我相比的人甚少。

　　我的乒乓角色很多，运动员、教练员、领队、赛事经理、技术代表、国际乒联博物馆和中国乒乓球博物馆顾问，既为中国队、中国乒协服务，也为国际乒联服务，每个头衔，每个角色，我觉得我都全力以赴了，不管这些角色是自己挑选的，还是组织赋予的。

　　正因为我是一个乒乓球运动的爱好者、痴迷者、享用者，凡是和乒乓球运动相关的工作，不管什么头衔、不管有头衔或没头衔我都喜欢。现在我更喜欢下一个角色——乒乓球运动的推广和历史传承者。

　　在乒乓球的推广中，赛事就是非常重要的工作板块。

有红双喜，大赛不担心

　　红双喜在1961年于北京举行的第26届世界乒乓球锦标赛上首次器材使用，那是我们中国器材第一次在国际赛场上亮相，随后中断了一段时间。再次登上世界乒坛是改革开放之后1995年在天津举行的第43届世界锦标赛。

　　但这两届都是在中国举办的，还不是真正意义上的走出国门，红双喜当然不满足赞助在国内举行的大赛，决心像中国乒乓球队一样走向世界。要走向世界，你必须有好器材。2000年悉尼奥运会使用了红双喜的乒乓球，但球太小，赛事转播，画面呈现不出来，加上奥运会赛场内不允许有广告，传播效果一般。

　　悉尼奥运会，时任国际乒联沙拉拉主席也想提升乒乓的场地视觉效果，要来一场"视觉革命"，红双喜马上回应国际乒联，对场地做美化设计。除了彩虹球台，还要对赛场整体考虑，赛场周边的挡板要不要改？怎么改？不要小看这些，人的眼睛很敏锐，能够捕捉到这些差异，特别到电视镜头上，每个细节都会放大，影响整体。

以前的比赛挡板都是布做的，不平整，不挺括，赛事的质感上不去，红双喜想到了一种广告材料，但还要解决这种挡板封边材料和主材质感的一致性。所以2000年男子世界杯彩虹球台亮相后，红双喜花了不少时间去改进球台和挡板，然后在比赛使用中看效果，沙拉拉主席很重视，几场比赛，都让我陪同，并和红双喜楼总仔细商量细节。现在赛事挡板上赞助商LOGO颜色的潘通号，就是红双喜提出的，不是白色而是带一点儿灰，这样既不影响运动员，又在电视转播中不会有反光，观众看得很舒服。到了2003年巴黎世乒赛，红双喜的球台、挡板提升了场地的整体性，配色效果非常棒，获得了国际乒联和法国乒协的高度赞赏。

我从1995年开始担任国际乒联技术委员会主席，到2009年卸任，担任了五届奥运会的技术代表，北京奥运会担任赛事经理。技术委员会主席职责的其中一条就是要与器材商合作，保证世乒赛和奥运会圆满成功。2005年上海第48届世乒赛，主场地有多种用途，对赛事团队提出了很多挑战。比赛前一天，要满足各国和地区的运动员适应训练，赞助商大众汽车要求把广告用汽车开进场地。晚上10点以后，所有运动员退场才可以布置比赛场地。随着比赛进程要转场，中心场地的比赛球台从9个变4个，4个变2个，2个变1个。每一次转场，意味着球台、转播器材的重新定位、重新调试。上海世乒赛，VIP包厢还是国际乒联委托红双喜设计、制作、安装的，所以红双喜场地服务团队的工作任务是器材组里最繁重的。每晚比赛后基本是最后离开赛场，常常干到深夜。

北京奥运会，开始内场没有活动座席，放八个球台。随着比赛进程，换四个球台的同时内场要增加活动座席。当团体结束单打开始，又要从一张球台换成四张球台。红双喜场馆器材团队，几乎每晚奋战，经常要奋战到天亮才完工。

在多年工作中，红双喜锻炼出一支精锐的场地器材布置团队。这支团队熟悉器材的装配,熟悉比赛对场地的要求,熟悉比赛日程对场地不同的要求,能和比赛主办方积极沟通,能根据运动员、裁判员的反映做出器材的调整,能在最短的时间里完成任务。不但使我和红双喜长期合作感到满意,外国技术官员同样对红双喜的器材服务高度赞赏。

2003年世界锦标赛在法国巴黎举办,是红双喜彩虹球台初次亮相。先是巴黎体育馆的工人认为包装无法用铲车卸运,红双喜的员工靠双手扛把球台扛进内场。在安装器材时发现球台在海运过程产生了点问题,手头又没有合适的工具。红双喜团队硬是靠手工和简单的工具连夜完成任务。2013年巴黎再次举办世乒赛,听到器材还是红双喜时,法国乒协官员贝尔热雷女士说,是红双喜器材团队,那场地这方面工作就不需要(组委会)再费心了。2016年里约奥运会,晚上转场,球台赞助商不在现场,组委会就找乒乓球的赞助商红双喜帮忙搬移球台,红双喜员工毫不犹豫,这就是红双喜的团队精神。

红双喜,中国球拍的成长代表

球拍重不重要?当然重要。但在"文革"前,更多强调"武器是战争的重要因素但不是决定因素,决定战争胜负的是人不是武器"。当时主要都是国产器材,基本没有进口。随着乒乓球运动技术的快速发展,器材必须适应打法的需要,比如20世纪80年代两面拉打法兴起,在一段时间里,外国的运动员手持外国的器材打败我们,这时候我们也开始从瑞典引进底板,运动员拿教练签字的字条来领国产的胶皮海绵。

我在1985年至1994年当中国乒乓球队领队时,其中一个职责是管器材仓库,器材主要是球板、胶皮、海绵和球。国产的品牌主要有上海红双喜的海绵、底板、正胶粒胶皮和反胶胶皮,天津的反胶胶皮,上海"永"字长胶。那时候还没有"套胶"的概念,胶皮和海绵是分开的,运动员要花很长时间黏合胶皮和海绵,特别是反胶,齿粒多,要能和海绵完美黏合,即使是经验丰富的运动员，也要花上半小时。1999年，红双喜的套胶应运而生，随着王励勤的使用，迅速走红并走向世界。

  1982年，我第二次去泰国担任了泰国队的教练。当时与日本蝴蝶公司老板的一番对话，我至今清晰地记得。蝴蝶老板说："尽管1981年第36届世乒赛中国包揽了全部7项冠军，但是在球拍的使用上，日本的蝴蝶牌是冠军。使用蝴蝶牌器材的运动员以及蝴蝶牌在全世界销量至少占70%，日本的Nittaku、TSP，瑞典的STIGA，德国多尼克等占了25%，中国和其他一些国家的产品只占5%。"

  从中国产品只占5%到今天中国红双喜器材走向全世界，日本、德国和欧洲的运动员纷纷使用红双喜"狂飙"套胶，这个过程经历了艰苦和创新，经历了奋斗和思考，经历了红双喜与中国乒乓球队的相互支持。

  中国是世界上乒乓球运动人口最多的国家，也是世界上乒乓球水平最高的、世界冠军最多的国家；改革开放后中国是举办世界乒乓球大赛最多的国家，是世界上转播乒乓球比赛最多、收视率最高的国家，也是世界上乒乓球器材最大的需求市场。我们期待红双喜投入的更大科研力量，研制出更多运动员喜欢的品种，缩小塑料球和赛璐珞球在运动员拍子上的球感和手感差异；要在球台的造型上创造更多的美感，要让乒乓球电视转播的画面更艳丽、引人入目，要让红双喜永远天天有喜！让我们继续享受乒乓球带来的精神愉快、健康和欢乐！

（姚振绪）

既是恩师，又似慈父

陆元盛 中国乒协原副主席、国家体育总局乒羽中心原副主任，前世界冠军。1991年担任国家队乒乓球男队教练，培养了世界冠军削球手丁松，1995年至2005年担任国家女队主教练10年，在世界大赛上保持不败战绩，退休后仍活跃在乒乓运动的推广前线。

国家体育总局乒羽管理中心，陆元盛迈着轻盈的步伐，捧着一本笔记本，笑意盈盈地走了进来。逢人便打招呼，他那带着上海腔的普通话，辨识度极高。已经退休的他，依然将这儿当作自己的家，最近加入了国乒参谋团队还要经常跟国家队飞赴各地集训。

他疼爱队员，也会"哄骗"队员；他不放弃队员，一如既往鼓励队员。耐心、细心、真心这"三心"，贯穿了他整个乒乓生涯，恩师、名师、慈父则是所有队员对他的一致评价。

不服输，改技术

清瘦的陆元盛，自小身体条件并不算好，但他不服输。很庆幸，他能在乒乓特色学校巨鹿路二小读书，自此开启了乒乓生涯。

还记得1964年，就读的巨鹿路二小在一个比赛中获奖，中国乒协奖励了一个乒乓球台，"脚是木头的，很粗，全校同学每天要抢着去打球"，陆元盛也不例外。怎样才能有更多机会在这张球台上打球呢？他便苦练球技，争取进校队。"进校队是要打擂台的，而且功课要好，为了梦寐以求的机会，我勤学苦练。"于是，菜场里的台子、弄堂里的门板，成了陆元盛课余练球的地方。二年级时，陆元盛便入选校队成为主力，每天早晨6点前一场，下午4点放学后一场，打得不亦乐乎。升入长乐中学读书后，陆元盛也经常回巨鹿路二小打球。

1972年进国家青年队后，因为瘦小，陆元盛连访问比赛都轮不上。不服输的他有空就研究，以求异军突起。原来他打两面反胶，就琢磨改长胶，但改变是有成本的，"换了一个半长胶，差点儿换回上海队去，后来勉强留在青年队"。

执着的陆元盛没有打退堂鼓，最后练成了反胶、长胶倒板发球、接发球、削球的绝活。

持"魔杖",玩削球

一根"魔杖",一种削球,陆元盛在国乒低谷期的横空出世,为国乒的重新崛起,立下了汗马功劳。

1974年瑞典公开赛,初出茅庐的陆元盛一炮打响。手下败将、世界冠军本格森,输得心服口服,一块球拍的故事,传为佳话。

国乒男队在1973年世乒赛团体赛上输给了瑞典队,需要克敌制胜之术,徐寅生等人就想从队内选"秘密武器"。次年瑞典公开赛,队里派上清一色的青年选手,以锻炼新人。

陆元盛第一场球就跟世乒赛冠军本格森打,上场前,他心里直犯嘀咕:"今天我好不容易出一次国跟他打,别不过10分啊!"没想到,陆元盛不仅打过10分了,还赢下了这一场。

晚宴上,本格森跑到陆元盛面前说:"我要好好研究你,下次再见到你,我们再战。"三天后,两人再次交手,陆元盛又赢了。这一次,本格森掏出一块印有自己头像的球拍,送给陆元盛。然后,他拿着陆元盛的球拍,左看右看,陆元盛自豪地告诉他:"这是红双喜032的底板。"

国乒年轻选手大胜世界冠军瑞典队的消息,在国内传开,陆元盛的削球绝技,被国外选手誉为"魔杖"。后来,陆元盛当了国乒队的教练,他的爱将丁松也同样用削球打败了本格森执教的弟子。

37年后,中美乒乓外交40周年纪念活动在位于美国南加州小镇约巴林达的尼克松图书馆举行,陆元盛和本格森再相遇,追忆往事,两人谈笑风生。在尼克松图书馆的合影,至今保存在陆元盛的手机里。

教丁松,不放弃

1991年的一纸调令,陆元盛赴国家队任教。当时的国乒男队经历了历史上最惨痛的危机——在世乒赛上仅名列第7。女儿刚2岁,陆元盛义无反顾地踏上了北上之路。陆元盛至今难忘。从上海赴北京报到,要坐整整一夜的火车。从北京打电话回家,几分钟后50块就没了,为了省钱,他跑到北京火车站打电话,因为晚上9点以后半价。跟妻子分居两地七年,他感叹:"八年抗战都要胜利了。"

去国家队报到时,他提出一个要求,带一两名上海队的队员进国家队。丁松,成了他在国家队精雕细琢的第一位世界冠军。

慧眼识才的陆元盛从未放弃过丁松。丁松最早于1986年入选国家青年队,因为违纪,两年后退回上海队,再加之种种原因,被上海队也停训了,丁松处在了退役还是不退役的十字路口,按陆元盛的话来说,"他思想恍惚,没了目标"。1989年,陆元盛退役,担任上海男乒主教练。他觉得丁松是块好料,需要"挽救",便去找丁松谈心,"从今天起,你可以到食堂吃饭了,也就是可以恢复训练了,先从跑步开始……"恢复训练后的丁松,成为上海队的顶梁柱,这也为他日后重回国乒奠定了基础。

带着丁松北上,陆元盛在他身上倾注了大量心血。中国男乒需要丁松这样的削球手,但丁松成绩有起伏,思想上又犹豫了。陆元盛还是坚信:"这孩子有潜力,不能放弃。"一种适用于丁松削球打法的全攻全守技术,在师徒两人的潜心钻研下诞生了。

丁松当时打的是两面反胶,但效果不理想,陆元盛便在仓库里左找右找,长胶不行,反胶也不行,最后,淘出了一块不正规的红双喜海绵。"我就要不正规的海绵。就要跟老外不一样,能冲下旋球,发球转,老外的海绵摆短就容易冒高……""乒乓球的发展,就好比踢足球,攻守要平衡,所以丁松既要练削球,又要练攻球。他攻得好的时候,比人家攻手都力量大。"

又是瑞典公开赛,又是秘密武器,"魔术师"丁松,继承了"魔杖"陆元盛的衣钵,在1996年瑞典公开赛上大放异彩。

第43届天津世乒赛,国乒想出奇兵,可是丁松能叫人放心吗?男团决赛前一晚,教练组尚未决定用不用丁松,但陆元盛"骗"了他:"明天你肯定要上场。"那一晚,丁松紧张得要命,怕自己打不好,睡不着觉,陆元盛鼓励他:"你有这个技术,不要怕。我本身的打法就是削球,当教练对削球更有研究。我当年战胜瑞典队,现在我们再次面对瑞典队,你也是奇兵。你不是一直很想当英雄吗?这种时候怎么可以不站出来,运动员要有激情!"决赛当天下午5点,最终教练组拍板,上丁松!

在丁松的身上,陆元盛看到了自己的影子。后来,他向丁松道出实情:"1975年世乒赛,我和你的情况一样,决赛我主动去跟教练请战,如果决赛不上场,最后我就是板凳球员,金牌不算数。可是教练组投票的结果是4比6,选我的是4。于是心灰意冷的我就去睡午觉了。没想到,也是下午5点,李富荣来敲门喊我上场,我一点儿准备也没有。我昨晚跟你说要打,就是希望你不要泄了气。"

丁松没有辜负恩师的期望,在第三场中大胜瑞典队卡尔松,为中国队以3比2获得最终胜利立下了汗马功劳。

红双喜,用到底

红双喜032的底板,伴随着陆元盛创造运动员生涯的辉煌。而当他成为国乒金牌教练时,他的弟子也都延续了使用红双喜这一传统。

早在陆元盛担任上海男队主教练期间,全队都用红双喜的器材。当时红双喜刚开始给国家队提供器材,每次国家队提出修改意见,红双喜的王志信就会将修改好的器材拿给上海队先试打。

从那时起,陆元盛就坚定地认为:"国乒要辉煌,必须有自主品牌。一直用进口器材,万一供应商断了你的货源,卡了你的脖子,就等于断了你的粮。"

运动员是很敏感的,对器材的挑剔度极高。红双喜工作人员一次次往返于北京和上海，坐一整夜火车，随叫随到，为国乒量身定做的辛苦，陆元盛看在眼里。

他给记者讲了一则在国家队的趣事：有一次丁松怎么也找不到感觉，非要一块43度的红双喜海绵。陆元盛很为难，心想，人家刚坐火车回上海，你又要叫人家过来，太麻烦了。他便跟丁松说："行，三天后给你。"然后，他悄悄地将40度的字样用橡皮擦掉，用笔写上43度，交还给丁松。被蒙在鼓里的丁松一试，开心了，"这块好，就是这个感觉"。

从男队到女队，陆元盛带出了一个又一个世界冠军，也见证了红双喜的一次次进步。有一次王楠参加女子世界杯，胶皮检测不合格，陆元盛亲自给她重新刷胶皮直到深夜。后来，红双喜开创先河推出套胶，王楠是当时队内唯一一个全套用红双喜器材的选手，并成为国乒历史上夺得世界冠军最多的运动员。陆元盛感慨："民族品牌强大了，才更能保障好国乒。渐渐地，主力队员都用红双喜，陪练都用国外器材，这样出去比赛，人家不适应我们。因为老外找不到我们手中的秘密武器啊！"

率女队，续辉煌

1995年，陆元盛接张燮林的班，执掌国乒女队，陆元盛深切地体会到："不管谁来接这个队，你都要拿得出人来。"王楠算是陆指导慢工出细活的一个"作品"。

1996年亚特兰大奥运会，队里只能用邓亚萍、乔红、刘伟、乔云萍这四个老队员，没有时间培养新人，压力很大。陆元盛带王楠去打奥运会预选赛，当时他就看出，"这个孩子有潜力"。1995年访欧比赛，陆元盛大手一挥，四个主力一个都没用，而是带杨影、王楠、李菊、王晨四个人打了五站，"必须给新人更多锻炼机会，结果，她们通过比赛证明了自己。当时我想，两年以后她们就可以派大用场了"。

1998年曼谷亚运会，小将崭露头角，王楠和李菊拿了女双冠军，到了2000年，四个一次都没打过奥运会的新人在悉尼奥运会上大放光彩，最终王楠、李菊分获女单冠亚军，两人同时登顶女双冠军。

当教练，不只是培养一名世界冠军，而是要延续国乒的辉煌。

王楠之后，张怡宁接班。其实早在1997年，一件小事让张怡宁打动了陆元盛。当时队里在军训中搞联欢会，二队姑娘扭扭捏捏，不肯当主持人。陆元盛对齐宝香说："你告诉大家，谁想拿世界冠军，谁就上去当主持人。"张怡宁听了，站了出来。就此，陆元盛记住了这个二队的孩子。起初，张怡宁当邓亚萍的陪练，邓亚萍认为她的球风挺黏糊的，有点像何智丽。陆元盛便关照邓亚萍，"你平时多给她补补课"。

陆元盛认为，张怡宁是个聪明的姑娘，骨子里很要强，"她喜欢跟优秀的人在一起，从小就跟在世界冠军后面，拎拎包，主动买吃的"。后来，王楠和张怡宁都在李隼这一组，陆元盛认为："王楠对张怡宁的进步起到了一定的帮助作用。"

从邓亚萍到王楠，再到张怡宁，陆元盛对她们因材施教。在他眼里，王楠和张怡宁是两个性格截然相反的队员，"张怡宁这个人别看平时没什么表情，其实她内心天天在琢磨怎么打好球。吃饭就吃一口，晚上又睡不着，听人家说她晚上老是睁着眼睛想事情"。王楠对乒乓事业持之以恒的付出，也令陆元盛感动，"她那时候练到手上都是泡"。

骨子里热爱乒乓，王楠和张怡宁在世界女子乒坛开拓了一片天。这是陆元盛执教生涯中光辉的一笔。陆元盛总结道："在你有人的时候就要注意带一两个小孩，否则这个队在某个时候一下子就会没有主力可用了，以后让谁去当这个教练都难带。"这是国乒能长盛不衰的秘诀。

像慈父，爱"女儿"

王楠说："陆指导是个特别慈祥和善的人，我们从来都没挨骂过，打心眼儿里，我们都很喜欢他。"

当初北上执教，陆元盛的女儿年仅2岁。在中国女队，他将所有的队员都当成自己的女儿。

王楠也承认，执教女队不是件容易的事。"女生敏感、想法多，陆指导却能平衡好方方面面的关系。"每逢大赛，总有记者去问陆元盛："你喜欢谁？"陆元盛说："手心手背都是肉，我都喜欢。"为了躲避媒体，悉尼奥运会女单决赛前，陆元盛拿两瓶水交给自己的队员，"祝你们双方都取得好成绩，我上看台去"。结果，他根本就没上看台，就是为了不让记者发现。赛后记者问他："你怎么看比赛？"陆元盛说："我跟徐寅生吃饭去了。"

如今回忆起来，陆元盛对记者倒是颇为坦荡："那时候，记者会观察你的神情举止，万一炒作你喜欢谁不喜欢谁，队员就不高兴了，所以我索性就不去现场了。"

2008年北京奥运会，这是一场令陆元盛终生难忘的比赛，已经从国乒一线队退下来的他，终于到场内观看女单决赛了，也终于能开口点评她们了。担任直播解说员的他，在王楠和张怡宁的比赛中，压抑着内心强烈的情感，客观、公正地解说完了这一场激动人心的比赛。他还是那句话，"手心手背都是肉啊"。

执教女队的方法，陆元盛自有一套。不需要打骂惩罚，但要给她们一个目标管理。"我总结出来一点，从小就要让孩子学会独立。人要有奋斗精神，要懂得去追求，这样我就不用去管那些杂七杂八的小事了。"

秉持这样的执教理念，总是笑呵呵的陆元盛，在男队"挽救"了丁松，在女队延续了辉煌。张怡宁大婚当天，陆元盛激动地说："看到张怡宁结婚的那一刻，感觉就像是自己的女儿出嫁一样。"

（陶邢莹）

他为国球默默奉献

沈积长 中国乒乓球队第二任领队,国家体育总局训练局原副局长。他有40年在体育系统工作的经历,参与过第26届北京世乒赛的筹备工作,曾获乒乓球运动贡献奖。

"你看这个。"老领队沈积长半年多前摔了一跤,行动不便,采访特别安排在他家。一进门,一头白发的老人骄傲地捧着一块超大尺寸的红双喜乒乓板给我看,木板上,许绍发、邱钟惠、郑敏之、何智丽、施之皓、梁丽珍、童玲、庄家富……这些熟悉的名字穿过时代,扑面而来。自1961年从当时的国家体委群体司借调到训练局,参与第26届世界乒乓球锦标赛的筹备工作算起,到1995年以训练局副局长的身份退休,沈积长的大半辈子都是在北京体育馆路南侧的这个大院里度过的,领队的工作大多数时候都是琐碎的、默默无闻的,但他同样也陪伴、见证了中国乒乓球从一个辉煌走向又一个辉煌。

沈积长回忆说:"除'文革'期间,正常的工作秩序被打乱外,我其他时间基本都是在训练局度过的。我工作了40年,前10年在国家体委群体司,后30年在训练局——前10年在办公室做行政工作;中间10年出任中国乒乓球队领队;后10年担任训练局副局长,主管乒乓球、羽毛球、举重以及后勤工作。"

木头台子和玻璃黑板

"1961年,第26届世乒赛是我们国家第一次承办世界性比赛,所以许多事,现在都记得。"那时候的沈积长26岁,那时候的红双喜2岁,那时候的中国从没有过承办世界性比赛的经验。"我记得比赛用的红双喜球桌是木头腿的,六条腿还是八条腿来着,看上去有点笨重,跟现在那些流线型的时髦设计,真不好比,但那时候也觉得非常骄傲,毕竟是我们自己的球台。"记忆的闸门就这样轻轻地打开了,沈积长骄傲地告诉记者,"我当时有两个'发明':一是第一次搞倒计时,在一块玻璃板上每天写好距离世乒赛还有多少天,给运动员足够的紧迫感;二是用一块才14英寸电视机大小的小黑板,每天记录运动员的考勤和作息,谁开回头灯,谁不好好睡觉,谁干嘛，第二天一早训练时，一眼就全看清楚了。李富荣、徐寅生、张燮林他们也都每天会经过这块板，大家都怕自己做了坏事被记上去，这样队伍就好管很多。"

"其实，第26届世乒赛组委会只是一个临时机构，从各单位、部门抽调的人，随着比赛结束，大家还要返回原单位。不过，那届比赛中国运动员拿了三项冠军，当时的体委主任贺龙同志非常高兴。之后中国队备战第27届世乒赛前，在贺老总的力主下，我和部分同志又被借调到训练局，1964年我就正式从国家体委群体司调入训练局，从此再没离开过。"沈积长讲起这些，记忆清晰，逻辑完整，语气里透着骄傲和自豪。

"看"队员睡觉不回家

见证过1961年的"横空出世"，沈积长也陪伴了1979年跌入低谷的中国乒乓球队卧薪尝胆，并以领队的身份，和李富荣一起带领队伍在1981年第36届世乒赛上史无前例地包揽七项冠军。"1978年起，我担任中国乒乓球队党支部书记、副领队。那时候中国乒乓球正处于低谷，尤其在第35届世乒赛上男队只得到了半个冠军（混双），要打翻身仗，我们肩上的担子都很重，可以说乒乓球队的每个人都承受着不小的压力，要比十几年前大。"压力之下，沈积长每天回家吃个简单的晚饭，便又回到队里，因为这个大领队要像宿管大爷一样，蹲点看管队员按时就寝。"我们规定运动员宿舍每晚10点熄灯，但有些胆子大的男队员，超时不归，而且没有事先请假。遇到这个情况后，我就睡到他的床上，等他。深夜，那个队员回来了，摸黑到了床边后，发现上面睡着个人。这个时候，我也没有当面批评他，只把他回宿舍的具体时间告诉他，然后把情况简单地写在那个小黑板上。"就是这样赔上时间、精力，也讲究方式、方法，才配合主教练抓好了运动员的思想工作，也抓起了训练质量。

每天陪蔡振华跑步

不过，沈积长谦虚道："功劳真谈不上，那都是运动员和教练员的辛苦付出，我们只是做了一些力所能及的事情。"这些力所能及的事，还包括陪蔡振华每天跑步两小时。备战那届世乒赛时，"小将"蔡振华腰部受伤，医生建议他进行长跑，以增加腰部力量。"我看教练们都没时间，我就陪他跑，主要帮忙拿衣服。"于是，冬天清早5点的北京，天蒙蒙亮，也没路灯，蔡振华要从穿着厚厚的灯芯绒棉大衣一路跑到内衣全部湿透，而他身后总会跟着一辆自行车，车筐里放着脱下的一件件衣服，"有时候还陪他聊聊天，他每跑一步，腰就像针扎似的疼痛，1万米跑下来，得一两个小时，真是不容易"。这样跑了一个多月，等冬训正式开始时，蔡振华果然能正式参加训练了，连医生心里都暗暗吃惊。

睡得晚，起得早，这其实让沈积长很骄傲。几十年过去，每一个带过的队员，他都是熟悉的、爱护的，甚至他都是付出最多时间默默陪伴的。大家都知道邓亚萍训练刻苦，正常训练结束后，她还要加练，每次都是最后一个离开训练馆，但其实比邓亚萍更晚离开的是场馆工作人员，是他们为运动员获得优异成绩，默默地奉献着。"其实默默奉献的可不止我们，也不止队里的厨师、按摩师，你看红双喜，他们这么多年一直派人到国家队来，甚至可以说是'蹲点'，陪着国家队队员训练、比赛，运动员一有什么需求，他们总要想办法尽快满足，一次次改进，一次次调试，直到满意为止。"沈积长抚摸着大大的红双喜球板，他说自己能够见证新中国体育逐渐走向强大，而且在其中贡献过自己的一份力量，"我这辈子很值"。

（孙佳音）

国乒的"心理大师"

黄飚 中国乒乓球队第四任领队。他9岁进入少体校与乒乓结缘,1993年1月底回国担任国家队副领队,是目前任职时间最长的国乒领队。

1991年，蔡振华执掌中国男乒，国乒正陷入前所未有的低谷。1993年，原本在日本执教的黄飚，被蔡振华请了回来，协助领队姚振绪工作。蔡振华当初看中的，是黄飚骨子里的勤勤恳恳、任劳任怨。

放弃日本优渥的生活，举家入住国家体育总局集体宿舍，从副领队到领队，黄飚在国乒一待就是26年，如今54岁的他成为这支金牌之师里资历最老的人。

打造一支有素质、有追求、有团结精神的队伍，黄飚秉承的是：细节决定成败。

谈回国　义无反顾

在国乒大院走廊顶端的一间运动员宿舍里，黄飚带着妻子和5岁的女儿，一住就是五年。当时的他们，没有户口、没有房子，宿舍里，蟑螂和老鼠是家里的常客，因为没有浴室和厨房，他们需要穿过运动员大院，走到另一端的乒乓球馆去洗澡。当时黄飚的职业生涯，还是个未知数。如果留在日本，一个月挣的钱，相当于在北京干10年。但他还是毅然决然地投入了为中国乒乓事业重新崛起的火热事业中。

在女儿黄抗抗的印象中，父亲是一个为了工作废寝忘食的人。以至于黄抗抗后来进入北京乒乓队后，黄飚的妻子常抱怨他将所有的时间和精力都放在队里，而不会花时间去陪自己女儿训练、读书。

关于父亲，黄抗抗写过两篇作文。一篇是三年级时写的，标题叫《我想有个家》。黄飚读完后，心酸不已，至今回忆起来，他的眼中还是泛着泪光，他说："我心底里其实一直觉得很亏欠她们母女俩。"另外一篇是抗抗参加工作后写的，标题叫《父亲，我的一棵大树》，她写道："在我这二十几年的人生当中，爸爸除了扮演父亲这个角色，还是我人生的榜样和目标。如果非要给他贴个标签的话，在我眼里，他就是一个典型的中国男人：正直、谦逊、勤奋、传统且大男子主义。"

如今黄抗抗对父亲的印象是,一个一直默默地为这个集体工作着的奉献者,"是我们全家的骄傲"。

谈工作　细节取胜

"乒乓队中无小事",这是黄飚给自己定的工作原则,在国乒担任领队的他,扮演的是一个"大管家"的角色。

比如,布达佩斯世乒赛前在深圳集训,训练馆里高挂着"斗娇气,扬霸气,赢世锦,战东京"的横幅,令人看了精神一振。另一边,一张国乒主要对手的宣传照,时刻提醒着国乒队员在思想上不能松懈。这些,都是他和助手亲手布置的。

更新换代的手机,是黄飚工作的见证者。还记得1997年,有一次黄飚随蔡振华去天津办事,一上车,他就打了整整一小时的电话。蔡振华都看傻了,问他:"这么多细节,你都记得住?"当时用的手机是爱立信,像砖头般大小,比较稀有,但黄飚每天不离手。时至今日,黄飚的标配是两台手机,只要你在他身边待上一会儿,一定会对他的两个手机一直响个不停印象深刻。"有时候看起来是一件很小的事情,但要落实下去,来回就得十几个电话。"

黄抗抗这样形容父亲:"他总是在思考工作。吃饭想、走路想,上厕所也在想。"

如今的国乒,全年比赛不断,间歇期还有封闭训练。黄飚的工作总是走在国乒日程表的前头,需要提前一个月就做准备,几十种器材要提前运到,思想工作不能放松,住宿、经费等全都要他来管。但黄飚从来都没有过怨言,"这样的工作,确实需要有人去做。既然选择了,就不要抱怨"。

随着队伍管理难度的增加,他觉得自己还有提高的空间,2002年开始在北大读在职研究生。难得的周末,都扑在了课堂上。在37岁时,黄飚和年轻人一样，像一块海绵在校园里吸收着知识。"自从读研以后，感觉自己在理论上提高了一个层次，能把过去工作中的一些东西提炼出来。课堂上学到的那些理论反过来可以指导我现在的工作。"这是他在北大的收获。

谈管理　因人制宜

1995年天津世乒赛，国乒打了一场漂亮的翻身仗，从此开启了乒坛霸主的局面。在黄飚看来，国乒的成就，要归功于这支队伍的团结。

作为领队，黄飚提出了素质教育的概念。26年里，国乒诞生了一批又一批明星球员。如何管理明星球员？黄飚摸索出了"因人制宜"的办法。每一个大满贯球员的思想变化，都逃不过他眼睛，更逃不过他的"思想教育"。

女乒两任领军人物王楠和张怡宁，就被黄飚找去"喝过茶"。按黄飚的话来说，在队里，"蔡振华是锤子，那我就是海绵"。

有一次训练中，王楠打得特别不顺，于是她便一甩球拍，哇一下哭了出来，就像一根弦绷断了。随后，她一个电话打给黄飚哭诉。吃午饭的时候，黄飚对她说："等你想通了，就来找我聊，我可以不睡午觉，但耽误的是你自己的时间。"在领队房间里，王楠对黄飚说："我练不顺，忍不住了！"于是，黄飚像个长辈一样同她聊心理上的问题。10分钟后，王楠便整理好了情绪："您放心，不会有下一次了。"如今回想起来，他颇为自豪地说："王楠是个要强的姑娘，我相信她，聪明人不会犯同样的错误。"

2003年巴黎世乒赛后，正遇上非典，黄飚便组织全队去正定参加军训，一待就是40天，枯燥难耐。当时教练组的想法是，主要练张怡宁。高强度的训练让张怡宁没了耐心，中午吃饭的时候，她就敲着碗筷，动静很大。黄飚一看，就知道她在闹情绪了，"她不说话，这是无声的抗议，要'起义'了"！于是黄飚赶紧找人开会，讨论到底谁去做她的思想工作。结果讨论了不久，就发现她被教官逮出来训话了，现场还有几十家媒体的长枪短炮，"坏了，她面子都没了"。黄飚点了支烟，抽了两口就掐灭了，然后走到张怡宁身边，在她耳边轻声说道："老张，我本来就要找你，我在楼上会议室等你，说出来就好。"临走，他轻轻拍了下张怡宁的肩膀，"听话"。

在会议室里，黄飚慢条斯理地对她说："我很理解你的心情，如果是我，也会'起义'。我是人，不是神。但是整个军训围绕着你一个人，未来中国队的旗帜，需要你扛起来。如果你不愿意扛这个旗，我们就聊其他的；如果你愿意扛，我们就聊你的问题。就两条路……"聊了15分钟后，张怡宁点点头，主动提出："领队，你集合大家吧，我在全队面前做思想检查。"

黄飚没有读过心理学，却是国乒的"心理大师"。黄飚告诉记者："做运动员思想工作，一定要站在对方的角度思考问题，而不是高高在上。"他还指出，这套理论，需要灌输给所有教练员。

谈器材　一荣俱荣

金牌之师的背后，离不开无名英雄为国乒的保驾护航。黄飚正是见证者。从最早国乒使用国外器材，到如今使用我国民族品牌器材在赛场上战无不胜，黄飚一定要提一提红双喜。"国乒能从1995年开始走上巅峰，同我们的器材有密不可分的关系。"

"如果说，器材是我们的武器和弹药，那么红双喜就是我们的兵工厂。"黄飚刚进国乒时，大多数队员使用的是国外器材，没有品牌技术专业人员的保障，也没有无限量的供给，更没有为他们量身定做，运动员在训练和比赛中，一旦球拍出现突发状况，黄飚急得团团转。"好几次大赛前，我恨不得立马飞到国外，为运动员带新器材回来。"

20世纪末，红双喜率先提出了套胶的概念，将海绵和胶皮合二为一。黄飚还记得，他当时问红双喜副总经理楼世和："你们能否在半年内推出新款套胶，让队员用上我们的自主品牌？"仅仅三个月后，红双喜的套胶面世了。这款套胶既有旋转，又有力量。结果，全队有八成主力很快都开始使用红双喜的新款套胶。

一时间，红双喜的套胶在乒乓市场走俏，更在全世界专业运动员中声名大振。为了给国家队配备充足的器材，红双喜高层和技术人员常常在上海和北京两地飞。一旦谁要换套胶了，谁要量身定做底板了，他们随叫随到。"20世纪90年代，飞机票很贵，红双喜对国乒提供了巨大的投入，他们就是我们最坚强的后盾。"

按黄飚的话来说，红双喜和国乒之间的关系是"一荣俱荣"。

时至今日，红双喜已成为世界乒坛顶级品牌，从球台到球拍，从地胶到挡板，红双喜始终走在世界乒乓器材发展的前面。国际乒联每次推行新材料球，红双喜研发的产品都会在第一时间送到国乒手里，让他们可以在大赛前提前使用。国际赛事的地胶和挡板，被安装在了国乒训练馆以及深圳等集训基地，队员们可以在国际标准的环境里训练。

"每次我们集训和大赛前，红双喜工作人员都会连夜布置场地和器材，饭都来不及吃，就是为了给我们提供直接保障。"

为了回馈社会，黄飚组织全队每年定期去贫困地区做慈善公益活动，这个理念又和红双喜一拍即合。红双喜提供大量器材，国乒提供人力资源，云南、江西，甚至非洲的孩子们，获得了跟世界冠军学打乒乓的机会。

有一次国乒在人民大会堂参加庆功宴，黄飚提议，请红双喜相关人员出席，"红双喜就是我们国乒自家人"。

"乒乓队每天都面临名和利，作为领队，有困难有问题你必须上，可遇见荣誉就要撤到后面。以前像张均汉他们这些老领队，在领导岗位上的时候，都是这么说这么做的，无形中就一代代传了下来。我从不跟其他运动队的领队比，他们也很忙，可能乒乓队要求更细更高，我必须把工作做好。"黄飚说。

细节决定成败，黄飚的工作理念和红双喜对乒乓事业的付出，有着异曲同工之处。向着2020年东京奥运会，国乒再出发，黄飚依旧是那个勤勤恳恳的领队，而红双喜依旧在不断创新发展的道路上，为国乒保驾护航。

（陶邢莹）

徒弟都比我有名

梁友能 国际乒联"贡献奖"获得者，中国乒乓的功勋教练，他在国家队执教近30年，经历了12届世乒赛。为了乒乓，他放弃同济大学学业，从上海到山西省队；23岁时响应号召，从运动员变成教练，张燮林、施之皓都是他的弟子；他首创多球训练方法，热心乒乓器材的研究，被称为"长胶打法的祖师爷"。

如果你以高分考进上海同济大学铁道建筑系，会不会在大二那年，因为酷爱乒乓球，放弃"大好前程"，应召前往山西，成为一名乒乓球运动员？如果你赢过北京的庄则栋、上海的李富荣，在1958年就夺得过全国（六城邀请赛）的男单冠军，1959年还战胜过当时的世界冠军、捷克斯洛伐克队的斯蒂贝克，刚想要去世界大赛大展身手，是否愿意早早地在23岁转做教练，甘当幕后英雄？

有一个人，就是这样捧着一颗热爱乒乓球的真心，从1959年到1987年，从男一队教练员到女队教练，从见证第26届北京世乒赛中国男团夺冠，到全力培养出张燮林、陆元盛、施之皓、陈新华、林慧卿、郑敏之等世界冠军，"徒弟都比我成绩好，比我有名"。83岁的梁友能说自己没有遗憾，能为中国乒乓球做过一些事，很满足。

无师便自通

1936年出生的梁友能，小时候住在上海的六合路，家里七个兄弟姐妹，排行老四。"我家里条件不好，开始打球已经读中学了，而且完全是野路子，那块乒乓板基本上就是木头板，连胶皮都没有。"尽管如此，却挡不住他对乒乓球的热爱和天赋，很快他便无师自通，以一手颇有威力的直拍削球在1954年上海学生比赛中列徐寅生之后获亚军，"那时候进了上海市学联队，还当了队长"。

很快，他以五门499分的优异成绩考入同济大学。但梁友能太爱乒乓球了，二年级时竟舍弃了铁道建筑系的学业，告别了当时的女友，进入国内继京、粤之后成立的第三支省级队——山西队。"一方面可以减轻家庭负担，有工资的；另一方面是因为上海那年还没有专业队，我实在想打球。"为了打球，他还把户口迁去了山西，这在当时，在大多数上海人看来，都有些不可思议。但梁友能几乎是毫不犹豫的，他只是记得："经过一年训练，我技术进步明显，在高手云集的全国六城乒乓球邀请赛上以全胜的战绩,夺得了冠军。"也是在这一年,1958年底,梁友能被调入国家队。

转行当教练

又一年过去,正当梁友能摩拳擦掌,准备要到世界大赛上大显身手时,为备战第26届世乒赛的"108将"(当时抽调代表中国乒乓球最高水平的108人组成了大中国乒乓球队,时称"108将")名单里,梁友能的身份却"变成"了教练。"我23岁就当教练了,让我辅助傅其芳管理男一队训练,是有点年轻。"梁友能坦言,之所以国家体委做出这样一个决定,一来是当时他的打法有些落后,"二来当时国家队里我是唯一的大学生,文笔好,脑子活,后来国家队的大多数小结、总结报告都是我执笔的"。

服从组织安排,梁友能兢兢业业地钻研起训练业务。1961年4月4日至14日,第26届世界乒乓球锦标赛在北京举行,中国男子乒乓球队一路过关斩将,最终在决赛中以5比3战胜了称霸乒坛已久的日本男子乒乓球队,首次将中国队的名字刻在了这座代表国家男子乒乓球整体最高水平的斯韦思林杯上。赛后,教练和队员们捧着奖杯拍了一张合影,当年这张照片刊登在《人民日报》头版上,今天这张照片悬挂在国家体育总局乒羽运动管理中心的二楼走廊。采访结束时,梁友能路过58年前的旧照,给我们一一指认:"最左边这个就是我,这是王传耀、容国团,捧着奖杯的是傅其芳,再右边是庄则栋、李富荣、徐寅生、姜永宁。"照片里,他们笑得灿烂、自豪、幸福。

"雪藏"张燮林

梁友能最知名的"嫡传"弟子非张燮林莫属。球迷们说,梁友能是削球和长胶的祖师爷,他呵呵地笑了,告诉记者,张燮林能够取得好成绩,除了刻苦训练外，使用红双喜6号长胶，的确是制胜法宝。"张燮林用长胶打球，其实有点偶然，当时他在上海队，本来用的胶皮没有了，就去红双喜仓库翻找，结果发现了许多没人要的6号胶皮。"6号胶皮颗粒长，足有1.5厘米，打起来球性怪不好控制，但张燮林发现他的出球让对方更加难受，"那如果掌握得好，威胁就很大啊"。于是，张燮林就用上了这1.5厘米的长胶，在第26届世乒赛小试牛刀，而后梁友能和傅其芳就把张燮林"雪藏"了，"要作为秘密武器，到第27届（世乒赛）时用来破掉日本队的弧圈球"。果不其然，两年后张燮林用出奇的削球打得日本选手一败涂地，"魔术师"的美名蜚声世界。"你知道吗，我当时包里还一直放着一块普通球板，如果有外国记者要看，就（把普通板）给他们看。"脑子灵的张燮林，原来有一个脑子更活的教练。

1963年底，梁友能改任女队教练，主管林慧卿、郑敏之、仇宝琴等削球选手，还首创了多球训练法。在1965年第28届世乒赛上，郑敏之和林慧卿组成的中国女队以3比0击败日本，第一次捧起考比伦杯。任教超过30年，梁友能经历了十多届世乒赛，几乎是中国乒乓球队任教时间最长的教练员，培养出无数世界冠军。

尤其，跟其他教练员不同的是，他爱钻研战略战术，《现代乒乓球技术的研究》一书中的"战术篇"便是梁友能写的，被国外广泛翻印；他还特别热心于乒乓球器材的革新，不仅在队里见证着红双喜的一次次技术突破和升级，"我还专门跑回上海，到红双喜球拍厂蹲点，跟厂里的技术员一起研究、研发"。梁友能说，自己曾经分管器材，从1961年第26届世乒赛起，便亲历着红双喜球台、球、球板、胶皮、套胶的发展，"红双喜和中国乒乓球队可以说是相互成就，没有他们的支持、保障，球员、球队取得不了那么好的成绩；没有中国国家队队员们的一次次实战试验、调整，红双喜也很难一步步成长，到现在具备了领先世界的科研和创新能力"。

（孙佳音）

倒逼出来的球拍革新

许绍发 前世界冠军。1977年任乒乓球队教练，1985年至1992年任中国乒乓球队总教练，并多次获体育荣誉奖章。他积极推动乒乓球项目向市场经济的转化，是乒乓球职业赛事的开拓者。

在中国乒乓球队五任总教练中，许绍发与红双喜的关系有点特别。许绍发说，国乒的进步离不开红双喜器材的推动；红双喜人说，产品的发展要感谢许指导，没有许绍发在20世纪80年代下决心引进国外器材帮助国乒改善技术，也许就没有红双喜后发制人，成长为乒乓球器材的第一品牌。

动起进口脑筋

许绍发1985年执掌国乒帅印时，中国队刚卫冕斯韦思林杯，但在国际乒坛，欧洲选手的弧圈球向国乒发起了强力挑战。许绍发发现，中国队讲究前三板的小快灵，正在失去优势，中远台技术成为乒乓球技战术发展的潮流，国乒亟须改变、适应。

许绍发是有心人。和国外选手比赛时，他注意到对方的球拍材质和国内的不同。那时，中国选手大多用红双喜的032和08底板，有些国手手握的仍是许绍发当队员时用的50底板。当时国内的底板制作工艺是自然风干，天气好的时候，把猪血胶冷压黏合的底板拿出来晒干，因为湿度大的话，球拍会不持球。受木质拉伸力不足所限，这种球拍不利于离台时持球、发力，限制了国乒提高中远台技术的空间。许绍发打听了一个遍，了解到国内没有相关材质球拍的制作工艺，遂动起了进口的脑筋。

进口说起来简单，做起来却很难。20世纪80年代，中国乒乓球队根本没有进口指标，也没有外汇额度，到哪里去弄国外的球拍？许绍发想起了老对手、瑞典的世乒赛冠军约翰逊。多次参加斯堪的纳维亚国际乒乓球锦标赛，许绍发对瑞典的球拍工艺也有了解，底板纤维韧度强，能承受更大拉力，"之前去瑞典，约翰逊在赛场摆摊宣传瑞典球拍，他给我一块，我刚拿回来，就被队员抢走了"。趁着国家队去瑞典比赛的机会，许绍发带回了250块瑞典球拍，七层板和五层板两种，前者适合近台，后者适合中远台。

拍子拿回来，许绍发和教练组按计划分发给合适的队员，"有位山东省队的选手,刚开始还不情愿换五层板,到我这儿来哭,可真打上了,一直来问我要球拍"。这些球拍对当时的中国乒乓球队是及时雨,中远台的技术很快得到发展。国乒引入瑞典球拍,刺激国内乒乓球器材厂商加快适应的步伐。红双喜全力研制适合中远台技术的球拍,并成功翻新产品,不久,又成为国乒的称手武器。红双喜人因此开玩笑,要不是许绍发指导倒逼,红双喜产品的技术发展也许要晚上几年。

搞起职业联赛

许绍发却说,要感谢红双喜,在中国乒乓和自己的发展道路上,总是最坚强的后盾。20世纪90年代,为了给乒乓球选手寻找职业出路留住优秀的运动员,从总教练位置退下来的许绍发第一个吃螃蟹,搞起乒乓球联赛,赛事初创期就得到红双喜的全力资助。

做运动员的时候许绍发就发现,几个老对手,南斯拉夫的舒尔贝克、捷克斯洛伐克的奥洛夫斯基平时都在德国的俱乐部打球,每次回家乡,舒尔贝克开着奔驰车还拉了一箱威士忌。后来出任国乒总教练,有一次日本一项赛事发来的邀请名单里,参赛的很多国内选手许绍发都没听说过,"我都不认识的,最多是三流选手了"。

江嘉良拿个世界冠军,奖金不过是1500元人民币。国乒队员去国外比赛,看到那些选手都开车来赛场,受到的震动更大。水平高的运动员收入低,水平一般的运动员出国打球收入高,这样失衡的局面继续下去,许绍发担心乒乓球留不住人才,就想尽自己所能,给他们搭建一个职业发展的平台。他找了当时中央电视台体育部主任马国力,世界冠军挑战赛在1995年应运而生。为此许绍发还从瑞典请来瓦尔德内尔和阿佩伊伦两名中国队的老对手,一连办了大连、大庆、福州和厦门四站,这项比赛就这么火了。趁热打铁,当年底许绍发操办CCTV杯乒乓球擂台赛,刚刚工厂合并、财务压力巨大的红双喜却坚定地站在身后,用力推了他一把,"当时这个比赛啥都没有,场地、选手、赞助,都得自己想办法,红双喜为赛事提供了100万元的器材"。之后,首届乒乓球甲级联赛搞起来,赞助商就是红双喜。赛事后来每年都搞,并发展成超级联赛,红双喜均鼎力相助,乒乓球选手有了继续从事这项职业的渠道,留住了人,更留住了人心。

现在来看,许绍发感叹红双喜的目光放得很远,时任总经理的黄勇武制定了"明星造势,赛事推广"的品牌经营策略,红双喜借助乒超的影响力,挖掘出巨大的市场潜力,打球的人多了,红双喜产品线齐全,销售迅速增长,"现在已是乒乓球器材的第一品牌"。

(金　雷)

"海外兵团主席"
一生不离国球

李光祖 印尼华侨，1960年从印尼回国，成为备战第26届世乒赛的"108将"成员，曾经执教中国青年乒乓球队。20世纪80年代推动了中国乒乓器材在国际市场的发展。

喜爱和关心乒乓球的老人们，总是难以忘怀20世纪60年代让人津津乐道的乒坛"108将"。

当年的青涩少年，如今变成了年逾古稀的白发老人，有的甚至已经仙逝。但"108将"中至今有一位老人，仍拍不离手，在国际宿将乒乓球赛场上常能见到他挥拍流汗的身影，与众多的草根选手一起享受快乐乒乓。

他就是当年"108将"中很有口碑的"幕后英雄"李光祖，今年已有79岁高龄。初夏炎热的广州，在老人亲口唱起的一曲"五星红旗迎风飘扬……"歌声中，开始了他乒乓往事的诉说。

只身回国

李光祖出生在印尼一个颇为殷实的华人家庭。从小，爸爸妈妈就教育他，中国是全家的血脉之根所在，"我们都是炎黄子孙，我热爱我的祖国"。

因为母亲的爱好，从6岁起，李光祖就开始了乒乓球之路。无心插柳，打了没多久，就渐渐崭露头角。1957年，在印尼的全国比赛中，他拿了男子组冠军。

按照常规的发展，李光祖应该在印尼继承家业，而乒乓或许能成为他在印尼当地成名立万的资本。但一切，都在1959年发生了转折。

1959年，第25届世界乒乓球锦标赛在联邦德国多特蒙德举行，中国选手容国团夺得男单冠军，为中国夺得世界体育比赛中第一个世界冠军。在印尼的华文报纸上看到报道，让李光祖内心激情澎湃——中国乒乓球运动取得的成绩让他格外自豪，自己与容国团类似的出身背景也让李光祖有了奋斗目标，"也是从那一刻开始，希望能回到中国为国效力的念头就越来越强烈"。

1960年春天，李光祖背着简单的行囊，只身回到了从未涉足的祖国。步下飞机那刻，他的耳边传来《歌唱祖国》的歌声，体育报效祖国的心愿终于要实现了，他记得自己刹那间红了眼眶，"那一瞬，感觉就好像找到了内心的归属"。

"108将"集结

1960年7月,在党中央的亲切关怀下,国家体委举全国之力,从北京、上海、广州三大集训区选调了包括庄则栋、徐寅生、李富荣、邱钟惠等在内的108位"梁山好汉"备战第26届世界乒乓球锦标赛。作为"海外军团"的代表之一,李光祖也在名单之中。

尽管已是时隔半个世纪前的事情,但李光祖依然记得自己入选中国国家队那刻的心情——获悉消息后,他拉着同样属于"海外军团"的容国团横跨大半个北京城,跑到天安门前拍了张照。"这恐怕是我一生中最难忘的一个镜头了。"

李光祖是中国队中鲜有的横拍防守型打法选手,在国家队二队时,队里就让他模仿乒乓强国匈牙利选手的打法,帮助主力队员当陪练。"那时候国家遇到自然灾害,全国人民节衣缩食支持中国乒乓球队,真的很受感动,我也一心想着自己的祖国,祖国让我做什么就做什么。"始终怀揣着一股爱国热忱,也因此,即使是担当国乒队的幕后英雄,充当绿叶,他依然毫无怨言。

李光祖还记得,当初队里找陪练,一开始是让自己陪男队员训练。临近大赛,国家队进行混合训练,需要找男选手模仿对手与女队打。没有丝毫尴尬扭捏,"一提出要求,我立即就举手报名了"。

也就是在如李光祖一样的爱乒乓热情中,从"108将"走出来的中国乒乓球队,在第26届世乒赛上,不负国人重托,一举夺得了男团和男、女单打三项世界冠军。从此,中国乒乓球运动步入了至今半个多世纪长盛不衰的征程。

上海情结

与记者见面,李光祖冒出的第一句竟然是"侬好"!曾在上海生活多年,对于上海,他并不陌生。

上海,曾是给予他梦想启迪的地方。年轻时代,李光祖最爱的一部电影是上海电影制片厂拍摄的《女篮五号》。正是这部电影,给了李光祖最初以体育报效祖国的念头。

上海曾见证了李光祖职业乒乓生涯的起步,回国之初,李光祖最先加入的是在上海集结的国家青年集训队。他回忆,当初在青年集训队,每天都很开心。唯一犯愁的是耐力跑,"最怕每天的15公里耐力跑,一旦掉队,就会迷路,连宿舍都回不去了"!

也是在上海,李光祖结识了一批志同道合的乒乓好友,也是在徐寅生、李富荣等人的潜移默化下,李光祖竟然学会了一口上海话,至今到上海交流毫无障碍。

李光祖与上海的缘分,还有一个主要维系就是红双喜。

进国家队没多久,李光祖就用上了红双喜的产品。在李光祖印象中,红双喜在世界范围成为抢手货,正是在中国乒乓球成绩急速提高之后。20世纪70年代后期,李光祖出国参加比赛,不少外国运动员看到庄则栋、李富荣高超的球技,都对他们手中红双喜的球拍心生向往。因为沟通无障碍,他们就来问李光祖讨要中国球拍。

从小家中就开百货公司,家族遗传的经商天赋让李光祖嗅到了其中的商机。通过徐寅生推荐,与中国乒协沟通联系后,李光祖成为第一位红双喜产品的海外分销商。"第一代推广海外的产品就是大名鼎鼎的PF4。"

保持年轻

广州东站,人潮汹涌。从香港到广州的动车靠站,出站的人潮中,李光祖一身干练运动服,背着大大的双肩背包,很是醒目。声音洪亮,红光满面,如果不是早知道,眼前的老人怎么都不像即将迈入耄耋之年。

一周五六次乒乓训练,一次两小时以上,李光祖说,自己保持年轻的秘密就是乒乓。

尽管20世纪70年代初就搬去了香港，但李光祖始终不曾放下乒乓运动。当选手参加比赛、当教练在香港俱乐部教球，1995年天津世乒赛时，看到带队来华参赛的李光祖，时任国家体委主任的伍绍祖，就笑着称他是乒乓球运动的"海外兵团主席"。

回忆往昔，李光祖坦言，和如今大家对"海外军团"的感觉不同，当年带着一腔热诚回国的诸多华侨乒乓选手都怀着一颗赤诚的爱国之心。采访中，他多次感慨："我这一辈离不开乒乓球，乒乓球和我有缘分。"

（厉苒苒）

我的人生，没有遗憾

曹燕华 7次世界冠军获得者，获得过世乒赛4个项目（团体、单打、双打、混双）冠军的大满贯运动员。作为直板反胶弧圈的代表人物，她开创了女子直板全台单面拉打法。作为第一个创立民办乒乓学校的前世界冠军，她又培养出了许昕等世界冠军。

一身白色套裙，搭配高跟皮鞋，以及窈窕的身材，57岁的曹燕华是风风火火的，也是温婉笃定的。晒着春天的太阳，喝着茶，聊着天，她好几次说："我的人生，真没有什么遗憾。"

是的，在她打球的年代里，她揽获了一个职业运动员所可以想象的所有荣誉，先后获得世乒赛女团、女双、女单、混双冠军。哪怕是自己没能赶上的奥运会，弟子许昕在2016年也加冕了男团冠军。在她的人生道路上，作为一名优秀运动员，她难得地享受恋爱、结婚、留学、出国、生子、经商，几乎一样没落。与前夫施之皓友好分手，现在又有了新的丈夫和生活。"他是一个超级大暖男，很帅，而且很高。嗯，比我要高出一头多。"说这话时，曹燕华是骄傲的，也是娇羞的。

第一块红双喜，五块钱整

"不到2岁，我就跟着两个姐姐，开始捡球。"一般的公开资料里，曹燕华5岁起练习乒乓球，但她纠正说自己从会走路起，便跟在爸爸、堂哥和姐姐们后面，"像个地老鼠，钻来钻去，活络得不行，帮他们捡球"。不过，真正开始学习乒乓球要五年以后，小学一年级，曹燕华在虹口区幸福村小学开始了有规律的训练，"学校有八张标准球桌，每天天没亮，先去练一会儿，回家吃早饭，然后再去上课，下午放学后再练"。一年后，曹燕华有了自己的第一块红双喜球板，"要五块钱，算是一笔'巨额'投资，很少有家长舍得给孩子买那么贵的乒乓板，我爸爸那时候每个月的工资也就三四十块钱，但他看我打球有天赋，咬咬牙，给我买了这块红双喜"。曹燕华回忆说，也喜欢打球的父亲为自己在乒乓球的奋进道路上树立过很多目标，几乎都被她提前一一完成了。不过关于她后来几乎拿到手软的"世界冠军"，曹爸爸从未曾敢想。

吹过的一个牛，世界冠军

"我在虹口区少体校的师父叫王莲芳，就是朱广沪的太太。阿拉王莲芳真的水平高，她当年挑的12个队员，10个进了国家队、省市队和部队。"曹燕华一句一个"阿拉"，对恩师感激里更有亲切。她在王莲芳手下四年，从正胶改打反胶弧圈球，从区少体校到上海队试训，再到代表上海二队参加全国比赛，一路平顺。"1977年，在卢湾体育馆，徐寅生、李富荣来了，我被领到主席台，这可都是只在电影里看到过的人，我手足无措，头也不敢抬，吓得眼睛只敢看着脚尖。"从小天不怕地不怕的曹燕华，原来也有胆怯的时候，"我记得李富荣当时问我：'你想拿世界冠军吗？'其实是真的从来没想过，我一个区少体校的，都还没进市队，哪里敢想世界冠军。但我犹豫了下，说'想的'。"说完，曹燕华哈哈地笑了，她打趣自己说："这辈子真还没胡乱吹过什么牛皮，这算一个，最大的一个。"没承想，一个多月后国家队调派她参加访欧比赛，15岁的曹燕华也没辜负伯乐们的慧眼："跟外国人打，一个也没输。回国后都没回上海，就留在国家队了。等于我从区少体校，直接跳进了国家队，跳了四级，这个纪录估计现在也还没人能破。"喜悦和骄傲，哪怕42年过去，依旧新鲜动人。

年少风头无二，差点儿退回

虽然很感激徐寅生、李富荣的厚爱和赏识，也自信自己的天赋，但曹燕华回忆说自己刚进国家队的日子，过得"很懊丧"。野路子出身，没经过真正的系统性训练的她无法适应国家队高强度的训练，"而且跟人打球，每次都是我失误，我去捡球"。但很快，球感和聪明又一次让她脱颖而出，没人敢再看不起她。1978年1月的队内大循环比赛，"那可是全世界最难打的比赛，24个人要打23场，没一个人我觉得打得过，但做梦也没有想到，我这个游击队打法，不按常规套路出牌，大循环下来，我只输了一场，小分比下来居然第一"。不光队内比赛成绩好，亚锦赛、亚运会，1979年还报上了世乒赛团体赛，17岁的曹燕华在队里风光无二，自然也成为"众矢之的"。

"那年世乒赛输了，他们说要把我退回上海队，让我知道自己姓什么。一路报到徐寅生那里，徐指导说再给年轻人一次机会，就留了下来，那肯定要卧薪尝胆的。"曹燕华笑说自己年轻时个性突出，又爱打扮，是不好管的"刺头"，不过真正让她感觉到被退回危险的是被筛查出澳抗阳性，"就是乙型肝炎，当时有一个得肝炎的已经被送回原籍了，还好我这个转氨酶并不高，他们就把我安排在厕所旁边的一个套间里单住。有点悬"。

每月一双球鞋，也曾吃苦

后来这个走廊尽头、垃圾桶旁的套间还住过世界冠军邓亚萍，"他们说这个房间很旺的呀"。才半分钟，曹燕华已然忘记了自己差一点儿被退回上海队，甚至差一点儿就此被肝炎终结运动生涯的处境，得益于1979年周兰荪担任她的主管教练后，自己仅仅花三个月便彻底升级了打法，"全台正手弧圈，在当时的女子运动员来说，肯定算是最先进的"。1980年，曹燕华获得七次公开赛冠军，迅速确立了自己国家队"一姐"的位置，"一年内就没输过球，那时觉得，世界冠军应该不远了"。

话，说来轻巧，其实练得也很苦。这一年里，曹燕华好几次多球训练时人虚脱了，倒在地上，甚至测不出心跳来，"可能是心跳超过200了，想想也蛮吓人的"；这一年里，曹燕华大概每个月要穿坏一双球鞋，"我这个打法要全台跑，摩擦又大，最吓人的时候，新鞋上脚五分钟，脚底的颗粒就磨没了，我给他们提意见，改进后经磨一些"。

夺冠前能酣睡，另有故事

不过单打世界冠军没来得那么快。1981年第36届世乒赛，曹燕华在决赛中遇到队内比赛从没有输过的横板削球手童玲。"领队来找我谈，友谊第一，我没有任何一点儿不情愿，一句还价都没有，我说'放心吧，没问题'。当时还要输得好看，我就2比3输的，真没任何一句怨言。"时过境迁，曹燕华几乎没有停顿地说，"当时非常有自信，心想下一届总归可以拿回来的。"

的确，两年后第37届世乒赛，她不仅在8进4的时候再遇童玲轻松取胜——"那天有点大意了，还输掉了一局"，还一路闯进决赛，并在最后的决赛中战胜了韩国选手梁英子，加冕冠军。有一个广为流传的细节，是决赛前女队主教练张燮林在嘈杂的体育馆隔出一个"小间"，曹燕华便呼呼地睡着了，此番向她求证是否真的神经那么粗壮，她又哈哈地笑了，解释说一方面是因为世乒赛打足两周的确疲累，"还有嘛，当时前一晚跟两个小姐妹去一个我的追求者家里看录像了，1983年录像带吸引力很大的呀"。一直看到清晨5点，又打了上午的半决赛，自然累得睡着了。

23岁宣告退役，为了爱情

曹燕华笑说，张燮林当时便去跟徐寅生汇报，"肯定好赢的，她居然睡着了"。后来也果然赢了，赢了这一届和下一届；赢下了女单，也赢下过女团、女双、混双的世乒赛冠军。尽管运动生涯不长，尽管没能等到乒乓球项目正式进入奥运会大家庭，在23岁时便早早挂拍退役，但曹燕华在国内外重大比赛中荣获56项冠军，其中世界冠军7项，"到了这个年纪看，也不遗憾。我的人生中，我想要的，都拿到了。如果说真的留了一个小小的遗憾，那让我有动力，后来开了一个乒乓球学校"。

但当时，对女青年曹燕华来说，爱情最大。"施之皓是我初恋，上海人，长得又帅，捉牢不肯放掉的。"于是，1985年拿下世乒赛女单和混双冠军，回国第二天曹燕华没写总结，直接交了一封"告别信"，便提着行李回到了上海，投奔爱人的怀抱。后来两人结婚、出国、生子，直到1995年一起回国。

对许昕刮目相看，就一句话

1996年底，做建筑材料生意赚了些钱的曹燕华接手承办了一场乒乓球的颁奖活动。"那次，我把新老世界冠军，健在的都请来了，邱钟惠说这样的活动要是每年能办就好了，我一下子就觉得，其实我离不开乒乓球。虽然也曾经恨过、怨过，说再也不碰乒乓球了，但就在那一刻，我还是想为中国和上海的乒乓球，做点事。"

于是，曹燕华开起了学校，成了曹校长："当时也是胆子大，把唯一的一套房子也卖了。还好大家帮忙，学校刚开的时候，红双喜就半卖半送给我三四十张球台，还有服装、挡板和球，基本上是送给我的。他们是支持我，也是支持上海的乒乓事业。"

摸着石头过河，如今的曹燕华乒乓球学校占地面积超过7000平方米，有两层训练球馆，一层比赛用地，培养出包括许昕、尚坤等国家队球员。"许昕刚来的时候，我并不看好他，直板技术当时已经落后了，但他就一句话打动了我。"曹燕华回忆说，别的教练和队员看到她都战战兢兢贴着墙根走，11岁的许昕却主动找到她，"他说，'曹校长，老练球有什么意思，我爱打比赛啊'，就这一句话，够了"。

说起爱徒，曹燕华眼神里闪过骄傲和欣喜来，甚至比自己当年夺冠更自豪和满足。

（孙佳音）

一块胶皮都化了的红双喜

张德英 从上海到黑龙江当知青，以出色的乒乓球成绩进入了国家队，成为第34、35、36届世乒赛女团主力，运动生涯获得五次世界冠军。中国传统"左推右攻"型打法加上发球抢攻为主的凶狠进攻技术，使张德英独具一格。

如果说有一个女子乒乓球运动员，集天赋、勤奋、自信、执着于一身，是谁？大多数人会毫不犹豫地说：邓亚萍。但其实早于邓亚萍很多年，还有另外一个名字，同样配得上这八个大字，她叫张德英。

张德英自己却说："我比邓亚萍还刻苦。因为我'扔'掉了乒乓球六年，再捡起来，太难了。"

化了胶皮的红双喜

那六年，1966年的全国少年乒乓球比赛女团冠军队的主力成员张德英离开了上海，在黑龙江建设兵团"接受再教育"。"和其他十几个小姑娘，在去的火车上哭了一路。人家是舍不得父母、怕吃苦受累，我担心的是，以后再也不能打乒乓球了。"张德英从小酷爱乒乓球，在静安区常德路小学读书时，就经常为了打球而逃学；进了少体校，她把偶像徐寅生、李富荣的海报贴在宿舍床头；星期日休息乒乓房上锁，她就和小伙伴儿从窗户爬进去练球。离开上海的时候，张德英把自己心爱的红双喜乒乓球拍偷偷夹塞在了衣服里，没想到，这一放就是六年。

在军垦农场种地之外，张德英还当过装卸工、司炉工、食堂炊事员、小卖部营业员和照相馆的摄影员，唯独再没机会打球。直到1971年，第31届世乒赛3月在日本名古屋开战，阔别世界乒坛六年之久的中国乒乓球队重新站在世乒赛赛场上。"当时连队在广场上放映了第31届世乒赛纪录片，我坐在小板凳上，冰天雪地的，边看边流泪。回到自己的房间，我找出来那块红双喜651，胶皮都化掉了，我捧着乒乓板，放声大哭了一场，我不甘心啊！"

要做"中国队的张德英"

不甘心的张德英，点了蜡烛，拿出信纸，大胆地给徐寅生写了一封信。可惜这信石沉大海，她又给黑龙江省队写信，"还是那几句话，'我叫张德英，是上海知青，1966年，14岁时就拿过全国少年冠军，周恩来同志给我们发的奖，现在还想打球'，可是也没有回音"。然后，便是渺茫的等待和漫长的磋磨，是"逃回"上海五个月等待召唤却落空，是每天一个人在零下几十摄氏度的刺骨寒风中烧完七个大锅炉却捧着一颗火热的心等待奇迹，是将就着这块化掉胶皮的红双喜球拍，在黑河地区横扫对手，"连男的都全部赢了"。

一年多过去，她终于等来了黑龙江省队的调令。生怕兵团领导后悔放走她，办完手续，张德英提着两个箱子，没跟任何人告别，偷跑似的上了吉普车，就这样"狼狈"地，六年没有系统训练的张德英终于进入了省队。但她并不满足于"黑龙江队张德英"的称谓，"没劲，我要做中国队的张德英。那时候每天下午训练完，我就跑到训练场的一个小台子上，喊几声，'中国队张德英，中国队张德英'，就喊几声也开心的"。47年过去，张德英如今振臂高呼学着自己当年的样子，让人仿佛又看见她的壮志豪情。

背着所有行李去试训

为了"中国队的张德英"这个目标，每周日其他队员都回家探亲、休整，她自己加练两小时发球，"所以我高抛发球好"；和女队员一起跑跳，她在小腿上绑上沙袋，把自己勒出了血，"还在黄沙上练步伐"；和男队员比长跑，"跑不过很正常，我就是把他们当成国家队，奋力去追赶"。终于，在一次次错过后，三年后的秋天国家乒乓球队递来了橄榄枝，要调她去参加1975年的斯堪的纳维亚公开赛。"要去集训一个星期，然后出国比赛，我走的时候，背着一个很大的行李，我跟队友们说，我肯定不会回来了。"

但没想到，老天再一次考验了她。比赛还没开打，她穿着高跟鞋在访问期间崴了脚，脚肿得连球鞋都穿不下。"就那么散着鞋带，咬着牙坚持。真的是咬牙，每天打完比赛，嘴都咬破了，大腿掐得全是瘀青。但28场比赛，我一场没输。"经受住考验,她终于成为"中国队的张德英"。

一辈子只做一件事

后来的六年,这个中国队的张德英,还掐青过自己的大腿很多次,因为她连续三次作为主力队员,参加了世界乒乓球锦标赛女子团体赛,并夺得冠军;因为她第35、36届世乒赛分别与张立、曹燕华搭档,获得了女双冠军,"比赛总归紧张的嘛,尤其团体赛,上场前我躲在厕所,反复念叨'人生能有几回搏',拼了"。再后来,1981年她如愿回到上海,出任市队教练。五年后,张德英又辞职赴美,端盘子,读书,当教练,后来在当地开了一家乒乓球俱乐部。1998年她回到家乡,在卢湾区体育馆内创办了张德英乒乓球培训中心,一开便是20年。这些年,张德英还给老知青们办起规模盛大的业余球赛,为福利院的孩子成立了一个爱心乒乓球队……

一辈子,都在跟乒乓球打交道。当被问到"如果不干乒乓,会干什么"?张德英愣住了,她半晌说不出话来:"不干乒乓球啊……"显然,她从没有想过这个问题。她说自己就是一个专一的人,专一地爱乒乓,甚至专一于打法和胶皮,"就是红双喜651,到哪里都是红双喜,红双喜的球鞋,红双喜的板,红双喜的台子"。哪怕在自己的俱乐部,张德英都要把最好的位置,留给红双喜,放展架卖器材,"大概是因为,我带去黑龙江的,就是一块红双喜"。

(孙佳音)

走别人没走过的路

邓亚萍 中国第一个奥运会、世乒赛、世界杯单打大满贯冠军，中国奥运历史上第一个夺得4枚奥运金牌的人，18次获得世界冠军，连续8年世界排名第一，萨马兰奇亲自为她颁发奥运金牌。1997年退役后在清华大学和剑桥大学读书并获得剑桥大学博士学位，曾经担任国际奥委会运动员委员会委员，现任邓亚萍体育产业投资基金CEO。

从国家队的边缘人到享誉全球的"乒乓女皇",从只认识26个英文字母到剑桥大学经济学博士,无论外界怎样评价,邓亚萍这一生,都在"走别人没走过的路"。

伴随着她爽朗的笑声,邓亚萍在北京金融街的办公室里,喝着一杯咖啡,忆过去,谈现在,看未来。14年的运动生涯,18个世界冠军头衔,4枚奥运金牌,塑造了她自信、自强、坚韧的性格和独立思考的头脑。在不断转换角色的人生道路上,每一步都走得踏实。

进攻:眼中的球都是高的

邓亚萍的乒乓生涯,从儿时起便注定了不走寻常路。

5岁的时候,邓亚萍便在父亲的指导下,开启了乒乓球生涯。8岁起,邓亚萍便开始拿各种冠军,按道理,她可以进入河南省省队,但被教练拒绝了,理由是个子矮。

父亲问她:"你同意他们的看法吗?如果同意就停止训练;如果不同意这种看法,你得发掘能力,你要变成最强悍的战士,向那些教练证明你是最棒的。"10岁的邓亚萍,并不懂这个决定意味着什么,她只是点点头:"我能战胜他们。"

邓亚萍告诉记者,从没有因为自己的身高而打过退堂鼓。"我不喜欢找客观原因。所以面对问题的时候,我不逃避、不抱怨,唯有面对,去想解决的办法。"

父亲是乒乓球教练,他也预测到,女儿不会长很高,所以他另辟蹊径,前两年只练邓亚萍的正手。这是一种超常规的训练办法,目的是加强她的进攻。"我父亲练我练得蛮狠的。"邓亚萍回忆道:"每天训练13小时,每周7天无休。"由于比赛中需要不停地进攻,矮小的邓亚萍需要加快步伐,这样才能罩得住球台。于是她每天跳台阶,练体能,按她的说法是,"我的童子功练得很好"。

这也是为什么观众在看邓亚萍打球时，会发现她总是在球台左右跳来跳去，很灵活，好像永远都不累。

13岁时，邓亚萍拿到了全国冠军，打败了所有成年选手。她理应进入国家队，但教练组对她的身高展开了一场激烈的辩论。国家队五个教练中有四个人反对，唯独女队主教练张燮林力挺，他提出这样一个观点："你们觉得邓亚萍的身高是劣势，我却觉得不然，因为她个子矮，她眼中的球总是高的。"

记者问邓亚萍，在你眼里，球真的总是高的吗？身高1.55米的邓亚萍点点头，"的确如此，所以我总是在进攻，而不是防守"。

一讲到进攻，邓亚萍的音调渐渐高了起来，且丝毫不停顿，那种自信，由内而外。"因为有了童子功，我对自己的正手相当信任，别人不敢随便给我正手。比赛中，如果没有步伐的保证，是不敢侧身的。即便对方想偷袭我，我也不用担心，一个交叉步，我就过去了，你还敢不敢给我侧身？"在关键时刻，人难免会紧张，手抖、脚抖，邓亚萍也不例外，"紧张感一上来，你很难控制住自己的情绪。这个时候，基本功的作用就体现了，我能控制住力量，不会让击球的位置发生偏差"。

革新：摸着石头过河

如愿以偿进入国家队，邓亚萍正式开启了谁也无法效仿的职业生涯。

还在郑州市队的时候，邓亚萍便打一种特别怪的生胶，是宝塔形，这种生胶有半长胶的性能。13岁夺得全国冠军后，这种胶皮被禁用了。

接下来怎么办？邓亚萍第一次站在了十字路口，是打回正常的生胶，还是改变打法，比如进攻型长胶？那时，已经开始关注她的张燮林，参与了进来。他给邓亚萍主管教练的意见是，打更怪的球路。然而，谁都无法预测，邓亚萍未来的发展会怎样，毕竟这条路没人走过。

改打长胶，邓亚萍开始摸着石头过河。1987年底，邓亚萍进入国家青年队，主教练姚国治同张燮林继续讨论，如何改进邓亚萍的技术。这种进攻型打法，对手腕和手指的力量要求很高，击球时不仅敏感度极高，还需要有很强的力量，这种打法是非常细腻的。

在二队，邓亚萍继续狠命训练进攻，以至于每次训练完去食堂，厨师总是很开心，因为他们知道邓亚萍来了自己就快要下班了。别看邓亚萍手不大，但她拿捏的精准度相当好，她不会去打高球，而是基本擦着网过。

邓亚萍为何能在国际赛场所向披靡，靠的就是这种"怪路子"。"外国人想要在训练中针对我，找不到模仿我的陪练。因为我的打法，没人有。"

怪拍：坚持国产品牌

配合着技术的改进，邓亚萍手中的球拍，也被打造成了"绝无仅有"，在训练过程中她始终保持独立思考。

别看训练很枯燥，但邓亚萍不觉得，她一直在乒乓球中享受着只属于自己的独特乐趣。那时候自己灌胶，修补胶皮，邓亚萍会跑到补轮胎的地方找那种铁罐子里的胶水，对球拍缝缝补补的过程，她觉得很有意思。"那时候没有标准化，也没有工艺化，挑拍子时通常就打一打，听听声音，就能分辨出弹性好不好了。"边说，边模仿起击球的声音，邓亚萍自己也乐了。

从小到大，邓亚萍是国产品牌的坚决拥护者。她的底板来自红双喜，自第一次拿到全国冠军起，邓亚萍便极其信任手中的"武器"红双喜。"进到国家队后，斯蒂卡、蝴蝶牌开始赞助国家队，队友们纷纷换成进口底板。但我还是相信红双喜，因为它的底板适合我的快攻打法。"邓亚萍有她自己一番独特的见解，"我觉得每个人都要找到适合自己打法的武器，当人家都用进口球拍，等于说他们在变化，我没有变化，那我就有差异性了，其实也是一种变化。"甚至，底板稍微磕到一些、磨损一些，她也不舍得换，除非是板把坏了，不得已才换。

不过，改打进攻型长胶后，她又遇到了一个技术难题——海绵消耗量巨大。由于力量太大、进攻太多，胶皮上的颗粒很容易断，"因为长胶的底子很薄，粒子又长又软，一场球五局，还是21分球，我的球拍连一场球都不能坚持打完"。训练中，她几乎五分钟就打掉一块胶皮，因为击球点的关系，被打坏的地方正好是一块菱形。她想了一个办法，索性收集了一大批胶皮，切成一块块菱形，每当胶皮打坏了，就填补一块新的进去，球拍就像是打补丁一样。

凭借这红双喜的底板、海绵，邓亚萍在国内赛场打遍天下无敌手。回忆起来，她感慨，"一个冠军的背后，离不开技术研发人员的辛勤付出"。

经典：每一分球都记得

每一局的比分，每一个精彩瞬间，邓亚萍都记得清清楚楚。

1995年天津世乒赛，邓亚萍和乔红登上了女单决赛的舞台，她们俩既是双打搭档，又是对手，知根知底。乔红将她最擅长的前三板基本破了，等于将邓亚萍的优势瓦解，打到了乔红的套路上。邓亚萍只好硬着头皮上，每个球都要来回很多次才能分出胜负。

"一般决赛都不是很好看，没有前面的四强赛、八强赛好看，因为双方算来算去，很不连贯。但我俩这场球连贯性很强，双方都发挥了应有的水平。"观众屏住呼吸，双方你来我往，不断掀起一股又一股的高潮。邓亚萍没有强调最后的胜负，只是反复强调："这样的球，很经典，我们都发挥了最高水平。"

另外一个令邓亚萍记忆深刻的比赛是1996年奥运会，女单决赛对陈静，双方的特点都是速度很快、落点刁钻。当时邓亚萍2比0领先，第三局打到了15平，因为一个意外，暂停了几分钟。这给了陈静喘息调整的机会，果然，陈静拿下了第三局，随后又拿下第四局。双方战成2比2平。这个时候，邓亚萍的心态发生了变化，先前的气势一下子没了，等于双方回到了起跑线。经验老到的邓亚萍迅速调整状态，按她的话来说："我拿出破釜沉舟的勇气，第五局以21比5击败了她。"

在采访的过程中，邓亚萍并未提起过自己拿了多少个世界冠军、多少块奥运金牌。对于外界给她的"乒乓女皇"称号，她只是笑言那是过去的事情。对她而言，她享受每一次经典的比赛过程，从中领悟人生的真谛。

老萨：一辈子的忘年交

退役后的邓亚萍，难忘国际奥委会前主席萨马兰奇的教诲，人生的下半篇章，老萨是导师。老萨同邓亚萍之间的故事，谱写了一段佳话。

第一次相遇，还要追溯到1991年千叶世乒赛，萨马兰奇第一次看到邓亚萍。

两年前，邓亚萍的第一次世乒赛，在单打16进8的比赛中输给了朝鲜名将李粉姬，初出茅庐的邓亚萍暗下决心，"此生不会第二次输给同一个人"。

备战千叶世乒赛的两年里，邓亚萍用卧薪尝胆形容自己。"两年的准备过程中，我是有针对性、有目的性的，我的愿望就是报一箭之仇。"结果在千叶，两人真的在决赛中遇上了，邓亚萍格外兴奋，两年里积蓄的力量彻底爆发。"我觉得自己打得非常专注，当时只有一个目的，就是赢！"

正在日本访问的萨马兰奇受邀去看了世乒赛决赛，他看到了邓亚萍身上的奥林匹克精神，跟周围人说："她像头小老虎。"萨马兰奇决定给邓亚萍颁奖。现在回忆起来，邓亚萍笑自己傻，"我当时才18岁，根本不知道萨马兰奇是谁"。

没想到，第一次相见，就注定了两人会成为忘年交。颁奖仪式上，老萨凑到邓亚萍耳朵边跟她说："我邀请你来国际奥委会访问。"就这样，当年底邓亚萍在访欧比赛期间，抽空去了洛桑。起初邓亚萍没觉得这件事有多厉害，不就是参观国际奥委会嘛。没想到，晚宴一开始，老萨如是说："你知道吗，你是全世界第一个受到我正式邀请来国际奥委会访问的运动员。"邓亚萍一下子受宠若惊。随后，老萨问身边的秘书："明年巴塞罗那奥运会女单决赛是哪一天？"他叫秘书掏出记事本，记下了比赛日期。"你一定要打到决赛，我到时候再给你颁奖。"

1992年巴塞罗那奥运会，一张经典的照片定格在了乒乓球女单颁奖现场，萨马兰奇如愿以偿。

不过，邓亚萍一定要提一提晚宴上老萨的另一个叮嘱："将来你要把英语学好了，这对你很重要。"

读书：打破外界的偏见

24岁，邓亚萍带着四枚奥运金牌退役了，她再次选择了一条别人没走过的路——去清华大学英语系读书，她并没有料到，学生生涯竟持续了整整11年。

当时国乒队内，多数老将选择加入海外乒团，邓亚萍是第一个进大学深造的。她笑言："很多人觉得我脑子坏掉了，人家都在拼命赚钱，我是做赔本买卖。"但邓亚萍就是这么有个性，她想到了自己的父亲，想到了自己的教练，"如果我去当教练，30年后，我就像他们那样安安稳稳退休，这条路不适合我"。如果踏入社会工作，那就意味着要和大学生竞争，将自己最擅长的东西丢了，拼不过人家。"所以我要去学习，去完善自己的知识储备。"

还有一个原因，就是证明自己，打消别人的偏见。"人们都说运动员四肢发达、头脑简单，我要证明，运动员不仅能够打好比赛，同时也能做好其他事情。"

与此同时，她被老萨提名为国际奥委会运动委员会委员，可是她只认识26个英文字母，顿时火烧眉毛。她这才想起老萨多年前的教诲："你要好好学英语。"

在清华，邓亚萍全身心地投入学习，在宿舍、教室和语音室"三点一线"，将黑板上老师的笔记全盘照抄，还买了一台电子词典，每天保证14小时的学习时间。为了进一步学好语言，她申请去英国剑桥大学当交换生。

这又是一个艰难的起步。她买了辆自行车，每天骑车上学，第一天回家的时候因为不会问路，还迷了路。学习期间，邓亚萍大把大把地掉头发，双眼视力急剧下降，成了近视眼。但她却享受这样的校园生活，因为她卸下了世界冠军的头衔，不再被鲜花和掌声围绕，走在路上没人找她签名照相，她成了一个和你我一样的普通人，在自己选择的道路上毫不畏惧地向前走。

在清华大学的毕业典礼上，邓亚萍自信地用流利的英语向老师致辞。本科毕业了，邓亚萍去国际奥委会开会，发现自己还是有所欠缺。"开会不是光带着耳朵去听，还要有自己的思考，发表自己的见解。我代表了全世界200多个奥委会成员国的运动员，要为他们发出自己的声音。"就这样，她继续踏上求学生涯，读完了诺丁汉大学硕士学位，她的硕士论文是《从小脚女人到奥运冠军》，当再次拜访萨马兰奇时，老萨称赞她，"拥有了打开世界大门的钥匙"。在老萨的推荐下，邓亚萍终于圆梦剑桥，攻读经济学博士学位期间，她怀孕生子，但这并没有阻碍她的求学之路。2008年，邓亚萍成为剑桥大学800年历史上第一个获得博士学位的四枚奥运金牌选手。

中国乒乓球队总是强调"从零出发"，因此才能长时间立于世界之巅。在邓亚萍的运动生涯中，时时刻刻地反思和归零，早已经成为她看待事物的一种本能。将主动权掌握在自己手中，无论是乒乓还是读书，邓亚萍不断让自己走在更强大的道路上。

投资：扎根中国体育

培育之恩，邓亚萍不会忘记。国乒培养了邓亚萍，学成归来的邓亚萍继续扎根中国体育产业。两年前，她发起了邓亚萍体育产业投资基金。

郑州气膜体育馆已经开始试运营，这是她投资的第一个项目。全民健身是邓亚萍投资的主要方向。"现代人开始追求健康生活方式，男孩子追求人鱼线，女孩子通过瑜伽塑形。但这个过程中，我思考的是，普通老百姓最缺什么？"在气膜体育馆，有球类馆、游泳馆等各类场馆，还有专门向少儿开放的运动馆。邓亚萍想要推进的，是老百姓家门口的基础体育设施。掏出手机，她向记者兴致勃勃地展示了气膜体育馆的视频短片，这是她基金公司哺育出来的"第一个孩子"。

邓亚萍还讲到了乡村地区的体育运动发展。早在运动员时期，她便参与希望工程，为一名贫困少女赞助了六年学费。她介绍，目前公司参与的公益活动分两个计划：第一个是给贫困地区孩子捐赠体育器材；第二个是针对农村留守儿童开展的乡村体育，将体育老师送到基层去培训他们。邓亚萍还是那个思路，希望让乡村留守儿童，通过体育树立一个人生目标，并为之拼搏。

投资是一个很慢的过程，中国体育产业才刚走在初级阶段，但邓亚萍看好这个商业模式。"不光是投钱，我希望能在这个领域做到最好，为中国体育发展做一些事情。"

华丽转身，邓亚萍将人生的主动权掌握在自己手里，所以她不走寻常路，她热衷于创新。她更希望，这样的理念能传递给自己的下一代，启发更多体育运动爱好者。

13岁的儿子，拿起红双喜"狂飚"，进入了北京乒乓队二队。邓亚萍说，自己不会给儿子施加任何压力，她希望儿子能在体育训练的过程中，锻炼自己的身心，学会控制自己的欲望，懂得目标管理。"这是我当运动员时总结的经验，也是我从书本中汲取的思想。"无论干哪一行，邓亚萍一直在自我突破。

（陶邢莹）

"乒乓女皇"边上的温柔绿叶

乔 红 11次获得世界冠军。1989年获得世乒赛女单冠军之后,她与邓亚萍组成了黄金搭档,长期位列世界前二。1996年亚特兰大奥运会后退役,曾任中国乒乓球队教练,曾获"全国十佳运动员"称号和"中国乒乓球运动杰出贡献奖"。

软糯缓慢的语调，爽朗明媚的笑颜，眼前的女子内敛、温柔，毫不张扬，看不出一点儿世界冠军的架子。

曾蛰伏基层，大器晚成的她被称为"憋出来的世界冠军"。

曾隐在"大魔王"的身后，是她的默默付出、乐于奉献成就了身边一名又一名女子的辉煌时刻。

她是乔红，中国乒乓球历史上最著名的"女二号"，也是前后两任"乒乓女皇"身边那片最珍贵的"绿叶"搭档。

憋出来的世界冠军

与大多数的乒乓球国手不同，如今回想起来，乔红依然认为，自己与乒乓球开始并不来电。

一年级被挑选入校队，小学时代，乒乓球带给乔红的记忆总是围绕着一个输字，"每次输每次哭，根本感觉不到快乐"。性格温和，随遇而安，或许也是骨子里这份与世无争，让乔红并不适应乒乓球出名要趁早的普遍规律。12岁进入省队，明明天赋极高，却只是混在中游，"我们那个时代，如果十四五岁还没进国青队，那基本就等于顶级梯队已关上了门"。

1987年，19岁的乔红站在人生岔路口。

不快乐、没成绩，双面横拍的打法在当时主流的乒乓球选手中，也只是属于陪练级别……乔红打算打完全运会就退役。然而，与世无争的乔红却一路过关斩将，最终获得了亚军，也因此受到国家队青睐，被直接招收进队。

大器晚成的乔红，在国家队，遇到了"那个让我灵魂开窍的人"：教练曾传强。乔红记得，刚进国家队，几乎没有一个教练愿意接受自己——年纪大、技术非主流、临场容易紧张，个性也比较"温暾"……这样的乔红，几乎已经被贴上了"陪练边缘选手"的标签。"训练时，比我小的队员都在背后偷偷笑话我动作难看。"

然而,曾教练却对她青睐有加。因材施教,曾传强帮乔红细抠技战术,从不跟她说"紧张"。

爱笑的女孩运气不会差,1989年第40届乒乓球世界锦标赛成为乔红人生中最高光的时刻,在女子单打比赛中,当赛前被普遍看好的邓亚萍等人都意外不敌对手,中国军团几乎全军覆没之际,乔红杀出一条血路。

女单、女双、女团,那届世乒赛,乔红加冕三金王。大器晚成,赛后,有媒体称她为"憋出来的世界冠军"。守得云开见月明,也正是从那一刻开始,她才"后知后觉"地发现,自己在乒乓运动中颇具天赋,"真正自信了起来"。

被嫌弃的黄金搭档

说起乔红,人们马上联想到的却是另一个矮小精悍的身影——作为双打搭档,在中国乒乓球历史上,她们堪称最成功的黄金组合。

回忆当初,乔红却笑称,自己与邓亚萍的双打组合是两个"被嫌弃的人"组成的"同病相怜组合"——"我是打得太差,她是打得太好。"这番话语里,尽管有着自谦的成分,却也道出了这对金牌组合的一个特点——互补。

勤奋、好胜、聪明,从小就展现极高天赋,面对"红花"邓亚萍,其他队友都不愿当那个被光芒掩盖的"绿叶"。和争强好胜的邓亚萍正好相反,大器晚成的经历养成了乔红默默无闻、不争不抢、不卑不亢的球场个性,乐于奉献的她无疑是邓亚萍完美搭档的唯一人选。

作为黄金搭档,乔红和邓亚萍的双打在当时乒坛无人能敌,善于配合是乔红对自己的评价,自嘲是"笨笨的小绵羊"。虽然乔红比邓亚萍更早获得单打世界冠军,但每次双打训练,教练都着重指导她,让她觉得自己比较差,"跟小邓配合时,挺紧张的。我就觉得应该多想想她,理解她。加上她是进攻型,我是稳健型,我负责把球弄上台,由她来进攻"。

犹如水与火,善于攻城略地的邓亚萍负责打出杀招,而甘于付出配合的乔红则是帮她补漏、给她喂球的那个。

自1992年奥运会起，一直到1997年，在大大小小的单打比赛中，邓亚萍一直是冠军，亚军一直都是乔红。很多人都感慨，"既生乔何生邓"，但乔红自己却很释然，她说："比较一下我和小邓的付出，我觉得自己拿第二够好了。她实在太苦，每天平均比我多练一小时。我除了比小邓差，比其他人还好呢。说实话，我挺佩服小邓的，我没有她那种毅力。我比较随意，不会勉强自己，先尽力，不行就算了。"

俗话说"一山不容二虎"，而且还是两个都特别优秀的运动员，要是别人看到自己受冷落也许会有些许不满，但乔红完全没有，她与邓亚萍联合起来，为中国夺得了不少荣誉，也奠定了那个时期中国乒乓球的霸主地位。

大魔王的心理垃圾桶

1996年退役后，乔红被中国乒协公派到日本松下电器公司队，卸去了责任和压力，在那边她边打球边教球，日子过得十分清闲。可她偏偏是个不会享"清福"的人，闲得她直发慌。于是，她放弃日本的工作毅然决然地回到需要她的祖国，回到国家队担任主教练。

继承了恩师曾传强的风格，乔红的性格优势也在当教练时展现出来——温柔细心的她可以和队员们相处愉快，就像一个大姐姐一样，和队员无话不谈。她格外善于开导队员，激励队员，让队员们放下包袱轻装上阵。"那时候，曾指导对我就一点儿不厉害，所以我现在对小孩也狠不起来。我从曾指导身上学到了很多东西。比如，我打球的时候，很少计较输赢，曾指导要求我，输球要首先从自己身上找原因，从小养成先自我检讨的习惯，这样受外来干扰就比较小。"

乔红最有名的徒弟是王楠。从某种角度而言，乔红的辈分该算是王楠的师姐——两人在国家队时期都曾师从曾传强。

在釜山亚运会遭遇"滑铁卢"后，王楠一度走入自怨自艾的低谷。换上乔红当教练，是王楠自己的主意，"那时候，她其实也就是想找个知心人"。乔红的指导，让王楠走出了釜山亚运会失利的阴影，在第47届世乒赛中摘取了女子单打、女子双打和混合双打三项冠军，获得大满贯。

赛后，王楠忍不住流了眼泪，她对记者说："别的我不知道，我只知道我找到了我最信任的人，就是乔红。"

回忆过往，乔红谦虚表示，自己对王楠的帮助其实更多是在心理层面——简单说，就是当王楠的心理垃圾桶。"那段时间，对王楠而言是最困难的，她身边需要一个能够信赖而且知心的人，听她说说心里话。我只是充当了一个倾诉对象，在这方面配合了她一下，努力让她有份好心情，烦心事儿少了，投入训练中的精力自然就多一些，打球关键还是靠她自己。"

扑克脸变闹闹

"我打球那会儿，挺痛苦的，脸上都没什么表情，那是被吓得。现在谁也吓不着我，我挺快乐的。"在乔红心目中，每个运动员都是"双面人"——走上赛场是一张面孔，走下球桌，或许才是真正自我个性放飞的时刻。

在乒乓界，乔红有一个很有意思的昵称——"闹闹"，原因是一旦她忙完走下赛场，最擅长的就是给别人"捣乱"。除非那天她心情不好，闹腾不起来，可过一会儿雨过天晴，便恢复"闹闹"本色。2001年大阪世乒赛时，时任乒羽中心主任的刘凤岩送了乔红一个异曲同工的日本名字——"闹得慌子"。

不同于在球场上的沉稳安静，生活中的乔红，嬉笑怒骂皆成文章，整天乐呵呵的模样是周围人的"开心果"。可爱、随和、热心肠是朋友对她的评价。和乔红吃饭是件很幸福的事情，她会不停地招呼你吃，给你夹菜，大家也不用担心吃到最后菜会剩，因为乔红肯定会给每个人进行分配。

当年，每收到一封球迷来信，乔红都会认认真真地读，格外钟情那些字迹工整的信，有空她也会提笔回一些。如今，当年喜欢她、给她写过信的两个女孩已经跟她成了很好的朋友。有时候，一个人的举手之劳成就的可能是另一个人的梦想。

始终扮演知心大姐、温柔后援的角色，乔红却说，在乒乓界，还有个更有名的温暖后援——红双喜。

从小就使用红双喜032球拍，对乔红而言，红双喜团队更像身边熟悉的家人朋友。从做队员到当教练，红双喜见证了乔红的一路成长，乔红也与红双喜有了更深的牵挂。印象最深刻的还是在执教王楠期间，当时红双喜派出专业的技术团队服务国乒队员。对于每一点细小要求都有求必应，细致入微的调整让王楠一扫亚运会失利的阴霾，找回了手感。

在2003年世乒赛期间，红双喜特有的后勤保障也让乔红印象深刻，最爱就是红双喜为国乒准备的西瓜，"吃到的时候好有幸福感"！

（厉苒苒）

从"开门黑"到"满堂彩"

王　涛　九次获得世界冠军。他1988年进入国家队，1991年获得世界冠军，1992年与吕林搭档成为奥运会冠军，标志着中国男子乒乓走出低谷。王涛曾经三次获得"全国十佳运动员"称号，现为八一乒乓球队总教练。

如今的中国乒乓球可谓所向披靡，在奥运会世乒赛中大包大揽已经不是新鲜事。然而在20世纪80年代末至90年代初，这支"无敌舰队"也曾经历过一段低谷期。在困难的日子里，一位出自军旅、身材不高、身形略微偏胖的左手球员，成为国乒男队中为数不多的亮点，他就是王涛。

1991年世乒赛混双冠军，1992年奥运会男双冠军，1993年世乒赛男双、混双冠军，1995年世乒赛男团、男双和混双冠军……在那段最艰难的日子里，王涛用自己的坚持和努力，延续着属于国球的荣誉，更为国乒之后的复兴，铺下了一级级阶梯。

我们在北京市中心的一家咖啡馆内，见到了如今已经成为八一乒乓球队总教练的王涛。这位世界冠军分享了自己乒乓人生中的酸甜苦辣。

三次挫折刻骨铭心

"我3岁开始接触乒乓球，主要是受到了父亲的影响。"王涛回忆，"小时候他经常带着我一起去看球打球，慢慢地自己也就喜欢上了这种感觉。"7岁进入什刹海体校后，王涛很快练就了一身本领，1988年底，已经成为八一队核心的他顺利入选国家队。但谁都没有想到，王涛的国家队生涯，是从三次刻骨铭心的失利开始的。

半年后，1989年第40届世乒赛如约而至。初来乍到的王涛原本准备在比赛中大展身手，却在出征前的最后一刻与多特蒙德擦肩而过。"当时队里给排名前10的选手报了名，我正好排在第11位，就没有被选上。"回忆起这桩30年前的往事，历经风雨的王涛坦言"得到消息的那一刻，全世界都变得灰暗了"。那届比赛，中国男队在团体决赛中0比5惨败于瑞典手下，自己落选参赛名单，球队又大比分输球，王涛的国家队之旅，遭遇了一个不折不扣的"开门黑"。

两年后，实力大幅提升的王涛终于站在了世乒赛的赛场上，然而志在收复失地的国乒，却在日本千叶经历了队史上最黑暗的两周。尽管王涛与刘伟合作，拿下混双冠军，但团体赛第7的成绩依然让他郁闷不已。"男团八强赛对捷克，教练没有安排我出场。"尽管已经过去28年，但王涛对在千叶展览馆内发生的一幕幕，依然记忆犹新，"其实当时我的打法对东欧选手有优势，但当时教练组可能有别的考虑，就让我休息了。比赛中那种坐在场下眼睁睁看着球队被淘汰的痛苦，我可能永远都不会忘记。"

时间来到1993年，此时的王涛已经成为中国男乒的绝对主力，出征哥德堡世乒赛前，他和队友们憋足了劲，要从瑞典队手里夺回斯韦思林杯。然而王涛依旧没能如愿，决赛中1比3不敌老对手瑞典后，这位新科奥运冠军只能默默品尝失败的苦涩。"那场我们是有机会的，可惜没把握住。"六年间三次与成功失之交臂，即便在20多年后的今天，王涛依然有些"耿耿于怀"，"这是我人生里最刻骨铭心的三次挫折"。

小小扩音器立下奇功

从哥德堡铩羽而归后，王涛痛定思痛，用更加刻苦和专注的训练，表达了对胜利的渴望和决心。"当时蔡振华指导特意让人在训练馆里贴了八个字：卧薪尝胆，重塑辉煌。就是要我们铭记之前的教训，用行动让中国乒乓球复兴。"1995年，世乒赛来到天津，国乒上下团结一心，期望能在主场打个漂亮的翻身仗。

但主场作战也是一把双刃剑，队员们很可能因为现场的巨大声浪和内心巨大的压力而迷失自我。为了避免这种情况，足智多谋的蔡振华祭出了他的"秘密武器"——扩音器。

据王涛介绍，从世乒赛前例行的封闭集训开始，队员们就会听到从那些扩音器内发出的巨大声响。"欢呼声、吵闹声甚至是叫卖声，反正一切可能对我们产生影响的声音，都出现过。一开始大家都不适应，很多人被教练小惩大诫过，后来大家也都习惯了。"说到这儿，王涛不禁露出了笑容，"当时还不理解,现在想想,(蔡振华)设置这个情境训练,就是为了让我们能静下心来,虽然方法看起来有些奇怪,但效果还是不错的。"那届比赛,中瑞两队再度会师决赛,王涛更肩负起了出战决胜场的重任,"当时体育馆里观众的情绪已经达到沸点,上场前,蔡指导让我回忆用扩音器训练时的情景。"王涛表示:"到了场上虽然还是有压力,但有了之前那段时间的训练做基础,自己心里还是有些底的。"那一天,在满场的主队观众的欢呼和喝彩声中,王涛和队友夺回了斯韦思林杯,中国乒乓球也就此走出了低谷。"这么看来,那些扩音器也有不小的功劳。"他调侃道。

小技巧避免器材超标

王涛能够在乒坛取得诸多荣誉,器材自然起到了非常重要的作用,他特意感谢了红双喜对他和球队多年来的支持。"红双喜这么多年来一直是用心在做器材,要做到这一点不容易,真的很感谢他们长时间的支持。"随后,王涛还分享了这些年与红双喜合作过程中的一些"小秘密"。

30年前,王涛开始成为国内最受欢迎的球员之一,有不少品牌希望与他签约。最终,徐寅生的一句话,让他选择和红双喜结缘。"当时徐主任找到我,说:'你的打法注重力量和旋转,可以试试用国产品牌。'我就试着用了红双喜的胶皮。"其实在当时的国家队里,"进口货"仍然是主流。"当时应该只有我和邓亚萍打红双喜吧。一开始确实需要适应,不过很快就有感觉了。"王涛如是说。

其实在合作的过程中,双方也面临过各种各样的问题,但在沟通后都能够妥善解决。"因为我拉的球很转,所以对胶皮的要求很高。"王涛回忆道,"一开始红双喜的胶皮耐性不够,训练开始前我花了很多时间黏海绵,但常常开打后不到20分钟就会起泡,只能扔掉重新粘。"得知这一问题后,红双喜方面迅速派专人到国家队了解情况,并提出了几套有效的改进方案,最终为王涛扫除了后顾之忧。"当时我还提出希望红双喜能增加胶皮黏度,但这又带来另一个问题——球拍的亮度会超标,为了这个事,红双喜方面也做了许多努力。"王涛披露,在得到耐性和黏度都让他满意的胶皮后,双方就如何避免超标的问题进行了多次探讨,"后来我们找到了一个小技巧,就是在赛前球拍在身上拍打几下,这样球拍的亮度就会有所降低,裁判和对手在查看的时候,就不会觉得超标了"。

采访的最后,已在八一队担任教练多年的王涛,特意提到了体教结合的重要性。在他看来,乒乓球是一项考验智慧和应变的运动,想要打出成绩,文化素养非常关键。"未来的中国乒乓球,需要更多的复合型人才,球员不能只会打球,还要学会去更多地思考和分析。因此,体教结合一定是项目发展的必经之路。"虽然只有寥寥数语,但听得出来,这位世界冠军心中,对未来已经有了明确的规划。

(陆玮鑫)

他和搭档吹响"王者归来"号角

吕　林　三次获得世界冠军。他与王涛组成的黄金搭档，在国际赛场上获得多枚金牌。曾任中国乒乓球队教练，现为浙江省体育局副局长。

竞技体育的赛场上有这样一群人，他们因为某一方面过于突出，而掩盖了其他光芒，吕林就是典型代表。说起这个名字，人们总会想到他与王涛在20世纪90年代初，国乒处于低谷时，联手拿下的那些双打冠军，而1993年第7届全运会的那枚单打金牌，却极少被提及。用吕林自己的话说："可能自己在双打方面发展比较顺利，球迷们就不太关注其他方面了。其实我的单打水平也不错的。"

其实，这样的情况恰恰符合吕林的性格。他或许不像同时代的其他世界冠军那般有名，但不论是做球员、当教练，还是如今主管行政工作，吕林总会认真地做好每件事，即便其中的不少，并不会被人们记得。

水泥桌上练就乒乓技艺

还未上学时，吕林经常在担任教师的父亲的陪伴下，来到学校玩耍。一次在教学楼旁的空地上，他看到了几个小伙伴围着一个水泥桌，一个小球在桌面上不停地来回。父亲告诉他，这个运动叫乒乓球。当时没有人会想到，这一眼，成为吕林乒乓人生的起点。

"当时在学校里，课余活动不像现在这样丰富，打乒乓球就成了最受欢迎的活动。"尽管已经过去40多年，吕林对当时的情景依然记忆犹新，"当时的球桌都是'纯手工制作'，球拍和球也是比较简易的。"他随后补充道，"那个年代的条件不比现在，谁要是能拥有红双喜的球拍和球，那是很有面子的事。"

客观条件的限制并没有挡住吕林前进的脚步，很快，他就凭借在水泥桌球上练就的一身技艺，通过了层层选拔，成为浙江省队的一员。"在队里的时候，偶尔还会想起那张水泥球台，毕竟那是我与乒乓球的'初恋'。"吕林笑着说。有了专业的器材和教练的指导，吕林取得了更大的进步。1986年，17岁的吕林参加了中国乒乓球队举办的各省市青少年冠军选拔赛，并从中脱颖而出。同年9月，他被选入国家二队。在那里，他第一次见到了那个改变他命运的搭档——王涛。

从临时搭档到世界冠军

那时候的中国乒乓球男队，正经历着从高峰跌入低谷的痛苦。1988年汉城奥运会拿下两枚金牌后，国乒开始更新换代，马文革、王涛、吕林等年轻人被推上前台，王涛和吕林的双打组合，也首次亮相国际舞台。鲜为人知的是，王吕两人的首度合作，其实是一次无奈的"拉郎配"。

"当时国家队的双打组合，并不是由教练指派，而是自由选择。"谈及与王涛联手的过程，吕林说道，"那时候的双打训练，大都是分组对抗，因为人数有限，很多组合都是由已经结束单打训练的球员兼职的，我跟王涛也是这样。"据他回忆，在某天的单打训练结束后，两人被教练要求参加双打训练，接到任务的王涛看其他队友都忙着，就向吕林提议两人临时组合参加训练。"当时我也没想太多，正好跟王涛也挺熟悉，就答应了。"

不承想，"临时搭档"有了不错的化学反应。"可能我俩一个横拍一个直拍，又是一左一右，节奏和打法正好能配上。"对于王涛的这番总结，吕林在表示赞同的同时，还补充了另一个关键点——沟通。"我们平时都会交流，了解彼此的困惑和想法，这对配合有不少的促进作用。"他随后补充道，"所以日常的积累也很重要。"

奥运决赛前遭遇意外

1991年千叶世乒赛，王涛和吕林在男双决赛中不敌瑞典组合，屈居亚军。虽然没能带回金牌，但那却为低谷中的国乒男队，提供了全新的突破口。世乒赛后，蔡振华开始担任男队主教练，率队备战1992年巴塞罗那奥运会，王涛和吕林，也迎来职业生涯的转折点。

"当时欧洲男单实力很强,蔡指导就定下了以双打作为突破口的战略。"吕林回忆道,"当时队里的目标是夺得奖牌。"作为当时国乒的头号男双组合,王涛和吕林自然受到了蔡振华和教练组的"重点照顾",从技战术演练到潜在对手分析,甚至奥运会上可能遇到的意外情况都做了不少预案。这样的努力没有白费,王涛和吕林一路过关斩将,进入最后的决赛,提前实现了拿到奖牌的目标。然而就在全队上下都憧憬着这枚金牌的时候,王涛和吕林却遭遇了"意外"。

"去决赛场馆的路上,我们碰到了交通事故,差点儿因为逾期未能到达,将金牌拱手让人。"谈及27年前的"惊魂一刻",吕林依然不改沉稳本色,"我们当初(准备)的预案里包含了观众干扰、裁判因素、场地条件等,但并没有交通事故。"这位世界冠军坦言,这个插曲并没有让他感到特别紧张,"影响肯定有一点儿,但不会很大,毕竟前面都打了这么多场,我们两个也沟通,就按照准备会上处理其他情况的方法一样,别想太多,打出自己的东西才是最关键的"。最终,王涛、吕林顺利击败德国对手,登上了奥运最高领奖台。这枚金牌,也吹响了中国乒乓球男队"王者归来"的号角。

1996年获得奥运会男双亚军后,吕林暂别国家队,远赴日本广岛,担任球员兼教练。"那时候感觉有些累了,希望能休息调整下。"一年后,他与广岛的俱乐部续约一年,但特别要求在合同中加入一条:若接到中国队召唤,对方须放行。1998年10月,蔡振华致电吕林,希望其回队担任教练,吕林没有丝毫犹豫,离开了各方面条件都相当优厚的日本,回到了北京。随后几年里,他将年轻的刘国正和阎森,培养成了国家队新的中坚力量。

希望更多中国器材能走向世界

如今担任浙江省体育局副局长的吕林,分管着省内的竞技体育。从运动员到管理者的转变,让他看到了中国体育器材发展方面存在的问题,更体会到了

"用心"的重要性。

"我们很多项目，都在器材上吃了亏，这让我很难过。"吕林面色严峻地说道，"其实我刚到乒乓球队的时候也有这个问题，每到大赛前都需要去买外国进口的球台，让备战变得很被动。后来红双喜成为供应商，我们就方便多了。可惜目前能在世界赛场上获得认可的中国器材，还是太少了。"在他看来，红双喜能够有现在的成就，最主要的就是用心。

"一开始国家队用红双喜的选手也不多，但他们对每个产品和球员都给予了周到的服务。"在吕林的记忆中，红双喜与国家队，一直是密不可分的。"不论是做球员还是当教练，每次我们集训的时候，场边都能看到红双喜团队的身影。"他当年的弟子刘国正，使用的就是"狂飚"系列，而当年与企业相关人员讨论器材调整方案的情景，依然历历在目。"他们真的相当用心，几乎每天都在收集反馈意见，然后跟我们开会，再根据要求迅速进行调整，能做到这样的企业真的不多。红双喜能够成功走过60年，从普通器材商一步步成为乒坛名片，靠的就是这份精神。"吕林坦言，希望未来能有更多中国器材走上世界大赛的舞台，推动中国体育的不断进步。

（陆玮鑫）

天边一颗孤傲的星

丁　松　三次获得世界冠军。以变幻莫测的削球进攻打法著称,并将削球反攻打法发展为"攻削结合",是第43届世乒赛上中国队击败瑞典队获得男团冠军的奇兵和功臣。

"我对这一片很熟悉。"走进红双喜位于制造局路的大楼，丁松说。上海打浦桥，丁松的童年就从这里开始——肇嘉浜路小学、区体校、市体校、市队、国家队……从一个热爱乒乓的少年，到世界冠军，经历过消沉，也拥有过辉煌。当年，他以出众的发球和发球抢攻、变幻无常的旋转变化、神出鬼没的削中反攻令众多高手落马，是乒坛的"怪球王""魔术师"，但或也因他的球路"怪"，难以找到搭档的队友而未能创造更多奇迹。人生嘛，总会有起伏，今日的丁松虽已磨去了年少时的棱角，身份亦变成了交通大学乒乓球队教练，但骨子里的个性依然在，"外人看我是个很低调的人，其实我的内心一直很骄傲"。

痛苦大于快乐

他曾经一战成名，打败欧洲名将，也曾经被国家队退回上海，一度想退出乒坛。在球队里，他曾有个外号"孤独松"。在队友眼里，他是个沉默寡言的人，总是独往独来。

父亲病休在家，母亲一人工作抚养兄妹两人，造就了丁松早熟而倔强的个性。打球是母亲为他选择的一条路，好在也是他兴趣所在。"我小时，其实羽毛球打得挺好的。我还记得，小学时的体育老师是美术老师兼的。那时候，一放学，在弄堂里架起一块板，就开始打乒乓。后来，我还去找过肇嘉浜路小学，已经没有了。"但那么多年后，总结自己的乒乓人生，丁松说，"对我来说，打球阶段，乒乓带给我的痛苦大于快乐。"

削球是乒乓球的典型打法之一，特点是防守稳定，借力打力。大多数人遇到削球手都会觉得十分难对付，但削球在乒坛，却始终不是主流打法，这多少和削球技术难度高，不是顶尖选手很难出成绩有关。进了徐汇区少体校后，三年级，启蒙教练曹馥琴觉得他"球性好"，一锤定音地让丁松改打削球。尔后，进入市队，整个中国乒坛正是以江嘉良、陈龙灿等近台直拍快攻一统乒坛之时，丁松这样攻守兼备的选手并未引起人们太多注意。1986年，丁松折桂全国少年男子单打，获得了自己职业生涯的第一个冠军，同年底，他进入国家青年队参加在无锡进行的冬训。在精英荟萃的国家队，丁松之前取得的成绩又变得无足轻重。有一次，在出国比赛的前夜，已打点好行装的丁松接到了换人的通知。现实第一次让丁松直面了作为削球手的残酷。

常常睡不着

幸好，同为上海人的名将、名教练陆元盛对这个弟子颇为偏爱，他知道这个"闷葫芦"的内心世界和他的脾气，别看丁松平时很少说什么，心里实际明明白白。同是削球手，陆元盛对丁松寄予了厚望，1991年，陆元盛被调往国家队，临行前，他对丁松说："你和我一起走吧，我相信，你会打下属于你的一片天地。"

不久，国家队出访欧洲。出师不利，丁松败给了名不见经传的南斯拉夫的罗斯科夫，严峻无情的现实，让丁松感到难堪、羞辱、愧疚。回国后，丁松变得更加沉默，除了训练，就是闷在宿舍里。运动员大抵分"心大的"和"睡不着的"两类，丁松自言自己是后一种，"每天和输赢打交道不是那么舒服的一件事，因为特别想要赢，所以常常睡不着"。

不负重托的奇兵

在丁松的职业生涯中，卡尔松显然是一个绕不过去的名字。事实上，1995年第43届天津世乒赛一役之前，丁松早在国内的一场邀请赛里和老卡有过交手，"我记得是在无锡体育馆里，我代表上海队出战，团体赛输了，个人赢了他"。一晃七八年过去了，两人再无交战记录。

事实上，20世纪80年代末90年代初正是中国男队的低谷。1989年、1993年两届男团决赛输给瑞典，1991年男团甚至只得了第7名。天津世乒赛之前，中国男队立下了"誓夺斯韦思林杯"的誓言。在决赛前的10场比赛中，中国队虚虚实实，反复试阵，王涛、马文革、丁松、刘国梁、孔令辉五名队员都打过各个位置。面对决赛对手瑞典队，教练组反复研究权衡，在决赛前两小时才定下最后的出场名单。男团决赛，中国队与瑞典队总比分战至1比1时，总教练蔡振华派出了当时全队相对最默默无闻的丁松，但最后事实证明，丁松是一位不负重托的奇兵。

"乒乓精神？最简单的可能就是一句：坚持就是胜利。"正如丁松自己的球拍，底板一直就是红双喜的不变，至于胶皮，因为打法的需要，进了国家队之后，从两面反胶变成一面反胶、一面长胶，再也没有变回去过。

天津世乒赛，丁松也曾自忖1994年曾经输给佩尔森，也无望打败瓦尔德内尔、卡尔松或是自己唯一能去死磕一下的对手。丁松右手横握球拍，正面反胶，反面正胶，削出的球时转时不转，而且，他将传统削球打法发展到了一个新高度——削攻结合，常常是削着削着，突然起板进攻。极不适应的卡尔松完全落了下风，丁松2比0拿下对手，为中国队以3比2获得最终胜利奠定了基础。

"大家大都只记得我和卡尔松的那场比赛，可我自己觉得打赢佩尔森的那场更精彩。"就在那届世乒赛的单打比赛中，丁松连胜名将佩尔森、塞弗杀入半决赛，惜败于当届冠军孔令辉而获得季军。凭借该届赛事的神奇表现，丁松成为继20世纪60年代削球世界冠军王志良、"削球机器"张燮林和80年代的陆元盛、陈新华之后，中国又一位世界知名的削球手，被欧洲媒体誉为"魔术师""怪球王""冷面杀手"。

王之对决

总是一脸冷峻，少有笑容的丁松，人如其球。他手感好，变化多，攻势强，风格怪异，将削球带入一个新的境界，削中反攻的独特打法曾令世界一流好手无计可施。但成亦萧何，败亦萧何，这种打法成就了丁松，但也从另一个角度束缚了他。1996年亚特兰大奥运会，丁松曾有望成为中国男队第三单打选手。但由于名额限制，以及难以配对双打，蔡振华最终舍弃了丁松，而选择刘国梁参加奥运会。

或是对错失这个机会的回应，1997年，首届CCTV乒乓球擂台赛，丁松接连战胜张勇、秦志戬、阎森、冯喆等进入决赛。8进4战胜马文革，半决赛战胜熊柯，决赛，与王涛展开的王之对决，同样是留在很多球迷记忆中的经典。丁松赢了，更重要的是，他证明了自己，证明了作为一个削球手可以达到的高度。原国家队运动员、奥地利乒乓球名将陈卫星曾评价那个阶段的丁松：1995年前后的丁松，那时他攻球的感觉、攻削的转换以及前三板的水平，没有谁能达到他的境界。

1997年5月曼彻斯特世乒赛，丁松继续入选中国国家队主力阵容，或出于对手对他的打法逐渐熟悉的考虑，决赛未能上场。男单比赛，丁松负于多次相遇均未能取胜的萨姆索诺夫，止步八强。

不可割舍

1998年，丁松从国家队退役，去德国打球，参加俱乐部赛，在球场上，丁松又遇到了卡尔松、佩尔森，互有输赢，但彼此间更多了一份高手间惺惺相惜的感情。

欧洲平和的生活让丁松的心逐渐放松下来，他开始重新认识自己，评价自己，开始接受人生不可能是一帆风顺的，受到挫折也没问题。

2003年，丁松返回中国，征战乒超联赛，在陕西俱乐部期间，战胜了四川队的外援韩国著名削球手朱世赫。"老削球王"战胜了"新削球王"，朱世赫说："丁松是我的偶像，我从他身上，学到很多东西。"2007年丁松宣布退役。

尽管说着"痛苦大于快乐"，乒乓毕竟早已成为丁松生命中不可割舍的一部分。这些年,上海教委的"挑战丁松"的比赛在上海办了好几年,红双喜每年都给予了支持。球场上,丁松认死理地削,卡尔松没完没了地拉球的那一幕,仿佛已定格成了电影中的经典,"做人和打球一样,没有保留,但这就是我"。

(吴南瑶)

一千块海绵，选一块

孔令辉 奥运会、世乒赛、世界杯单打大满贯运动员，11次获得世界冠军，有"乒乓王子"之称。他与刘国梁开创了男子乒乓"双子星"时代，2006年退役后成为国家乒乓球队教练，2012年成为女队主教练。

黑色汗衫外面套了一件黑色连帽衫，黑色长裤搭配一双黑色运动鞋，再戴上一块黑色腕表，在国家体育总局对面的天坛饭店，许久不见的孔令辉一身"黑"走了进来。他是低调的，但仔细打量，汗衫上画有白色线条的人像，运动鞋拼有大块红色，手表同样是时髦和个性的，这个44岁的男人原来对打扮很有自己的想法。

孔令辉就是这样一个不肯马虎，也不肯将就的人。他6岁起正式学球，几乎再没有第二个运动爱好；他对输掉的比赛远比赢下的比赛更加上心；他乒乓球拍上的一块海绵，可能是要从1000多块海绵里精挑细选而来的。

从小不服输

虽然父亲孔祥智是黑龙江省乒乓球队的教练，但孔令辉骄傲地说，自己学球并不是出于家长的要求，而是他自己做的决定。

"做决定"的时候，孔令辉6岁。往前倒数六年，他还在妈妈谷淑霞肚子里时，就"跟着"妈妈到爸爸的省乒乓球队，天天看训练和比赛；往前倒数两年，4岁那年父母把儿子送进了全省唯一有幼儿园乒乓球训练班的省第一幼儿园学球，每月的托儿费足有父母工资的一半多，但爸爸妈妈为了小辉的未来，宁可自己省吃俭用，也不耽误"启蒙教育"。所幸，幼儿园老师发现小辉颇有打乒乓球的天赋，他学乒乓球一开始就能连续击球。更令父母惊喜的是，孔令辉的心理素质优于同龄伙伴，他虽不喜欢多说话，但有自己的小主意。6岁时，孔令辉突然对自己父母说："爸爸妈妈，我要学打乒乓球！"

一年后，孔令辉在少年宫队开始与比自己大三四岁的孩子打比赛，对方让他15分，他还是被打得落花流水，7岁的孩子为此闹情绪，父亲看了却很高兴，说明儿子不服输。"我对其他事情，好像没那么有所谓，但打球，我还是挺好胜的。"不善言辞的孔令辉说起自己的好胜心，温和地笑了。为了这份"小小"的好胜心，他每天下课后练球两小时，寒暑假时全天练球，回到家还有父亲"开小灶"。大大的努力，让孔令辉很快在全国少年赛中脱颖而出，为顺利进入国家青年队铺平了道路。

也被退二队

孔令辉进入国家青年队是1988年，只有13岁。第二年，他便在全国少年乒乓球赛、亚洲少年乒乓球赛上夺得了男子单打冠军，但没承想捧着奖杯高高兴兴跟爸妈一起回东北看奶奶，爸爸却说："小辉，到目前为止得过全国少年冠军的运动员里，可还没有谁最后成为世界冠军的。"孔令辉说，这句话是很沉重的，"我父亲讲这话的样子，严肃的、深沉的样子，在我眼前反反复复了七年"。

通往世界冠军的路，孔令辉就这样走了七年，不算长，但也不短。有甜，也有苦。说甜，是因为他一进青年队就得到了一个好朋友刘国梁，小哥俩一个横板一个直板，一个外向一个内向，一个滔滔不绝一个多思少语，看起来很不"登对"，但两人却形影不离、无话不说。蔡振华1989年回国去青年队看训练时就发现了他俩，1991年正式上任男队主教练第二天就宣布把刘国梁、孔令辉调入一队。"不过那时候太年轻，只顾着高兴了，没出一个星期就被退回二队了。"这便是苦了。

原来，有一天基本功训练，一组要打20个回合，得完成三组。刘国梁一听心里就发怵，他最不愿意练基本功了，一个动作翻来覆去太枯燥，两人练了一会儿，有一组打了17个回合，刘国梁就不想练了。按规定训练结束要到教练组汇报完成情况，没完成的部分之后还要补练，刘国梁就撺掇着孔令辉去向教练报告已全部完成。没承想，蔡振华一听就拉了脸："给你们数着，根本没完成，有一组打了17个回合，不诚实，明天起发回二队。"28年过去，孔令辉对当时"吓破了胆"还是记忆犹新。"最担心的是蔡指导从此不重视我们了，那可永无出头之日了，回了二队拼命练习，得证明自己悔过自新啊。"他笑呵呵地说，"还好，一星期后二队教练就跟蔡指导汇报了，我们又回去了。不过这下不敢掉以轻心了，练起来一个球都不敢差。"

少年出英雄

"年轻的时候真开心，那时候每一次进步都挺高兴的。不像后来，到了一定的高度，拿第二、第三都不算是成功了。"但孔令辉打世乒赛，一上来就拿了冠军，那是1995年第43届（天津），而且一拿就是俩：男团和男单。如果说男团决赛没能上场让他稍许心虚和遗憾，那么在男单赛场上孔令辉是一路斩落卫冕冠军的盖亭、瑞典名将卡尔松和队友丁松来到决赛赛场的，但决赛球桌对面的那张脸，让他有些开心不起来，因为那是好兄弟刘国梁。

兄弟间的这场决赛，最终打得精彩、紧张、刺激。尽管刘国梁打老外有一些绝活，但孔令辉对他的绝招太熟悉了，他一举手一投足，孔令辉都能猜到他要出什么招。五局战罢，孔令辉最终翻盘，以3比2摘取了圣伯莱德杯。细心的人发现，在两人站在高高的领奖台时，荣获世界冠军的孔令辉并没有显得欣喜若狂，脸上还带着几分羞涩。未满20岁的孔令辉，耳畔再次回响起父亲当年的教诲，他从少年冠军，终于成为真正的世界冠军，但他似乎克制着自己的激动，或许他正小心翼翼地保护着自己与刘国梁的友谊。如今再聊起这场胜利和颁奖，聊起他很快在第16届世界杯单打比赛上，又拿下一个单打冠军，以及2000年悉尼奥运会男单金牌，孔令辉都一笑而过，他说："我几乎从来不看自己赢的比赛录像，输的倒是会反复看。"

千里选海绵

尽管孔令辉不看，但全国甚至全世界喜爱乒乓球的人大概都难以忘记，2000年9月25日晚，悉尼奥运会乒乓球男单决赛，孔令辉3比2力克乒坛"常青树"瓦尔德内尔，成为小球时代终结的最后一个王者。他夺冠后狂吻胸前的国旗，紧闭双眼，仰天长啸，泪流满面，这场景很多年里被一遍遍在电视上回放，甚至在2016年奥运会中国乒乓球队再度凯旋时，仍被作为最佳注脚之一。球迷们难忘他的激情，也难忘他的帅气。对此，孔令辉坦言："年轻时就琢磨球了，真没觉得自己帅。"

他的确是一个非常专注甚至对自己严苛的运动员。比如，他对乒乓球套胶海绵的硬度有极为精准的要求，别人都是1度1度地调整，他是0.5度、0.5度地反复调整、适应；别人的海绵可能是十里挑一，他的可能是百里挑一。最夸张一次，现任红双喜总经理楼世和特地从北京飞回上海，赶到工厂，带着工人一块块，"破拆"了上千块套胶，才终于为孔令辉找到一块合适的海绵。楼世和说："顶级运动员对球和拍子的敏感性、精确性都有更高的要求，我答应小辉的，得让他的拍子得心应手才行。"

教练不好当

"今天面对大家，我的心情是十分复杂的……我在这里向大家郑重宣布，我决定结束自己的运动员生涯，将向自己新的目标——教练生涯进发。"2006年10月12日，几乎是叫外界猝不及防地，曾经夺得过11个世界冠军的孔令辉，宣布退役，并同时参加国家队教练员竞聘。如此重大的决定，甚至没有挑一块胶皮来得慎重，但当时台上台下足有长达两分钟的静默，孔令辉举头、微笑，泪水在瞬间滑落。"那时候在打全国锦标赛，一直有伤，又输了个从来没输过的，就不想打了。找蔡局，正好赶上教练员竞聘，那就写一份竞聘书。"说起难得的落泪，孔令辉自己都有点不好意思起来，"哎呀，其实那份竞聘书不是我写的，别人帮着弄的，太煽情了，一读，我自己都有点感慨。"

但再多感慨，也便从此小心轻放。每天朝七晚九地，开始了教练员生涯。中国国家乒乓球队的队员不好当，教练员更不好当，"一开始真站不动，看训练，站一会儿得蹲一会儿"。回想起那些日子，孔令辉笑了，他说这一次有苦，但更有甜。甜的是，他一边大力推行女子技术男子化取得实战效果，一边"强行"要求女队员穿裙子比赛，"你看，网球运动员腿更壮"，时至今日孔令辉仍"义正词严"地笑说这是大势所趋；甜的也是姑娘们都信任他，输了赢了都要来跟他哭鼻子，是经常组织大家聚会，周末也好年尾也罢，逛街唱歌好不热闹；甜的还是，挂拍七个月，成为郭跃等人的专管教练不到半年，孔令辉便带着女弟子出征萨格勒布，并成功捧回盖斯特杯（世乒赛女子单打冠军杯）；甜的更是他以助理教练、教练、主教练的身份陪伴中国乒乓球女队走过2008年、2012年、2016年三个奥运周期的备战、比赛和夺冠。

  眼前的孔令辉，得到过荣誉和掌声，也经历过争议和低谷，他看起来是温和的、寡言的，但其实他是敏捷的、多思的。整个采访，他几乎没说过一句空话和大话。他说，虽然现在不干乒乓球了，但毕竟6岁就开始打球，"乒乓球对我来说，始终是一件让人快乐的事情"。

（孙佳音）

我是个喜欢较劲的人

王　楠　奥运会、世乒赛、世界杯全满贯第一人，24次获得世界冠军的纪录至今无人打破。她在2008年北京奥运会上取得一金一银的优异成绩之后退役，曾在团中央工作。

24个冠军，王楠是中国夺得世界冠军最多的乒乓球选手，但她说，自己"笨鸟先飞"。

她是小队员眼里不敢接近的"大姐大"，但她说，其实自己也有喜怒哀乐。

她是队友眼里的"铁人"，但她说，背转身后也有动情落泪的一面。

2019年春天，在一家普普通通的咖啡馆里，41岁的王楠边等儿子放学，边跟记者聊起了往昔岁月。毛衣配长裙，再戴上一副墨镜，她享受着跟你我一样的普通人生活。"乒乓球运动员的生活，就是一个圆，从起点最终回到原点。"

我有我的倔强

"我是个喜欢较劲的人，爱拿不同的点刺激自己。"王楠有她自己的倔强，这还得从她的第一次世乒赛之旅说起。"凭实力证明自己"的想法，注定了王楠这一生的乒乓生涯，会是一个传奇。

1997年第44届世乒赛，王楠初出茅庐。在上报名单时，她颇具争议，当时的焦点是"三王选两王"，三王即王晨、王楠、王辉，同时具备竞争力的还有邬娜。可以说，王楠在这几个人中并不突出，她自己也坦言是队里的5号选手。女团半决赛中，王楠和德国队的沙尔打得非常紧张，最后的决赛，她没有获得出场机会。尽管不比赛，但她还是要到现场观看，因为到得晚了，安保不让她进场，王楠那股不服输的劲儿又上来了。"这次我上不去，下次我一定要凭自己的本事上去！"

凭着一股气，她在之后的女单比赛中过关斩将，站上了同"乒乓女皇"邓亚萍对话的决赛赛场。第一局，她给了邓亚萍一个下马威，不过毕竟还不具备跟邓亚萍抗衡的综合实力，"挣扎了几下我就下来了。"王楠笑言。后来，妈妈问她："你和邓亚萍打，不紧张吗？"王楠说："其实每场球都紧张，当站上决赛赛场时，第一反应是自己都觉得不可思议。对手那么强大，我又兴奋又胆怯，总之很复杂。"

赛后，邓亚萍告诉女队主教练陆元盛，如果王楠好好打，将在今后几年大有作为。

关于倔强的性格，王楠又讲了一件趣事。十五六岁时，有一次父母来国家队看她，遇到了陆元盛。父母握着陆指导的手，连连说："谢谢你对楠楠的照顾，她是个急脾气，请多多担待。"陆元盛这样说道："在这里，对她好没有用，她只有靠自己的努力和成绩，她才有发言权。"一旁的王楠，看了他一会儿，心底的声音是这样的，"我一定要打出来！将来让你主动来跟我父母说话"。

现在看来，这样的想法是多么天真，但又是那么激励人心。王楠告诉记者，陆元盛的这句话，她一辈子都不会忘记。"结果没过两年，陆指导再看到我爸，就主动跟我爸说：'哎呀王老师，你来啦……'当时的我，特别有成就感。"

我的座右铭

"因为你不够优秀，所以你不会被关注。"这是王楠给自己的座右铭，贯穿着她的人生。启发，来自国际乒联终身名誉主席徐寅生。

一般而言，运动员都不太敢跟领导去聊，但在王楠看来，徐寅生是个特别和蔼的人，可以像一个朋友那样聊天。

为了激励王楠，徐寅生没少鞭策过她，"你现在水平不如杨影、李菊"。王楠自嘲："他从来就没看上过我。呵呵，不过，我那时候的确还差一点儿。"有一次，王楠从别人口里听到徐寅生对她的评价，"他说我打球像削面条，意思是说我球风软"。王楠听了，又不服气了。

尽管现在王楠老跟徐寅生开玩笑，说自己"记仇"，但实际上，她从来都没有记恨过徐寅生。她很明白，徐寅生说的这些话，都是对她的鞭策。"上次我还对他说，徐主任，我表面上装得很诚恳，可心里一直记着呢，你才像面条！"

在2000年5月的首届世界女子乒乓球俱乐部比赛中，李佳薇以2比0击败了王楠，悉尼奥运会前，王楠自己都变得有些不自信了。没想到，去了悉尼一抽签，两人真是冤家路窄，王楠心里忐忑不安。主管教练曾传强建议，可以同徐寅生多交流一下。

于是，王楠赛前找到徐寅生好好聊了一番。"德高望重的人说话比较有分量，因为他经历得多。我们自认为解决不了的事，在他眼里就是件很小的事。"王楠说，"在我眼里，徐主任像个朋友那样亲切。"

从徐寅生的鞭策中，王楠总结出了自己的座右铭："因为你还不够优秀，所以你不会被关注。现在也一样，不是吗？"

我是笨鸟先飞

女队主教练陆元盛告诉记者，王楠是个打球很聪明的运动员。当记者将这话告诉王楠时，她却这么说："我觉得自己很笨，笨鸟先飞。"

王楠自认为刚进国家队时，自己比同批人差，学东西没她们快，悟性也及不上她们。所以，当其他女生去逛街、看电影、买衣服时，王楠利用周末休息时间，独自琢磨乒乓球。宿舍里看录像，训练馆自己练，两点一线。久而久之，王楠给人留下了"内向、冷酷"的印象。在她成为大队员之后，因为成绩耀眼，小队员就更不敢跟她说话了。

前不久在杨澜的节目中，马龙就当面对她说："楠姐，我刚进队时挺怕你的，不敢跟你讲话。"王楠听了哈哈大笑："你们都把我妖魔化了！"一旁的马琳倒是跟她"互损"。

王楠直言，自己是"双重性格"。有内敛安静的一面，也有活泼开朗的一面。她毫不避讳地说，在比赛和训练中，"我就像个男人"，但生活中的她，也是个爱笑爱玩、心思细腻的女生。

时间长了，一批小队员渐渐发现，其实王楠也是个知心大姐。王楠退役后，李晓霞、刘诗雯，都曾在大赛前给她发消息，将自己的困惑、心情、难处告诉她。王楠记得，"我发消息告诉李晓霞，你这些困惑很正常，我们也都经历过。然后我就会帮她梳理一下心情。完了以后，我会抽空看一下她的比赛，然后再告诉她比赛中出现的问题"。

我有我的风格

王楠的技术特点，的确不像欧洲选手那样力量大、速度快，难怪徐寅生曾说她打球像"削面条"。但王楠自有风格，她靠旋转，找准时机和空间，打一个时间差，她需要一块自己能驾驭的球拍。

王楠笑言："当时国乒队内，我算是红双喜的代言人了。"王楠记得自己是唯一一个从底板到套胶，从正手到反手，全套都用红双喜的。

在套胶还没有诞生前，王楠也经历过自己灌胶的日子，大大咧咧的她，倒是并不在乎胶皮粘得好不好，"人家的拍子特别平整光滑，我的就跟捡来的一样，这边一个坑，那边一个印。他们都说我粗糙，我一点儿都不在乎，也不会嫌弃用备用拍"。

当有一天，红双喜开创世界之先河，率先推出了套胶之后，王楠喜出望外，"再也不用自己粘胶皮了"。再加上红双喜的技术人员跟着她，及时获得反馈，修改球拍的细节，王楠从此认准了红双喜。

在王楠的乒乓生涯中，外国厂商不是没找过她，但每次都被王楠婉言谢绝，"只要我认定的东西，就不会轻易换掉"。

当时为了对抗欧洲强敌，不少队员喜欢用进口拍子，他们没少嘲笑过王楠，"你这球拍就像鞋垫，发不出力"，甚至还有人说她就是老古董、落后。王楠我行我素，"我为什么要去跟欧洲人硬碰硬，苦哈哈地上去，费那么大劲，这不是我的风格"。

现在国乒，90%以上的一队成员，都使用红双喜的器材。前年，刘国梁见到王楠，对她说："我现在发现这两面，"狂飚"好用啊，外国选手都不适应。"王楠骄傲地说："当时都说我古董，其实我是时尚的代表。"手持全套红双喜，王楠的得意之作，就是打一个时间差，"外国人适应不了我，他们永远打不出来这里面的感觉，这才是我们自己真正的东西。要不傻不啦唧上去跟人拼力量，这跟人拎大锤没区别"。

如今，王楠将车库改造成了乒乓房，铺上红双喜的地胶，摆上红双喜的球台，让儿子享受乒乓的快乐，一如她当年选择红双喜的器材，自成风格。

我会"关掉"脑子

谁没有年少轻狂过？在低谷中挣扎过，从沼泽中爬起来过，王楠渐渐认清了自己，也学会正视现实。

2002年，正处巅峰的王楠和中国女乒一起遭遇了"滑铁卢"，在女子团体决赛中出人意料地以1比3负于朝鲜队，铩羽而归，这场失利使她备受质疑。

多年后回头再看，高低起伏的经历，是自己人生一笔宝贵的财富。

辉煌的时候，面对媒体敲锣打鼓追捧，王楠内心膨胀过。"人人都夸你，很夸张，无形之中你就会飘飘然。"她还记得，以前自己对待保障生活起居的工作人员，有点目中无人。"人家给你冲水，你不懂得感谢。去食堂吃饭，不好吃甩手就走，你觉得人家的工作都是理所当然，殊不知，忽视了他们在你身边付出的努力。我会骄傲，也犯了很多错误。"

低谷的时候，媒体铺天盖地批评，也让王楠沮丧过。"老是输球，看到外界的评价，我就觉得自己一无是处。"

几上几下后，王楠学会了屏蔽。"我会'关掉'我的脑子。"

"当你退下来进入社会后，你会发现，或许生存能力还不如常人。"所以，王楠在职业生涯后期，常常会教导小队员，"运动员生活就是一个圆，你从哪儿起，就从哪儿落"。不过当时的小队员，听了她的话，不以为然，等她们长大了，才领悟其中的道理，"楠姐，我发现你当年说的都对"。

我练就了强悍

"有时候能哭出来不是最痛苦的，哭不出来才是最痛苦的。"王楠自嘲，"大家都说我像男人，我自己都觉得像，因为那些经历，练就了我强悍的内心和思维方式。"

2004年雅典奥运会，在女单四分之一决赛中，王楠与李佳薇再次狭路相逢，这次，李佳薇赢了，这让王楠蝉联奥运会女单冠军的梦想破灭了。在众人面前，王楠没有哭，她压抑着自己的情绪，"第一，不能哭，至少不能让她们看到我哭；第二，我不能影响张怡宁的情绪，她是第一次参加奥运会，不想因为我的失利给她带来压抑的气氛"。但其实，背转身后，她内心的苦楚，谁又能知道。第二天的双打决赛中，王楠如愿和张怡宁夺冠。

次年，王楠决定退役。"27岁的我，已过了乒乓球运动员的辉煌时期。"她办理了大学入学手续，在北京找好了住处，准备在2005年乒超结束后正式退役。

然而，国乒教练组挽留她，劝她坚持打到2008年奥运会。女队阵中，郭跃和李晓霞尚年轻，只有张怡宁比赛经验丰富，国乒需要王楠来带。教练的劝导，从人生梦想开始说起："百年一遇在家门口举办的奥运会，错过的话多可惜啊……"每一个字，都在王楠的心中激荡，北京奥运会，的确是她的梦想。

王楠很清楚，前方的路途有多难。"因为年纪在那里了，体力什么的都跟不上人家了，更何况，决定退役后再启动，难上加难。"付出比别人更多的努力，王楠重新上路。

2008年北京奥运会，王楠又一次站上了女单决赛赛场，这一次的对手，是自己共处10年的室友张怡宁。赛前，她已经将行李打包，房间里只留了一张床，比完就回家。"你必须正视现实，老运动员总有一天会被新运动员取代，这是规律。"

最后一局时，王楠已经知道自己扳不回来了，一直在跟张怡宁磨，在场上一分一分去咬，哪怕多留一分钟，多打一个球也好，她享受着最后的赛场。

登上领奖台，王楠终于在众人面前落泪了，但那是满含泪眼的微笑，同胜负无关。"我觉得挺圆满的，为我的乒乓生涯画上了一个完整的句号。"王楠说，北京奥运会是对自己的一个交代。"我付出了那么多，无怨无悔。没有让自己失望，也没有让别人失望。"

回顾23年的乒乓生涯，王楠如此感叹："我是幸运的，在最初同我一批的队员里，我不是最优秀的那一个。一队20人，我的职业生涯，经历了国乒的三四代，最终，我站上了巅峰。"

我有普通人的生活

7岁拿起球拍，30岁退役。原本王楠给自己设定的退役生活，是同乒乓说"拜拜"。但回过头发现，她的人生上半场，因乒乓而辉煌，那么下半场，乒乓依旧是她生活的一个支点。

她先是去北大读书，并在团中央工作了六年，随后生了两个孩子，辞了工作，将全部心思集中在孩子身上。她开始思考，陪伴孩子成长的过程中，自己是否还能做一些力所能及的事情，让更多孩子能享受到快乐的生活和健康的教育。

乒乓这项最擅长的运动，成了王楠开启新事业的支点。她和朋友成立了"国球舍"，提倡亲子陪伴，并推行公益活动。将喜欢运动的孩子们组织到一起，家长一起参与，打乒乓、参观博物馆、夏令营……

同团中央合作的"小球大爱"公益项目，为外来务工人员的留守儿童捐赠，迄今已捐赠了1万多人。在做公益的过程中，王楠常常带儿子一起参与，"我们的孩子太幸福了，得让他体会一下别人的生活，培养爱心，让他知道什么叫'来之不易'"。

王楠接下来的计划，是办一个乒乓嘉年华活动，以全民健身为载体。她已经联系了刘国梁，请国乒一起来助阵。

退去世界冠军的光环，王楠对自己的定位，就是一个普通的妈妈，普通的体育事业工作者。大儿子已经8岁了，他对王楠说："妈妈，我不希望别人因为你是世界冠军，来跟我交朋友，我要通过自己的能力，和人交朋友。"

（陶邢莹）

他有一颗"大心脏"

刘国正 两次获得世界冠军,现为中国乒乓球队男一队教练组组长。2001年大阪世乒赛男团半决赛,他力挽七个赛点战胜金择洙,为中国队最终夺取斯韦思林杯立下汗马功劳,球迷们笑言"嫁人当嫁刘国正"。

他谈不上英俊，憨憨的笑容背后，是一张可爱的娃娃脸。

他不张扬，从未取得过一个单项世界冠军的他，在中国国乒数不清的明星中，或许是存在感最不强的一个。

但恰恰就是他，无论运动员时代还是教练员时期，都成为中国乒乓球队的"救火队员"。关键时刻的挺身而出，在他运动员生涯和教练生涯中都完美地得到体现。以两场浓墨重彩的胜利，写下历史。

温暖的笑容，内敛的个性，他是刘国正。高压之下依然从容，他是一名有着"大心脏"的男人。

专治韩国的"大心脏"

一提起刘国正，许多乒乓迷一定会想到2001年的大阪世乒赛。

在那一届世乒赛上，中国队拥有"史上最强"的国乒天团：刘国梁、孔令辉、马琳、王励勤。21岁的刘国正，只不过是阵容中一个"不起眼"的年轻小将。

"当时说实话不是很重视他，因为他还是小孩。但打过之后发现他很有实力、很有特点，后来成了常青树。"时任国乒总教练的蔡振华曾回忆称，自己最初并未太重视刘国正。但正是这个被蔡振华"忽视"的小孩，却在那场"九死一生"的对决中，力挽狂澜，成为让队伍转危为安的关键角色。

在男团半决赛中，中国队的对手是奥运会铜牌得主金择洙领衔的韩国队。比赛中，蔡振华派出了刘国正、马琳，以及刚刚获得大满贯的孔令辉。但令人大跌眼镜的是，孔令辉在比赛中不敌金择洙、吴尚垠，一人丢掉2分。

此时，中国队与韩国队战至2比2，比赛进入决胜场。

最后上阵的是刘国正，面对大赛经验丰富的金择洙，就连蔡振华也认为刘国正的胜算并不大，"从教练的角度讲我感觉刘国正要输，他整体实力不如金择洙，可能金择洙也是这样想的"。

忆当年，刘国正笑言，自己是越打越有信心。"以中国队的实力，在团体赛中会轮到我这个'配角'很少见。感觉当时金择洙都打疯了，我们有点被动。"硬着头皮上，正是拥有"大心脏"的刘国正一拍又一拍，将金择洙的气焰生生压了下来——在第二局和第三局总共挽救了七个赛点，最终，刘国正惊险地以2比1击败了已经"怀疑人生"的金择洙。

17年后再相见

既生瑜何生亮的对决在体育比赛中并不少见，但如刘国正与金择洙这样绵延十数年的"冤家"却也不多。

2018年雅加达亚运会，48岁的金择洙与小他10岁的刘国正再次在赛场相见——这一次，两人都是以教练身份。然而，时光流转17年，笑到最后的依旧是后者。

从2018年5月的世乒赛一分未失，到亚运会林高远、樊振东、王楚钦三个小将相继出战，三人几乎没有给对手机会，最终连胜三场，以3比0横扫韩国，实现了亚运男团七连冠，捍卫了国球荣誉。被誉为"救火队员"的刘国正交出一份闪亮答卷。

亚运会男团决赛结束后，时任国乒主教练刘国正与队员们激情庆祝，与之形成鲜明对比的是，一旁一脸落寞的韩国队主教练金择洙……没有老友相见的寒暄，没有宿敌见面的眼红，有的，只是再一次甘拜下风的无奈。

再次战胜老对手，刘国正却并不认为是自己的威力巨大。在他看来，中国男乒的胜出是因为做好了充分的备战，而这无疑是对强敌的最大尊重："在我的印象当中，从以往战绩来看，韩国队对我们的冲击力还是比较大的。我内心当中一直觉得韩国队是不可小视的。他们骨子里爆发出的韧性和拼劲在赛场上还是很有杀伤力的。"

往事，也许可以随风了。"当教练比赛时，根本没空去回忆2001年的事情……那是作为运动员,已经过去很久了。"刘国正坦言,作为教练员,亚运会是两人第一次在团体决赛中去交锋,"感觉这么多年过去了,他这个人没什么变化。"个性有些优柔寡断的金择洙,面对更加沉着冷静的刘国正,只能一次次被"克"。

"看见他,还是挺高兴的。但从我自己的感觉来说,赢的信念是非常强烈的,就没有考虑过其他的。"刘国正笑言,从那以后,金择洙每次见到自己都会远远绕开,"可能他心理有了阴影,见到我有点发怵吧"。

初代"带货王"

刘国正与红双喜的缘分,从学球之初就已开始,成长之路上的一次次转型也恰恰与红双喜的改变同步。

2000年底,中国队的球拍正逢整体改变——为了应对小球变大球的国际乒联规则变化,红双喜迅速应对,将球拍胶皮整体由G888型改为"狂飚"系列。完全不同的手感让刘国正甫一接触就迷上了。

胶皮、海绵、球拍,对乒乓球选手而言,这就和打仗士兵用的武器一般,顺手与否,直接影响了状态的好坏。对刘国正而言,"狂飚"系列恰好就是最适应他的武器。刚换了球拍,他就拿了两场公开赛的冠军,就好像找到了灵魂契合的那个武器,球拍的改变对于他自信心的提升也产生极大的推动。

2001年大阪世锦赛,刘国正打出那场经典的"七赛点"之战后,连带着他手里的"狂飚3"也受到了球迷热捧。一夜之间,球拍销量直线飙升,刘国正也成为中国男乒第一位"带货王"。对"神奇"球拍的喜爱甚至让中国球迷在之后的世乒赛现场喊出"中国队加油!红双喜加油!"的口号。

在刘国正看来,器材的好坏是心理状态的支撑。"运动员都很敏感,球拍的点滴变化都会影响手感。"好的器材带来的踏实感能让运动员在赛场上更为从容自信,出手也会格外果断,之前练的动作都会变成下意识的反应。

不甘心的转身

一战成名，2001年大阪归来，连救七个赛点的刘国正成为当时国乒又一红人。雪片一样的信件寄到驻地，其中，甚至还有不少情书。

"嫁人当嫁刘国正"成为当时一句流传甚广的口号——这样的受欢迎程度，若放到今天，足以堪称"顶级流量"。

2005年的受伤改变了刘国正的运动生涯，长期的伤病让刘国正不得不在28岁的年纪便早早退役。2008年，他进入北体大冠军班。跳出乒乓圈走进象牙塔，在学校的学习让他对乒乓运动有了更深的领悟，也为他之后的执教生涯开阔了思路。毕业后，他选择进入中国乒乓球国家队担任二队教练。在2017年的国乒教练竞聘中，刘国正从二队升至一队，并带队征战了2018年世乒赛和亚运会。

从队员到教练，刘国正更能将心比心去体会手下徒弟们的情绪变化。训练上，他是严师；生活中，他却像兄长——不会一味地责怪，他更擅长去引导疏解。

回忆起当初的华丽转身，刘国正将其归结于"不甘心"三个字。

虽然在2001年和2004年两次获得世乒赛男团冠军，但刘国正的职业生涯却没能获得一次单打世界冠军。回顾过往，他认为自己当运动员的时候不够完美。这种因不完美产生的遗憾，让他渴望在徒弟身上弥补。刘国正坦言，"每个运动员都有一个大满贯的梦想"，自己在运动员生涯未能完成的"大满贯"梦，如今希望能在当教练时完成。

（厉苒苒）

挂在天花板上的那颗乒乓球

王 皓 18次获得世界冠军，直拍横打技术的代表人物。他与王励勤、马琳共同开创了"二王一马"的辉煌时代，现任中国乒乓球队教练。

王皓的乒乓之路起源于一只挂在天花板上的乒乓球。

18个世界冠军，3届奥运会银牌……王皓的乒乓生涯，有着年少成名、独步天下的风光，有着"失之交臂"的无奈，更有着"乒坛常青"的坚韧。

转型成功，他的弟子是当今的世界第一。那只挂在天花板上的乒乓球还在盘旋，而无论当教练还是做父亲，王皓的乒乓实力都在这小小的白球之间，进行传承……

遗憾奥运

帅气的外形、沉稳的个性，即使在明星如林的中国乒乓球队，王皓依然是颇受关注的那一个。王皓的整个职业生涯，曾获得18个世界冠军，但最遗憾的还是奥运。

年少成名，早在1999年，16岁的王皓就代表八一队参加了首届世俱赛，和刘国梁、马琳合作夺得团体冠军。在王皓俊朗的外表被人所识的同时，他那别具一格的直拍横打也引起国外乒坛的广泛关注。2002年和2003年，不满20岁的王皓开始跻身世界乒坛主流竞争。当时，他和波尔、庄智渊被认为是未来世界乒坛最具潜力的三大新星。

但2004年雅典奥运会一度成为与王皓纠缠不清的话题。当他在距离奥运冠军最近的地方输给了韩国人后的两年内，王皓陷入了怪圈：总能进决赛，可总是拿不了冠军。"就差一点儿"的经历，恐怕谁也没有王皓体会深。

四年一晃而过，在北京奥运会男单决赛中，已经获得一个世界杯冠军的王皓，以国乒绝对主力、世界第一的身份再登赛场。可惜，这次笑到最后的依旧不是他。痛失职业生涯最重要一冠，少帅刘国梁安慰弟子："2012年伦敦再把这个金牌夺回来。"

但现实，却依然残酷。2012年伦敦奥运会，"三朝元老"王皓果然又站上了那个决赛的舞台，但这一次，金牌依然不属于他。

八年，三届奥运，王皓是极具实力的，因此才能在人才辈出的中国乒乓球队里连连获得奥运单打名额；王皓也是少了点运气的，才会遗憾地接连错过冠军。2012年的伦敦，临别奥运男单赛场，王皓行了个军礼。那一刻，观众给予他的掌声经久不息，热烈程度甚至超过送给冠军张继科的。王皓说长这么大，三届奥运已经占据了自己生命一小半的时间。"不管如何，这都是宝贵的人生财富。"

如今再回首，王皓不再执着自怨自艾。他说，自己最满意的是第三次奥运，打完之后感觉很释然、很坦然。"有一种终于完成历史使命的感觉。"也正是在2012年的伦敦，他才开始真正享受奥运带来的快乐。他说，自己很自豪，能有这样三次的奥运经历。自己的故事也能告诉之后的队员，球队之所以有今天的成绩，也是从年轻到成熟，一步步踏踏实实走过来。"不断去挑战，不断去承受，这是我想教给年轻队员们的。"

一个队伍里，不可能每个人都是冠军。王皓的可贵，恰恰在于一次次迎难而上的坚持。没有因为失败而放弃，在他的身上，中国国乒坚韧的内涵展露无遗。

独特存在

王皓在1983年12月1日出生于吉林长春，王皓的父亲王忠全是个铁杆球迷，从小就爱打球。7岁时，王皓和爸爸在电视上看到长春市少年宫招收少儿乒乓球学员，教练正是王皓的父亲当年的乒乓球老师刘宏祺，爸爸马上就带着儿子来找刘教练。刘教练见他的素质不错，就把他留下了。

当时正是横拍打法盛行的时代，"直拍横打"这种说法还没有流行，大家都管直板反面也能进攻的打法叫"AB面"。另辟蹊径，刘教练为王皓选择了这种"AB面"打法。虽然也想到要承担一定的风险，但经过两个多月的试验，大家发现王皓在比赛中不但不吃亏，还能占到不少便宜，于是就坚持了下来。

与红双喜的缘分，开始于2005年的世乒赛。王皓还记得，自己拿到第一块红双喜球板时，"那种感觉就像'一见钟情'一般"。

北京奥运会之后，国际乒联开始宣布"禁胶令"，宣布在正式比赛中禁止使用有机胶水粘胶皮，一个崭新的"无机时代"到来了。

每一次改革对乒乓球运动员来说都是一次痛苦的经历，每次改革他们都必须更换自己的球拍，同一款球拍、同一款胶皮，不同的品控都会对他们的状态造成重要影响。有机改无机，影响最大的运动员是马琳、柳承敏这种经常靠正手一板过的爆冲型选手。但无机胶水对王皓这种两面实力均衡的人来说影响却不大。

对于球拍，王皓是个念旧的人，将所有用过的旧球拍都保存得好好的。他说，球板就像是高手手中契合的武器，"时间长了，似乎球拍也能读懂对力量、控球能力的要求"。也因此，王皓回忆，自己的职业生涯之中，器材改变幅度是很小的，一直是坚持以五层纯木为中心，正手国产黏性套胶，反手涩性外套配置。最令王皓感触深刻的是红双喜研发团队对于球员点滴需求的"有求必应"，"他们会细致地调节，直到达到最满意的程度"。

王皓是中国乒乓球军团中的一个特别存在，在一个横拍为主流的乒乓时代，王皓的直拍横打、直拍横拉技术，为乒乓注入新生和活力。

王皓的独特打法以及傲人战绩，也让他手中的乒乓球拍成为不少钟情直板技术的球迷的不二选择。在红双喜的销售榜上，曾经为王皓度身研发的"天极"直到现在依然是当家爆款。

转型从转形开始

八一队是王皓乒乓梦正式起航的起点。八一队，也是王皓乒乓情转变的转折点。2016年，退役仅一年多之后，王皓在八一队担任教练的首个赛季，就带领球队创造辉煌，时隔15年时间再次站在了乒超联赛的最高领奖台之上。

在王皓心目中，当教练是自己乒乓梦的延续，也是对乒乓球运动的一种回馈。"不管失败还是胜利，我都想把我这些年的经历和年轻选手分享。"始终坚持学习，在他看来，运动员转型教练之后，过去的成绩都已过去，"需要学习的很多"。

帅气的外表，曾经让王皓成为中国男乒第一偶像。但对美食的偏爱，又让他忽胖忽瘦。运动员时候的王皓是国乒出了名的"胖球君"，2009年连拿世乒赛和全运会男单冠军后，他一度胖到了举国皆知的地步，当时许多网友对他身体的发福提出了批评，认为一个职业运动员不能合理控制体重是缺乏自律的表现。主帅刘国梁甚至曾采用了激将法，将网上那些批评王皓身材的评论打印出来交给王皓，让他自己当着全队人的面念出来。在教练的鞭策下，王皓开始不断激励自己减肥，终于在伦敦奥运前成功减掉了17斤体重。

退役后的王皓体重一度又反弹了不少。不过，自从回归国家队成为樊振东的主管教练后，他又开始了自己的减肥计划。采访时的王皓早已没了照片里的"宽松"体态，精干的模样一如巅峰时期。怒减30斤，谈起自己的减肥过程，王皓感慨，自己这也是形象管理。事实上，在王皓的影响下，现在的"小胖"樊振东也变得身材苗条，早已"名不副实"。

如师亦如友，在与樊振东的相处中，王皓更喜欢作为一名兄长去引领其进步，"他遇到的困难我大都经历过，每个时期的瓶颈我也熟悉"。也因此，王皓总能更快、更合理、更速效地帮助樊振东找到提高方法。"这也是国乒的一种传承。"

传承，不仅仅是在国家队，更存在于家庭血脉的相连。

在王皓家，曾经有一块他专属的练球场——半封闭阳台顶上，用绳悬挂着垂下一颗乒乓球。这是父亲亲手制作的训练器。曾经，小小的王皓就这么对着这颗球一次次练习抽杀、击打。如今，这块专属练球场已经有了新的主人：王皓的大儿子海苔已成为爷爷的新徒弟，开始接受王皓爸爸的"魔鬼训练"。

谈起两个儿子，王皓的眼中泛起柔情，缓慢下来的语调里，有着隐藏不住的自豪。他说，或许是遗传了自家的乒乓基因，从小，儿子最喜欢待的地方就是乒乓房。才刚学会坐的时候，就被老爸抱到了球桌上，拿起乒乓球拍。

如今，海苔已进入业余体校学习，每周都要进行两次专业训练。不用带队外出的日子里，王皓也会亲自上阵指导儿子技术。"除了乒乓，滑雪、高尔夫儿子也很擅长。"而且在王皓的坚持之下，海苔未来也计划改成直拍。"守着这样的条件，当然要有传承。"王皓如是说。

（厉苒苒）

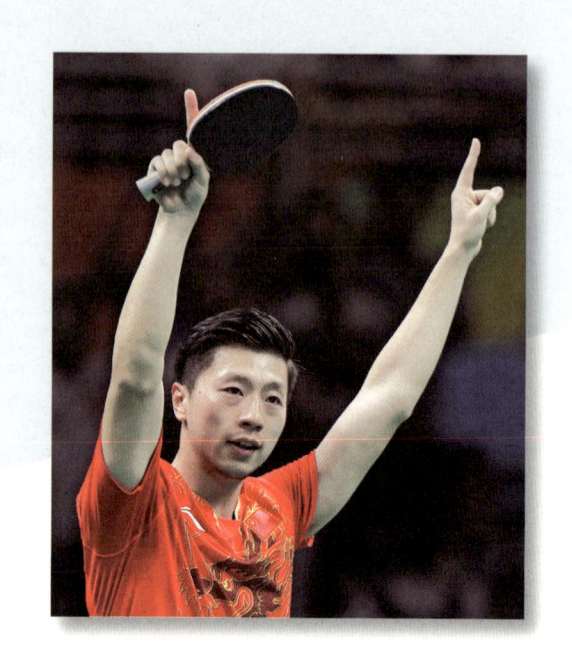

我是中国制造

马　龙 奥运会、世乒赛、世界杯全满贯运动员，国家乒乓球男队现任队长，23次获得世界冠军。在2015年苏州、2017年杜塞尔多夫、2019年布达佩斯三届世乒赛上，马龙连续三次获得男单冠军，成为继庄则栋之后，第二个拥有圣·勃莱德复制杯的中国运动员，被球迷称为"六边形战士""地表最强"。

一句"I am made in China!（我是中国制造！）"成为2019布达佩斯世乒赛的爆款语录。

30岁的国乒队长马龙用一个极具分量的冠军，证明了自己的强势回归。"他创造了奇迹！"这是恩师刘国梁对他的评价。

帅气温柔的外表，坚强果敢的内心，勤奋自律的自我要求，还有与生俱来的领导力……马龙有着优质偶像的一切品质。

站在而立之年的门槛上，他说："我想当中国乒乓的传奇。"

自我"革命"

说起马龙，大家的第一印象，肯定就是乖。

1988年出生的他，长得白白净净，一点儿都不像来自东北的汉子。5岁就开始学乒乓球。从小，马龙就是那种典型的"别人家的孩子"，听话懂事，学习和训练从来都不用人操心。

曾经，在马龙的人生字典里，乒乓的背后没有快乐——每天上午上学，晚上训练，没有童年的游戏，只有重复而枯燥的挥拍。"真的很苦。"因为乒乓训练，小马龙还得不停更换学校，他自嘲，别人都有小学、中学同学聚会，"我们就完全不了解这种感受"。

乒乓的幸福感，直到马龙进入职业队，一步步打比赛才开始体会。2006年，18岁的马龙获得第一个世界冠军，从此便一发不可收。

他是乒坛史上第10位大满贯选手，第一位集奥运会、世乒赛、世界杯、亚运会、亚锦赛、亚洲杯、巡回赛总决赛、全运会单打冠军于一身的超级全满贯男子选手。加上2019年匈牙利世乒赛冠军，马龙一共拿到23个世界冠军头衔。超过了匈牙利"赢球怪物"巴纳在1939年所创造的22个世界冠军的纪录，打破沉睡了80年的"远古纪录"，成为获得世界冠军数量最多的男乒选手。

红双喜，记载着马龙乒乓梦开始的模样。

马龙记得，自己刚开始学乒乓时，用的就是红双喜的08板。因为板重人小、力量不够，教练还特地帮他把板锯小一截，方便他使用。G888套胶也是陪伴马龙成长的另一个伙伴。直至后来，"狂飚龙"的出现，让马龙犹如武林绝顶高手终于寻觅到属于自己的那款专属武器。

红双喜，伴随着马龙对自我的"革命"。

在2014年10月的世界杯输给张继科之后，马龙有段时间很沮丧，他觉得自己可能没有希望冲击奥运冠军了。这时候，刘国梁提出了让他反手也换成"狂飚"胶皮。新的胶皮虽然会削弱力量，但是能打出更多旋转和变化，比较适合马龙这种控制型选手。

马龙一开始很犹豫，因为他已经27岁，打法都定型了，这时候改万一适应不过来，那就是前功尽弃。但把心一横，一向在外人眼中暖暖乖乖的马龙，走出了熟悉的"舒适圈"。"那次起码在勇气上突破了自己。所以看上去只是球拍的改变和突破，但其实是我心里开始承认我应该改变了。"下定了决心改变的马龙，不仅没有因为换胶皮影响成绩，反而在比赛中，打得越来越自信，越来越硬气。那之后不久，他就收获了自己职业生涯第一个世乒赛单打冠军。刘国梁坚持让他在2015年世乒赛前换上的"狂飚龙5"底板，也让马龙在接下来的连续五十六场赛事不败。

红双喜，还见证了马龙每一步成长与辉煌。

在布达佩斯世乒赛的决赛赛场，夺冠后的马龙左手拿拍，右手在拍上挥舞，仿佛"神龙摆尾"的寓意，球拍的红双喜LOGO清晰可见，那分明是2016年里约奥运会马龙男单夺冠时的旧拍子。用冠军球拍激励自己，从一个冠军到另一个冠军，无论高峰低谷，红双喜始终陪伴马龙左右。

走出低谷

出征布达佩斯世乒赛，马龙给自己起名"龙5"——在国乒内排名第五，这是他参加世乒赛有史以来的最低种子排位,"我把每一场比赛都当作是自己的最后一场比赛来打,不想留下任何遗憾"。

决赛前一天,目睹28岁的刘诗雯夺得女单冠军后,他在现场悄悄抹起了眼泪,那是多么感同身受啊!"我体会到了她的不容易。其实,每个运动员都有自己的苦,你们看不到,只不过我成功了,你们今天才能看到。"

和以往任何一次冠军不同。此次世乒赛卫冕的背后,是马龙职业生涯遭遇的一段最黑暗期。因伤八个月无缘国际比赛,马龙每天只能看着队友训练和比赛,内心的挣扎和压力,无法用言语形容。

自2018年下半年起,30岁"高龄"的马龙因膝伤先后缺席男乒世界杯、瑞典公开赛、奥地利公开赛、国际乒联年终总决赛以及匈牙利公开赛……世乒赛前两个月的选拔赛,还因伤退赛。八个月远离赛场,治伤经历让马龙崩溃。"过年的时候一天都没休息,去治疗康复还没效果,当时不是慌了,是有点崩溃了。"马龙说。

每天晚上,他要花比其他队友多一倍的时间理疗。因为治疗,手臂上时不时会出现瘀血。"作为职业运动员,要是让我在房间里待着,我肯定不习惯啊。我还是喜欢回到球场上,面对输赢那种刺激的感觉。"可他这样想也没用,最初的两三个月,他只能作壁上观,那种煎熬只有他自己知道。等到世乒赛直通赛时,他已经恢复训练了,当樊振东在"地表最强12人"里全胜夺冠时,马龙跟着教练独自在隔壁训练馆里挥汗如雨,他幽默地对教练说:"我应该是地表最强第13人吧。"

因为伤病,最初的两三个月,马龙几乎每天在做康复和治疗。回忆那段时间,马龙说:"那个阶段我都没怎么到球馆里,可能就在一楼健身房比较多。"天天练不了球看着队友们挥汗如雨,那种感觉,让一向沉稳冷静的马龙都有些心烦,"所以说索性还不如不来呢"。

如今回顾受伤的经历,马龙表示这也是一种财富。他说:"是别人没有的,我觉得能扛过来就是一个财富,也能磨炼自己的耐心。"以往,经历的困难都来自场内——得不了冠军，或这个对手克服不了一直输。但受伤不同，着急不得，只能去等待……"耐下心来每天重复一样的事，从早到晚一样的事，那种煎熬磨炼内心的感觉是以往没有的。"

这次受伤，是马龙职业生涯里经历过最大的一个挫折。"我很珍惜国家队这个环境，现在的目标是尽可能延长自己的职业生涯。"马龙缓缓说道，"这次伤病，我就当作是一个考验、一次新的经历吧。"

完美主义

在众星云集的国乒世界，个性化或许是明星运动员必备的特质：如王皓的坚韧，如刘国梁的聪慧，如张怡宁的冷静。

但在马龙身上，你找不到一个很明显的特点。又或许，其实完美才是马龙独有的个性。

马龙的技术，堪称国乒队内最全面。

他曾被日本媒体冠以"六边形战士"：通过"二次元"六维雷达图，在力量、速度、技术、发球、防守、经验六个方面，马龙边框全满，能力撑爆"六边形"。在外媒眼中，实力爆表的马龙硬生生成了游戏里的终极大 Boss。

马龙对自己的严格要求，在队里有目共睹。

按刘国梁的话来说就是，"说难听点，你想找他的毛病都不好找，你想批评他都不好批评。他是个追求完美的人"。勤奋、努力、懂事、克己，无时无刻不严于律己，从不用教练监督就会主动加练。刘国梁曾评价：马龙的球风很正，就像他本人。是球队公认最努力最有天赋的一个运动员，是"战术大师"——他把球玩到了几近极致。

他自己透露，有时，为了技术上的日臻完美，他还会发明特殊的训练方法：曾经为了平衡左右手的能力，右手持拍的马龙会训练自己用左手打球，平时也会刻意用左手使用鼠标，绝对不让自己身上出现任何短板。

将乒乓作为一门学问去研究，从某种角度而言，马龙的完美源于他的好学。

刘国梁曾认为马龙非常适合做教练。因为"爱思考、爱钻研"。马龙坦言："爱琢磨（乒乓球），即便是不在球场也会随时随地地去钻研它，甚至在吃饭时都有可能冒出一些乒乓球的东西，我觉得热爱和喜欢乒乓球的人都爱教人打球，有自己的思维和独到见解。有时年轻队员向我请教技术上的问题，我都乐于解答帮助他们。在场上看到年轻队员的打法有问题，自己也会去说两句。"

主管教练秦志戬称赞他，球商极高。"对球的理解很深，对乒乓球的把控能力也很强，打法比较全面，攻守平衡，长球、短球、上旋、下旋都不错，没有明显的漏洞。"

传奇龙队

熟悉马龙的人都知道，乒乓之外，他最大的乐趣就是搜集漫威手办。

搜集的习惯源于2013年秦志戬送给他的一件生日礼物：一个绿巨人手办。从那以后，这个爱好就一发不可收。马龙自嘲，这或许也是自己完美主义的一个后遗症：有了一件之后，就总想着把它们配成套。

尽管搜集的手办大都是钢铁侠，但马龙自己也承认，从性格来说，自己更像美国队长——一样顶真，一样以团队利益为最重要原则。马龙和美队，他们不是神，是人，他们会气馁，会受伤，没有奇迹，都要凭血肉之躯，赤手空拳地和对手拼到最后一刻。但往往，正是他们这种对圆满极致追求的傻气，才更让人觉得如赤子之心般可贵。

手握乒乓球拍，用弧圈结合快攻横拍两面反胶的打法，马龙逐渐走到中国乒乓球男队的核心位置。

你可以说他很乖，因为爱，他可以数十年如一日地练球。

你也可以说他很叛逆，因为爱，他可以选择不断改变、不断突破。

我是中国制造

在马龙看来，中国乒乓球队是一个始终在诞生传奇的地方，"可能一开始，你是去模仿、接近。但到了某一时刻，你自己就是在创造传奇"。把国家队当作人生最荣耀的所在，马龙说，自己还想着去东京奥运会拼一拼。

（厉苒苒）

被红双喜引入乒乓世界

丁宁　奥运会、世乒赛、世界杯全满贯冠军，中国乒乓球队女队队长，20次获得世界冠军。中共十九大代表。

中国有100多位乒乓世界冠军，几乎都与红双喜有着不解之缘，或者使用全套乒乓球拍或者使用底板、套胶，登上乒乓的最高殿堂。丁宁就是这些超一流乒乓球员中的代表。更有趣的是，丁宁与红双喜有着很深的缘分，这位女乒大魔王小时候就是为了赢得一个又一个的红双喜乒乓球，一步一步被教练带入了体育竞技的世界。

体育世家

丁宁出身体育世家，爸爸丁殿国、妈妈高凤梅，当年都是黑龙江省队的专业运动员，爸爸搞速滑，妈妈曾是黑龙江女篮的队长。但因为伤病，两人都错过了入选国家队的机会。不过自打丁宁出生的那天起，丁宁的父母又燃起了"冠军梦"。

他们让小丁宁接触了乒乓球，目的是想让她通过练习乒乓球提高肌体的灵活性和反应能力。丁宁说，她和乒乓球结缘倒真是要感谢红双喜。丁宁6岁时，高凤梅把她带到体育馆，让她跟着一群小朋友练乒乓球。起初，丁宁对乒乓球的兴趣不大，但教练很快改变了策略：哪个小朋友打得好就会奖励一个红双喜乒乓球。丁宁这下来了精神，通过认真练习，很快成为小伙伴中获得乒乓球最多的一个。

随着丁宁乒乓球天赋的逐渐显露，体育馆乒乓球班里的小朋友已经没有能战胜丁宁的了。随后高凤梅将丁宁送到了体育馆对面的少年宫，半年后，丁宁又"称霸"了少年宫。在一次比赛中，丁宁那种敢拼敢打的劲头，被大庆体校看中。1997年，丁宁进入了大庆体校。

"北漂"球员

为了使女儿开阔眼界，把球技提高一个层次，高凤梅先后带着丁宁去北京、哈尔滨、沈阳等地学习，之后，又送丁宁参加辽宁省乒乓球苗子集训，结果被培养出张怡宁的北京什刹海体校选中。就这样，当时不满10岁的丁宁就开始了"北漂"生活。很快，丁宁进入北京队。教练的悉心栽培，再加上自己的努力，丁宁成长迅速，13岁时就已经是国家青训队的队员了。2005年，年仅15岁的丁宁第一次进入了中国国家乒乓球队。由红双喜引入乒乓球世界的丁宁，目前使用的正是红双喜的胶皮"狂飙3"。

难忘输球

女乒大魔王几乎是战无不胜，问起丁宁记忆中印象最深刻的几场比赛，丁宁回答的却是乒乓生涯中两次对自己影响颇大的输球。在2010年的莫斯科世乒赛团体赛决赛中，当时丁宁是球队的主力，在首轮对抗中被冯天薇2比3逆转，最后中国队败给了新加坡队。这次失利之后，丁宁的教练被下放到了二队，丁宁认为这是自己乒乓人生中遇到的一个坎。两年之后，在伦敦奥运会上输给队友李晓霞，算是丁宁遇到的第二个大坎，在那次女子单打决赛中，丁宁被裁判误判了三次发球，最后丁宁输掉了非常重要的奥运会冠军。在那之后的很长一段时间里，丁宁都没有走出阴影。当然现在看自己乒乓人生的那些挫折，丁宁是微笑着的。她笑言，这是一份人生的毒鸡汤，当你越过一个坑，前面应该还有更大的坑等着你。但丁宁最后表示："体育精神，远不只是输赢；就像奥运冠军，远不只是金牌。我是90后，我只相信，黑暗中，不要停下脚步，要自己去寻找光。"

暖心鼓励

说起自己在伦敦的失利，丁宁笑言在自己人生的关键时刻，红双喜都没有缺席。自己初学乒乓的时候，红双喜乒乓球是最让人开心的奖励。自己在伦敦失利的时候,红双喜则给予了最暖心的鼓励。

有外国乒乓球选手戏言,"有中国国家乒乓球队处,必有红双喜",这句酸溜溜的调侃,对丁宁等中国国家乒乓球队队员来说,则是切切实实暖心的支持。丁宁说,每逢大赛,红双喜就像中国队的后勤保障部。2012年伦敦奥运会,因为乒乓球比赛场馆离奥运村很远,这对于运动员赛后休息很不利。得知这样的情况后,红双喜果断地在比赛场馆附近为中国队租了一个公寓作为临时休息室,并且还为队员准备了可口的中式饭菜。丁宁输球,压力极大,回到休息室,就一个人躲在房间里大哭。丁宁说,记得那时候红双喜的楼世和总经理,不停地安慰自己,这让丁宁在心理上得到很大的安慰。

其实对像丁宁这样的中国乒乓球队队员来说,红双喜就是自己的家人。无论是奥运会、世乒赛还是国内外顶级乒乓赛事,无论是器材保障、后勤保障还是赞助,红双喜总会在背后默默地支持。丁宁说,在伦敦奥运会打完比赛,到红双喜租的公寓里吃上一口中国的大米饭,这种感觉,就像在国内打主场比赛一样。

"我就是我"

丁宁的粉丝叫"叮当",作为红双喜乒乓球器材的代言人,丁宁的粉丝见面会有些是由红双喜组织的。"叮当"们印象最深的丁宁球迷粉丝见面会,自然要数她和马龙一起参加的那次,他们一起穿着胸前印有"囍"字的T恤,喜气洋洋。"双喜临门",红双喜无意间为见面会挖了个"坑",丁宁和马龙只好笑呵呵地"顺水推舟"往"坑"里跳,粉丝们高喊"在一起",马龙也开玩笑地回答球迷"我们已经结婚三年了",引来粉丝们的一片笑声。见面会结束后,有不少丁宁的粉丝等在门口送丁宁,也有丁宁的球迷来到红双喜的展示台购买印有丁宁头像的纪念品,表达自己对丁宁的支持。红双喜让世界冠军和球迷走到了一起。与球迷面对面的丁宁也格外放松,不禁让人感叹年青一代世界冠军的素养与魅力,与粉丝的距离,他们有着自己的平衡和处理。

丁宁也曾流露出想要退役的意思。前辈张怡宁建议她,可以歇下来一段时间,但没有必要退役,并开玩笑道:"退役干吗?结婚?"想明白了,丁宁又站到了乒乓球台前。有媒体问,作为女乒队长、大满贯球员,谁还是丁宁追赶的目标?她摇摇头,"每个人都是不同的个体,都有不同的状态和经历,不存在追逐和超越"。提起张怡宁,丁宁说:"我非常欣赏宁姐,她身上有很多优秀品质值得我去学习,但她不是我追逐的目标。我就是我。"

到2020年东京奥运会的时候,丁宁将30岁。30岁,丁宁与乒乓、与红双喜的情缘仍将继续。

(沈琦华)

从"小胖"到"东哥"

樊振东 已八次获得世界冠军，新生代乒乓球运动员的代表人物。

樊振东外号"小胖",据说主要是因为他吃得多,食量大,看上去显得有些"婴儿肥"。不过近距离观察樊振东,干练强壮,年纪轻轻就成为中国国家乒乓球队的领军人物,荣誉满满。

拼命往前冲

樊振东10岁离开老家湖南去北京学习打乒乓球,每年只能回家一次。那几年,他每天训练五六个小时,此外还要上文化课。回想起彼时的艰辛,樊振东认为一切都是值得的,因为打乒乓球是他一辈子的梦想。

功夫不负有心人,2012年初,樊振东进入中国国家青年队。刚进国青队,教练刘国正的一句话给了他突破的力量:"你上了一队就一直往前冲,趁主力们还不够适应你的时候,能冲到哪儿算哪儿。"于是,拼命往前冲的樊振东,在2013年迎来井喷:全运会单打亚军、东亚运动会单打冠军、德国波兰两站单打冠军等。此后,樊振东的荣誉簿越积越厚,到2018年,樊振东以16545的积分首登国际乒联世界积分排名第一。年纪轻轻的樊振东成为中国国家乒乓球队的领军人物,队友们不再唤他以往的绰号"小胖",改口叫他"东哥"。

有过迷茫期

樊振东说,其实他也有一段迷茫的时期。那是2017年,世乒赛和全运会男单比赛他都输给马龙,樊振东想不通的是:状态好和不好的时候,为什么都被马龙压一头?樊振东感觉自己被捆绑住了手脚。"因为要求完美,非常想打出自己想象中的比赛,从而导致在比赛中人发沉,没能真正去释放自己。"及时总结经验,樊振东换了一种心态,"我试着给自己'松绑',允许自己在比赛中犯一些阶段性的错误。当然,遇到困难要尽快想办法扭转,最终一定要赢得比赛。"于是，樊振东终于从"对手只有马龙"的恍惚中觉醒，从那时起到现在，可以说樊振东都在与世界交手。

对于"小胖"这样的转变，作为他主管教练的王皓都看在眼里。王皓没少为樊振东操心。你可以发现无论训练或是比赛，樊振东走到哪儿，王皓就一路跟到哪儿，有时候师徒两人就算不讨论技战术，王皓也习惯性地陪在樊振东身边，昔日的世界冠军甘当樊振东背后的拎包人。有媒体揭秘，现在的王皓比做运动员时瘦了整整30斤，樊振东笑言，王皓变瘦了是为自己"愁得"。

从之前大家口中的"小胖"，变成了阵中的"东哥"。樊振东谦虚地说，中国乒乓球领军人物不是说当就能当的，自己有很多不足，未来要一步一步踏踏实实走，不脚踏实地肯定会摔跟头，先把自己做到最好，其余事情顺其自然，至少努力了才算不辜负自己。

看樊振东在深圳参加国家队集训，内容多，强度大，仅仅一个上午的训练，樊振东的训练服就已经湿透。训练时，他的身上还绑着测量身体指数的仪器，看是否练到接近体能和运动极限，数据一目了然。科研人员坐在场边，关注着樊振东的一举一动。天赋之外，运动员的付出和牺牲是毋庸置疑的。樊振东说得很实在，天赋只是成为顶级乒乓球运动员的基石，能打到这个位置上的人，是否能走到最后或者说能走多高，是取决于你有多努力。

自己粘拍子

在中国国家乒乓球队，红双喜的产品有着极高的使用率，王皓、王励勤、马龙、丁宁等世界冠军都使用红双喜器材。樊振东也不例外。樊振东说他最早接触红双喜乒乓球器材是2008年进入八一队的时候，用的是红双喜的套胶。

其实樊振东对乒乓球器材是很挑剔的。在他看来，在乒乓球顶级比赛中，器材对于运动员临场发挥有着至关重要的影响。樊振东目前使用的是红双喜的套胶。他喜欢打硬一点儿的海绵，这样打出来的球旋转相对强一些，更具威胁。所以每次大赛，红双喜的技术服务人员几乎都要在现场配合服务。对顶级乒乓球选手来说，海绵硬度0.5度之差，都会让这些选手感到不舒服，影响其发挥。樊振东笑言，在国家队当主力真好，不仅有红双喜技术人员的贴身服务，领红双喜海绵胶皮，一下子可以领40块，真是爽。不过，樊振东说平时都是自己粘拍子，并自诩粘得不错，因为底板海绵上的胶水层的厚度非得自己掌握，这样打比赛的感觉才好。

奖金交父母

因为成绩优异，樊振东的粉丝多了，他也渐渐意识到自己作为球星的社会责任。樊振东说，粉丝们很热情，有很多贴心的举动，这让他觉得很温暖，打球也更有动力，会想着自己背后还有那么多粉丝的殷殷期盼，要打出更好的成绩来回报他们。不管在场上还是场下，樊振东都希望可以多传递正能量给他的粉丝们。

相对于其他运动员热衷于上电视栏目和综艺节目，樊振东说目前他不会考虑，他说自己现阶段的主要任务还是提升技战术水平，对运动员来说成绩还是首要的，他要把所有的时间投入训练中。为了专注打好球，樊振东放弃了很多同龄人应该有的快乐。樊振东在业余时间几乎没有什么爱好，就连男生们最爱玩的网络游戏，他也从来不玩，用他自己的话说，闲暇时间，顶多上网"斗斗地主"。

樊振东才华横溢，很早就拿到了很多比赛的冠军，所获奖金自然不菲，于是很多人便关心起年纪轻轻的樊振东是如何处理比赛奖金的。樊振东讲了他第一次拿奖金的故事。樊振东第一次拿奖金是4000元，不过这笔奖金并不是通过打乒乓球获得的，而是小时候因为参加一次电视台的答题活动得了第一名所获。樊振东在获得奖金后，如数上交了父母，让父母来处置这笔奖金。当问到如果不做运动员会选择什么职业，樊振东则表示读完大学找工作或者继续深造，他是很喜欢读书的。

樊振东在赛场上与在场外显得那么成熟，少年老成的樊振东，他的成功自然并不让人意外。

（沈琦华）

推广"在中国制造"

托马斯·维克特 德国人,现任国际乒联主席。律师,12岁开始打球,2005年任德国乒协主席,2014年接任第7位国际乒联主席,2017年连任。

近 2 米的身高，46 码的大脚，修长的身形，现任国际乒联主席、德国人托马斯·维克特给人的第一印象，就是一个精力充沛的官员。上任五年来，他在国际乒联日理万机，在普及、发展乒乓球运动方面，他总是有着无数新颖的想法和倡议。每一次采访，记者都能从中窥见他缜密的思维、灵活的头脑。

对于上海，他有着一份独特的情缘。

保持青春的秘诀——坚持打乒乓球

2014 年 9 月 1 日，维克特接替沙拉拉，成为国际乒联新任主席，任期至 2017 年。在 2017 年国际乒联代表大会上，维克特获连任，任期四年。

律师出身的维克特，是德国一家大型律师事务所的合伙人，受理家庭诉讼、财产诉讼等各类业务，在当地非常有名。"尽管我将接任国际乒联主席一职，但我不会辞去律师工作。"在他看来，律师的背景，更有助于他公平、有序、缜密地管理国际乒联这样的大型机构。

在维克特的领导下，近年来国际乒联改革发展步伐加快，身兼律师和国际乒联主席之后，他肩头的责任越来越多，承受的压力也越来越大。尽管如此，乒乓球运动依然在他生活中占据着一席之地。

12 岁拾起球拍，维克特已经坚持打了 45 年的球，乒乓球是他这辈子最大的爱好。年轻时，维克特在德国一级乒乓球联赛打球，入选过德国男乒。"我现在还在德国的第五级别联赛打球，德国有足足 14 级联赛，有 42 万运动员活跃在联赛中。"维克特自豪地说。

"你猜猜我几岁了？"他问记者。"45 岁？"记者开玩笑道。"不不，我 57 岁了。"他大笑起来。记者告诉他，尽管工作繁忙、压力巨大，但坚持乒乓运动让他看起来充满无限活力。

对于上海的情缘——主席路始于此

对于上海,维克特有着一份独特的情缘。他笑言:"上海是我的福地。"

2005年上海世乒赛,维克特作为德国乒协官员来沪,群众乒乓热火朝天的景象,赛场内外热烈的氛围,给他留下了极为深刻的印象。"我记得男双决赛那天,我特地到场边去看望波尔,他比赛期间生病了。但他坚持上场,和搭档苏斯打完了决赛,取得一枚宝贵的银牌。"在中国乒乓球队的主场,德国乒乓能占据一席之地,令他格外自豪,当时,德国队是欧洲范围内唯一可以同中国队叫板的队伍。上海世乒赛结束后一个月,维克特成功当选德国乒协主席,这为他日后进入国际乒联奠定了重要的基础。"所以,上海是我的福地。"

当选国际乒联主席后,2016年圣诞夜,维克特第一次来到了红双喜。尽管数月前的里约奥运会,红双喜交了一份令他满意的答卷,但他心里多少还是有些放心不下——2017年世乒赛将在德国杜塞尔多夫举行,红双喜为比赛特制的球台研发进度怎么样了?

事实证明,他的顾虑完全是多余的。在红双喜的工厂里,当代表德国黑黄红三色的乒乓球台呈现在面前时,维克特眼前一亮,他迫不及待地拿起球拍,同红双喜总经理楼世和交手起来。红双喜又一次颠覆了传统,大胆配色,首次呈现以黑色为主基调的球台,底座则以金色为主,配上红色地胶,整个球台大气活泼,既体现出德国人严谨的风格,又有乒乓球动感的味道。

"谢谢你楼总,同我共度了一个难忘的圣诞夜,看到红双喜交付的球台,我就放心了,可以回去好好过假期了。"临别,维克特握着楼世和的手说道。

从那时起,维克特对上海又多了一份喜爱,对国际乒联的主要赞助商红双喜,更多了一份信任。

2018年,国际乒联博物馆和中国乒乓球博物馆在上海正式开幕,这是首个引入中国的国际级体育类专业博物馆。维克特原本有公务在身无法参加,但开幕前一天,他临时改签机票,来到了上海。"开馆我一定要来,这是我们国际乒联的荣耀，更是上海这座城市的荣耀。"开幕当天，上海诸多前世界冠军纷纷前来捧场，观众络绎不绝前来参观，维克特连连跷起大拇指："实在是太令人激动了！"他主动承担了揭幕仪式上的致辞环节，对中国乒协和上海方面的支持，连连感谢。后来，听说红双喜组织了全国200个商业伙伴参观乒博馆，主席再次改签回程机票，在馆门口亲自迎接这些客人。维克特说："红双喜召集了这么多的商业伙伴，证明了红双喜的影响力和乒乓的魅力，这些伙伴，为乒乓球运动的繁荣做出了贡献。"

奥运扩军的新设想——再增一个项目

2016年里约奥运会是维克特上任后的首个大考，这也是红双喜新材料乒乓球第一次亮相奥运会。维克特每天在赛场，都要亲自一个个去问球员对新球的感觉如何。"评价非常正面。"维克特说，"此前的大赛中，有球员反映不太适应某些牌子的新球弹跳度。里约奥运会上的红双喜新球，我们没有收到一例反面声音。"

奥运会结束后，收视率分析表在内部公布。维克特非常开心，"乒乓球的收视率排在所有项目中的前五位"。数据显示，乒乓球收视率排名中，中国观众的数量遥遥领先，其次是日本，第三位是美国。"美国观众的数量和日本相当，这一点也让我很意外。"维克特说，"毫无疑问，中国市场对我们来说至关重要，这是我们最大的市场。"看到这样的数据，怎么还会担心乒乓球被奥运会大家庭踢出去？

尽管如此，维克特还有更大的雄心，在他的主导下，国际乒联掀起了新的一波推广风潮。经过各方努力，在2020年东京奥运会上，乒乓球混双项目将首次进入奥运大家庭。在布达佩斯，维克特向记者透露："随着混双项目的增加，东京奥运会的乒乓球比赛日程将比原来多一天，这将吸引到更多观众。据我所知，乒乓项目的预售票已经售罄。"

不仅如此，维克特又提出了一个大胆的设想："2024年巴黎奥运会，我希望乒乓球项目能再次扩军，再增加一个项目。"通过本次世乒赛的试水，他看到了各代表队对于混双的热情，也注意到了比赛中的诸多亮点。"我们已经草拟了方案，同巴黎负责奥运会乒乓球的项目经理进行了交流，看看是否能够增加一个混双团体项目。"

开拓市场的新路子——借鉴中国经验

2016年里约奥运会后，中国掀起一股"国球"风，马龙、张继科、丁宁等国乒队员大热，中国乒乓球协会打造乒乓"粉丝经济"。这一现象启发了维克特，为此，他特地找刘国梁讨论，还在社交平台上观看了刘国梁和弟子们的视频直播集锦，他觉得这是个推广乒乓球的好点子。"借鉴中国乒协的举措，我们国际乒联也要在社交媒体上狠下功夫。"

没多久，国际乒联推出了一系列改革计划。在观赛体验方面，例如采用一些新的传播技术，给观众带来一个360度的观赛视角，以及开发兼容各种终端、具有高清画质的电视转播信号等。在乒乓球运动推广方面，国际乒联顺应数字化的潮流，在多个社交和数字化媒体上发力，多渠道、多平台地推广。

2018年，国际乒联的数据喜人，国际乒联推特账号上视频播放量增长快速，成功进入全球体育博主前200名，YouTube平台播放时长达惊人的311万小时，粉丝数量增长15%。其中，日乒"神童"张本智和战胜大满贯选手马龙的视频总播放时长达惊人的96 000小时。

尝到了甜头的国际乒联，继续在转播平台和新媒体平台两端发力，今年布达佩斯世乒赛期间，全球覆盖收看人数达2.6亿（不重复观众人数），总收看人数（包含重复观众）达到6.6亿，再创世乒赛收视率新高。

作为国际乒联主席，维克特的工作不只是个战略上的决策者，他还经常身体力行、深入一线，从基层了解乒乓球运动。2016年里约奥运会期间，他脱掉西装，脱掉鞋子，在海滩边同比基尼美女一同挥拍打球，这是为了推广国际乒联的一款全新乒乓球玩法——"街头乒乓（TTX）"。"'街头乒乓'希望能将乒乓球运动带到每个普通人身边，让完全不会打乒乓球的人也能享受乒乓的乐趣，与现阶段的职业乒乓球赛事完美呼应。"此番场景，是不是有点像20世纪五六十年代，中国乒乓起步阶段的全民乒乓？徐寅生、张燮林等乒坛名宿，就是在弄堂里、菜场里，打"野路子"乒乓起家的。

提高各国乒乓水平——请国乒来协助

维克特是一个乐于倾听不同意见，有开阔眼界的人。中国乒乓长期占据世界乒坛霸主地位，他并未恐慌，也并没想过要遏制中国乒乓。在中国乒乓的引领下，其他各国乒乓运动该怎样提高？这个议题，是他又一项工作重点。

早在2017年，他便提出了"在中国制造"的计划。他强调，不是"中国制造"，而是多了一个"在"字。他进一步解释道：通过奖学金的方式，输送其他国家的运动员在中国进行非短期的乒乓球训练和学习，这需要得到中国乒协的支持，以及赞助商、教练的投入。

为此，他多次同中国乒协掌门人刘国梁交流，去年还特地赶赴北京同国家体育总局局长苟仲文探讨乒乓球运动的发展方向。

对赞助商寄予期望——最终实现双赢

性格上，维克特堪称"温和派"，在耐心倾听中提出自己的建议，细致入微、有条不紊地推动国际乒联各项进程。每年，国际乒联会在世乒赛期间举行颁奖典礼，今年在布达佩斯世乒赛上，他亲手将两个重要奖项颁给红双喜——赞助商奖和最高等级合作伙伴奖。

世乒赛期间，他每天都有大大小小的会要开，还要去观赛、收集运动员教练员的意见，忙得不可开交。尽管如此，有一项工作，每逢大赛雷打不动，那就是同红双喜总经理楼世和开会。早在他上任后的第一届奥运会（里约）期间，他便专程参观了中国之家，对红双喜的"电光球台"称赞有加，当时他就提出，希望未来红双喜能在球台设计上有更好的创意。

这次在布达佩斯，他又对楼世和提出了新的要求："2020年东京奥运会，我们的票子是高需求票，而我想，你们能给所有球员提供高质量球。这不是建议，而是必选项。"

日前，国际乒联又通过了一项颠覆传统的重要改革：胶皮颜色将从传统的"红与黑"向"变色龙"转变。2020年东京奥运会之后，运动员被允许使用彩色胶皮，其中一面保留传统的黑色。维克特想要听一听红双喜的意见，"你们对彩色胶皮持什么态度？欢迎吗？"红双喜告诉他："红双喜已经在研制开发彩色胶皮了，但是在选色方面，会慎重考虑，以运动员视觉感官舒服为前提，集中推出一批颜色。"听到肯定的答案，维克特露出了如释重负的笑容："那我就放心了。希望东京奥运会后，我们的赛场能有更多道亮丽的风景线。"

维克特告诉记者："国际乒联同红双喜之间，保持着一种相互信任、相互支持的关系。在推广乒乓球运动方面，我们实现了双赢！"

（陶邢莹）

"要对球好一点儿"

施之皓 国际乒联副主席，上海体育学院副院长，中国乒乓球学院院长，世界冠军。1997年进入国家队任教，2005年担任中国乒乓球队女队主教练，多次率队获得奥运会和世界锦标赛冠军。

施之皓的口头禅是"要对球好一点儿"。不管打球还是做人，怀有一颗感恩之心一直是施之皓的基本价值观。

在球员时代，施之皓曾与蔡振华等人为中国队夺回斯韦思林杯；执教中国女队时，施之皓多次率队获得奥运会和世界锦标赛冠军；2013年，施之皓成功当选国际乒联副主席，四年后连任，是国际乒联执委会中唯一的中国人。现如今，迈入第五个本命年，施之皓从国乒主帅转型中国乒乓球学院院长，尽管身份变了又变，他和乒乓球的缘分一直延续着，"要对球好一点儿"还是他经常对身边球员说的话。

强调团队精神

施之皓的乒乓球员履历，也算得上优秀。1973年加入解放军队，1978年夺得全国单打冠军，不足20岁敲开国家队的大门，和蔡振华等人为中国队夺回斯韦思林杯。但这份履历与其后阶段出任国乒女队总教练的带队成绩相比，后者显得更为世人熟知。

国乒素有从退役球员中甄选教练的传统。2005年，国乒首次推出教练员竞聘上岗机制，施之皓正式执掌中国女乒帅印。在施之皓的竞聘演说中，最有力的说法就是不提倡个人英雄主义，球队不会围绕某个人制定技战术，"个人时代"步入"团队时代"。"我是球员出身，我用切身体会来说，乒乓球虽然是个人项目，但帮助中国乒乓球队无往不利的是团队精神。"施之皓说。

任教中国女乒期间，王楠、张怡宁、丁宁、李晓霞等都曾是施之皓麾下爱将，对"天后""魔王"等称呼都不感冒的施之皓把集体力量和集体智慧放在第一位，弱化领军人物作用，提升球队的向心力与凝聚力。提倡著名球员与普通球员平等，教练和队员之间要通过各种途径的接触打破隔阂，要消除不信任，营造团结作战的球队氛围，这样大家练起球来自然也更带劲了。

刚当上女乒教练的施之皓，遇到的第一个问题，倒是让他意外。队里开会，施之皓摊开女队访欧归来的总结，提高了声音说："先不说这份总结的内容如何，光看里面的错别字和语病比比皆是，就不过关。"只见总结上，施之皓用红笔像批改小学生作文一样批满了圈圈点点。综合素质不提高，逻辑能力就跟不上，还怎么谈技术，怎么让队员贯彻？施之皓新官上任，在队里加强了文化课，还要求队员们大声在大会小会上读报。"女孩大多害羞，可比赛没有退路。即使暂时会对训练、比赛有一定影响，长此以往却大有裨益。"

此外，施之皓在国乒提出女子技术男性化的目标。施之皓强调，女乒技术要男性化，意识一定要先行。施之皓提出强化女选手的技战术思维和综合技术水平，不能只要求身体素质上的男性化，要深入理解女子技术男性化的要领。转型需要过程也必须有可操作性的方案，施之皓树立了新的工作方法，学习男队，进行双打方面的重新配对，最终形成几个同样有特点，有战斗力，不同风格的双打组合。

回顾八年执教，经历了北京和伦敦两个奥运周期，率队夺取了两届奥运会上的全部金牌，在50岁时功成身退。施之皓笑说："没有遗憾。当年伦敦奥运会打完后我就已经说过，拿金牌固然开心，但更重要的是，在我的任上中国女队完成了新老交替。"

"举国体制"挂在嘴上

执教时强调团队精神，如今，作为国际乒联副主席的施之皓更是常常将"举国体制"挂在嘴上。一个球员的成功，除了个体的奋斗、拼搏，与整个球队，乃至整个国家的体制化运作密不可分。球场上，人们看到的是一个人在战斗，但是在他的背后，有教练、陪练、队员、队医、后勤等无数人的支持和付出。"举个最小的例子，当年在球队，从球员到教练，都和红双喜运动服务团队的技术负责人王志信结下了亲人般的情谊。"施之皓回忆道。

球拍是每个队员的武器，从这个角度而言，红双喜是中国乒乓几十年来荣辱与共的战友、兄弟。特别是专业球员，出于技术发挥的需求，对每一块球拍的胶面厚薄、材质配比的要求都不同，稍有偏差，上手的感觉就不一样。在国家队，每位队员会预备上百块备用胶皮。那些年，王志信常常来往于京沪两地，到球队和球员聊天，他了解每位球员的需求、脾气，把球员提出的改进意见带回上海，时间长了，球员对王志信也产生了"依赖"，每块球板都要王志信亲自帮忙挑选。"一个运动员要选中一块自己中意的球拍是很不容易的，所以那时，我总是对球员说，要对球好一点儿，对球板好一点儿。"施之皓说。

六岁开始摸球拍，施之皓说自己这辈子和红双喜也是分不开了。小时候住在凤阳路黄河路，他还清晰地记得自己第一块球拍是叔叔带着去买的一块二手的红双喜球拍，五元五角，在20世纪60年代，这也算是一笔不大不小的开支。从小球性好，打球爱动脑筋，打球一年多，学校老师就让他改练横拍。那还是直拍一统天下的年代，靠着过人的领悟力，横握球拍的他快攻结合弧圈球打法，欧亚技术特点兼而有之，很快在国内乒坛崭露头角，受到了国家队教练的青睐。施之皓原本是两面反胶打法，后来由于国家队试验不同打法，他反手改为生胶，快攻结合弧圈打法。"可以说，当年我技术上的成长，也是和红双喜的支持紧密相连的。"

代表中国发声

近年来，国际乒联的各种改革遭到了不少球迷和球员的吐槽。有些改革是为了提高观赏性，有些改革则是希望改变中国一家独大的局面。就拿器材标准这件事来说，国际乒联运动员委员会曾经提案要求放宽器材检测，而日本乒协、德国的大型器材制造商与国际乒联执行委员会、器材委员会曾经多次会面，都要求按照自己设计的标准来执行。最后因无法达成统一而没有在正式会议中讨论。2018年的执委会已经开过四次，涉及器材与规则的条目不少，比如多球制、奥运器材、世界排名算法等，可谓暗流涌动。在执行委员会出席名单中唯一一个中国人的名字就是施之皓。施之皓告诉自己，在国际乒联，他要代表中国发声。

卸任女队主帅后，施之皓给自己的定位是，推广乒乓球精神，责无旁贷。当选国际乒联副主席，对这个外表儒雅、内心坚定的上海人而言，无疑责任大于荣耀。当年在瑞士洛桑履新，施之皓就和国际乒联主席半开玩笑半认真地提出，应该把乒乓博物馆"搬"到中国去。在施之皓心中，这个英国人发明的小球，经过数十年的发展，早已深深融入了中国人的文化和精神。在施之皓的不断奔走与努力下，基于中国对世界乒乓球运动的贡献，2014年国际乒联正式决定将国际乒联博物馆整体搬迁至上海。2018年3月，乒博馆正式开幕，并免费向市民开放，于施之皓而言，如同收获了一座无形的金杯，无疑比任何一场世界赛事都更具有意义。

去年末，身兼中国乒乓球学院院长的施之皓又和红双喜团队一起出现在上海体育学院中国乒乓球学院巴布亚新几内亚训练中心的高光时刻。正在巴布亚新几内亚进行国事访问的中国国家主席习近平来到巴新训练中心，鼓励学员们争创佳绩，做两国人民的友好使者。

无论乒乓还是其他竞技体育，在施之皓看来，最终比拼的是人的素质和综合能力。赛场上，技战术只起到30%的作用。光鲜背后，亦历经种种，跨入第5个本命年的施之皓淡然道：人生就是一场比赛，有赛点，也有被赛点，就看个人能不能咬住比分，扛过去。

（吴南瑶）

"中国通" CEO

斯蒂夫·丹顿 澳大利亚人，乒乓球运动员，退役后担任教练，从2004年国际乒联成立亚洲办事处开始，他已经为国际乒联服务了15年，现为国际乒联首席执行官。

国际乒联CEO斯蒂夫·丹顿来自澳大利亚，不过他会说一口流利的普通话。从上海的国际乒联第一个亚洲办事处开始，上海世乒赛给了丹顿很多灵感，同中国企业打交道的经历让他更懂得中国市场。

贴近中国球迷，拥抱数字化时代，巩固合作伙伴关系，"中国通"丹顿致力于推动乒乓球运动职业化和商业化齐头并进。

上海世乒赛带来无限灵感

丹顿从来没想过，这辈子的工作，就会同乒乓球结缘。"乒乓球这项运动，伴随着我的一生，仿佛融入了我的血液里，在身体里流淌。"

年轻的时候，丹顿是澳大利亚一名乒乓球运动员，退役后担任教练。机缘巧合，他被招入国际乒联设于大洋洲的办事处。2004年，国际乒联亚洲办事处成立，工作地点在上海，丹顿毫不犹豫地接下了这份工作，独自来到上海开拓乒乓球业务。

原本，他只是抱着试试看的态度，并没想过会在中国长期居住，但随着上海即将举行2005年世乒赛，这份工作便成了全职工作，他正式成为办事处负责人。

尽管人生地不熟，但丹顿凭借超强的沟通能力、娴熟的市场销售能力，很快在上海积累了大量的人脉。在他的撮合下，大众汽车同国际乒联签订协议，不仅成为上海世乒赛的冠名商和主赞助商，还承接了连续多年的中国世界乒乓球团体挑战赛的赞助，上海站的比赛就落户于卢湾体育馆。

2005年世乒赛这项乒乓盛事，给丹顿留下了极为深刻的印象。对于上海的办赛能力，他啧啧称赞："第一天的开幕式，让我大吃一惊，实在太震撼了。上海人民喜迎世乒赛、参与世乒赛的热情，也感染了我。"当时的上海体育馆，为了世乒赛的举办翻修一新，漂亮、大气，还增加了同球迷的很多互动功能。这启发了丹顿："国际乒联推广乒乓球运动，应当像上海举办世乒赛那样，在提升场馆方面做更多改进。让场馆更摩登、更亮丽，给观众很好的感官效应。"

这样的想法，在丹顿成为国际乒联CEO之后，付诸行动。

钦佩本土赞助商敬业

红双喜器材在2005年上海世乒赛期间，起了举足轻重的作用。

上海市民"千台万人"乒乓赛，红双喜第一时间响应，提供大量球台；上海体育馆翻新之后，红双喜的工作人员在短短一个月内就将场地布置完成；上海市民的群众乒乓运动，红双喜更是无处不在……丹顿是所有这些活动的亲历者，他对红双喜的严谨和效率非常肯定。"我当运动员时，就知道红双喜这个品牌，但我并没有机会使用红双喜的球拍。来到上海后，我终于有了同红双喜接触的机会。"他坦言，每次同红双喜负责人的交流，都很顺畅，这使得国际乒联同红双喜的合作能有效推动。

上海世乒赛落下帷幕，下一个体育盛会奥运会在北京举行，于是，国际乒联将亚洲办事处移到了北京。离开上海的时候，丹顿难免不舍，尽管他与器材赞助商红双喜之间的距离远了，但沟通的距离没有变。

丹顿指出，国际乒联当时的改革变化非常多，但红双喜一直是国际乒联的坚强后盾，第一时间响应改革。他印象最深的一件事是，赛璐珞乒乓球即将退出历史舞台时，红双喜一次次拿着试制的样品给他，并同他反复解释沟通。"一开始替代材料是醋酸纤维材料，在大赛中也已经使用了，效果不错。但红双喜不满足于此，反复试验、研究，最终推出了ABS新材料球。他们精益求精的态度，获得了国际乒联的肯定。"

"新官上任三把火"

上海世乒赛在中国观众中取得热烈反响，给了丹顿又一个灵感：中国市场潜力之大、乒乓人口数量之大，如何进一步服务好球迷？

在上海和北京期间，他亲手建起了国际乒联官网中文版，这是官网除英文外唯一的官方语言。"中文官网能让我们进一步了解粉丝的感受，知道他们想要什么。"

"新官上任三把火"，丹顿视社交媒体为一个巨大的机会。"在欧洲我们的YouTube和Facebook平台，是所有球迷联盟中粉丝量第三大的，而粉丝量仍在不断增长中。"

丹顿领衔的国际乒联非常重视数字媒体的发展，在他看来，乒乓赛事应该在数字媒体和电视转播两端齐齐发力。国际乒联网站在改造升级后，推出了直播平台itTV，今年的布达佩斯世乒赛共计有来自148个国家和地区的44 800位独立观众在itTV创下了480万的总浏览量，远高于2017年世乒赛的360万浏览量。

"新国际乒联"是丹顿上任后提出的另一个新概念。"我们的'未来赛事工作组'提交了一个世乒赛赛事改革方案，获得了执行委员会的全力支持。过去，我们的世乒赛是完全开放的，每个国家的每个球员都可以参赛，但现实是只有约50%的成员参加，并且大部分都不能在他们的国家获得媒体曝光。'未来赛事工作组'和知名咨询审计公司德勤制订出了新方案——球员以及参赛国家和地区的队伍先要角逐洲际赛事，然后才能进入世乒赛决赛圈。"

丹顿还提出："乒乓球运动要生存和发展，必须注入更多商业元素。"近年来，国际乒联的赞助商和合伙伙伴数量逐年递增，丹顿欢迎更多企业加入乒乓球运动的发展队伍中来："国际乒联商业权招标对合作伙伴来说灵活度非常高，具体的商业模式、合作方式以及最终的销售形式都非常灵活。国际乒联欢迎创新创意的模式和提案。"

国际乒联未来的发展趋势是，让乒乓职业化和商业化齐头并进，丹顿将促成建立一个新的推广体系。

赛制改革有想法

乒乓球项目的改革，是国际乒联官员又一个不得不提的话题。在布达佩斯世乒赛四强赛现场，丹顿为每一个精彩的回合热烈鼓掌，但他看得意犹未尽，"八天比赛一晃而过，还有很多激烈的比赛错过了"。

他指的是，除了半决赛和决赛，之前的比赛往往好几场同时进行，主馆中四张红双喜金彩虹球台的比赛，从不间断。举个例子，如果你既喜欢马龙又喜欢波尔，但他俩可能会在不同的球台上同时打比赛，那你选择看谁？

国际乒联的每一次改革，往往从其他项目中取长补短。丹顿觉得，一场比赛，一张桌子，从半决赛开始，一天里看50场比赛，很难集中。粉丝也不能兼顾。这对一项运动的发展来说，并不好。每一届世乒赛，把所有比赛塞入八天，运动员打得累。丹顿想到了网球比赛："一年四个大满贯，每一次持续时间都长达半个月，而我们的世乒赛八天就结束了，在其他单项世锦赛中，世乒赛的赛程相对较短。我们有个设想，是否可以拉长赛程，越是后面越是精彩的比赛，可以依次进行，这样观众就能欣赏到更多高水平对决了。"

（陶邢莹）

结婚礼物是红双喜乒乓球

保罗·舒尔茨 卢森堡人,国际乒联器材委员会主席,负责组织各项乒乓器材国际标准的制定和发布,国际乒联球台标准的制定人。

国际乒联器材委员会主席保罗·舒尔茨是个爱思考的人，从10岁爱上乒乓球开始，他的脑子里便一直会冒出许许多多有关乒乓球的创意。

为了让更多人喜爱乒乓，更有效地推广乒乓球运动，近年来国际乒联在器材创新方面推行各种改革，舒尔茨便是主推者。

乒乓球这份有创意的工作，伴随了他的一生。同红双喜的情缘，恰恰源自他们之间的契合点：创意无限。

热爱乒乓不计回报

掐指一算，舒尔茨在国际乒联已经工作了32年，他语出惊人："这不是我的主职，而且没有一分钱工资。我只是纯粹热爱乒乓。"

10岁的时候，舒尔茨便同乒乓结下了不解之缘。他的父亲是卢森堡乒乓球协会技术委员会主席，乒协每周会出一期官方报纸，舒尔茨成了乒协的志愿者，每个周末都在印刷间帮忙。对乒乓球这项运动的热爱，在他心中生根发芽。

但不是每个热爱乒乓球的孩子都能成为专业运动员，舒尔茨也不例外。大学毕业后，他成了一名中学老师，教化学和地理，但心中放不下那份乒乓情结。既然懂乒乓，也热爱乒乓，从小又耳濡目染，舒尔茨想到了另一条参与乒乓运动的"路子"，他考取了裁判证，业余时间在卢森堡各级联赛中担任裁判，随着裁判级别的晋升，他开始在国际乒联的顶级赛事中担任主裁判。后来，他晋升为学校副校长，毫无疑问，他在学校里就不遗余力地推广乒乓球运动。

尽管舒尔茨已经从学校退休，但他一直保持着乒乓球训练，每周训练一次，周六参加卢森堡的业余比赛。"我可是个防守悍将。"他得意地说。

学校的校训是"在传统中创新"，这也成了舒尔茨的座右铭。他发现，乒乓球这项传统运动在发展过程中，一直在突破传统、不断创新，这同他的人生追求非常契合。"这是一份带给我快乐的业余工作。虽然没有报酬，但是我热爱乒乓，喜爱看到身边人打乒乓，更重要的是，我现在在国际乒联的工作需要不断创新。"

彩虹球台的见证者

32年前，舒尔茨进入国际乒联器材委员会，这是他梦寐以求的工作。早在40年前，他便第一次听说了红双喜这个中国知名乒乓器材厂商。"红双喜在器材上的不断创新，我向来很欣赏，进入国际乒联工作后，我终于有了同红双喜接触的机会。"舒尔茨说。

舒尔茨在器材委员会主抓乒乓球台、地胶和网。尤其是球台，他负责验收通过。2003年，红双喜彩虹球台在巴黎世乒赛上亮相，率先拉开了世界性乒乓球器材改革的帷幕。

红双喜的这个创意，超出了舒尔茨的预期，他赞叹有加："这个设计非常大胆。我去验收的时候，被惊到了。"一下子，他同红双喜的距离又拉近了，"红双喜追求创意的概念，和我的乒乓理念相吻合"。

在2008年北京奥运会上，彩虹球台彻底引领了赛场视觉革命。紧接着，红双喜继续创新，在历届大赛上推陈出新，契合着主办地的特点，彩虹球台不断"变身"。这也启发了舒尔茨，推广乒乓球的过程中，在颜色上可以大做文章。

在布达佩斯世乒赛期间的乒乓器材展览会上，舒尔茨特地光临了红双喜展台，在比赛球台"金彩虹"前伫立许久，听说德国运动员奥恰洛夫订购了两台，他开玩笑道："我家也有一张红双喜球台，不过是普通的，我能不能也订一台？"

说起红双喜，舒尔茨还特别提到了他们的市场营销理念："以往，世乒赛和奥运会的决赛球台是不卖的。现如今，红双喜敞开大门，允许各界人士订购彩虹球台，也允许其他各国俱乐部使用球台，这是顺应市场的做法，值得推崇。"

颜色变革的推行者

既然球台可以是五颜六色的，那么其他乒乓器材是否也可以彩色化呢？在舒尔茨的带领下，国际乒联器材委员会一直在思考，如何通过变革器材，来让乒乓球这项运动更摩登、更时尚，更吸引眼球。

今年，国际乒联通过了彩色胶皮方案，舒尔茨是其中的主要推动者。他一一同各器材商交流，收集了一些试用品，有橙色、紫色、黄色等。来到红双喜展台，他掏出来和红双喜老总楼世和讨论起来。

方案通过了，但彩色胶皮正式亮相国际乒联顶级赛事，还需要时间。舒尔茨说，这其中还有很多细节亟待敲定。一旦选用彩色胶皮，那么地胶、球台的颜色，是否也需要重新调整？颜色的亮度，是否需要设定一个标准？"这些问题今后都需要细化。在我看来，绿色、紫色、蓝色都是很漂亮的颜色，但如果是荧光色的话，会太过刺激视觉，我觉得不是很合适。"说着，舒尔茨指了指旁边一位工作人员的球鞋，"就好比你鞋子的荧光绿，我觉得对运动员来说太刺眼了。"

在红双喜展台，舒尔茨又从兜里掏出了两个嫩黄色的乒乓球："你看，我有个新创意，将来是否可以推广黄球。"曾一度，乒乓比赛中使用过橘黄色的球，后来为了配合挡板、地胶和球台的颜色，便一律换成了白色的球。在舒尔茨看来，未来胶皮的颜色可以是多元化的，那么球的颜色也可以跟着变化。正好墙上的宣传画中有一张乒乓球台，舒尔茨拿着黄球衬在上面问记者："你看，这个配色还行吧？"

不过，关于乒乓球颜色的变化，还只是个初步的想法，至于未来是否可行，舒尔茨还需要去做大量的调查，首先从收集运动员和赞助商的建议开始。

乒乓婚礼的创意

老实说，作为器材委员会的"老大"，舒尔茨实际上是器材赞助商的"铁面判官",在审核器材的过程中,他必须保持公正,在制定国际标准时难免要和器材商"唇枪舌剑"。

然而,对于红双喜,他有着一份特殊的感情。红双喜每次走在改革前沿,率先推出符合甚至超过国际标准的新器材,早已折服了舒尔茨。

2000年,在他和香港妻子的婚礼上,采取了一个令人惊叹的创意,将红双喜乒乓球作为欢迎来宾的礼品。"这真是个疯狂的创意!"他的笑声中,充满了甜蜜的味道。

妻子是乒乓球裁判,两人最初相识于肯尼亚世界杯,1996年亚特兰大奥运会前确立交往关系,"我来自欧洲,她来自亚洲,两个时间节点分别发生在非洲和美洲,所以我们决定,要在第五大洲举行婚礼,那就是大洋洲"。2000年悉尼奥运会,大部分乒乓业内好友都在场,两人便将婚礼办在了乒乓球比赛期间。"我们的婚礼,在乒乓项目比赛期间举办,我们的主题,也是乒乓球,这个故事不坏吧?"舒尔茨自豪地说。

悉尼奥运会是乒乓球变革过程中一次重要的赛事,使用红双喜38毫米乒乓球,为小球时代画上句号。在舒尔茨的婚礼上,现场60多名宾客在入场时,获赠了一份礼物,那是两个印有新人头像的乒乓球,背面红双喜的LOGO格外醒目。"大球时代开启,我们的幸福生活也就此开启。"舒尔茨说,"当然,还要感谢红双喜,在婚礼前帮我提前准备了这些。"

钟情于中国文化

对于中国文化,舒尔茨情有独钟。他不仅娶了个中国香港的妻子,还支持女儿学中文、写汉字。"我的二女儿很有语言天赋,她不仅听得懂很多语言,还能认字写字,其中就包括中文。"

在全年所有赛事中,舒尔茨会特别选择参加一些在中国举办的赛事。2015年在国内的一场比赛中,一名中国大学生担任了为他服务的志愿者,两人很快成了朋友，这名大学生将舒尔茨看作是自己的"人生导师"，后来请他担任了证婚人。对于中国婚礼习俗，舒尔茨津津乐道。

上海，也给舒尔茨留下了美好的印象。弄堂文化、新天地、外滩……都留下了他的脚印。还记得第一次去上海，他参观了红双喜工厂，觉得工厂十分老旧。过了几年再去，耳目一新，"现代化的车间，高产量的运作，让我很震撼"。那时，他带了一些红双喜的胶皮回去，给卢森堡运动员用，"这个胶皮用了七八年了，他们还在用，质量真是好"。

在卢森堡生活的舒尔茨，一定要提一提倪夏莲的名字。世界冠军倪夏莲出自上海队，如今是世乒赛上年纪最大的球员，是不折不扣的乒坛"活化石"。代表卢森堡参赛的她，在卢森堡是家喻户晓的明星人物，舒尔茨跟她有不少交流，"夏莲是我非常欣赏和尊敬的一名运动员，移居我们卢森堡后，她架起了卢森堡和中国乒乓的桥梁，是我们的乒乓大使"。

采访的最后，舒尔茨对红双喜工作人员说："希望下一次我来上海时，你们能再一次给我带来乒乓革新的惊喜。"

（陶邢莹）

我的红双喜情结

沙海林 资深乒乓爱好者,曾任上海市委常委、统战部部长,现任上海市人大常委会副主任。

读小学时，我就很喜欢打乒乓球。那还是20世纪60年代的事情。当时的条件比较差，没有像样的乒乓球馆、乒乓球台和乒乓球拍。记得那时，同学们经常会在课余时间，拼起书桌，用铅笔盒当球网放在中间，拿起垫板或铅笔盒当球拍，打起来还挺津津有味。因为要大家轮着打，所以"赛制"有2分、4分、6分的不同，看排队的人多少而定。稍大以后就会排队等候在室外的水泥球台上打球。到后来才有机会见到真正的木质乒乓球台。

打乒乓球不能没有乒乓球拍。当时，我们打的球拍基本上都是光板上贴着一层带颗粒的硬皮，没有海绵，球速也不快，更谈不上打出旋转球。后来，出现了带有海绵的正胶球拍，球拍背面还涂了一层抛光漆。球速快了，也可以打出带旋转的球。当时球拍的最高档次，大概就是红双喜反胶海绵球拍了。这是我们这些小学生根本不敢奢望的事情。

我的父亲也喜欢打乒乓球。有一天，他花五块多钱买了一块红双喜乒乓球拍。在当时每月伙食费才15元钱的条件下，可以想象我当时是多么兴奋啊。我时常乘父亲不在，悄悄地拿出这块红双喜球拍，和小朋友们一起打乒乓球。小朋友们都很羡慕我，还轮流借着打一局过过瘾。这不能不说是趁父亲不在的一种奢侈了。

后来，伴随着年龄长大，我越来越多地了解到红双喜与我们国家荣誉是那么紧密相连。许多为国家争得荣誉的优秀运动员所使用的球桌、球网、球拍、胶皮和海绵，甚至乒乓球，都是红双喜。每当在新闻纪录片中、在收音机广播中看到或听到中国运动员在国际大赛中用着红双喜乒乓球拍为国家争得荣誉时，心里就特别兴奋、特别激动。我崇拜他们，非常熟悉他们的名字，诸如容国团、庄则栋、李富荣、徐寅生、张燮林、周兰荪、余长春、邱钟惠、林慧卿、郑敏之、梁丽珍、李莉、张德英、于怡泽、郑怀颖、李振恃、张力、李景光、梁戈亮等。当然也愈加喜欢他们大多数所使用的红双喜乒乓球拍、红双喜乒乓球、红双喜乒乓球台、红双喜乒乓球网等。每次看到红双喜的标志，特别是看到国际大赛使用红双喜乒乓球器材作为比赛专用器材时，一种特别的激动、特别的情感和特别的自豪就会情不自禁地涌上心头。

我父亲的那块红双喜乒乓球拍后来一直跟随了我40多年，原有胶皮早已老化，我就经常去南京东路的中央商场专门维修乒乓球拍的铺面去换胶皮。可能是情感上的原因，我一直喜欢用红双喜反胶和海绵（过去好像没有套胶）。

记得在很长时间里，乒乓球底板有过顺风牌、盾牌，但总体上喜欢使用红双喜牌的人更多一些。记得当时红双喜032和红双喜08的底板特别受推崇。像我这样的业余爱好者，每次看到使用红双喜032或红双喜08的选手，就会把对方高看一眼。今天想起来，感到当时的心态，对红双喜球拍已经是一种偏爱了。

至于乒乓球，则有雄鸡牌（曾经一角一个）、盾牌（好像是一角多一个）、连环牌（二角二分一个），当然也有红双喜牌（五角一个）。因为红双喜牌乒乓球最贵，所以只有在特别重要的场合人们才舍得用它比赛。记得当时，如果球不小心踩扁了，都舍不得扔掉，要用开水把球再泡起来以便继续使用。

当时，在业余发烧友里乒乓球拍曾一度出现过天津友谊729胶皮和上海红双喜海绵的组合，但是随着红双喜PF4的出现，这种组合就不太听到了。时至今日，顺应乒乓球从38毫米增大到40毫米甚至40+毫米的新情况，出现了红双喜"狂飚"品牌套胶，并且还分38到42不同的硬度，无论是胶皮黏性还是海绵弹性都有了很大的改进，因而越发受到乒乓球运动员和业余爱好者的青睐。我现在使用的就是红双喜"狂飚3"胶皮+海绵硬度41的套胶。

我们业余打乒乓都很关注、研究运动员用什么器材。近年来的运动员，我最关注上海的王励勤，他在国外国内的影响力都很大，王励勤2005年在上海本土夺得世乒赛单打冠军，拿的就是红双喜的"狂飚王"底板，后来王励勤又带头吃螃蟹，除了正手用"狂飚"套胶，反手也改成了"狂飚"套胶，配的应该是白色海绵，在男子运动员里起了带头作用，开了先河。我们这些乒乓痴迷者就很热闹地讨论为什么要这样改，改了器材乒乓技术上有什么创新和调整，自己也要去尝试这种器材的搭配。王励勤的两面"狂飚"可以说改变了大家反手用国外套胶的习惯，也给专业运动员打开了新思路。像马龙，成绩如此辉煌，2009年匈牙利世乒赛拿到了第23个世界冠军，就是跟他用红双喜的底板、正手和反手都用红双喜的"狂飚"有关系，马龙说他是MADE IN CHINA，他的技术、他的穿着、他的器材都是地地道道的中国货，真是再贴切不过了。

现在，随着人们生活条件越来越好，打乒乓球的条件也越来越好，乒乓球器材的种类越来越多，品牌也越来越多，实在是琳琅满目，目不暇接。可是，在我内心深处却永远保留着红双喜不可替代的位置，我魂牵梦萦的始终还是红双喜。

我心里很清楚，那是因为：红双喜承载了我们整整一代人的美好记忆、难忘记忆、宝贵记忆。

我心里很期待，更是坚信，红双喜还将继续承载起一代又一代人的美好未来、无上光荣、新的希望！

（沙海林）

从红双喜开始的
工作人生

张学兵 1972年开始,先后就职于上海球拍厂、上海文教用品总公司,后从"红双喜"进入政府系统工作。

从小学徒到领导干部：张学兵的人生道路，和"红双喜"这三个字密不可分。"我18岁进厂，在红双喜乒乓板厂工作了七年，这七年的基层工作也给了我很好的人生磨炼。"在接受采访时，如今已经退休的张学兵如此表示，"后来当了领导以后，我一直和人说，我是从红双喜走出去的，我以红双喜为傲。"

从1972年进厂，到1979年离开，张学兵在红双喜乒乓球拍厂干了整整七年。"当时的红双喜乒乓板厂还在斜土路，现在是零陵路了，我进厂以后是看着上海体育馆造起来的。"尽管已经过去了30年，但是回忆起当年在红双喜工作的情景，张学兵的记忆依然无比清晰，"那时的红双喜球拍厂还是个小厂，我记得有一年的利润是96万元，那时已经算很不错的了。"

张学兵回忆说，那时工人们一进厂，首先接受的就是红双喜光荣历史教育。"创品牌不易，守品牌吃力。不能光靠守，一定要让红双喜走向世界，那时就是我们这些人的目标。"那时张学兵进厂当学徒，第一年干的就是厂里最苦的活儿——炼胶工，17块8毛4分的月工资，一拿就是三年。"当时我还瘦得很，还记得进厂第一年每月的定粮是36斤，那可是重体力活儿的标准，每月都吃得精光。"张学兵说，"那时工厂的生产条件差，工作是很艰苦的，但是大家干活儿非常认真，保证每一块胶皮都要合格。"

炼胶工苦在哪里？"一个是分量重。把橡胶从炼胶的滚筒上割下来的工序叫'出片'，要把几百斤的橡胶从滚筒上不断拉下来，腰上、手上的力量要配合起来，那个工作是很累的，我的腰不好就是那时落下的毛病。"另外，橡胶和填充剂混合在一起，也是要靠人工搅拌的，"随着橡胶越揉越多，分量也越来越重，两只手都托不住，要用肩膀去扛的。而且橡胶刚出来是热的，手烫得不得了，但是还不能戴手套，因为戴手套危险，万一把手黏住拉进机器里，可能手就没了"。除了工作吃力，另外就是污染厉害。"那时工作时粉尘很厉害，其中一种粉尘俗称'白炭黑'，吸到肺里去对身体伤害很大，容易造成矽肺病。"张学兵说，虽然工作时都戴着海绵口罩，但是用处不太大，"每次工作完，脸上、身上全是粉尘，洗都不容易洗干净"。当了三年炼胶工，张学兵被调到食堂当管理员，又干了四年。他清楚地记得，那时工厂是请运动员来当质量检验员的，"每隔一段时间，我们就会请知名运动员来厂里试打，然后根据他们的意见来调整，主要是板、海绵和胶水的调整"。那时的乒乓板材料是五夹板、七夹板，胶水则主要是猪血胶水，是用新鲜的猪血调出来的。"到了夏天的时候，猪血胶水臭得不得了，但这个胶水好在什么地方呢？球比较'吃得牢'。"张学兵回忆说，"那时拉弧圈球是比较先进的技术，那就要求乒乓板比较'吃球'，不能球一到板上就跳掉了。猪血胶水做的球板就有这个特点，虽然板的分量比较重，但是球'吃得牢'。"

张学兵至今还保留着一张老照片，是乒乓球名将李富荣来厂里开球拍鉴定会时拍的，鉴定会就在食堂里开。"那时我们和运动员接触得多，李富荣、张燮林等人的球拍都是我们为他们量身定做的。那时每一层板到底有多少分量，都是用天平秤来称的，要精确到多少克，再用胶水一层层粘起来，然后在太阳下自然晒干，不能用烘干的。"张学兵说，那时大家都很关心中国乒乓球队在国际赛场上取得了什么成绩，"因为他们是拿着红双喜的球拍去打的，国家队拿冠军就是我们厂拿冠军。"

所谓近水楼台先得月，在红双喜乒乓球拍厂工作，张学兵也渐渐学会了打乒乓球，他当时还为自己做了一副乒乓球拍，并且到现在仍然珍藏着，"那时喜欢用重的球拍，我在七夹板的基础上又加了一层，变成了八夹板，也算是'个性化订制'。加了一层板后球拍比较重，所以我就把周边磨小了一圈来减轻重量，所以我的球拍比别人的小。那时地区比赛也多，我们的工厂在徐汇区，红双喜厂队就代表着区里的最高水平"。

在张学兵看来，那时工厂条件虽然艰苦，但是工人们工作却都非常认真细致，"工作方法上，一种叫创新，一种叫坚守。那时从坚守传统的角度来说，我们做得很好，传承了很多宝贵的工艺。那时要创新很难，因为技术水平低，材料科学也落后，但我们把能够做好的工作尽可能做到极致"。后来离开红双喜乒乓球拍厂，去了文教用品公司工作，再到后来一步步走上领导岗位，张学兵的一个深刻体会是，当领导干部必须得在基层扎扎实实工作过，"在红双喜的工作经历让我懂得，只有在基层干过，才能真正了解群众的想法，才能真正把领导干部的工作做好"。

在红双喜乒乓球拍厂的工作经历，也让张学兵打乒乓球的习惯一直保留到现在，如今每周他都会打两次乒乓球，每次拿起球拍，仿佛都回到了当年在工厂里工作和打球的时光。去年，张学兵还在《新民晚报》的《夜光杯》上发表过一篇文章，回忆自己与乒乓球的情缘，"题目是《我所知道的乒乓球拍》，是用'羊郎'这个笔名写的"。他甚至笑言，自己在浦东当领导时，"最大心愿就是把红双喜弄到浦东去"。

从小学徒一路走来，几十年来张学兵一直关注着红双喜的发展，在他看来，没有改革开放就没有红双喜的今天。"过去工厂只负责生产，没有定价权，没有销售权，生产和销售是脱节的，所以大家积极性不高。因为你的产品质量再好，也就是这个价格，工人干好干坏一个样，产品做好做次一个样，没有市场信息，创新动力不足。改革开放以后，我们知道市场上需要什么产品，也知道这个产品该定什么价格，大家的工作积极性和创新主动性就上来了，所以红双喜才走上了高速发展的道路。"

（李元春）

乒乓伴我行

滕俊杰 著名导演，上海文联副主席，上海文化广播影视集团有限公司监事长。曾任上海文化广播影视集团有限公司党委书记，2005年上海世乒赛开幕式闭幕式总导演。

2005年世乒赛开幕前一个月，我给自己定下了一个别无选择的目标："国球"回家了，由我负责执导的大型开幕式暨庆典演出全球电视直播晚会，必须是一台水准超过以往的乒坛盛世之作。

这个愿望在2005年4月30日之夜终于实现了：以乒乓球为主线的华彩乐章，以小球带动大球的和平发展理念，以1100多位演员的倾情献演，以现代高科技的绚丽展示——第48届世界乒乓球锦标赛大型开幕式暨庆典演出赢得了现场2600多名中外来宾的满堂喝彩，也赢得了无数媒体和电视观众的一片叫好。时任国际乒联主席沙拉拉在第二天的全体大会上，带领全体代表起立为开幕式和晚会的成功热情鼓掌一分钟，这是世界乒坛近80年历史上从未有过的情景，它也在一个独特的层面上圆了我"为国争光"之梦。

说到我对乒乓球的认知和敬重，可追溯到孩提时代。在那个动乱的年代，我因为乒乓球，有幸早早地离开了混沌和愚昧；也因为乒乓球，让我早早地经历了训练的乐趣、比赛的磨炼和过早的人世沧桑之击——我的童年、青少年时期，是与乒乓球结伴而行，一路走来的。

早年的打球，既艰苦又充满童趣。

在物资匮乏、生活标准很低的20世纪60年代末，我最初打乒乓球是以门板、菜场的鱼摊板或水泥地为球台的。记得第一次打球是在一个夏日乘凉时分，一个大我几岁的邻居男孩拿出两块破板和一个已开裂了的乒乓球，邀我在一块床板架成的"乒乓球台"上玩耍。这是我第一次接触乒乓球，虽然大部分时间都在满地找球，盛夏时节更是弄得汗流浃背、双手漆黑，但却由此埋下了对乒乓球迷恋的种子。

后来，经教授体育的葛老师悉心指导，我的球技开始正规起来，并在自己就读的小学迅速"鹤立鸡群"，随后又通过大规模的比赛、选拔，进入了全日制的少体校，在黄教练等的带领下开始了专业生涯。记得，我们当时像吃了"兴奋剂"似的沉浸在训练中，平时用球都是"盾牌""连环牌"，直到有正式比赛了，才有可能用上视为至宝的红双喜乒乓球。还有，就是一次次与日本少年队、尼日利亚少年队比赛，也能享受到红双喜的用球待遇。时间就这样在一天天挥汗如雨中过去，直到中学毕业。

平心而论，在那个年代，有如此机遇，一点儿也不比现在去欧美留学的感觉差。大人们对我们这些穿着"大翻领"的十来岁孩子居然刮目相看起来，母校的老师和同学们也把我们当作津津乐道的话题，自己也多少有些神圣感。

不过，话说回来，我打乒乓球最终并没有成功，没有在更高的层面上赢得"为国争光"的机会，其中的原因有主观的，也有客观的，还有在当年十分致命的"复杂的海外关系"。

带着些许遗憾和不甘，也带着从小在艰苦训练和比赛中渐渐养成的处事不乱、特立独行和坚韧向前的性格，我虽"政审"不合格，但因打球这一技之长而被"破格"招进了部队。四年后我告别军旅生涯回到了上海。20世纪80年代中后期，又曾代表上海新闻界参加了几届全国新闻界乒乓球比赛，直到1993年初投入创建东方电视台后，有位领导对我说："你何时可以不打球了？东视刚刚成立，能做节目的导演太少了。"我理解他的想法，随即把球拍送人了。

球拍是放下了，但我对乒乓球的关注并没有减少，特别是1995年的天津世乒赛，中国队骄人的成绩令我兴奋无比。我在国内外的节目制作中也开始自然而然地关注起乒乓球运动以及球员们。在海外带队拍摄《飞越太平洋》等节目时，曾专访过乒乓球前世界冠军曹燕华、张德英以及原国手刘涌江、井峻弘等。2004年，我在纽约哥伦比亚大学读书时，还经许绍发教练和原中国青年队好友徐华章的介绍，在纽约采访了曾任美国乒乓球队教练的闵先生。他原先也是中国国家队的队员，如今，已经在纽约定居，目前手下还有一批专业运动员。那个周日的下午，我约了同班的刘同学一起前往纽约法拉盛的乒乓房，还打了一下午球。与我练球的是一位韩国裔球员，没练几下，他就提出要和我进行正式比赛。我问他为啥这么急，在边上观看的闵指导说他想趁你球技生疏时先赢几局。结果，我边打边适应，3比1赢了下来，对方"胸闷"得很。我告诉他，自己从小受过专业训练，多少有点"童子功"，他才有点服气。

后来，第48届世乒赛在上海举行，我也有幸被任命为组委会大型活动部部长和开幕式暨盛典晚会的总导演。

如果说，这些年来我确实有过各种向往、各种憧憬的话，唯独没有想到会站在参赛国家和地区以及运动员最多、水平最高、最权威的世界乒乓球锦标赛的大型开幕式暨盛典晚会的总导演位置上。中国乒协主席徐寅生和其他几位世界乒乓球冠军跟我很熟，他们都说走遍世界，由专业乒乓球运动员出身的人执导世乒赛开幕式历史上还是第一次。我只是觉得除了一份沉甸甸的责任外，这纯属巧合，要说它的好处，大概就是在执导时对乒乓球的理解会更加透彻，把握得会更准确一些。

接任务后，我思前想后，难以入眠。一个个红双喜乒乓球在我眼前飞转、叠化，脑海中长期积累的关于乒坛的各种往事与标志性人物一一浮现，有时，半夜里也会兴奋地被突然想起的某件往事所惊醒。我再一次陷入了与乒乓球"形影不离"的地步。

根据上级要求，开幕式须选择在上海景观最典型的室外场地举行。为此，我开始了缜密的选址工作。记得在2004年底，世界500强在华企业运动会在东方明珠广场隆重开幕。已经接受了世乒赛任务的我抬头仰望，对早已司空见惯的东方明珠塔突然有了新的发现。为了验证无误，我又围着电视塔跑了数圈。当最终确认"大珠小珠落玉盘"的东方明珠电视塔共有11个圆球时，我欣喜不已：它和目前国际乒联认定的11分制正好吻合。我相信当今世界上没有一个超大型的现代化建筑和当下乒乓球比赛有如此的巧合度，这也许是对国球及东方明珠电视塔一次不可多得的双重诠释、双重象征，开幕式暨盛典晚会演出非此地莫属。我把这一想法迅即告诉了市乒协主席陈一平先生，他一边高度赞赏我的这一创意设想，一边说："只有当过乒乓球运动员的你会有这样的联想、这样的创意，总导演选你真是选对了。"

2005年正月初二晚上，冬雨如注，寒风阵阵。副市长杨晓渡、市政府副秘书长薛沛建带着我再一次查看了浦西、浦东的三个候选地址。当千万个家庭在其乐融融地团聚时,我们在寒冷的雨中奔波、跋涉。市领导综合各种因素,最终认可了我的详细方案,拍板将开幕式暨盛典晚会的场地定在了东方明珠广场。

场地确定了,内容的亮点呈现成了重中之重。作为责任人,我强调"创新为本",坚持"节奏取胜"。在总体策划时毫不犹豫地凸显"乒乓文化"这一主线,并精心设计了开场序幕:全场寂静中一位10岁中国儿童来到硕大的舞台中央,将一个红双喜乒乓球用力抽向大屏幕,瞬间,红双喜乒乓球高速旋转,演变成了一个硕大的地球,演绎"小球推动地球"、中国"乒乓外交"的核心主旨,随后,"冠军之路"的崇高升华,卡通乒乓的快乐活泼,郭跃华、陈新华在11个圆球下的经典表演,廖昌永、毛阿敏的《梦圆春天》主题歌的演唱。创意思路清晰,制作扎实、精致。"抓好细节、不言放弃"成了团队的座右铭。

在整个创作过程中,市领导给予了真诚的信任和指点,这是我至今难以忘怀的。国内的不少优秀创作人员也加入了我们的队伍,这些艺术伙伴带来了智慧,带来了对我们创意的理解和高水准的执行力。另外,我请来从前一起打球的少体校同学们对开幕式方案进行专业的探讨、论证,收获颇丰。我还带着导演组全体成员去乒乓房"车轮大战",请各位亲身感受一下这一"神奇之圆"的难以驾驭和个中乐趣,这种"下生活"还真给创作和高完成度带来了灵感和效果。

请四位中国前世界冠军演唱是开幕式的又一亮点。它既突出了"乒乓球"的本体,也体现了东道主欢迎世界各国和地区运动员的真诚热情。我知道曹燕华、江嘉良和王涛的唱功不错,可以确定下来;正在寻找另一位女冠军的时候,曹燕华力荐张德英。我想她们俩是第37届世界乒乓球锦标赛女子双打冠军,彼此了解深切,"情报"一定可靠。但为了"眼见为实",我连夜找了个地方进行"试听选拔",水平果然蛮好,而且,张德英还是个沪剧演唱高手,只是这次用不上了。

在视听效果和多媒体的应用方面，本届开幕式暨盛典演出的舞美、灯光、音响、大屏幕以及特技也以一流水平为标准，倾其全力，晚会环环出彩；主会场所在地的东方明珠电视塔更是提供了它的一切有利条件，特别是4月30日之夜，浦东机场、虹桥机场均大雨不止，唯独黄浦江东方明珠上空尚有一条五小时的"无雨走廊"，使大型开幕式暨盛典演出在运动和深情、创新和节奏的追求中畅快淋漓地一气呵成、精彩完成，为第48届世乒赛在中国上海的成功举办开了个好头。

（滕俊杰）

乒乓朋友圈

阎小娴 高级记者,《新民晚报》副总编辑,1991年开始从事体育报道,经历多次奥运会等重大赛事。

当记者，就是交朋友。当体育记者二十余年，工作从北京换到上海，单位从新华社英文采编室到新民晚报社体育部，从写英文稿，到写体育稿，先后结识不少人，其中也不乏名将。但在我的记者生涯中，乒乓，是特殊的；乒乓人，是特别的；而红双喜，更有特殊友情。

因为当年，从北京外国语大学毕业，刚开始当记者，我跑的第一次采访就是乒乓球比赛。我主跑的几个项目当中，乒乓球就是其中之一。后来，在采访乒乓球的过程中，先后接触了很多乒乓大腕，比如徐寅生、张燮林、蔡振华、刘国梁等。印象最深的，是2005年上海办世乒赛，当时我和那些乒乓元老、宿将，一同住在宾馆里，和那些大咖，一起聊天，一起看球，他们中有庄则栋，他非常善于讲故事，还有历届拿过世界冠军的宿将。很多人，此前早听说过名字，但从未得以面对面。那是一次印象深刻的经历。当然，冥冥中，这些采访上的便利，若没得到赛事组委会、上海市体育局、红双喜等朋友圈诸位的帮助，是难以完成的。

也正是缘于那年上海要办世乒赛，所以，年初，市乒协、红双喜与即将成为世乒赛会刊单位的《新民晚报》商议，要创办一个老百姓自己的乒乓球大赛，一来，为更多乒乓球爱好者做点实事；二来，也好在全市烘托营造好大赛前的氛围；三来，赛事时间就放在新春佳节到来之际，以乒乓会友，喜迎佳节，开启一年的美好。

于是，2005年初，就有了首届新民晚报红双喜杯乒乓球赛，并由此，开启了今后长久的合作。这个百姓赛事，一喜迎春节，二迎世乒赛……这个点子，大家一拍即合。

自2005年起，新民晚报红双喜迎新春市民乒乓球赛，由此而生，一年一度，办到今年，已是第14届了。这是上海影响力最大、参赛人数最多的业余赛事。

一路走来，感到荣幸，可以成为乒乓圈中的一分子，也感恩，有那么大一个乒乓朋友圈，让我们共同成就了一个说起来是业余级别，但无论规模、参与人数，还是办赛赛制，都不亚于职业的品牌赛事。

一路走来，常常感叹，朋友圈中，有红双喜，很是幸运。而体育界，尤其是乒乓界，有了红双喜，又是何其幸运的一件事。这样一个出色的中国民族品牌，在世界体坛，扮演着何其重要的角色，发挥着何其重要的作用。在奥运会、世乒赛等国际舞台中，中国"智造"的红双喜，展示的是中国形象，显示的是中国力量。当然，红双喜也幸运，能够赶上这么一个改革开放的新时代、大时代、好时代。

这个赛事，也为我们"飞入寻常百姓家"的这张《新民晚报》，搭起了一个开门办报的好平台。很难忘记，14届赛事里所遇到的一些人与事，那些喜悦欢快的瞬间：

这是一个有爱意的赛事。2015年，山东小伙子钱昆鹏，来到上海，第一时间加入了乒乓球俱乐部。以球会友，他成了我们赛事的常客，很快，他融入了这个城市，在俱乐部交到了好朋友。当初，有位女生也正是看了他打球"很帅"，渐渐爱上了他。2018年，就在新民晚报红双喜杯乒乓球比赛赛场，钱昆鹏当众向女友求婚，全场人见证了这一段由乒乓牵缘的爱的故事。

这是一个超专业的赛事。2011年，时任国际乒乓球联合会主席沙拉拉，特意来到赛事现场，并为获奖者颁奖。这是乒联主席第一次也是唯一一次为一个业余赛事颁奖。原因无非是他明白，这是中国规模最大、百姓参与度最高的一个赛事。当看到现场一幅幅热火朝天的画面，当见到场内一张张开心无比的笑脸，乒联官员不由感叹——我们看到了乒乓球之所以在中国能够长盛不衰的秘密，这个赛事让我们看到了，被称为"国球"的这项运动，在中国的普及性、群众性以及影响力……当赛事10周年时，现任乒联主席托马斯·维克特，也对赛事给予了高度的评价，他表示非常高兴，能够看到在上海，有这么一个超高人气的群众性的乒乓球赛事，这也给乒乓球在全世界的推广起到一定的启示作用。

这是一个国际化的赛事。除了上海，赛事吸引了来自全国的乒乓球爱好者，甚至是外国球迷的参与。有亚洲的、欧洲的，更有非洲的，他们都先后来过赛事现场。他们当中有来自日本的"中日之桥"乒乓球俱乐部；有专为外籍乒乓球爱好者而设的"飓风俱乐部"；还有来自非洲的球迷、在同济的留学生贝宁的好好儿、多哥的斯宾欢等，都曾是新民晚报红双喜杯比赛的参与者。是乒乓球，把世界各地、不同肤色的人，聚拢在一起，进行着中国与世界的文化交流与对话。

15年来，每年初，一个品牌赛事，以乒乓的名义，将一批球员、球迷，一个乒乓朋友圈，聚集在一起，以球会友，沟通交流，互学互鉴，在一派喜气洋洋中，迎接着每一年的新春。这似乎，渐渐成为一种自觉与习惯。于是，又有人亲昵地把这个赛事，唤作是我们的"乒乓春晚"。

不少参与过的人留下了这样的评价：赛事硬件过硬，赛事组织专业，赛事氛围热情……或许，这早已不仅仅是一个简单的赛事，而是这座城市，生活在这座城市里的人的一次关于乒乓的对话，一场体育主题的盛宴。与此同时，这何尝又不是这座都市里最生动活力的一个文化表情，甚至是一种文化符号？

相信不久的将来，会有更多人，爱上乒乓，加入我们的朋友圈里来。也希望，可以让更多的人来讲述、分享他们的乒乓文化故事。

乒乓球是响当当的中国国球；红双喜是乒乓响的中国品牌。这样的文化品牌，一定会在中华民族伟大复兴的事业中，发挥更大的作用。

和朋友圈里的每一位一样，我会尽力去推广好、去弘扬好、去传承好"国球"的文化。使命在肩，责无旁贷。

（阎小娴）

我参加了红双喜
"护牌行动"

曹剑杰 高级记者,新华社体育部发稿中心主任,采访乒乓球近30年,亲历六届奥运会采访报道。

我采访过六届奥运会乒乓球赛，印象最深的，是2000年悉尼奥运会。孔令辉男单夺冠，狂吻胸前国旗，这个瞬间已成永恒。"红色的国旗、红色的征衣、红色的地板、红色的桌围，还有涨红的脸，杀红的眼"，是我当时对现场的描述。在那届奥运会上，还树立起一座中国体育产业的里程碑：红双喜研制的小小银球开启了中国器材进军奥运会的大门。

　　球很轻，才2.5克，但在中国体育产业和体育科技发展史上的分量却很重。器材之争跟竞技一样残酷，只认第一，不记第二。红双喜的这个第一，与史同在，无法超越。红双喜生产的悉尼奥运会比赛用球，为38毫米乒乓球画上了圆满的句号。从此，这项运动进入40毫米大球时代。

　　在悉尼，我结识了时任红双喜副总经理的楼世和。工人出身，当过车间主任、厂长的楼总，做事踏实，为人真诚，爱钻研。他当总经理后，继续品牌策略，开拓国内外市场，创新商业模式。后来到了退休年龄，楼总留任总经理。在我看来，红双喜离不开他，他也舍不得离开红双喜。

　　到2020年东京奥运会，红双喜将连续六届奥运会上成为官方器材商。楼总兼任红双喜产品中心主任，他和他的团队为提升和维护红双喜品牌影响力，呕心沥血、殚精竭虑。

　　西方媒体抹黑"中国制（智）造"的行动从未停止过。红双喜作为中国民族品牌最杰出的代表之一，难免"中枪"。这家中国"老字号"被诋毁得最狠的一次，是在里约奥运会上。

　　2016年8月12日，西方大报《纽约时报》疯狂攻击红双喜研制的里约奥运会官方用球，称球质量差，容易坏，弹跳不规律。我拿着报纸向红双喜求证时，红双喜产品中心副主任管亚松不怒反笑，他指着配图里那堆列阵般摆放的坏球说，这堆球无一是奥运会指定用球，没有绿色"Rio2016"的标志。他解释说："打乒乓球的人都知道，被打坏的球坏点不过是一条缝，大面积的凹陷多半是踩踏造成的。这样的报道，我只能说有点可笑。"

　　《纽约时报》引用了奥运选手对官方用球的"抱怨"。当我找到这些奥运选手时,有的说根本没说过报纸里登的话,有欧洲选手说自己的引语被篡改了。报道中"最权威"的新闻当事人、效力卡塔尔队的前中国国手李平告诉我,他当时通过混合区的中英文翻译作答,他一直以为自己是在回答新材料球和赛璐珞球有何不同的问题。

《纽约时报》的不实报道激怒了德国籍国际乒联主席维克特。他召开新闻发布会予以反击:"关于这届奥运会的官方指定器材,我之前和很多奥运选手聊过,得到的都是正面反馈,包括这次由红双喜提供的指定用球,并没有谁跟我抱怨过球有问题。"

维克特说:"从国际乒联的立场及我个人的角度来说,红双喜生产的新材料球完全符合标准,否则我们也不会让它走上奥运舞台。"

冯天薇和马龙作为运动员代表出席了新闻发布会,在回答国际乒联官网记者马歇尔的提问时,两人均表示,抛开奥运会的特殊性不讲,器材的使用感受和其他赛事没有什么区别。

"我们新加坡女队没发现球有质量问题,我们之前有场团体赛打满五场,也没把球打坏呀。"冯天薇说。

马龙说:"自从国际乒联摒弃赛璐珞球,改用更安全的新材料球,我们就在不断适应新球,感觉这两年来球的质量越来越好,一个赛事下来也就打坏一两个球,包括球感,都和赛璐珞球没什么区别了。"

国际乒联自2014年启用非赛璐珞材质的塑料球,和之前"小球改大球""11分制"等改革相比,乒乓球材质的改变被认为是最革新、反响最大的一次改革。

采访了科研人员、官员、运动员代表及包括楼总在内的红双喜前方工作人员,并研读了国际乒联对官方用球的监测报告之后,新华社记者播发了中文通稿《国际乒联、运动员代表回应"抹黑"报道:奥运用球符合标准》和英文消息 Table tennis players, ball manufacturer blast "untrue" New York Times report《乒乓球运动员和制造商抨击〈纽约时报〉"不实"报道》。两篇稿件在国内外引起强烈反响，中文稿被上百家媒体采用，英文稿被多家外媒转发或引用。18日，《纽约时报》记者在奥运会新华社工作平台找到我，承认自己在采写时有"不怎么专业"的想法和做法。

　　我全程参与了这次"护牌行动"，回想起来，感慨良多。随着中国发展进入新时代，民族品牌正从"质量追赶"迈向"价值超越"。中国媒体理应关注中国企业、中国产品、中国品牌，发挥自身渠道优势，助力中国品牌发展壮大。以红双喜为代表的优秀中国企业，要有新思考、新责任、新担当，练好"内功"，借好"外力"，使更多"民族品牌"升级为"世界名牌"。

（曹剑杰）

我与红双喜的不解之缘

陈一平 上海乒协主席,中国乒协原副主席,曾担任上海世乒赛组委会副秘书长。

"世乒赛虽然只有五座奖杯，但我想颁发第6座奖杯给上海人民，你们为世界奉献了一届难忘的盛会！"2005年5月，第48届世乒赛在上海举行，这是当时国际乒联主席沙拉拉对上海世乒赛的高度评价。

一届盛会的举行，一项吉尼斯世界纪录的诞生，一个品牌赛事的创办，上海在世乒赛历史上留下了浓墨重彩的一笔，背后凝聚着无数人的心血和付出。上海市乒协主席陈一平是见证者和参与者，"上海世乒赛的成功举行，离不开器材赞助商、本土品牌红双喜的支持"。那些鲜为人知的、台前幕后的点点滴滴，他悉数道来。

用心做好专业保障

经过109天的改造，世乒赛的比赛场馆上海体育馆，焕然一新，交付使用。当时，距离世乒赛开幕只有一个月，时间非常紧迫。

布置赛场、安装器材的任务，落到了国际乒联和赛事组委会指定器材供应商红双喜的身上。作为世乒赛筹委会副主任兼秘书长的陈一平，心里当时挺紧张的："第一次办这么大规模的乒乓赛，大家也都没经验，这么短的时间里，能顺利完成吗？"现在想来，这样的担心，完全是多余的。

陈一平记得，红双喜在常务副总经理楼世和的指挥下，工作人员和技术人员几乎通宵达旦地铺设VIP包厢，安装挡板，调试设备，充分落实了器材保障的所有细节。

有一个小插曲：上海世乒赛为闭幕式准备了一台演出，在此之前要在比赛场地彩排。一旦开幕，场地里每天都在进行比赛，表演团队只能等到晚上11点之后，才能入场彩排。于是，红双喜又多了一项艰巨的任务，每天晚上所有比赛结束后，迅速将现场所有器材拆除，等彩排完毕后，凌晨两三点再将赛场恢复原样。"所以他们几乎是通宵达旦在工作。"陈一平回忆道，"我自己也很忙，便在隔壁的办公室里搭了张床。可是，红双喜的员工怎么睡觉？"后来，工作人员告诉他，在工作间歇，跑到临时帐篷里去打个盹。"他们的任劳任怨，感动了我。"比赛期间，红双喜的专业器材和专业服务，获得了各国参赛队的一致好评。陈一平自豪地说："整个赛事中，我们接到了零投诉，这是很不容易的。"

决赛大幕开启，本土选手王励勤手持红双喜为他量身定做的"狂飙王"，站在红双喜为上海世乒赛特制的水晶透明彩虹台边上，在全场观众如雷般的加油声中，以4比2战胜队友马琳，如愿以偿在家门口捧起冠军奖杯。

这座水晶透明彩虹球台火了，球迷争相称赞球台漂亮；"狂飙王"也火了，赛后大家纷纷涌入体育用品商店去抢购。

至今，陈一平仍拍着胸脯说道："我认为，上海第48届世乒赛是国际乒联历史上办得最好的一届世乒赛。"在这其中，红双喜扮演着极为重要的角色，在上海世乒赛上，红双喜向全世界完美诠释了他们的品牌形象、专业器材和一流服务。陈一平指出："认真，是不够的，只有用心，才能将世乒赛做好。这里面，体现了上海精神、上海水平和上海效率。"

热心支持群众乒乓

从一场打破吉尼斯世界纪录的千台万人乒乓赛开始，申城拉开了一系列以"世乒赛向我们走来"为主题的活动，上海市民身体力行，积极响应"当好东道主，喜迎世乒赛"的号召，群众乒乓在上海的每个角落，轰轰烈烈。

不过，筹委会最初的设想，并不是千台万人。陈一平透露，最开始构思的是，放100张球台，让群众来打乒乓。后来觉得，上海要做，就要做得精致，不如干脆搞个1000张球台、1万人打乒乓的活动。说干就干，陈一平盘了盘球台数量，还有很大缺口，找到红双喜，问："你们能不能在上海提供这么多的球台？"红双喜二话不说，当即应允。

2013年9月27日一大早，在上海体育场、东方明珠电视塔、上海展览中心、校园里、弄堂里……在上海籍乒乓世界冠军的"一呼百应"下，全市20个赛场齐齐响起了乒乒乓乓的悦耳声音。比赛群众中，年龄最大的是一位77岁的老太太，最小的则是一名5岁小男孩。

其中，在上海体育场火炬台广场上，150张球台整齐排列，主球台更是别出心裁，是一张内弧长5米、外弧长12米的"超大扇形七彩球台"。曹燕华、张德英、江嘉良等世界冠军同幸运球迷对垒，好不热闹。

上海大世界吉尼斯总部宣布：千台万人乒乓赛的参赛人数和规模，已创下了一项新的大世界吉尼斯世界纪录。

"这项活动，首先是检验了我们的号召力，其次是检验了我们的组织管理水平，最重要的是，确实产生了轰动效应。"后来陈一平去国际乒联汇报工作，PPT一展示，国际乒联的官员们"傻眼"了，拍手叫绝。

精心打造品牌赛事

倒计时一年，倒计时100天，倒计时50天，倒计时10天……上海为迎接世乒赛所做的工作越来越扎实，沙拉拉用了一连串的"奇迹"来形容他所看到的这些变化。

"新民晚报红双喜杯"迎新春乒乓球公开赛，在世乒赛倒计时100天之际，应运而生。1月的上海，户外寒风瑟瑟，1029名市民早早地赶到文新大厦，挥拍享受乒乓的快乐，赛场上阵阵暖意。

现场一幕幕的画面，在陈一平眼前浮现，"开球仪式上，众人高呼，徐老，再来一个十二大板！"国际乒联终身名誉主席徐寅生，果然十分配合，与时任上海市副市长的杨晓渡上演了一场精彩对决。

如今，"新民晚报红双喜杯"已经举办了14届，累计近3万名乒乓球爱好者参与进来。15年里，赛制不断创新，赛事服务持续优化，更吸引了海内外球友的踊跃参与，早已成为上海市规模最大、参赛人数最多的群众乒乓赛事。

在红双喜十几年如一日的支持下，决赛采用彩虹球台，让业余选手也能享受在世乒赛、奥运会的参赛感觉，连国际乒联主席也前来捧场。

陈一平见证了"新民晚报红双喜杯"的诞生、发展和壮大。每一年，当他和徐寅生一起坐在看台上津津有味地看球、为获胜者颁奖时，他的心头，总是感慨无限，"《新民晚报》和红双喜联手举办的这项赛事，已经成了上海体育的一张亮丽名片"。

爱心参与公益活动

上海是乒乓运动的摇篮，红双喜时刻紧跟上海乒乓的步伐，心系各类公益活动。上海市乒协的活动办到哪里，红双喜的器材就运到哪里。

上海世乒赛倒计时一周年之际，陈一平携八位世界冠军，到南京路"好八连"驻地，为基层部队进行巡回表演，红双喜当场捐赠了一批乒乓器材，供部队官兵平时娱乐健身。活动开始前，好八连先行集合，"报告首长，八连集合完毕，请首长指示"。这可没有事先排练过啊，但陈一平不慌不忙，敬了个礼，马上答道："按计划执行。"一旁的曹燕华看得惊呆了："陈主席，你的反应怎么这么快？"陈一平笑呵呵地说："这可是当年我在部队里锻炼出来的呢！"

轰轰烈烈的上海世乒赛落幕了，但乒乓已经"热满申城"，上海市乒协和红双喜的脚步并没有停歇。

世乒赛纪念章、纪念画册、国手签名球衣……具有历史意义的世乒赛纪念品由民间源源不断涌向了第48届世乒赛组委会和上海市慈善基金会等单位。"情系世乒赛　竞拍献爱心"大型慈善义拍活动，成了社会各界人士热烈竞拍的爱心殿堂。

现场竞拍的热烈程度，令陈一平喜出望外。"红双喜捐出的水晶彩虹球台和巨型签名乒乓球拍，接连以两个48万元被拍下。"国际乒联终身名誉主席徐寅生也前前后后出了不少力，他捐出了自己在1995年天津世乒赛前撰写的

《我与乒乓球》一书，被拍出了24800元的高价。

作为上海市乒协主席，上海世乒赛的荣耀和辉煌，在陈一平的工作经历中，书写了最为华丽的篇章。主持上海乒协工作，离不开红双喜一如既往的支持。"红双喜保持着乒乓器材专业领域的技术领先优势，推动了上海乒乓运动的发展，是上海乒乓赛事的支持者、保障者和服务者。同时，上海群众乒乓赛事全年高潮迭起，热爱乒乓的人们见证了红双喜品牌的成长。"

（陶邢莹）

把世界冠军培养成大学生

孙麒麟 乒乓球国际裁判长,全国学校体育卫生先进个人,国际乒联"贡献奖"获得者,曾担任2000年、2005年、2010年世乒赛裁判长。

担任过多届世乒赛和奥运会乒乓球赛裁判长的孙麒麟,第一次在国际赛场见到中文标志,就是在红双喜的器材上。对这个伴随国乒走向世界的民族品牌,他的感情是一层层加深的。

1964年上海市第四届运动会,代表松江县参加乒乓球赛的孙麒麟获得郊县组冠军,得奖的消息传回松江一中,体育组的老师奖励他一块红双喜球拍。那块贴着蓝色海绵的球拍,孙麒麟至今保存完好,这是他与红双喜情谊的开始。

20世纪80年代后期,孙麒麟借调到国家体委,负责1949年至1966年这一段乒乓球运动史的编纂工作。他去北京待了两周,在国家体委的地下档案室翻阅了许多史料,了解到红双喜这个民族品牌,始终与中国乒乓的发展历程息息相关,甚至荣辱与共。"红双喜乒乓球要投入大赛使用,日本选手来检测。他们转呀,压呀,甚至把球剪开,就是不相信红双喜的质量。这还不够,一个个拿来称重",结果,一整筐的红双喜乒乓球没有一个超出误差,完全达标。1961年在北京进行的第26届世乒赛,红双喜乒乓球成为大赛指定用球,为中国工艺、中国品牌赢得骄傲。

与红双喜的下一次交集,事实上,孙麒麟是请对方来解决难题的。2003年,教育部和国家体育总局成立青少年体育场地器材标准小组,孙麒麟作为乒乓球裁判和专家,与红双喜合作,负责乒乓球器材标准的设立。当时只有成人打的乒乓球台,到底多高、多大的球台适合孩子?没有先例可考。

孙麒麟联系了交大幼儿园、交大子弟学校的孩子们来试打。这往后,交大华山路校区的体育馆成了孙麒麟与红双喜经常见面的"老地方",为了做出适合孩子们的乒乓球器材,球台高度、尺寸调整了好几次,在孙麒麟印象中,红双喜的工作人员从无怨言,一次次地测试,再把数据带回厂调校。青少年乒乓球训练从此有了标准器材,利于发掘、培育乒乓苗子。

通过这件事,孙麒麟对红双喜这家上海本地的轻工业企业有了真正的认识,更感受到红双喜对乒乓人才的爱惜与关切。

孙麒麟所在的上海交通大学做了一项15年的规划，多渠道培育高水平的高校运动队，就此为冠军运动员进入交大深造打开大门。从曹燕华、施之皓，到许昕、马龙，时任交大体育系主任的孙麒麟先后负责过11位乒乓球世界冠军的学习和生活。带过的学生里面，刘国梁让孙麒麟印象最深，"第一次来交大，我带着他去校史馆参观，校办副主任特地做了讲解。他看得很认真"。

乒乓国手平时都有训练任务，一到比赛，更是一段时间不见人影，他们的学业，学校都得另外安排。为这个，孙麒麟没少花工夫。他根据运动员各自的训练和比赛日程，为他们制订了个性化的菜单式学习计划，"学校全力支持。任课老师都是另外腾出时间来'开小灶'的，一段时间里有空，就集中上课，上午四小时，下午四小时，突击一周或10天。像刘国梁学的人力资源管理专业，交大管理学院院长王方华亲自为他指导"。

除了得到名师的悉心教导外，世界冠军们也住进交大教师活动中心的单间宿舍。这里，孙麒麟特别感谢红双喜的关心，"黄勇武和楼世和多次打电话给我，了解这些运动员在交大的学习和生活情况，并在资金上提供帮助。"孙麒麟回忆，每一次资助，红双喜都是主动提出的，"5万元一笔的，给了好几笔。后来有一笔是20万元。黄勇武和楼世和跟我说：'孙老师你这边有什么困难告诉我们，把乒乓球世界冠军培养成大学生，红双喜应该尽这个责任。'"

得到红双喜的资助，刘国梁等国手打消了后顾之忧，他们吃得好，住得好，学得更好，后来很多人都走上管理岗位，为中国乒乓球事业的发展贡献新的力量。这些学成归来的世界冠军，懂经济，懂历史，懂法律，他们的全面发展，也给更多运动员起到示范和引领作用。孙麒麟说："背后有红双喜这样的企业支持，运动员都觉得心里有底，不惧困难。"

几十年的合作，从交往到交心，孙麒麟与红双喜已是老朋友相称。有时，去国外参加会议，孙麒麟也会带上红双喜球拍作为礼物，"红双喜为中国、为上海奠定了乒乓球器材世界一流的标准"。最近孙麒麟参与"上海品质"标准先进性专家评审工作,他提出:在轻工业领域,上海出产、走向世界的质量和形象,红双喜是再合适不过的代表。

(金 雷)

红双喜的"家宴"

夏 娃 《乒乓世界》执行总编辑,中国乒协新闻委员会主任。从1986年开始随队采访乒乓球比赛,多次赴现场报道世乒赛、奥运会等世界大赛,曾被授予"中国乒乓球运动贡献奖"。

2019年4月28日，第55届世界锦标赛单项赛落幕的当晚，史上最庞大的中国乒乓球队世乒赛代表团在布达佩斯NOVOTEL酒店附近的中国城大饭店团聚。20多年来，以红双喜（2007年之后加上了大股东李宁公司）为主人，以国乒将士为主角的聚餐，已经成为每次世界大赛画句号的环节，我甚至觉得，如果没有这个聚会，中国队的世界大赛之旅好像就不完整了。

这个通常被称为"庆功宴"的聚会其实没有正式的名称，以前黄勇武董事长、楼世和总经理邀请我时，也是很实在的一句"几点在哪儿全队一起吃饭，你来啊"。最近这几年，口头禅就是"说实在的"楼总还会特地嘱咐我把《乒乓世界》的其他人也叫上。按我的理解，这就是打完一场硬仗之后慰问全体将士的"家宴"，中国乒乓球界就像一个大家庭，红双喜把国乒当作家人，也没把我当"外人"，这一点让我挺骄傲的：一个22岁之前对乒乓球一无所知的体育媒体人，30多年的工作成果不仅仅是写了几百万字的乒乓球报道，编了200多期《乒乓世界》，在红双喜操办的国乒家宴上有一席之地也应该算上吧？

2016年夏天，人大新闻82班在云南大理聚会时，正赶上中国女排在里约奥运会上夺冠，几乎所有微信群里都在转发有关郎平和"女排精神"的励志故事。在洱海边静谧的夜晚，我们十几个年过半百的老同学聊到正在进行的奥运会，聊起中国女排，都认为我们这批人当年能考上人大新闻系，多多少少都受了一些"女排精神"的影响。我至今还记得1981年冬天，中国女排在世界杯决赛上与日本队争冠军的那个晚上，实况转播期间我几次逃出家门，尽量远离宋世雄老师激扬的解说声音。那是我第一次理解"惊心动魄"这句成语，也是头一次记住了郎平、孙晋芳、杨希等几个体育明星的名字。

上大学以后，从电视上知道了一个叫江嘉良的乒乓球世界冠军（若干年之后才晓得他用红双喜球板），大三在《四川日报》实习时采访金鸡奖百花奖颁奖典礼，先于江嘉良认识了后来成为他妻子的百花奖最佳女主角吴玉芳。1986年毕业分配，我一个爱文学、爱唱歌、会拉琴的文艺青年成了体育记者。很幸运，从一开始接触的项目就是乒乓球，大赛成绩最好，世界冠军最多，文化底蕴更厚实的"国球"。

第二次不敢看比赛,已经到了2001年,我从《中国体育报》转岗到《乒乓世界》编辑部刚好一年。为了显示"高风亮节"(当时普遍认为出国采访是件美差),我担任编辑部主任之后的第一次世界比赛派了陈洁去大阪采访(从1993年采访42届世乒赛至今,那是我唯一一次没去世乒赛的现场)。中韩男团半决赛,几个同事在编辑部一起看直播,刘国正跟金择洙的七个赛点,我没看着,一个人在中国体育报业总社后楼的三层走道里溜达来溜达去,从各个杂志办公室传出的不同情绪的尖叫声中判断刘国正得分还是失分了。有一个回合打了特别久,我的心越来越凉:坏了,如果男团决赛都没进,他们可怎么回来啊!后来回看比赛录像,我发现挡板外的蔡指导,脸好像比平时大了一号,这就是所谓的"血脉贲张"吧?

一转眼就飞过了33年,我在北京体育馆路8号院里一直在做一件事,就是见证和记录"国球"的辉煌和守业的不易,陪伴一代代运动员在磨砺中成长为世界冠军。我生活中记忆深刻的事和人,几乎都是跟乒乓球有关的。比如,悉尼奥运会乒乓球决赛日的那几天,我每天都挺胸抬头地捧着获奖者的鲜花回酒店(男双金牌阎森的、女单亚军李菊的、男单季军刘国梁的),走在街上总有人问我:"你赢了什么?"再比如刚有微博那会儿赶上我生日,一群世界冠军在微博上祝我生日快乐,当时还是男队主教练的刘国梁发了一条:"队姐生日快乐!"从此我多了一个最喜欢的"队姐"的称呼。

还有很多让我感动、感慨的记忆,是在红双喜"家宴"上留下的。最早我期待这个聚会是有"公心"的,经历了一场场跌宕起伏的激烈较量,这是运动员和教练员在激情和压力释放之后难得的放松时刻,夺冠者的喜悦写在脸上,这种幸福是相似的;失利者的落寞藏在心里,那种痛苦各有不同,懊悔、自责、不甘……只言片语或者一个眼神、表情,便能为我的纪实报道画龙点睛。等我学会使用单反相机之后,聚会时就吃不上几口东西了,每次看到徒弟们排着队给师父敬酒这类的场面,我总忍不住要跑过去拍几张照片。到了后半程,这个"夏姐"、那个"娃姐"地被叫去拍各款合影,我自己也乐在其中。

让我最受感动的一次"家宴",是2017年杜塞尔多夫世乒赛。马龙和樊振东的男单决赛之前,红双喜赛事服务团队的刘宏强在训练馆撤运球台时突发心梗,在迅速调动各方资源全力抢救并确定刘宏强脱离生命危险之后,聚会比原定时间晚了半小时开始。几十年来从容应对过无数次大小紧急事件的楼世和,因为牵挂公司员工的安危,第一次失态了。他拿起麦克风,刚开了头:"我今天的心情很复杂,中国乒乓球队又一次在世界大赛上取得了好成绩,我的心情很激动。同时也很沉重,因为我们的一位员工出了意外……"就哽咽住了。或许爱真的有天意,"家宴"开始不久,昏迷了五个多小时的刘宏强苏醒了,比医生的乐观估计提早了八九个小时。抢救刘宏强的过程中所有人对生命的敬畏,尤其是红双喜公司对员工的关爱,令人动容。

最让我感慨的一次,则是在布达佩斯。2019年4月5日,是容国团为新中国夺得第一个世界冠军60周年,第4期《乒乓世界》特别制作了纪念专辑。专辑不仅记录了国乒的辉煌战绩、重大事件、风云人物,还以10年为一个单元,从相关行业中选择一位代表人物,叙述他们见证国乒荣耀的亲身经历。20世纪最后10年的参与者老瓦和新世纪第一个10年的亲历者楼世和,是我自己提出来要写的,《楼世和:对国乒永远不说"NO"》的采写过程,跟2011年"上海乒乓地理"专辑中的《红双喜岁月》一样艰难,原因是我要从太多的好故事中做取舍。"取"和"舍"的选择,从来都不是一件容易的事,小到写作,大到人生。我是用取舍过的文字,记录别人取舍过的人生。

记得1995年天津世乒赛结束后,有人传话给我说,新闻1987级的张斌在比赛期间拿着中国体育报《世乒赛会刊》骄傲地对他的央视同事说:"瞧瞧我们人大新闻系出来的记者。"其实在纯粹的新闻人层面上评价,我觉得自己并不是一个优秀的记者和编辑,因为太爱动感情。只能说我还算是一个会讲故事的人,而且很幸运地被中国乒乓球这个大家庭中的老老少少所接纳,我的职责就是用我的眼睛去发现每一个家庭成员身上最可贵的品质，倾听他们内心里最真实的感受，选取那些励志向上的故事。我十分愿意传递这些美好的东西，因为我从中也得到了温暖和力量。我一直希望自己也能像他们那样，坚强、努力、有韧劲，每一天做的事情，都是为了让自己变得更好。

最后画个重点。我在布达佩斯的感慨其实还有一个重要原因：2019年4月5日也是我55周岁生日。在红双喜"家宴"的第二天，我发了一条朋友圈——【收官】33年，记录和陪伴，职业生涯无憾无怨。感谢国乒！我爱国球！

60年前周总理起的名字真好——红双喜，DOUBLE HAPPINESS，小小乒乓球，给多少人带来事业的喜悦和生活的幸福啊！

（夏　娃）

"中国第一"女裁判

顾寇凤　第26届北京世乒赛裁判员，汉城奥运会乒乓球比赛裁判员。

精心挑选一条丝巾，搭配彩色毛衣，带着一本老旧的体育杂志和笔记本，79岁的顾寇凤如约来到了上海红双喜大厦。1961年第26届世乒赛上，中国乒乓队首次捧得男团冠军，决赛的每一场胜利、每一分球，都记在顾寇凤的笔记本上，那是她当乒乓裁判的开端。

眼前的顾寇凤，一如当裁判时对自己的要求那样：仪表要端庄，坐有坐相，站有站相。她是新中国首批乒乓国际裁判，是裁判队伍中的巾帼英雄。默默无闻的"铁面判官"，同世界冠军一样，为中国乒乓的崛起，做出了贡献。

笔记本上的大事记

"我是幸运的一代。"这是顾寇凤的开场白，"我的一生有太多的机遇，太多的第一次发生在我的身上。"

顾寇凤的身上，享有四个"中国第一"：第一批乒乓球国际级裁判员（仅11名），第一位执法奥运会的裁判员，第一位参加全部四届在国内举办的世乒赛的女裁判员，第一位从"姑娘级"坚持到"奶奶级"的乒乓球裁判员。

当裁判之前，顾寇凤是一名人民教师，小时候酷爱乒乓运动的她，在教育系统是个乒乓业余高手。1957年，年仅17岁的顾寇凤被招去参加徐汇区的乒乓球裁判员培训，课堂上，只有她一个女生。凭借优异的表现，她被选拔到上海市体育宫，继续参加市培训班的学习。很快，她迎来了自己执裁生涯的第一场国际赛事，罗马尼亚队来沪同上海队交流，顾寇凤圆满完成了工作。

1961年，世乒赛即将首次在中国举办，中国乒协选拔了一支120余人的裁判员队伍，赴京报到，顾寇凤是25名上海籍裁判中的一员。

第一次出差，顾寇凤心中难免忐忑。更何况，不久前母亲过世，她必须迅速调整好心情。好在，学校的老师们都很关心她。穿着同事送的派克大衣，拎着一个藤箱，借钱买了双皮鞋，顾寇凤踏上了赴京之旅。

顾寇凤的笔记本上，记录了北京世乒赛的一场场比赛。比赛日期是4月4

日到14日，共有31个协会、243人参赛，一共打了1295场比赛……

"十二大板"的见证者

为了当好裁判，顾寇凤在北京培训时从26个英文字母开始学起，短短一个月内便掌握了乒乓比赛中的英文专业术语，成为培训班中的佼佼者。

不过，那届世乒赛有个规定，女裁判不能当主裁判，但顾寇凤还是很自豪："我是最年轻的裁判之一，能站上赛场，就已经是件很光荣的事了。"

令她意想不到的是，第一天比赛，她便被分在了8号台，那是工人体育馆内最中心的位置。由于表现出色，顾寇凤接到了执法决赛的任务，有幸见证了上海老乡徐寅生同星野展弥的十二大板。

那一幕，顾寇凤终生难忘，"20比18，徐寅生迎来赛点。当时徐寅生逼得星野展弥不得不放高球，这时候，徐寅生很有耐心……"1、2、3……12，在现场观众整齐划一的呐喊声中，顾寇凤在心里默默数着数字。徐寅生获胜那一刻，顾寇凤开心不已，只是，作为裁判的她只能将这份喜悦抑制在心头。

顾寇凤还记得，最后一场赛前，容国团说的那句名言——人生能有几回搏，是多么振奋人心。"到现在，我都一直珍藏着第26届世乒赛的宴请请柬、裁判用具、秩序册……每每再次拿起这些东西，我仍然思绪万千，回味无穷。"还有那双皮鞋，她穿了整整20年，那件派克大衣，保存着对同事的不尽感激之情。

46年后，在上海卢湾体育馆举行的中日乒乓交流活动中，顾寇凤重温旧梦，又执法当年两位男主角二度演绎的"新十二大板"。这一次，顾寇凤终于有机会拉着星野合了影。

今年上海乒协的新春团拜会上，徐寅生上台致辞时特别提到，"今天，第26届世乒赛的裁判也到了现场，年纪还比我小一点儿"。台下的顾寇凤，笑开了花。

国际乒联一致称赞

从此,国内外乒乓赛场,总能见到顾寇凤这位女裁判的身影,在诸多男裁判中,成了一道亮丽的风景线。

1980年,顾寇凤迎来了执裁生涯的首个国外赛事,她被选拔参加日本东京第四届亚非拉比赛。当时,整个大会只有两名女裁判,令她意想不到的是,裁判长一直在她背后观察,等她结束比赛,特地去告诉她:"你是个非常棒的裁判,因为你对运动员严格要求。"当时,顾寇凤在比赛中见到一名非洲选手身穿短袖,而比赛规定运动员必须穿长袖。为了告诉这名运动员,她在纸上写下要说的话,请翻译一个字一个字教她英文,然后念给这名非洲选手听。

1988年第24届汉城奥运会,乒乓球项目首次进入奥运会大家庭,中国只有一个裁判名额,派选了48岁的顾寇凤。男双半决赛,外国裁判临阵打了退堂鼓,顾寇凤见了,自告奋勇当主裁判。"双打比赛的确很难,发球要轮换,落点又不同,但我不紧张,我17岁就开始当裁判了,我有这个把握。"赛后,顾寇凤的表现,赢得了国际乒联官员的一致称赞。

回顾自己在国际赛场的裁判生涯,顾寇凤自豪地说:"我是个好学的人,活到老,学到老。"

一辈子都不想退休

1995年3月,顾寇凤到了退休年龄。但直至今日,顾寇凤仍这么说:"从某种意义上,我没有退休。"她的权威、公正和高水平,令她始终活跃在各项乒乓赛事中。

1995年天津世乒赛,她被请去当裁判长助理,这份工作并不容易,她要负责每场裁判的调度工作。2005年上海世乒赛,她又被聘任为竞赛部工作人员。后来,上海老体协筹备了两届老运会;顾寇凤担任了老体协副秘书长和竞赛部部长。

"我们体育人反应快、脑子灵活,还有吃苦耐劳的精神。"所以,从一线退下来后,顾寇凤在其他各个岗位上,都肯干、爱干,干得好。

1975年,顾寇凤担任上海市乒协副主席,并负责竞赛部门的工作。她说:"我对裁判很严格,他们看到我都怕的。"在管理裁判队伍时,她总是约法三章:不迟到,不早退,重仪表,讲礼仪。"如果他们坐相和站相不好的话,我叫他们回去照着镜子练。"

红双喜在产品创新的过程中,非常尊重顾寇凤的意见。总要请顾寇凤来给点建议,顾寇凤有求必应。曾经,红双喜想要制作挑边器,因为没有模板,顾寇凤将自己珍藏多年的第26届世乒赛的挑边器拿来给红双喜研究。后来,红双喜制作新翻分器时,也请顾寇凤当顾问。

"第26届世乒赛上,我们用了上海品牌红双喜的器材,我同样来自上海,在现场备感荣耀。在我的乒乓生涯中,我也是红双喜器材一步步走上领先地位的见证者。"顾寇凤自豪地说,"有一年上海市乒协接待一批匈牙利乒乓队教练,我还特别带他们去参观了红双喜乒乓球厂。"

(陶邢莹)

从世界冠军到董事长

李　　宁　体操奥运会冠军、世界冠军，李宁公司创始人，现为上海红双喜股份有限公司董事长。

一张水泥桌，一块木板，一枚乒乓球，还有挡不住的欢声笑语，这便是许多人飞扬的童年。李宁，体操王子的运动记忆，也是如此展开。六七岁的年纪，任性地撒欢。多年后的今天，当李宁成为民族体育品牌红双喜的董事长时，心中，往昔的情怀亦温存。已经历了五十六载的枯荣，心中仍旧有"喜"，这份悦然，是在青春无悔的奋斗，是在勇立潮头的开拓，是在激荡变革的淬炼之后，生出的智慧——不以物喜，不以己悲。

钻球台的体操世界冠军

李宁在体操界的成就，曾是几代人的佳话。1982年体操世界杯李宁参加7项比赛斩获6枚金牌，纪录至今无人可破。1984年奥运会获得3金2银1铜。其职业生涯获得100多枚金牌，其姓名也被命名为多个体操动作。不过说到李宁与乒乓球的渊源，却有着不太"友好"的往事。"小时候我们体操队里也常常会打乒乓球，我水平太臭，总是最后一名。最后一名，是要钻球台的……"体操界的传奇，在乒乓球面前吃了瘪。

对于乒乓球并不算深刻的了解，在2007年有了改变。那一年，李宁入主红双喜。"我对红双喜非常有感情，这是中国最早的体育用品品牌之一，也是我们周总理命名的品牌。李宁做体育用品，也是希望能够做中国自己的品牌，将中国文化、中国智慧融入品牌之中。红双喜是我心中代表中国的一个崇高的体育品牌。所以我和我的团队都希望能有机会与之融为一体。后来，有了一个机会，合作便水到渠成。"随着对红双喜更深度的介入，李宁表示自己想象中的认识被颠覆了。"比如有人说要用王励勤的拍子，有的人想要用马龙的拍子，但当你拿起那副拍子，还没碰到球，球已经跑走了。所以和我想的完全不一样。"

当年受罚钻球台的体操世界冠军，如今钻研起乒乓球的林林总总。"我们既要做专业的，又要做大众的。接触到红双喜后，你会发现专业的体育品牌将对该项运动的理解，对运动需求和规则的研究，转换成对产品的研发、设计和生产，这完全超出一般使用者的想象。这需要经验的积累，需要科学技术的支持，需要管理的配合最终去实现。并实现公司的效益。"

李宁的家中，也有一套红双喜的球台和练球装备。他笑言"水平依旧很臭"。不过，李宁越来越多地出现在乒乓球赛场周围。今年在布达佩斯举行的乒乓球世乒赛，他亲临现场为球员们加油鼓劲，还和总教练刘国梁进行了一场别开生面的迷你乒乓球赛。不过这一次，李宁没有钻球台。

好运气的体育大生意人

从世界冠军到商界精英，李宁无疑是中国最成功的运动员之一。是勤奋，是聪颖……是何种品质让他立于不败之地？李宁坦荡荡地直言不讳："应该是运气吧。"

言语中，没有一丝刻意，他或许真是如此笃信。"我大概比别人更有运气些。首先，在'文化大革命'后期，我被选中去练体操。如果当年没有练体操，人家选我去练篮球，那肯定就完蛋了。其次，我碰到了好教练。我身边运动员比我更有天赋，但没有遇到好教练，或者练了一半受伤了。最后，我又遇上了改革开放。1978年中国在国际奥委会恢复席位，我们就可以名正言顺地去参加奥运会，走上世界舞台。如果没有这一条，我们永远只能参加不入流的国际赛事，你水平再高也很难获得认可。"李宁退役后，运气却没有离开。他获得健力宝老总李经纬的鼓励和支持，做起了体育品牌。"我只能强调，我还是幸运的。那个时候国家允许并鼓励个人做生意，否则就变成投机倒把。而且在我刚开始做生意的时候，中国还处于商品较为短缺的阶段。在那个时间段，你能做，商品总是能卖的，能赚钱的。所以即便我经验有限，但也能生存和发展。换到现在，拿一个亿做一个品牌，也根本不行。总之，我的运气真不错。"

运气，只会青睐有准备的人。通往成功彼岸的路上，李宁的付出，超乎常人的想象。"我们做一个体育品牌，一定要理解各项运动。而理解运动，必须理解运动员。这样，才可以明白运动员出成绩，他们在设备上、在功能上需要什么。优秀运动员对一项运动的理解是超越常人的，在与他们的合作中可以了解其真正的需求。我们的科技人员就需要帮助他们达成这样的使用感受。"

入主红双喜后，这个体育大生意人又开始研究新老品牌的战略融合。"在李宁进来之前，红双喜的运营比较传统。进来之后，在董事会治理、股东沟通、员工管理等诸多方面都做了一些改变，有了更多现代市场机制。另一方面，业务生意怎样在市场上持续增强竞争力，这是对红双喜中长期的规划。过去10年，我们业务涨了一倍多，利润涨了四倍多。未来，企业经营上来说，战略发展、架构和业务仍是重点。我们要做到利润、品质、品牌声誉的持续性发展。乒乓球是众多运动中的一个，也是个人项目，除了在世界舞台上继续绽放光彩，我们也期待着它能够回到学校。"

真强大的努力生活者

变，则通。这一辈子，李宁一直在改变中努力生活。"人不可能当一辈子运动员。在运动生涯结束后，就一定要找新工作。即便你留下来当教练，也需要不断学习。"李宁的体操启蒙教练，原本是游泳专业。"后来他开始摸索教体操，我一直很感激他。我第二个教练把我培养成世界冠军，他也是在不断学习中获得进步。我当年做生意，也是一边做一边学，并没有一开始就很顺利。"

他，并不相信眼泪。对于那些退役后生活困窘，难以维持生计的运动员，李宁坦言他们首先应该从自身找原因。"运动员，也只是普通大众的一员，并不是绝对的个体。就像是大学生毕业后，也要找工作。如果运动员不能掌握自己的生活，那是他个人的问题。"前些年在国际奥委会运动员委员会工作时，李宁常常和同僚们谈起类似的话题。"西方没有举国体制，所有运动员训练靠自己,出人头地靠自己,他们遇到的问题比中国大很多。运动员应该决定自己要怎样生活,并选择自己的生活,同时适应自己选择的环境。当然,社会如果能够给予他们更多帮助自然更好,但别人的帮助永远只是额外的,你不能当作理所应当。我希望我们中国的运动员能够不断去学习,不断建立生活的目标并努力去实践。在实践的过程中找到自我,找到与社会的融合。"

李宁接受时代的变化,顺应时代的变化,并在时代的变化中如鱼得水。"李宁和红双喜这两个品牌都需要在变化中成长。相对而言,红双喜从开始到现在一直都专注在乒乓球这项运动上,从球到拍,从底板到胶皮。他们这股子钻劲,让他们成为世界第一。但同时,红双喜也需要面对市场的变化,去捕捉新生代的想法。在这一点上,李宁的案例可以为他们提供借鉴。而李宁,则要向红双喜学习深耕的精神。这种融合对双方都是促进。"

世界已经不是昨日的那个世界了。每项运动都有自己的市场空间。过去乒乓球以赛璐珞为材质,如今换成了更环保的塑料。规则改变,器械也要随之改变,"这些改变都需要我们团队去加入、融入、投入,并且从中找到世界乒乓球领先的位置"。世界,却还是原来的那个世界,它赞赏勤奋,鼓励创新,并总是眷顾努力生活的强者。

(华心怡)

研究红双喜上海品牌的时代特性

王顺林 上海红双喜（集团）有限公司党委书记、董事长。

小小银球为何有那么大的能量？这是上海红双喜（集团）公司党委书记、董事长王顺林于2017年10月发表的一篇博客文章。

当年十一长假后，王顺林在办公室翻阅报纸，阅读到了一则新闻：9月29日，国家工商总局与上海市在沪签署《关于大力实施商标品牌战略的合作协议》。王顺林想到了集团公司出资33%的上海红双喜股份有限公司，红双喜——一个家喻户晓、能够代表中国的体育品牌，有着怎样的品牌魅力？

顿时感慨良多的王顺林，写下这篇数千字的博客文章，当天即被沪上主流媒体转载，引起外界热议。

就此，王顺林以红双喜为案例，逐步开展对"上海品牌的时代特性"的课题研究，获得了社会各界的认可。

开设博客三专栏

2016年1月，王顺林到红双喜集团公司担任总经理，去集团公司报到的第一天，时任董事长梁超英带着他去企业进行工作调研，王顺林一下子就被红双喜、马利、敦煌这些中华老字号品牌文化吸引，感到特别亲切。

上海轻工产品曾是市场佼佼者。然而，经历市场的变化和时间的汰洗后，不少耳熟能详的品牌悄然淡出人们的视线。消失抑或升华？上海红双喜集团旗下品牌"三剑客"——红双喜乒乓、马利颜料、敦煌乐器选择了后者，在新的市场经济大潮中，非但没有被打垮，还在各自行业里做得风生水起。

王顺林是20世纪80年代上海师范大学的大学生，主修历史，不仅爱研究历史，平时还喜欢自己动笔杆子写文章。被红双喜的品牌文化和历史深深触动的王顺林，便在自己的博客中，开设了三个专栏：双喜纪事、品牌建设和企业文化。博客的栏目反映出他的工作轨迹，也记录了红双喜在60年里追求卓越、不断创新的历程。

四句话理解上海品牌

品牌是一个国家、一个城市、一家企业、一件产品的"名片"。2017年，上海市委号召，要打响上海四大品牌。王顺林用四句话来概括了自己对上海品牌的理解："坚定卓越的品牌取向、瞄准国际的品牌标准、不断创新的品牌延伸、满足人民对美好生活的需要。"

这段话，是当年12月16号华东师范大学举办"2017中国品牌科学与应用论坛暨全球品牌战略国际研讨会"上，王顺林回答主持人关于上海企业如何响应上海市委关于上海四大品牌号召时的答复。王顺林回忆说，论坛的组织者国家品牌战略研究中心主任何佳讯教授邀请他时曾经说过，会上有提问，至于问什么，只有到了论坛上场才知道。当时上海市委务虚会刚结束，他特别注意到会议提出打响"上海四大品牌"的工作部署，看到李强书记的要求：上海在新时代的坐标中坚定追求卓越的发展取向；他注意到党的十九大对新时代社会主要矛盾的阐述：满足人民对美好生活的需要，已经成为供给侧结构性改革的任务。人民对美好生活的追求，对企业来说，打开了一个新的市场空间。那时候，他已有所思考。

在王顺林看来，这四段话对于上海品牌特性的思考，是非常有现实意义的。但是，思考并不能停留在表面，不能说过算过、到此为止。也就在这一天，在王顺林的博客中，第一次出现了"关于上海品牌的时代特性"一词。

不过，正式开展上海品牌特性这个课题研究，还要从2018年上海社会科学界联合会组织"庆祝改革开放40周年"理论研究征文评选活动说起。

当时，由于王顺林在上一年征文活动中得过优秀论文奖，因此，活动组织方再次邀请他参加本次征文活动。看了征文提示，王顺林发现，其中，6月11日发布的参考选题中含有关于打响上海"四大品牌"、推动高质量发展的理论与实践，而此时，6月7日恰好红双喜获得上海品牌首批认证。他想："红双喜是一个给品牌理论界和实务界'提供研究上海品牌'最好的案例！"

这个课题论文，2018年8月31日被上海社会科学界联合会遴选公示为优秀论文，也是98篇公示的论文中唯一一篇以"上海品牌"为课题研究的文章。

王顺林回忆论文说，红双喜在品牌界得到认可，靠的是实证。品牌的情怀固然重要，但是，这个品牌是否有代表性更重要，要有底蕴、内涵才行，不能搞自我陶醉，否则要被品牌理论界和实务界笑话。论点一定要有论据，这一定是一个能站得起的上海品牌。

获上海品牌首次认证

2018年6月7日，"上海品牌"认证获证企业发布会暨2018年世界认可日宣传活动启动仪式在锦江小礼堂举行。53家企业的50个产品和36项服务通过第三方认证，其中，红双喜专业竞赛乒乓球、专业竞赛品牌台、专业竞赛套胶、底板获得认证。

首批上海品牌的认证规则中特别创设一项要求："企业除了要有能比肩国际一流水准的能力，还必须有国际一流的标准。"这一点，红双喜是非常契合的，王顺林认为，红双喜跨入制定国际标准的一流企业，关键的一步，就是企业标准成为行业标准、国际标准。

讲起这些，王顺林开始滔滔不绝，满满的自豪。红双喜是中国体育用品标准起草单位，拥有业内首屈一指的标准开发和制定能力。1996年，在时任国际乒联主席徐寅生的建议下，红双喜独立承担了国际乒联的大球研究项目，历经四年的研究和推广，红双喜的40毫米乒乓球技术标准最终被国际乒联采用。这是中国企业制定的标准第一次被国际单项赛事的最高组织机构确认为国际标准。至今，40毫米乒乓球、40+毫米新材料乒乓球的国际标准，都是采用红双喜技术标准作为蓝本制定的。截至2019年，红双喜参与制定的国家标准、行业标准高达17项之多。

今年4月的布达佩斯世乒赛上，红双喜又一次出色地完成了大赛器材的供应、现场服务等任务，获得国际乒联高度赞赏，国际乒联再次为红双喜颁发"世乒赛荣誉证书"。

在王顺林看来，红双喜品牌获得首批上海品牌认证证书，当之无愧。

"中国制造"的标志

王顺林说："红双喜是一个站得起的上海品牌。"

红双喜是"中国制造"登上世界舞台的标志。1959年，为了两年后在中国第一次举行的世界大赛——第26届世乒赛上能使用国产器材，周恩来总理将制作比赛用球的任务交给了上海。研制人员从当时独享世乒赛用球资格的英国海立克斯乒乓球上，测出重量、圆度、软硬度、偏心度，还有腰部、顶部的尺寸等10项质量标准，进行了200多次原料配方的试验，最终制作出了中国第一只符合国际乒联比赛标准的乒乓球。同年，包括球台、球、翻分器在内的全套赛场器材也在上海设计成样，通过了国际乒联的检验认证。为庆祝国庆十周年及容国团夺得第一个世界冠军，周总理用极富喜庆色彩的"红双喜"命名产品，英文直译为"DOUBLE HAPPINESS"。

从1961年在北京举行的第26届世乒赛开始，红双喜就被赋予了"中国制造"登上世界舞台的标志性意义。在中国的外交舞台上，红双喜多次作为"国礼"，为中国代言。2015年9月24日，习近平主席访美第一站，向美国林肯高中赠送的国礼中就有红双喜乒乓球器材，3副球台、20张挡板、100只乒乓球和10副球拍。"乒乓球虽小，但意义很大，小球可以推动大球。"王顺林说。

老字号主动求变

对许多品牌来说，在这个大变革的时代，激流勇进未必能占得先机，但稍一踯躅，就可能遭遇灭顶之灾。王顺林非常推崇红双喜股份公司总经理楼世和常说的一句话:"乒乓球器材市场容量有限,只有做成老大才能真正活下来。"

今年上海两会期间发布了2019年上海发布老字号白皮书,王顺林指出,老字号品牌的生命在市场,老字号要求新、求变,应对挑战。红双喜保持每年30%的产品更新率,拥有百余项关键专利技术与发明,这就是老字号在挑战面前立于不败之地的关键所在。

1996年到2000年,红双喜完成了38毫米乒乓球到40毫米乒乓球的革新;2014年从赛璐珞球革新成为醋酸纤维材质"赛福球";2016年又研制成功性能稳定、质优价低的ABS新材料球。

2000年红双喜创世界先河,推出中国拱桥造型的彩虹球台,成为世界乒乓器材视觉改革的先驱和标杆。2015年成功开发出光电彩虹球台,也是世界乒乓器材与最新光电技术跨领域的首次碰撞。2017年第54届世乒赛在德国杜塞尔多夫举行,作为6届奥运会、18届世乒赛器材商,"红双喜"为本届世乒赛提供的彩虹17乒乓球台再次见证历史,这是世乒赛历史上首款黑色台面球台。

王顺林认为,能否得到国际组织的认可非常重要。他举例说,2018年4月2日上午,专程到上海参加国际乒联博物馆和中国乒乓球博物馆(乒博馆)开馆典礼的国际乒联主席托马斯·维克特先生,按照中国人的待客之道亲自打开乒博馆大门,迎接红双喜的商业伙伴团队,赞誉红双喜是一个世界乒乓品牌,在国际乒坛的改革中总是不落伍。

服务于群众体育

上海品牌要长久保持勃勃生机,更应满足人民对美好生活的需要。

如今,体育已成为人们的生活方式,王顺林介绍道,红双喜针对用户的特点构建了全体系产品。比如乒乓板和羽毛球拍,设有情侣双人套装和家庭2+1的套装;考虑到汗渍留在羽毛球拍的柄上容易发霉产生细菌,红双喜推出了一种可以随时清洗的羽毛球拍；2017年，红双喜面向家庭推出不同尺寸、不同颜色的球台……

红双喜推出足球时，改变了以往专注职业赛事、忽视民间基础的传统观念，集合优质资源更好地服务于群众足球、业余联赛以及校园足球。根据用途不同，推出了室内、室外用球，还有针对儿童的小足球，更有针对校园的三级阶梯式足球装备方案：基础包、兴趣包及特色包。

每年红双喜投入支持的全国民间比赛活动，包括乒乓球、羽毛球，大大小小加起来要100多场。其中，新民晚报红双喜杯迎新春乒乓球公开赛被誉为沪上乃至长三角地区乒乓球业余爱好者的"乒乓春晚"，为全年沪上规模最大、参与人数最多的乒乓业余赛事。

改革开放受益者

在王顺林的课题研究里，他反复强调，红双喜品牌的成长，源于改革开放40多年生产要素、市场机制的充分发挥。

1961年第26届世乒赛之后，由于红双喜商标分散在几家工厂使用，并没有形成有效的品牌集聚效应，各做各的乒乓球、乒乓球台、乒乓球拍，品牌建设停滞不前。1995年6月，上海乒乓球厂、上海乒乓球拍厂、上海体育器材一厂、上海体育器材三厂联合成立了上海红双喜体育用品总厂，随后将国企总厂改制为沪港合作有限责任公司，于1996年初成立上海红双喜冠都体育用品有限公司，这不仅是企业组织结构和管理资源的调整、整合，也是红双喜品牌资源的整合。"可以说，没有改革开放，也就没有今天的红双喜。当然，也不能忘记，国运带球运——国家乒乓队对世界乒乓运动的推动。"王顺林说。

王顺林在研究上海红双喜股份有限公司60年的发展过程中，还注意到了公司的管理现象。"品牌建设，关键在人！"王顺林解释道，"红双喜60年的发展中，以陈德凤、黄勇武、楼世和为代表的主要经营者，敢于担当、勇于创新、一脉相承、久久为功、和谐发展，这是一条非常值得总结的经验，这是红双喜贡献的品牌智慧。"令他高兴的是，现在，红双喜品牌的案例已经进入了市场营销MBA的课堂。

（陶邢莹）

掌管乒乓球产量的大管家

李洪洲 红双喜高级顾问，曾任职于上海文教体育用品总公司。

有这样一位老人，当年红双喜每年生产多少乒乓球，由他说了算，他就是红双喜老领导，当年在上海文教用品公司主管生产计划的李洪洲。李老现在已经90多岁了，但是谈起二三十年前与红双喜乒乓球有关的工作往事，他仍然感慨良多。

"生产计划归我管"

"严格来说，我不是红双喜的人。"采访一开始，李老先对记者说了这样一句话。他解释说，自己原来是上海文教用品公司的，那时是20世纪70年代末，红双喜只是个乒乓球厂，是属于文教公司下面的一个工厂，"我当年和红双喜没有直接的隶属关系，但是红双喜的生产计划确实归我管"。

李洪洲回忆说，那时文教公司有四个大行业，包括文教、纸制品、乐器和体育用品，乒乓球属于体育行业的。"原来的红双喜概念和现在不一样，那时工厂的划分比较细致，乒乓球厂只负责生产乒乓球，甚至连乒乓球拍都不生产。现在红双喜是个大集团，不但乒乓球、拍、网、台等产品都包括了，甚至还有了其他产品，规模已经远超当年。"

那时李洪洲在文教用品公司是管生产计划的，公司下面的上海乒乓球厂每年要生产多少乒乓球，都由他所在的部门来规划，从1978年到1990年退休，这十多年他都在负责规划乒乓球的年产量。"那时是计划经济时代，什么东西都是要靠计划的，一年要生产多少乒乓球，工厂的原材料、生产的品种和数量等，都要经过计划部门规划平衡，这些工作都是我那时做的，所以和红双喜联系很多。"

李洪洲说，那时的商业系统分为两个：一个是外贸，一个是内贸，两个系统的公司分别和文教用品公司衔接，沟通年度生产计划。"我们再根据这个计划，结合工厂的生产能力，看看能不能完成产量，如果不能就得重新制订计划。"李老说，"那时工厂按照计划来生产，商业部门按照计划来收购，内贸的乒乓球要给负责内贸的百货公司，外贸的乒乓球要给负责外贸的进出口公司，生产部门是没有销售权的。"

在李洪洲的印象里，那时乒乓球的生产要受到多重因素限制，需要克服多重困难。"比如说，生产乒乓球需要的一种原料是硝化棉，我记得当时是四川的工厂生产的。那时国家的硝化棉产量也是有一定数量的，而且要统筹平衡各地的需求，不可能光提供给我们，所以我们要上报需要多少原材料，得到批复后再转给工厂，然后工厂才能开工。"

生产原料是一方面，生产方式那时也比较落后。"那时是硝化棉先加工成赛璐珞片，再把大片的赛璐珞片裁成需要的小片，然后把两片小的赛璐珞片压成一个碗，两个碗再胶合在一起，再手工刮边，那些程序太麻烦了。"李老说，由于工艺水平的限制，那时生产三星级乒乓球的合格率只有百分之七八，"乒乓球当时分不同的星级，最高的三星级球需求量最大，但是产量最低，因为合格率不到10%嘛，生产100个球只有不到10个是三星级的"。

"红双喜人有荣誉感"

尽管面临诸多客观困难，但是李洪洲说，那时的红双喜人就特别有攻坚克难的精神，并且非常有国家荣誉感。"那时红双喜乒乓球厂是和中国国家乒乓球队紧密联系在一起的，国家队的要求是什么，工厂的生产都是紧紧跟上的，没有条件创造条件也要完成任务。"那时国家队对于乒乓球的质量要求很高，例如圆度、厚薄度等方面，要求都细致到严苛的程度。李洪洲还清楚地记得，当时国家队员对于乒乓球的感知能力特别强，"像徐寅生，只要用手捏一捏，就知道一只乒乓球的准确硬度，也怪不得他打球那么好"。

那时的红双喜乒乓球，不但要满足国家队和普通体育爱好者的需求，还肩负着出口赚外汇的任务。李洪洲说，那时红双喜面临的最大困难，是和日本厂家的竞争。"当时国家需要外汇，我们的乒乓球要想卖到国际上去赚外汇，就要和日本厂家竞争。那时日本厂家生产的乒乓球质量好，虽然价格也高，但是在国际上销路好，这就给我们出了难题。"当然，困难难不倒红双喜人，随着生产技术的逐渐提高，红双喜乒乓球也逐渐打开国际市场。李老说，那时的乒乓球厂生产计划也是向外贸倾斜，"外贸的订单尽量满足，因为要为国家赚外汇嘛，平衡生产计划时首先要保证出口"。

在李洪洲看来，红双喜从一个小工厂发展成现在国际品牌叫得响的大集团公司，是有其内在原因的。"首先，红双喜在发展中，三代带头人都找准了。"李老说，从第一代的陈德凤到第二代的黄勇武再到现在第三代的楼世和，红双喜三代带头人都有理想、有抱负、有担当，并且肯努力。"红双喜几十年蒸蒸日上长盛不衰，三代带头人是关键。光是一代好的带头人是不够的，是三代人的努力才打造了红双喜这个品牌。"

除了找准带头人，红双喜从头到尾都找准了服务对象，这也是这个品牌能做大做强的重要原因。"这个服务对象，一个是国家队、专业队，一个就是广大体育爱好者。两者要求不一样，但红双喜都是一心一意服务，这才有了现在的发展壮大。"李洪洲说，"另外，红双喜能始终紧跟时代步伐，不断改进自己的生产方式，不断提高技术水平，最终让自己的企业标准成为乒乓球的世界标准。这是红双喜的自豪，是上海的自豪，也是中国的自豪。"

（李元春）

忆红双喜的第一个黄金时代

陈德凤 红双喜高级顾问,原上海文教用品总公司总经理、原红双喜乒乓球厂厂长。

中国不仅要有自己的世界冠军，还要有自己的品牌。1961年世乒赛在北京举行，振奋人心。

这是第一次，世界大赛在中国举行。这也是第一次，中国乒乓球队捧起男团冠军奖杯。更是第一次，中国在世界大赛上使用国产器材。第26届北京世乒赛，开启了中国乒乓球真正崛起的时代。

时光如梭，半个多世纪过去了，伴随着国乒在世界乒坛的长盛不衰，红双喜早已成为家喻户晓的世界知名乒乓器材商。第一只符合国际乒联标准的红双喜乒乓球是怎么来的？不依靠进口机器，全靠自己研发，一只红双喜乒乓球从诞生、改革、创新，到发展，是如何实现从有到无，从中国制造走向世界顶级的？

这，还得请红双喜的老厂长陈德凤讲述"小小银球"的故事。

双喜临门的诞生

1959年，为了两年后在中国第一次举行的世界大赛，周恩来总理提出，不仅要办好世乒赛，还要在世乒赛上用我们自己生产的乒乓球。

当时，只有少数几个国家能够生产符合国际标准的比赛用球，难度很高。能不能用我们国家自己生产的球，是一件关乎我国国际声望的大事。

上海当时有两家乒乓球厂：一家叫华联乒乓球厂，一家叫中国乒乓球厂。华联率先试制成功了国际比赛用球，在符合了国际乒联对国际比赛用球的五个标准后，华联乒乓球厂的乒乓球被正式批准为第26届世乒赛比赛用球。

那一年，是中国体育开启腾飞的一年；那一年，也是中国乒乓起步的重要一年。容国团在世乒赛上夺得男单冠军，这是新中国体育史上首个世界冠军；其次，1959年恰逢新中国成立10周年。于是，周总理批示，这款乒乓球，命名为"红双喜"，意为双喜临门。

尽管红双喜乒乓球在世乒赛上大放异彩，但背后的制作过程，有着鲜为人知的故事。乒乓球是手工制作的，工人先将模具放在水里，让一片片的赛璐珞圆滑，然后手工压成半圆，再由两个半圆合起来，做一个球要经过70多道工序。由于手工的力量不均匀，导致生产出来的乒乓球有差异性，当时一年才生产几万个，按照国际标准，只有4%的合格率，不合格的就不叫红双喜了，叫连环牌。

"那个时候周总理下了任务，1961年要生产多少个球，要大量生产必须走机械化道路。"上海文教公司决定，筹建乒乓球生产基地，由陈德凤担任筹备组组长，乒乓球从手工制作到机械化制作的重任，就交给了他。

从无到有的建厂

陈德凤不是乒乓球运动员出身，也不是工程师，之所以任命他来负责红双喜，领导看中的是他丰富的组织工作经验。

陈德凤的老本行，是搞电影的。1958年筹建上海感光胶片厂，陈德凤被派去当筹建办公室主任。我国第一部国产彩色胶片电影《女篮五号》，就是在上海感光胶片厂诞生的，陈德凤还记得，他扛了十几箱胶片去找投资方，心底里满满的都是油然而生的民族自豪感。1961年，上海感光胶片厂筹建完成，陈德凤便被调配到了华联乒乓球厂。

一进车间，见到工人们热火朝天的干劲，陈德凤深有感触。"工人早上的力道和下午的力道是不一样的，纯手工制作的乒乓球肯定会有差异。胶片厂当时已经基本上机械化了，机器都是我国自主建造的。"他深感肩头责任重大，他要做的，不是当华联乒乓球厂厂长，而是要当一名"组长"，这样，就可以调配华联和中国两家乒乓球厂的力量，借用轻工局的技术人员，使乒乓球的生产实现机械化。

没多久，他的办公地点，便从闸北区的华联乒乓球厂搬到了北新泾的农田。那里，他畅想着，上海第一个乒乓球生产基地在这里拔地而起的样子。他最初在北新泾的办公点，是农民的草棚。

自主研发的机械

建生产基地是陈德凤的第一个任务，第二个任务，就是将车间打造成机械化。

陈德凤先从华联乒乓球厂找来一位姓严的"土"工程师，所谓土，就是没有经过专业培训的技工。"他会开模具，但不懂生产工艺，我就请他开了个压片模具。然后我知道，中国乒乓球厂的老板很懂工艺，于是将他和厂里主要人员调配过来，负责工艺设计。"至于建造机器，他先后请来上海市轻工业局和上海轻工业设计院的工程师，在参观、熟悉乒乓球的制作工序后，花了一年多的时间，使乒乓球的制造实现了机械化。陈德凤说："从人工压片，到机器压片，这是乒乓球制作过程中最关键的一步，因为它决定着球的质量。"

车间里，一片片赛璐珞从轨道上掉下来，机器一压，力量均匀一致，红双喜乒乓球的合格率从原本的4%逐步提高到了10%。至此，陈德凤完成了他的第二个"使命"。

从无到有的过程，从手工化到机械化的工程，陈德凤自豪地说："乒乓球最初传到上海，来自一家日本在沪企业。有一天，在茶房里沏茶的小伙子拿到一块日本员工赠送的乒乓球拍，这是上海乒乓运动的开端。后来，我们自主研发红双喜乒乓球，全套设备都是上海'制造'。"

这还只是红双喜乒乓球机械化制造的初级阶段。陈德凤随后发现，球的重量仍旧存在差异。一味闭门造车，不去学习国外的优秀经验，乒乓球生产是不会有发展的。于是，他和工程师去到日本一家乒乓球厂参观。"我看到他们将乒乓球装进放有很多小石子的桶里滚动，摩擦乒乓球的表面，这样分量就统一了。不过还有一个问题，因为滚动过程中温度很高，会导致大量乒乓球磨损。日本人还是很聪明的，他们想了一个办法，一边滚，一边注入大量的水，给乒乒乓球降温。这样，合格率就提高了。"回沪后，陈德凤又要求工程师增加了这道工序。很快，红双喜乒乓球的合格率，从最初的4%提高到了30%。

高于国际标准的质量

指标早已符合国际乒联对国际大赛的标准了，合格率也已经提升了，但陈德凤在带领红双喜发展的道路上，并未停止创新的脚步。

乒乓球生产出来了，运动员习不习惯？他们才是最权威的鉴定人。陈德凤邀请世界冠军徐寅生来厂里参观，徐寅生提出了一个宝贵的意见："我打球时，有时候觉得球一边硬、一边软，因为我们打球的力道是很精准的，能明显感觉出不一样。"

陈德凤听完，又开始发挥起他"组织工作"的作用了。他找到上海仪器厂，造了一个硬度仪。当时，国际乒联对软硬度并没有制定标准，也就是说，早在20世纪60年代，红双喜的标准，已经高于国际乒联的标准了。

其次，乒乓球运动员打球时的一个动作，引起了陈德凤的注意。赛前，运动员会先转一下球，检查一下球的重量是否均匀。陈德凤再次找来一名"土"工程师，专门打造了一台测偏心度的设备。他掏出笔，在纸上画了起来，跟记者讲解道："我们将一块玻璃板打磨平整，在上面画三根道，乒乓球从仪器上落下来，能够走直线的是最好的，是三星球，留着比赛用，稍微斜一点儿的也可以算三星，再歪就是两星，然后是一星。滚到边道的，就被淘汰。"

直到后来，国际乒联才在标准里写进了偏心和硬度规定。

不断发展的脚步

在国乒不断创造辉煌的过程中，红双喜乒乓球渐渐享誉世界。

国际上乒乓球的生产和销售的竞争是非常激烈的，陈德凤继续奉行着改革创新、锐意进取的作风，要求工作人员跟踪运动员竞技水平的发展，采取"收集各种情报，进行研究分析，提出最佳新方案，改进设备和工艺进行试制，邀请运动员试打鉴定、根据实践意见再改进"等一系列办法，使红双喜乒乓球的结构更趋完善。1972年，国际乒联委托权威检测机构——瑞典S·K·F轴承厂实验室对五个国家七个牌号的国际比赛用球鉴定，红双喜的质量名列总分第一，并多次受到国际乒联的高度赞扬。

在陈德凤的带领下，红双喜迎来了第一个黄金时代。

20世纪70年代末80年代初，国际乒坛发展了快攻结合弧圈球的新技术，原来生产的"软球"已不适应运动员的新打法，只有"硬球"才能发挥新打法的威力。又是红双喜，试制成了"硬球"，合格率不断提高，适应了国际乒坛技术水平的新发展，并且在1983年获得了国家优秀产品奖。

在陈德凤担任厂长时，发生过一件令众人痛心之事。由于生产乒乓球的原材料赛璐珞是易燃易爆品，1986年厂房失火，他亲手指挥建造的第一个乒乓球生产基地受损，不能满足交货要求。在调任上级单位上海文教总公司前，他为"小小银球"做了一件具有重大意义的事——回到原点，再当"组长"，亲赴江苏平望，将当地的牛棚改造后建厂，"每个车间间隔20米，以防再有意外发生"。短短一年里，在他的指挥下，红双喜重新建造了四五家工厂。

从此，红双喜乒乓球彻底实现了量产化，从最初的一年生产几万个国际大赛用球，猛增至近百万个球。

陈德凤今年已经89岁了，牙齿掉了不少，他操着一口宁波腔的上海话。红双喜乒乓球，就像他的孩子，他看着它诞生、长大成人。工作生涯里，有20年他担任的是红双喜乒乓球厂厂长的职务，但至今他都会谦虚地说："我最初就是个小组长，我负责组织工作。"他的家，距离上海红双喜大厦，仅有两公里，每年，他都要回来看一看，红双喜的每一次历史性的变革，都令他无比欣慰。

（陶邢莹）

我是"企业创新"倡导者

黄勇武 红双喜高级顾问,上海红双喜(集团)有限公司原董事长、上海红双喜股份公司原董事长、原上海乒乓球厂厂长。1968年进入上海体育器材三厂,1986年担任上海乒乓球厂厂长。红双喜合并运营后,担任上海红双喜股份有限公司总经理、董事长,上海红双喜(集团)有限公司董事长,2015年退休。

"一切都很熟悉,桌上的那套茶具还是我留下的。"一走进位于红双喜大厦8楼的董事长办公室,黄勇武便发出了这样的感叹。的确,对曾经在这里奋斗过40余年的黄勇武而言,"红双喜"这三个字的意义,太特殊了。

从17岁进入工厂当学徒,到63岁从董事长的职位光荣引退,黄勇武为红双喜这个品牌的复兴与发展,打下了坚实的基础。谈及成功的原因,黄勇武笑着说:"其实没什么特别的,大概就是因为自己骨子里的'不安分'吧。"

大胆改革　引领企业发展

在黄勇武看来,红双喜这个品牌的60年历程可以分为两个时间段:第一阶段是1959年到1995年,在这个阶段,红双喜研发出了符合国际标准的产品,为将来的发展打下了基础。第二个阶段从1995年开始,通过合并工厂后的管理制度改革、产品创新,让企业实现"从弱变强"。在这个阶段,红双喜在产品竞争力、品牌影响力及企业盈利能力等多个方面,均达到行业世界第一的高水平。

在黄勇武看来,红双喜能实现"逆袭",主要是把握住了改革开放带来的机遇。"改革之前,红双喜是个一穷二白的小企业,除了几间厂房,其他什么都没有,甚至有一段时间连员工薪水都发不出来。改革开放后,我们开始搞市场经济,搞合资,并且逐步做大做强。"说完这句话,黄勇武脸上露出了骄傲的神色。可以这么说,红双喜能取得今天的成绩,与这位勇敢者超前的管理意识和大胆的创新举措,有着密不可分的关系。"我在红双喜的角色,其实更像个培训师。"谈及在企业变革中所起的作用,黄勇武的回答简洁明了。但"培训师"这看似简单的三个字里,却包含了无数的艰辛和挑战。

1995年,拥有红双喜商标使用权的四家体育企业:原乒乓球厂、球拍厂、体育器材一厂和体育器材三厂合并,组成了红双喜体育用品总厂,黄勇武成为总厂负责人。当时摆在他面前的第一道难题,便是如何度过合并后的阵痛期。

"当时四家单位的效益有高有低,职工收入自然也有些差距,合并后,这样的情况很可能制约总厂发展,因此我就下决心对管理制度进行调整。"黄勇武清楚,这是个"得罪人"的决定,但也是个必须做的决定。"当时市场经济已经开始深入,老一套的生产和管理模式肯定会被淘汰,所以红双喜一定要敢于改革。"不久,总厂公告栏上贴出了一张张公告,"一事一目标""项目负责制"等新鲜词汇出现在员工们眼前。"调动员工积极性最好的方式,就是增加激励。"黄勇武说道:"当时我们的模式就像'揭皇榜'一样,觉得自己有能力的员工接了单,只要目标达成了,到我这里领奖励!能者多劳,自然也多得。"这位老"红双喜人"记得,有一位员工揭了榜,完成了目标,从他这里领走了一笔接近五位数的奖金。"20世纪90年代,那可是巨款啊!"黄勇武回忆道,"看着身边人'名利双收',其他员工的积极性也被调动起来了,企业的生产和研发效率,自然就会好了。"

再读国史　打动合作伙伴

其实自创立开始,红双喜就一直秉持"产品是企业命根子"的原则,只有拿出有竞争力的产品,才有可能实现打响品牌的目标。为了能提高产品质量,进一步开拓市场,红双喜在20世纪90年代初与日本的尼塔库公司达成合作意向。"当时刚好尼塔库他们需要在中国寻找器材生产工厂,以解决生产供应的问题,进一步提高销量,我们认为这是个不错的机遇。"其实那个年代的红双喜产品,已经可以轻松通过国际乒联的技术检测,技术指标分数第一,且市场价格比同类型的竞品更低。但奇怪的是,当时的运动员们在试打后,反而对尼塔库青睐有加。"我们的球能够以高分通过检测,却不被运动员普遍接受,我就想我们的产品不能光看数据,要以运动员的要求为标准,要做最好的球,一定要从(当时的)业界领头羊那里学习精髓,然后超过他们。"如今说起这段"师夷长技以制夷"的经历,黄勇武依然心潮澎湃。

然而黄勇武的"学习之旅"远比想象中的要"艰辛"。虽然尼塔库与红双喜属于"合作共赢"，但对方却始终不愿意将乒乓球制作中的某个核心技术要点与数据进行共享。"我第一次去日本（尼塔库总部）考察的时候，他们说停电，参观不了；第二次去的时候，他们在模具外面套了一层保护膜，说是机器在维修，还是不给看。"说到这里，黄勇武忍不住笑了起来。连续两次无功而返，让不安分的黄勇武开始反思，"普通员工这边不行，想要学到更精髓的技术，还是要搞定对方的社长"。确立目标后，黄勇武马上开始了新一轮的"公关"。

很快，他就得知了一个重要信息：日本企业的社长对中国的历史和戏曲兴趣浓厚。于是，他决定以此作为突破点。为了实现让企业腾飞的目标，当时已近不惑之年的黄勇武，将学生时代读过的中国史从头到尾重新通读了几遍。皇天不负苦心人，黄勇武的努力，最终打动了尼塔库的社长。当他再次出现在日本时，两人已经是无话不谈的好朋友。"他人很好，还带我到当时最贵的东京银座吃饭，帮了我们很多。"自然地，黄勇武和红双喜也顺利了解了技术要点与数据。

顺利结束学习之旅的黄勇武，在产品研发方面投入了更多的精力。"我（那时候）经常到生产车间去，而且一待就是很久。"奠定了红双喜崛起之路的黄勇武曾不止一次强调，"只有充分了解生产的每一道工序和情况，才能在出现问题时找到相应的解决办法，继而拿出更好的产品。"因此，对生产过程、成品质量甚至是职工的操作手法，黄勇武都有着几近苛刻的要求。"车间的工人们其实不太想在工作的地方看到我，因为怕被我'捉扳头'。"用黄勇武的话说，但也正是因为有了这种高标准严要求，才让红双喜的产品成为中国乃至世界乒乓器材的代名词。"我那时候一直跟他们说，要做出世界上最好的产品，这也是红双喜一直以来的目标和追求。"黄勇武如是说。

国际之路　尝遍酸甜苦辣

虽说"酒香不怕巷子深"，但对企业来说，能真正进入市场并且受到认可的产品,才是真正的好产品。"我们的产品质量好,价格又有优势,可国际上没人知道,没人使用,那有什么用啊?"当时的黄勇武已经认识到,只有拓宽产品的销路,在国际上打响名气,红双喜才能有更好的发展。于是,在那个开放程度还相对有限的年代,不安分的黄勇武开始了新的尝试。

20世纪80年代,黄勇武开始规划红双喜的"走出去"之路,但受限于当时的客观条件,他的几次计划都没能转化为现实。直到80年代末期,红双喜在偶然间迎来了一次新机遇。"当时在香港有个洲际比赛,我认为那是个扩大产品市场的机会,本来想在赛场外搞个展位,但由于种种原因,计划眼看又要落空了。"这个时候,一位来自香港的商人向红双喜抛出了"橄榄枝"。"他跟我们说,想借着比赛的机会跟我们合作,想在赛场外设个销售点,代理我们的胶皮。"这一如今已司空见惯的模式,在当时可谓是冒天下之大不韪,但勇敢的黄勇武最终依然顶着巨大的风险和压力接受了这个提议。"我要让产品走出去,让更多人知道和认识红双喜,所以决定赌一把。"就这样,红双喜的产品第一次出现在了国际市场,成为首个走上国际营销之路的中国品牌。

进入20世纪90年代,随着中国乒乓球队的强势崛起,国内品牌也渴望赢得更大的空间。但前进路上必定充满波折。黄勇武和红双喜,就曾因为一句问话,与奥运会擦肩而过。

1992年某个春日的凌晨,黄勇武被一阵急促的电话铃声惊醒。几分钟后,兴奋的情绪让他睡意全无,脑海中也慢慢浮现出一个全新的计划。"当时来电的,是徐寅生主任,他问我:'巴塞罗那奥运会,用你们红双喜的球,有没有兴趣?'听到这里,我一下清醒了。"黄勇武至今还清晰地记得那通电话的每一个细节,"徐主任说,你们这里可能要出点钱,大约20万美元。"第二天一早,黄勇武立即提交了相关申请,"当时距离投标截止日很近了,不一定能赶上,我也就当是在为四年后的亚特兰大(奥运)做准备"。当时的体制,外汇管控很严,虽然各方积极配合,相关人员一周后来到公司总部,经过一系列审查后,表示可以提供款项。正当黄勇武准备庆祝的时候,却被对方一句话问住了,"当时他们问我:'这款项什么时候能回收?'我听完一愣,赞助钱给掉就给掉了,不是卖产品,怎么能确定款项的回收时间呢?当时那感觉就像刚准备大展身手,突然被浇了一盆冰水,从头凉到脚"。巴塞罗那是无缘了,直到2000年,红双喜乒乓球正式成为悉尼奥运会的比赛球,幸福来得有点迟。

灵光一现　实现球台变身

用黄勇武自己的话说,他在红双喜工作的那些年,审美是他的优势。"我1972年到外面去读了设计,回来之后继续在红双喜工作,所以在器材的设计方面可能比其他人好一些。"那些年,从球拍握柄到产品包装,出自黄勇武手里的精美设计不计其数,但要说最著名的,还要属彩虹球台。鲜为人知的是,这个如今被许多人视为经典的灵感,其实最初是从饭桌上得来的。

21世纪初,伴随着小球变大球等新政的实施,新一轮的器材革新来袭,乒乓球运动由此步入新时代。但与海绵、胶皮等产品的不断"新陈代谢"不同,球台的设计并没有多少变化,这让不安分的黄勇武找到了新的突破口。

"当时我正和楼世和吃饭,讨论着设计一个中国风球台的设想。"黄勇武回忆,最开始的方案是将"灯笼"放入球台,但由于空间和审美方面的问题被否决。"后来我们聊着聊着,就谈到了赵州桥,那是中国经典的拱形造型。"黄勇武很快发现,相比灯笼,这一方案的可操作性更高。"当时我们面前,摆着一个筷架,我随手把它翻过来,看起来也有了桥的样子,这也是一种巧合。或者说是灵感吧。"黄勇武笑着说。

有"破"有"立"　传承企业精神

在红双喜合并后整整10年后的2005年,黄勇武又成功带领这家老字号完成了股份制改革,为企业在新时代的发展注入新活力。2007年与李宁的强强联手，再次让红双喜走进了新纪元，一系列现代管理制度建立起来了，激励制度、ERP管理、财务管理、市场营销都上了一个新台阶。谈及这两次变革的感受，黄勇武由衷地说道："我总跟这里的朋友们说，企业想要发展，需要有变革的勇气，市场的环境一直在变，如果你不变，就只能被淘汰。"有"破"有"立"，既要有创新，还要通过现代管理制度的建立，适应市场变化和发展。

在黄勇武看来，勇于变化，也是几代红双喜负责人传承下来的精神。1986年，因为职务调动的关系，他本来有机会到上海体育器材三厂担任厂长，但却主动提出去担任乒乓球厂的副厂长，"当时跟各方面都挺熟，接触下来觉得乒乓球厂的厂长陈德凤脑子聪明，行业里企业管理水平最高，就想着跟着他学习"。事实证明，他的确从师父那里，学到了不少精髓，并学以致用，带领红双喜在乒乓球领域，打出了属于自己的一片天地。

在红双喜工作的那些年里，黄勇武也和当年的陈厂长一样，通过各种方式将企业精神传承了下去。现任红双喜总经理楼世和，就是黄勇武最亲密的下属和搭档。两人合作多年，一同帮助红双喜克服了许多艰难险阻。"很多时候，真正细节的事情都是他在处理，我只是最后把把关，"黄勇武笑着说，"楼世和业务能力强，情商比我高，智商也比我高，我一直说红双喜的这根接力棒，他肯定会接好的。"

整个采访过程中，黄勇武提到最多的词汇，是感谢。他感谢所有员工的付出，感谢中国乒协和国际乒联，感谢运动员们的支持，感谢在企业改革改制中给予支持的领导和朋友们，感谢红双喜给了他现在的生活。当然，他也要感谢自己那颗一直不安分的心，正是凭借这份不安分带来的勇气，帮助他和红双喜共同挑战一个个难关。

（陆玮鑫）

人心齐了才能干好事业

刘　蓉　红双喜高级顾问，上海红双喜集团原党委副书记、上海红双喜股份公司原党委书记。

1995年，在市场的转变和推动下，红双喜品牌迎来了意义重大的转折点。上海体育器材一厂、上海体育器材三厂、乒乓球拍厂和乒乓球厂四厂合并，并由此成立了上海红双喜体育用品总厂。四家单位生产的产品不同，管理的状况不同，经济效益也不同，求同存异，在整合中找到红双喜的下一个春天，总厂的路才能越走越宽。

在这样的背景下，集团公司的刘蓉来到了崭新的总厂担任党委书记，负责组织人事等事宜。"之前在集团公司我也一直与人打交道，与干部打交道。人心齐了，才能干好事业。"新厂起步阶段的难点，在于人心浮动。干部们考虑自己的位子，工人们考虑到手的票子，这些都是现实的问题。刘蓉回忆："那个时候乒乓球厂的效益和管理是最好的。效益好的怕被拖了后腿，就像一杯浓茶掺了水，被冲淡了。效益不好的，怕自己成了凤尾，低三下四……这些都是当时大家真真实实的顾虑。"

心存芥蒂，便要答疑解惑。最后，四个厂的主要领导干部都进入总厂的领导班子，家家都有代言人。难能可贵的是，上情下达，下情上递，也进行得格外通畅。"大家有什么顾虑，我们就要解答。比如，一定要告诉大家，我们为什么要合并，我们的目标是什么，合并后的优势在哪里……"从四个厂到一个总厂，是做减法，但从"民族品牌做强做实的体育行业新风尚"这层来解析，红双喜的减法却是加法，甚至是乘法。"那个时候有银球传友谊的传统，而且市场要求我们顺势而为。只有这样做，品牌才会发展，才能发扬。"

革新，并不是将一切推倒重来，凡事都要从实际情况出发。革新，是去糟粕留精华，闯出一条自己的路。譬如，上体一厂原先还生产击剑等非乒乓用品，领导班子在商讨后决定，如果继续兼顾，精力和资金肯定会分散，弊大于利。"虽然有一些改变，但为了走得稳，最终还是决定各个单位在原有基础上，不搞大幅变动。"有所为，有所不为，众人用心呵护新时期的红双喜。

刘蓉在总厂待了四五年。眼看着红双喜走出变革的第一步，之后又完成了转制，接受香港冠都公司的注资，成为沪港合资的企业。她谈起那几年最大的挑战:"首先,肯定是人的思想,怎样让大家的观念转变;其次,是技术的改造,新的流水线满足了市场需求。"统一思想,总厂面向中层和广大员工,分批进行了多次培训。领导还购买了当年的畅销书《谁动了我的奶酪》,供大家学习。技术的改造,首先要有资金做支持。当时乒乓球台供不应求,但纯手工制作不仅费时,而且常常会有人为损耗。"后来厂领导决定置换上体三厂的厂房,获得的资金引进先进的流水线。如此一来,制作速度飞速加快,标准化生产也让质量更有保障。这样就解决了订单多、货品少的问题,效益出来了,可用的资金也多了,形成了良性循环。"

退休多年的刘蓉,还会常常获邀回到如今的红双喜走走、看看、听听。"想到厂里过去的条件,再看到如今的设施,作为红双喜的一名老人,心中是感慨又激动的。60年,一路走来,我能参与其中,真的很骄傲。"这大概就是与有荣焉的情感吧。刘蓉说红双喜的企业精神一直都是"精益求精,为国争光"。如今与时俱进,也该加入"永争一流,开拓创新"的新内容。作为老领导,刘蓉寄望未来:"我希望红双喜能够不断创新。科技一直在发展,如今又强调智能化,当一个企业发展到一定的高度,再想更上一层楼会很难,这就对我们提出了更高的要求。此外,乒乓球作为竞技项目是一方面,我们也应当注重全民健身,更好地回报社会,拓展更多的产品进入社区,进入校园,进入基层。"

(华心怡)

红双喜如何成为行业领跑者

楼世和 上海红双喜股份有限公司总经理、国际乒乓球制造商协会副主席。1974年进入上海乒乓球厂，先后担任上海乒乓球厂技术厂长、上海红双喜股份有限公司副总经理，曾兼任红双喜研究所所长和红双喜销售公司总经理，2010年至今任上海红双喜股份有限公司总经理。

上海红双喜股份有限公司总经理楼世和一直说:"乒乓球器材市场容量有限,只有做成行业领先者才能真正生存下来。"拥有60年历史的红双喜,在成为行业领跑者的道路上,一直在不懈追求着。

红双喜是奥运会上第一个中国品牌器材供应商,第一个被国际单项赛事的最高组织机构确认为国际标准的中国器材。从2000年悉尼奥运会开始,到雅典、北京、伦敦,再到2016年里约热内卢和2020年东京奥运会,红双喜成为奥运会的另一个"蝉联冠军"。

改革开放40多年来,红双喜顺应市场经济的发展,始终走在改革前列,身为45年的红双喜人,楼世和要讲述的故事,三天三夜都讲不完。

陈德凤厂长的知遇之恩

1974年,楼世和18岁,来到上海乒乓球厂报到。那一天,记忆犹新。

第一份工资,17.84元;第一份工作,膨球车间工人;第一天看到,陈德凤厂长在办公室里写书法……那一天,他怎么也不会想到,之后他当了45年的红双喜人。

在红双喜大厦里,至今还保存着最初的膨球器械,楼世和拿了出来,娴熟地在记者面前操作,这是一项很花力气的活,楼世和只花了三天就学会了膨球。再后来,他被分配到机修车间,一干就是十多年。陈德凤很快就注意到了这个聪明好学的机修工,白天在车间里干着最苦最累的活,每周花三个晚上时间到长宁区工人文化宫,参加机械制造交流班学习,陈德凤升任总公司总经理后,将他推荐给了自己的接班人黄勇武。

谈及陈德凤,楼世和充满感激:"没有他的关心和提携,我可能早就离开红双喜,干别的行当去了。"

1984年,楼世和得到了一个很好的机会,经上海市公安局侦保四处面试,他被录取了。陈德凤大手一摆:"你要是轻易走了,我这个厂长也不干了。"碰了一鼻子灰的楼世和，虽有无奈，但他此刻已经体会到了陈厂长的惜才。

又过了一阵，楼世和萌生了去美国读书的念头，但因为种种原因，最后没有成行。陈德凤曾反复对楼世和说，"红双喜可以做到世界最好""你能够成为公司的中坚力量"，他非常看好楼世和的潜力。

20世纪80年代，楼世和决定报考工人业余大学。考试结束后，陈德凤在走廊里碰到，关切地问："考得怎么样？"楼世和垂头丧气地摇摇头："估计没考好。"陈德凤安慰他："没关系，明年再考。"当时按照厂里的规定，如果今年没考上，第二年报名也轮不上。无疑，陈厂长非常鼓励楼世和外出读书以提升素养。但最终楼世和还是一次考试就通过了，于是他开始了每周脱产三天学习的大学生涯。每学期末，当他拿着优异的成绩单，请陈厂长签字以报销学费时，陈厂长一看，"你成绩那么好，有空多来厂里，多花点心思，搞搞工厂的技术革新吧"。

黄勇武总经理的传帮带

大学读书期间，当时任副厂长的黄勇武还不认识他。有一天，黄勇武下车间时，询问手下人，怎么机器没修好？对方汇报："这要请'楼师傅'来修。"（上海话里，楼世和的发音和楼师傅很像）楼世和来了后，很快将机器修好了，黄勇武一看："这个师傅怎么是个小年轻？"

跟陈德凤一样识才，黄勇武发现了楼世和更多的优点，工作悟性强，而且很有责任心，就把原来自己"跑北京"的活儿也交给了他。20世纪80年代末期，楼世和经常将新产品拿到国家队试用，听取运动员的意见。

正如陈德凤数年前预料的，楼世和在技术创新方面走在了前头。20世纪90年代初，以楼世和为主的技术团队研制成了"分档"新工艺——根据不同重量将乒乓球分成五档，然后按各档重量批次打磨，这样一来，红双喜三星球的重量合格率从78%增加到了98%，整体三星球合格率从30%提高到了50%

左右。黄勇武评价，这是红双喜的一个里程碑。

20世纪90年代初，楼世和被提拔到了副厂长的位置。1995年6月，红双喜四厂合并，成立了上海红双喜体育用品总厂，随后引进外资，改制为沪港合作有限责任公司，1996年初，上海红双喜冠都体育用品有限公司成立。

员工一下增至上千名，上百个商标保留不到十个，几千种产品只剩几十种，红双喜进入一个困难时期，黄勇武承受了巨大的压力。"你靠乒乓球能养活大家吗？"当绝大多数人都在质疑黄勇武的时候，楼世和非常坚定地站在了他的身边。

1996年，公司决定生产结构进行大幅度调整，处置了市中心的一栋厂房，利用处置经费，楼世和带领团队花了半年多时间调研，引进了荷兰和意大利的设备形成乒乓球台生产的现代化流水线。

新的里程碑再一次诞生，红双喜球台正式迈入自动化生产时代。在此之前，红双喜一年销售球台只有约6000台，而新设备的生产能力是一年8万台左右。

销售团队的全新思路

20世纪90年代后期，合并后的红双喜还在调整期，处于计划经济和市场经济并轨过渡期，公司缺乏创新产品和自己的销售渠道，1999年，红双喜处于亏损边缘。红双喜意识到，要去市场找自己的订单。

新一轮改革在黄勇武的带领下又掀起了。他做出了一个极为重要的决策：将分管技术和生产的楼世和调任去国内和国际销售领导岗位。不负众望的楼世和打了一场翻身仗，对销售队伍全盘调整，在国内和国际市场成功铺开了一条由红双喜自己掌握的销售网络。

对楼世和来说，这是一个全新的角色，他全力以赴。"销售是公司的龙头，龙头抬了，公司就顺了。"回忆起来，楼世和如是说："这三年是很痛苦的。我们跟原来的合作方上海文化用品一级站，历经一年多的谈判，使红双喜销售渠道从原来的计划调拨形式，转到我们自己建立的营销模式，拿回了市场销售权，建立自己的销售渠道，制定全新的销售考核激励机制。"谈判是艰难的，一度濒临破裂，但他最终还是力挽狂澜。

在谈判桌上坚持原则

红双喜从计划经济转向市场经济的重大变革中，黄勇武又发现了楼世和的一个优点：优秀的谈判专家。

事实证明，楼世和此后经历了一场场唇枪舌剑，在一次次谈判中带领红双喜开拓了国内外市场。2001年，楼世和率队去德国同一家经销商谈判。谈判桌上，德国人特别强势，对红双喜提了各种各样的非分要求，并且必须在三个月里全部解决，在谈判中，一直在说中国制造怎么怎么不行。楼世和并没有一味迎合对方，他告诉对方："我今天来谈，不是来听你们教训的，我公司对在欧洲的业务开展也非常不满意。"他建议，谈判休会15分钟。恢复谈判后，他向德国人提出了强硬的诉求："我们的要求，你们答应吗？不答应的话，这生意宁可不做。"德国人顿时傻眼了。

楼世和的霸气，令德国人折服，今年布达佩斯世乒赛上，该公司代表还特地来红双喜展位拜访楼世和。

在谈判中，楼世和始终秉持一个理念：谈判要坚持自己的原则，要为公司目标去筹划，不能只注重眼前利益，要看到未来的发展方向，有一个长期的合作概念。

同沙拉拉无数"争吵"

国际乒联前主席沙拉拉被业内称作"霸道总裁"，不过楼世和也是个谈判高手。无论沙拉拉推出多少个器材改革方案，红双喜都能率先拿出解决方案,并在"争论"中得到国际乒联的认可。楼世和说:"我们红双喜制造器材的产品标准,要不断去同国际乒联沟通,去引领国际标准,让人家跟着我们走!"

2008年,上海红双喜大厦落成,揭幕仪式上,沙拉拉应邀出席。面对记者,他语出惊人:"在你们看来,红双喜在国际大赛得到了很多机会,但其实你们不知道,私底下我和楼总吵了无数次架。"

每次世乒赛期间,楼世和都要去参加国际乒联会议,讨论、制定乒乓器材新标准,经典案例非常多,他数次在会议上力排众议,将红双喜的产品标准推荐为国际标准,同时为红双喜争得一届届国际大赛的器材赞助权。

当国际乒联提出不合理的改革方案时,楼世和也会据理力争。国际乒联一度将胶皮的VOC(挥发性有机化合物)的检测标准定为0PPM,认为胶皮挥发出的气味有百万分之一都不行。红双喜技术人员检测后发现,这个标准对乒乓球这项运动是致命的,最后一次谈判在北京,楼世和有备而来,他打开电脑,展示充分准备的数据资料,"VOC百万分之一的概念是什么?所有乒乓球比赛都要停了。乒乓球、乒乓球台、地胶、球鞋、球衣中,都不同程度含有微量挥发物,乒乓胶皮PPM为零是不可能的"。最终,国际乒联答应,将胶皮的VOC从原先的0PPM调整到了3PPM以内。经过研发,红双喜最终将胶皮的VOC控制在2PPM以下,又一次高于国际标准。

主导乒乓球改革

时代在发展,乒乓规则在变革,红双喜这60年,从未安于躺在功劳簿上,而是一次次在改革的浪潮中,走到了世界的前头。楼世和感慨:"关于乒乓球材料的改革,几乎可以写一本书了。改变球材料的那十几年,真是很艰苦。"

在2000年,历经四年的研究和推广,红双喜的40毫米乒乓球技术标准被国际乒联采用。这是中国企业制定的标准,第一次被国际单项赛事的最高组织机构确认为国际标准，红双喜跨入制定国际标准的一流企业行列。随着"小球变大球"的变革，大球标准的主导者红双喜，在国际舞台强势崛起。

2008年北京奥运会前，国际乒联又通过一项新决策，乒乓球使用了100多年历史的易燃易爆材料赛璐珞，要退出乒乓世界的舞台。红双喜再次第一时间响应，这是一个艰巨的任务。

红双喜首先使用了香烟过滤嘴的材料醋酸纤维素，是从美国最大的化学伊斯曼公司进口的原材料，试制出了新款乒乓球，得到了运动员的认可。2014年，采用醋酸纤维素的红双喜赛福有缝乒乓球，成为首批被国际乒联批准的新材料乒乓球，被率先使用在了当年的各大乒乓国际赛事中，赛璐珞正式"退休"。

2016年里约奥运会后，红双喜又研发了ABS新材料球，因为他们发现，醋酸纤维素制造的乒乓球在冬季变得易脆，影响使用寿命。今天，红双喜ABS新材料球已赢得了各国选手的普遍喜爱，这种球更硬，弹性和圆度更高，牢度比赛璐珞还要强上2～3倍。

楼世和感慨道："乒乓球近20年的改革，我是参与者和见证者，推动了红双喜乒乓球的改变。"

全力以赴服务国乒

楼世和跟国际乒联打交道据理力争，而跟中国乒乓球队打交道，他的原则变成了：不讲条件，不问回报，不计成本，全力以赴。

2008年初，北京举办奥运会乒乓测试赛时，马琳的胶皮因裁判使用厚度放大镜，引起胶皮是否超厚的争议，在比赛现场的蔡振华当即给楼世和布置新任务——尽快研制一个胶皮测厚检测仪，以确保器材检测的公正和科学。不到半年时间，2008年奥运会时，红双喜研制的检测仪就得到了国际乒联批准，派上用场了。

过去 20 多年里，国际乒联多次变革，并未阻碍国乒继续称霸世界。因为每一次改革，红双喜都走在最前面，率先推出符合国际乒联标准的产品，能第一时间大批量送到国乒手中。比如 2008 年北京奥运会后，有机胶水改成无机胶水，红双喜研制出了 NEO（尼奥），在横滨世乒赛上，男单前四名都是使用 NEO 的中国运动员。

在谈及 2005 年在上海家门口举行的世乒赛时，楼世和更是津津乐道，随着上海选手王励勤登顶男单冠军，他使用的红双喜"狂飚王"，一时间热销全国，供不应求。

红双喜专门为国家队设立的研发团队和技术保障团队，长期跟随国乒南征北战，及时调整运动员的使用器材，为国家队铺设地胶，安装挡板，加班加点，从无怨言。

有一次，楼世和在公司干部会议上如是说："如果没有中国乒乓球队的成绩和中国乒协对红双喜的支持，就没有红双喜的今天。"蔡振华听说后，转头就在队内会议上说："没有红双喜的支持，就没有我们乒乓球队今天骄傲的成绩。"

拼搏变革从不停止

进入 21 世纪，长期处于领先地位的红双喜并没有故步自封，而是顺应市场潮流的营销手段，推陈出新，取得了市场不俗的反响。

在网络搜索访问量远远高于实体购买人流量的今天，红双喜于 2015 年开通了天猫旗舰店，打开了与用户沟通的大门，能对用户的需求和痛点有更快的响应。

在营销上，红双喜开始挖掘冠军 IP 资源的价值，马龙、丁宁的同款装备在线上线下热卖。2016 年底，红双喜在上海体育场对面开了首家旗舰体验店，在全国建立了红双喜商品试打体验店。在设计上注重时尚、有视觉感的元素，采用开放式布局及陈列,加上各类专业器材的设置,给顾客带来更多的体验时间和空间。

在器材研发上,红双喜的脚步没有停止,更不会停止。楼世和每天都在思考如何进行新的产品及产品线的革新。比如,自从2000年扬州世界杯推出令世人惊叹的彩虹球台之后,每一次大赛上新球台的推出,总有创新元素。今年布达佩斯世乒赛上的金彩虹球台,就引来众人围观,德国乒坛一哥奥恰洛夫当场下单购置了两台。本届国际乒联大会上,楼世和从国际乒联主席维克特手中接过了两张荣誉证书:赞助商奖和最高等级合作伙伴奖。维克特对红双喜寄予期望:"希望你们生产的新材料球,能在明年东京奥运会上服务好运动员。"

红双喜助力中国乒乓球队,引领世界乒乓器材发展,支持群众乒乓运动的故事,还有很多,真的能像楼世和说的那样,可以写好几本书了。

时光荏苒,转眼1956年出生的楼世和在红双喜走过了45个年头,红双喜在时代的浪潮下,扬名世界,甚至可以作为老品牌历经起伏、突破瓶颈、重新腾飞的范本。他再三强调:红双喜的发展,得益于前辈们栽培和打好坚实基础,得益于中国改革开放40多年,得益于中国乒乓球的辉煌成绩,得益于社会各界支持帮助,得益于董事会信任,得益于公司内部的精诚团结和员工的奉献。

他的个人成长,要感激他所有相识的朋友,其中:有体育总局历届领导,中国乒协历届主席,乒羽中心历届领导,各任期广大教练员,各年龄段优秀运动员;有国际乒联历届主席,器材委员会,亚乒联盟的支持信任;有红双喜国内外朋友和经销商,是他们经销商努力工作,使红双喜的业务迅速增长;有社会各界人士对红双喜的钟爱,特别是各新闻媒体及时宣传报道;有公司内部新老同事的鼓励支持,尽心尽责的工作,特别是老厂长陈德凤和黄勇武的传帮带。红双喜才能有今天的辉煌,红双喜明天会更好。

(陶邢莹)

"特派员"的乒乓情缘

章建华 上海红双喜股份有限公司常务副总经理，曾在李宁公司工作10年，2007年到红双喜工作。

作为新上海人的章建华，从小就有个红双喜情结。机缘巧合之下，他成为李宁公司与红双喜并购案的核心人物。从李宁公司派驻红双喜工作12年，一个轮回之间，这位"特派员"亲眼见证了红双喜这个上海本土品牌如何一步步成功转型。在品牌知名度与公司效益获得双丰收，在国际市场成为响当当的乒乓头牌……让我们听他诉说，这12年，红双喜的变革之路。

"三顾茅庐"的并购

章建华记得，李宁公司最早对红双喜产生收购意向是在2004年，自身完成香港上市之时。可惜，由于控股方式的意见不统一，双方最终并未达成协议。

李宁公司始终对红双喜这个民族品牌情有独钟，尽管之后李宁公司也曾接触过其他乒乓器材品牌，但总觉得缺少了契合的感觉。根据市场调查，李宁公司发现，乒乓球始终是中国参与人口最多的运动，乒乓器材在中国拥有极具潜力的巨大市场。而在乒乓球领域，国内现有的体育品牌，具有世界影响力的，只有历史悠久的上海红双喜。

时间滑过了两年，2006年，李宁公司并购团队再次找上门来，表达了依然渴望合作的意愿。在总局领导牵线搭桥之下，此番会谈显然比两年前那次有了更深入的进展。

李宁公司"三顾茅庐"的诚意打动了红双喜。章建华记得很清楚，2007年初在上海扬子江大酒店，双方团队开诚布公地坐下，正式开始商谈并购细节。红双喜公司早在2005年，在上海轻工业局的主导下，引进了四家地产背景的财务投资者，完成了股份制改造，最终李宁公司的方案是从这四家财务投资者手中收购股份。方案得到上海市领导赞赏和肯定，获得市区二级领导的批准，2007年11月李宁公司完成了对四家财务投资股东持有的红双喜公司57.5%股份的收购，李宁公司与红双喜形成了强强联合的战略合作关系。

2008年正值奥运会，和很多体育品牌一样，李宁公司希望借助奥运会的东风提升运动品牌业绩，而老品牌红双喜也正需要借助外力来提升产品研发以及销售网络上的短板，借以改变经营模式，提高利润——两者几乎是不谋而合。

此次并购堪称李宁公司并购历史上最大的成功。即便是后来遭遇行业寒冬，甚至在李宁公司持续亏损的情况下，红双喜的营收和盈利依然坚挺。

转型奇迹的背后

作为李宁公司派遣总体负责红双喜并购案的"特派员"，从起草并购方案到制订五年规划，再到之后担任公司的常务副总经理，章建华可谓在李宁红双喜并购案中最了解红双喜状况的人。

让章建华印象最深刻的是，在整个并购过程中，红双喜的高管团队非常坦诚。面对并购方李宁公司提出的各种要求，都予以准确配合。曾操刀过李宁公司多起并购案，章建华感慨，与红双喜的并购是李宁公司历史上最为迅捷、高效的。

红双喜对内部情况的坦诚还体现在其对于自身业务特点、定位、驱动力量和成本费用的清晰准确上。章建华回忆，他曾给红双喜做过一个五年财务规划，在并购项目的李宁董事会审议会议上陈述。到了2012年，回溯过往，他们发现这个规划的达成率竟然高达95%！这也从侧面证明了红双喜的原有管理团队对整个并购计划的全情付出以及全力以赴。

来到红双喜，另一个让章建华意外惊喜的，是红双喜整个公司对于并购后转型的高效执行力。他记得，2007年12月，他到红双喜上班之后的第一件事，就是对红双喜公司的财务系统进行改造——为了与大股东李宁公司的财务统一，原本手工账本形式的红双喜财务系统必须进行现代化升级。只用了半年，红双喜公司的财务系统就顺利切换到SAP系统——这背后，是各个相关部门整整三个月不眠不休加班的成果。这一效率又创造了历史，要知道，当初在李宁总公司，实施SAP系统前前后后花费了整整两年时间。

对红双喜而言，并购的完成，不仅仅是在员工绩效考核、财务系统等诸多内部流程上，与时代接轨，进行了转型升级，更重要的是，李宁公司对红双喜品牌核心的重新塑造，让红双喜这个具有历史传统底蕴的中国本土品牌焕发出新活力。

在对外品牌合作推广上，经过新的董事会的慎重讨论，决定加大品牌推广投入和力度，红双喜2008年向国际乒联提出一揽子合作计划，经过反复磋商最终拿下最关键的赞助协议。在此后的国际乒联所有国际赛事中，红双喜作为核心赞助商，在品牌曝光率上得到大大提升。全面轰炸式的品牌推广也让红双喜在2008年至2017年这10年间，收入翻了一番，年利润额是当初的四倍之多。

在日常工作中，红双喜积极应对国际乒联层出不穷的各种技术改革，着力打造品牌核心，紧抓研发，紧跟运动本质，为乒乓运动提供最好的器材。在与运动队合作方面，红双喜还打造服务意识，为本土顶级运动员提供专业化服务。长期服务国乒的四五十人红双喜保障团队已成为历届国乒队员心目中的娘家人。

品牌情结血浓于水

在所有红双喜员工心目中，充满喜庆意味的红双喜LOGO是一生情缘所在，每个人都有一份抹不去的红双喜情结。对此，章建华特别有感触，在红双喜公司，只要是对公司品牌有帮助的活动，都能做到全员总动员，"有一种指哪儿打哪儿的战斗热情"。

其实，不仅仅是"土生土长"的红双喜老员工具有品牌情结，对章建华个人而言，红双喜也是一个曾伴随其成长的"老朋友"。

章建华本身就是一名乒乓球爱好者。童年在上海生活的他，儿时第一块乒乓球拍就是本地名牌红双喜。大学时代，章建华差一点儿就被选拔进入校队——那次校内选拔赛，招收八名队员，章建华打到了第9名。

直到现在，他依然保留着自己儿时的那块乒乓球拍，他笑言，唯一利用了职务之便的，就是自己拿着那块旧板特地去工厂找了老师傅，重新维修保养了一番，粘上了现在的胶皮。他也自豪地表示，尽管是名"外来和尚"，但在红双喜公司的高管团队中，"我的乒乓实力是排在前面的"！

章建华说也许正是与乒乓球从小结下的缘分，让他有机缘成为主导这场强强联手并购案的核心人物。从收购者到管理者，从关注红双喜品牌的市场价值，到投身其中不断做大做强红双喜品牌，最终儿时的梦想成就了自己职业上里程碑式的转型。

（厉苒苒）

尼塔库和红双喜做到了双赢

北冈功 日本卓球株式会社社长。(中)

邵博云 日本卓球株式会社董事,国际部经理,上海双喜日卓有限公司总经理。(左一)

20世纪80年代，日本卓球株式会社（尼塔库）引进的红双喜PF4胶皮，在日本乒乓圈一炮打响。如今在日本，如果你想买中国的顶级乒乓器材，那就去找尼塔库。

27年前，尼塔库和红双喜合作成立了上海双喜日卓乒乓球器材有限公司，合资公司在当年是很超前的概念。27年来，中日双方一起推动中日乒乓的发展，在国际赛场谱写了强强合作共赢的佳话。

日本卓球株式会社社长北冈功，随身携带一本绿色的记事本，上面的日历表，记录着每一年尼塔库的大事记，每年更新一本。在日本卓球株式会社常务副总、上海双喜日卓乒乓球器材有限公司总经理邵博云的陪伴下，记忆的闸门被打开，中日乒乓友好合作的故事，娓娓道来。

中国情缘　从九江路起步

尼塔库品牌的创办，还要从北冈功的外公向原关一开始说起。1920年，向原关一在上海创办的哈大商会开张，以代理日本钢笔、圆珠笔等文具为主，当时钢笔外壳的主要材料是赛璐珞，也就是制作乒乓球的原材料。向原关一同乒乓球之间缘分的种子早已埋下。

1945年，向原关一回到日本，收购了一家做乒乓球的企业。两年后，日本卓球株式会社在东京成立，Nittaku是英文缩写，中文名称尼塔库，这是日本最早成立的乒乓球公司之一。20世纪70年代，尼塔库在乒乓球和球台的基础上，增加了服装、球拍、胶皮等品类，品牌发展进入新阶段，北冈功的舅舅向原一雄成了第二任社长。

延续着向原关一的中国情结，向原一雄对中国文化情有独钟，他在大学里主修中国历史和文学，对中国非常友好。1971年名古屋世乒赛前，他是最早访问中国的体育厂商之一，协助日乒协会会长后藤钾二，为中国重返世界乒坛做了很多事情。在名古屋世乒赛上，尼塔库的乒乓球首次在世乒赛上作为官方用球，而中国乒乓也重返世界乒坛，乒乓球为中日关系架起了一座友谊的桥梁。

北冈功担任会长后，曾去过一次哈大商会的旧址，在九江路上，街对面还有一座教堂。站在商会的旧址上，他感慨道："外公同上海的缘分，我们一直在继承。"

初尝甜头　中国品牌走俏

20世纪80年代初，北冈功作为家族第三代成员，进入尼塔库工作。彼时，尼塔库看到了红双喜在乒坛的崛起，成为日本第一家引进红双喜PF4胶皮的企业。随后，在尼塔库的邀请下，施之皓、郭跃华、江嘉良等人来日本和球迷互动，更是在日本掀起一股中国乒乓热的高潮。"当时日本球迷都很好奇，想知道中国乒乓运动员是怎么训练的。施之皓他们非常公开，将一些训练意识和方法，都介绍给了大家。"

直至20世纪80年代末，仍有不少日本运动员买PF4胶皮，红双喜的牌子一炮打响。

那时候，上海籍的日本留学生邵博云在这过程中担任翻译，这也是他第一次同北冈功相遇。有时候，缘就是那么妙不可言。过了一阵，在电车上，邵博云同北冈功偶遇，两个年龄相仿的年轻人，成了好朋友，邵博云之后也进入尼塔库工作。北冈功说："跟邵博云在一起的这些年，我对中国文化有了进一步的了解。"

红双喜和尼塔库的合作，由此拉开了序幕。红双喜多次率队来尼塔库参观、讨教经验。北冈功讲了一则小故事："我们有一个管技术的老法师金井武，收了一个关门弟子，就是楼世和总经理。当时我们制造乒乓球的技术在世界上非常有名，红双喜来交流，我们毫不保留，单片压球的机器图纸给了他们。"

通过这次合作，红双喜08、016、032底板陆续通过尼塔库销往日本，不错的销量使尼塔库对中国市场的兴趣越来越浓。

成立公司　感情像家人

双方合作过程中，邵博云为两家公司的交流起到了桥梁作用，他成了尼塔库公司的第一名来自中国的员工。"我自幼热爱乒乓，从小用红双喜的器材长大，红双喜是我们中国的老字号，我对红双喜有很深的感情。所以我很喜欢这份工作，希望我们的国产品牌能在日本有很好的推广。"

1992年12月，上海双喜日卓乒乓球器材有限公司（DNS）正式成立，早已心有灵犀的双方，在谈判桌上一拍即合，邵博云成为第一任总经理，配合负责尼塔库销售的北冈功，进一步推动双方的合作。

1995年，尼塔库成为中国乒乓队的赞助商，合约四年。穿着尼塔库的服装，国乒在亚洲赛场上的各级比赛，战无敌手。第43届天津世乒赛，当国乒选手清一色穿着尼塔库的队服亮相时，全场观众精神一振。服装以紫色为底色、白黑条纹，上面再抹一点儿红，颇有朝气。那届世乒赛，国乒打了一场漂亮的翻身仗，给球迷留下了极为深刻的印象。

1996年红双喜改制成立中外合作公司，2007年李宁公司又成为新的大股东，不管体制、产权怎么变，不变的是红双喜与尼塔库的竞争合作战略。北冈功于2000年正式接任尼塔库社长一职，他告诉记者："红双喜的体制改了好几次，但我们之间的感情，一直没有变化。所有的沟通都很顺利，现在一起致力于群众乒乓和青少年培养。"

竞合战略　国际赛场双赢

竞争合作，是红双喜和尼塔库贯穿始终的战略目标，双方的合作在技术、材料和产品等多个领域展开。随着强强联手，尼塔库在日本国内销售额连续多年排名第一。

北冈功自豪地告诉记者："比如马龙的底板，由红双喜制造，我们推出日本版，在日本销量非常好。"尼塔库第一款由国际乒联批准的球台，就是从红双喜订制的168型号，在地区性赛事中，球台打的是尼塔库标志。在销售方面，双方在各国均有代理商，两个品牌的共同资源整合到了一起。在同中国乒乓球学院的合作过程中，红双喜和尼塔库共同赞助乒乓器材。

在多届奥运会和世乒赛上，红双喜的球台、尼塔库的球，都是国际乒联的指定官方器材。由于两家公司的制作工艺很接近，差异性小，运动员非常适应他们的乒乓球。在2017年杜塞尔多夫世乒赛期间的国际乒联大会上，红双喜总经理楼世和与日本卓球株式会社社长北冈功同时站上领奖台，从国际乒联主席维克特手中接过了赞助商奖。

如今，邵博云成为尼塔库常务董事，是公司唯一一位来自中国的高管。在他看来，"中日两家公司共同研发产品、赞助系列比赛，这种双赢的模式到现在都不太多见"。

2019年，红双喜迎来了60周年，北冈功听说红双喜将策划一系列纪念活动，他转头跟邵博云说："等我们80周年的时候，也要借鉴红双喜，搞一次大活动，期待接下来的日子里，我们同红双喜能有更亲密的合作。"

（陶邢莹）

创新是红双喜成功的基础

王少民 乒乓行业资深人士，熟知乒乓器材制造与乒乓市场。

在共同经历了无数风风雨雨，携手克服诸多艰难险阻后，王少民与红双喜之间，早已超越了普通的品牌商与经销商的关系。用他自己的话说，"红双喜这三个字，早已牢牢住进了我的心里，从不曾离开过"。

"我觉得还是相同的理念和互相的信任让我们走到一起的。"谈及与红双喜并肩走过的这些年，王少民的眼中充满了感激和骄傲，"红双喜教会我的东西太多了，不只是制作器材和经商方面的技巧，更有为人处世的道理。"喝一口热茶，抬一抬眼镜，他将自己与这个正值60岁生日品牌的点点滴滴，向我们娓娓道来……

规范操作保质量

20世纪70年代，因为良好的产品质量和不错的生产效率，上海乒乓球厂受到了各方的关注。全国各地的乒乓球业者纷纷慕名来进行参观学习，王少民就是其中之一。也正是在那段时间里，他和红双喜上下结下了深厚的友谊。"那个时候我记得球厂在北新泾，第一次过去看的时候，就觉得确实不一样。"给他留下最深刻印象的，便是乒乓球厂上下那套规范严谨的操作流程。"那时候他们就强调一句话：只有进行规范的操作，才能保证产品的质量。"王少民说道，"这种工匠精神也一直被传承至今。"

"当时我进到车间里，就感觉这里的氛围跟外面不一样，看了整个的生产流程后，我们就大概明白为什么厂里的产品能受到好评了。"据王少民回忆，当时的每一个生产车间里，都有着一套详细的操作规范和守则，违者会受到严厉的惩罚。"现在看来是没什么稀奇的了，但在当时可没有多少企业有这种模式。'在产品上细抠到每一个细节'，是我在上海的球厂里上的第一课，也是最重要的一课。"这位在乒坛耕耘了几十载的"老法师"由衷地说道。

除了在生产方面的严格要求，定期收集反馈意见，勤下基层进行市场调研，也是王少民从红双喜人身上学到的"技巧"。"定期进行经销商走访，收集反馈意见,再迅速进行改进一直是红双喜的传统。"王少民坦言,接触红双喜前,他并没有这方面的意识,"当时我跟着球厂负责人走访,看他们顶着夏天的大太阳满身是汗,却依然乐此不疲,还不停跟客户交流,回来之后又马不停蹄地开会商讨,用最快的速度拿出问题的解决方案,真的很触动,这就是做事业应该有的精神。"

回到广州后,王少民学以致用,用工匠精神不断激励和鞭策着自己,终于一步步走向了成功。"没有当初在乒乓球厂以及之后和红双喜交往的经历,就不会有现在的我了。"他如是说。

坚持创新促发展

多年来,王少民与红双喜一直保持着良好的合作关系,这个最初的学徒,如今已转变成了红双喜的品牌经销商。"因为我亲眼见过他们制作产品的过程,黄总(黄勇武)和楼总(楼世和)也了解我的个性,大家都是以诚相待,因此我们的合作一直很顺利。"但身份的转变,带来的必然是对产品需求的变化,作为最接近市场的窗口,王少民对红双喜产品的情况,自然最有发言权。在他看来,不断尝试和坚持创新,是红双喜在这些年获得成功的基础和秘诀。

进入21世纪后,国际乒联对比赛器材的要求,有过几次重要的变化。包括球台颜色、比赛用球的直径和制作材料等都曾不幸"中招",且每一次都可谓"伤筋动骨"。值得称道的是,红双喜和王少民总能平稳地渡过难关,并继续走在时代前沿。谈及其中的原因,王少民谦虚地表示:"我做得不多,最主要是他们(红双喜)做了很多别人不敢也不愿意做的事。"

据王少民回忆,当2014年国际乒联要求各器材厂商用更环保的材料制作比赛用球时,红双喜第一时间与王少民取得联系,第二天上午,楼世和总经理就飞到广州,并马不停蹄地开始了新材料球的研发工作。尽管两人用最短的时间定下了方案,但谁也没料到,新球的研制过程比想象中困难得多。"当时我们尝试了好几种新材料，但都没有达到想要的效果，之后好不容易有了些眉目，又因为一些非正常因素夭折了。"王少民对当时的情景历历在目，"因为时间很紧，楼总和团队几乎都没怎么休息，一直在鼓励研发人员，让他们不要放弃。"由于上海总公司方面还有其他事务，这位红双喜总经理只能不停地在两边飞行，"有时候刚走没几小时就回到广州，在机场拿了新的成品后又直接飞回上海，是名副其实的'打飞的'。"王少民感叹道，"这种对创新的执着和毅力，不是一般人能够做到的。最终醋酸纤维球和ABS球的成功，就是对他和红双喜的最好回报。"

多方奔走搭桥梁

深耕乒坛几十年，王少民除了与红双喜有着千丝万缕的联系，也与其他品牌保持着良好的关系。在乒乓这个本就不算大的圈子里如此"八面玲珑"，是否会对与各家企业的合作产生影响？对于这个问题，王少民笑着说："乒乓器材行业的竞争和其他行业不同，它真正做到了既有竞争，更有合作。加上大家都喜欢交朋友，氛围远没有大家想得那么水火不容。"

王少民透露，不少大众眼中的"竞品"公司，其实关系都相当不错。"那时候器材规格改变，所有人都措手不及，红双喜特意请我联系了双鱼方面，希望能够通过合作一同迎接挑战，让中国品牌继续在乒乓世界占据领先地位。"他随后补充道，"双鱼那边接到电话的时候，说的第一句话就是：'太巧了老王，我们也正想找你帮忙联系红双喜呢！'然后电话两头都笑了。"在王少民眼中，中国的乒乓器材能取得如今的成绩，集团优势起到了非常关键的作用。"中国乒乓球队有许多好的选手，所以能一直赢球。同样道理，正是因为有许多优秀企业在竞争与合作中一起进步，才让中国的乒乓器材名扬世界。"这其中，有许多人像他一样默默无闻，却用一次次地奔走协调，促成了多方共赢的良好局面，为中国的相关企业和产品，打开了通往世界的大门。

这些年，王少民始终保持着低调实干的风格。谈及未来，这位陪伴红双喜走过无数坎坷，见证了企业由弱到强的商人真诚地说道："创新，依然是未来（乒乓）器材发展的主旋律，希望红双喜能够在延续以往光荣传统的同时，继续创新，走在时代的前沿。"

（陆玮鑫）

"小球推动大球"
的见证者

庄汉杰 美中青少年学生交流协会会长，积极推动中美外交活动。

1971年，美国乒乓球代表团应中国乒乓球代表团的邀请访问中国，打开了隔绝22年的中美交往的大门，此举对中美关系的突破产生了影响，被国际舆论誉为"乒乓外交"。44年后的那个秋天，中国国家主席习近平在访美期间，将红双喜的乒乓球装备作为"国礼"，赠予华盛顿州塔科马市林肯中学的学生，从而拉开了新一轮"乒乓外交"的序幕。

在此次"小球推动大球"的背后，有一个人起到了非常关键的作用，他就是林肯中学的校友、美国华盛顿州熊猫基金会会长、美中青少年学生交流协会会长庄汉杰。红双喜的球台和球拍为何会被选为国礼？相关物品到达林肯中学前后又发生了哪些不为人知的插曲？

一段持续22年的缘分

"习主席1993年担任福州市委书记的时候就到访过塔科马市，并参观过林肯中学。"庄汉杰说道，"2015年再度造访，可以说是缘分的延续。"这位1986年从林肯中学毕业的校友回忆，当得知习主席将在22年后第二次来到林肯中学访问时，全校上下都非常兴奋。"校长特意过来跟我说：'这一定会成为学校历史上的荣耀时刻。'不少学生也来找我询问相关的情况。这些都说明，中华文化在美国非常受关注。"

庄汉杰透露，在最终确定行程之前，他对访问团是否前往林肯中学并没有把握。"其实那时候我们都不确定他们能不能抽出时间（到林肯中学），毕竟访问美国的行程和时间都非常紧密。"他坦言，当最终确认行程的那一刻，他有些不敢相信。"那时候我就知道，自己有可能会见证一些特别的时刻。"庄汉杰说。这一纸确认单，也为后来所发生的一切，奠定了基础。

一颗被热情感动的心

确认行程后，庄汉杰和外事部门的相关工作人员立刻开始了一系列的准备工作，其中就包括挑选国礼。"那时候我们希望带上既能体现民族特色，又具有一定文化价值的产品。"想到这两点时，他脑海里回想起了2012年发生的一件事……

那时候，庄汉杰的儿子在中国香港参加青少年乒乓球比赛，一直想进一步提高自己的水平，于是庄汉杰便设法同正在带领国家队集训的吴敬平指导取得了联系，小庄也获得了到八一青年队和国家二队接受训练的机会。"我第一次走进训练中心时，红双喜的工作人员刚好在和吴指导讨论一些与器材有关的事，机缘巧合下就相识了，我就跟红双喜有了第一次亲密接触。"

在庄汉杰看来，红双喜与其他一些企业最大的不同，在于浓厚的人情味和责任心。"了解完他的情况后，红双喜主动给我们提供了许多帮助。这种对乒乓事业的热情深深触动了我。"这位如今定居香港的商界精英透露，小庄在八一青年队训练的时候，他了解到球队几乎所有的装备都是红双喜提供的，而且还经常派人来收集使用意见，并不断进行改进，"乒乓是中国的国球，红双喜又是一个充满人情味和责任心的民族品牌，这两点都十分符合我们对于国礼的要求，因此我就跟楼总取得了联系，并迅速达成了一致"。

一条曲折的国礼越洋路

在细致了解了相关部门的要求后，红双喜方面立即着手准备这份国礼，并很快拿出了几套方案，但始终没能最终确定。"因为他们的好产品很多，一时很难决定到底选择哪几款，"庄汉杰笑着说道，"后来我就跟他们建议，这次的国礼是送给学校的，可以从适合学生使用的角度进行挑选。"这一句话让大家茅塞顿开。最终，大家便确定将三张T1223型号的可拆卸折叠式球台，以及奥运冠军王皓和马龙的同款球拍和比赛用球作为远渡重洋的国礼。

然而9月初，就在这个诚意满满的"礼包"即将抵达美国时，却出现了令人意想不到的情况。

原来，美国方面对所有进口的货物，都有着严格而细致的规定，每一项入关的产品都需要进行材料检测及信息核对。"当时（美国海关）方面对乒乓球的制作材料有些疑问，认为可能达不到环保的相关标准，因此这些国礼就被暂时'扣留'在了那里。"庄汉杰对当时的情况记忆犹新，"（准备）时间是很紧张的，除了要通过海关的检查，之后还有一系列的程序要进行。"得知情况后，庄汉杰马上与美国海关方面进行协调，有好几个晚上都因为这件事没有休息好。"最后，我们找到当地的检测机关和外事部门寻求帮助，各方共同出面进行了一次检测，证明了乒乓球的材料是没有问题的，这份国礼才算正式安全抵达。"这位长年为中美交流而奔走的志士说。

产品抵达后，究竟该如何摆放又成为需要思考和解决的问题。"当时场地方（林肯中学）提出了几个不同的方案，最后我们一致决定将球台摆在演讲台后那个最显眼的位置。"谈及做出如此规划的原因，庄汉杰露出了神秘的笑容，"习主席到访之前，乒乓在林肯中学并不是很流行，有了这三张球台，学生就能够亲自上阵，感受到这项运动带来的快乐。"他顿了顿，补充道，"同时，红双喜的球台是中国体育器材的一张名片，是华人的骄傲，我们希望让更多人看到来自中国的好产品，消除原有的误解，真正体会到中国人的用心和努力。"经历一番波折后，国礼终于准备就绪了。

一段关于未来的希冀

2015年9月23日，习近平主席来到林肯中学参观，国礼也顺利送到了对方手中。习主席在演讲中勉励学生珍惜韶华，脚踏实地，刻苦学习，为将来成就一番事业打好基础，并邀请该校100名学生第二年到中国体验"乒乓球文化"。

一年后，100位来自林肯中学的学生带着红双喜提供的装备，如约来到中国，与中国乒乓球有了一次亲密接触。如今，乒乓球已经成为林肯中学最流行的运动之一，那三张红双喜球台成为校园活动室内的独特风景线。"那次访问后，美国的很多学校都开始组织乒乓球校队了，"庄汉杰兴奋地说道，"乒乓运动在美国的受众群正变得越发广泛，相信这样的势头还会延续下去。"

回忆起三年多前的一幕幕，作为幕后推手之一的庄汉杰仍然难掩激动："我很幸运，能够成为'小球带动大球'的见证者。"他坦言，能够促成又一次"乒乓外交"，与各方的努力分不开。"相关部门的协助，红双喜的配合与信任，学校的支持等，少了任何一个，都很难成功，我要对所有人说声谢谢，那是我人生中最值得铭记的时刻。"

如今，庄汉杰依旧在为促进中美的民间交流奔走忙碌。乒乓，更成为他心里最独特的存在。"我们全家都很喜欢打乒乓球，儿子还拿过香港青少年赛事的冠军。在我眼中，乒乓的意义已经超过了运动的范畴，成为一种情怀。"

采访的最后，庄汉杰还对中美乒乓交流的前景，送上了自己的希冀："40多年前，乒乓成为打开中美交往大门的一把钥匙。未来，希望这颗小小的银球能够继续充当中美青年交流的纽带，推动双方共同谱写充满青春与活力的新篇章。"

（陆玮鑫）

画出"彩虹"掀"狂飙"

李良熹 红双喜高级工程师,负责彩虹球台等产品的开发。

杨熙春 红双喜原高级工程师,负责"狂飙"等套胶的开发。

工欲善其事，必先利其器。中国乒乓球队近年来的成功，离不开红双喜的鼎力支持。这家走过60年风风雨雨的企业崛起的背后，有着一支并不经常被人提及，却一直起着举足轻重作用的团队——器材研发团队。

不论是在国乒低谷时期打响王者归来头炮的王涛和吕林，还是目前男女球队的核心马龙与丁宁，总会在接受采访时提及红双喜在器材服务方面提供的帮助。"我们的要求有时候很琐碎，但他们总会想办法满足，这为球队备战提供了很多便利。"王涛的话颇具代表性。在一张张设计精美的球台，一块块为球员度身定制的球拍背后，是红双喜研发团队不断创新的勇气和精益求精的工匠精神。

从发动机到乒乓球台

李良熹是红双喜研发团队的核心成员，被不少人称为"最会制作乒乓球台"的人，红双喜前董事长黄勇武称其为"大师兄"。面对这些赞誉，他本人笑着摆摆手，谦虚地表示："没有（他们说得）这么厉害，主要是掌舵人有创新的勇气，加上全公司上下一起努力的结果，我就是比较喜欢钻研。"很多人并不知道，李良熹对于制作乒乓球台，最多只能算半路出家，正是爱钻研的个性，才让他有了今天的成绩。

1965年，李良熹以学徒身份，加入了当时的上海体育器材二厂，从此与体育结下了不解之缘。"当时我们做过不少体育器材，印象比较深的，应该是飞机的发动机。"当时，上海体育器材二厂承接了初级教练飞机的研发工作，李良熹作为成员，参与了发动机的制作。"那发动机说不上很复杂，毕竟不是民航机的发动机，就是要求细致一些。"就是从那时起，他慢慢形成了钻研业务的习惯。"多看看多尝试，总能有所收获。"李良熹笑着说道。

1995年，包括上海体育器材二厂在内的数家企业，一同并入红双喜总厂。李良熹也正式与乒乓球台结缘。"最早的时候生产效率不高，每天最多生产16

副球台。"这位高级工程师回忆道,"那时候大部分工艺都是手工完成,厂里有一整个楼面都摆满了完成的球台,现在想想场面还挺壮观的。"李良熹随后坦言,当时领导层面已经意识到需要对工序和设备进行改良,以进一步提高产能,这为红双喜这家老字号随后的快速发展,奠定了基础。

从强烈反对到齐心协力

设备和生产方式的转型升级说起来容易,真的执行起来,却遭遇到了"九九八十一难"。"听到要进行设备的工序改革的时候,不少生产车间是坚决反对的,因为他们已经习惯了原来的模式。"回忆起当时的情况,李良熹表示,是当时领导者的坚持,让红双喜迈过了这道坎。"黄勇武是个很坚定的人,一旦下定决心,就不会轻易改变。当时他几乎是强制推行了设备和生产方式的革新。现在回头看,当时如果不变,红双喜可能就不存在了。"

但新的设备也带来了新的问题,那便是员工不能快速上手。"当时来的设备是进口的,为了得到它,我们卖了一间厂房,但设备来了之后却发现,外国货与本土员工的磨合效果并不好。"李良熹坦言,当时并没有所谓的操作手册,只能依靠员工们边摸索边尝试。"当时我们跑了很多次油漆厂和其他相关单位,去研究新设备的使用方法,经过了半年左右的时间,才差不多摸索到那些机器的特性,逐渐上手。"设备更新了,产能自然也变强了。那时候红双喜球台的日均生产量,已经达到了每天200副,是更新前的10多倍。

机械化让企业的效能得到提升,同时,红双喜研发团队对产品质量的追求,丝毫没有下降。有一次,国家队向红双喜器材部门反映,乒乓球落到台面上,经常会出现乱蹦乱跳的情况,给队员们的备战带来了不利的影响。得知情况后,李良熹和同事们马上前往国家队集训地进行处理。"当时我们想到了所有可能引起这一问题的原因,把球台的材料、颜色等各个方面换了个遍,有同事甚至还在(球员)训练时特意钻到桌子底下去观察,终于找到了问题的根源——摩擦系数。"随后，研发团队马上与材料制造及油漆喷涂等方面的专家联系，用最短的时间拿出了解决方案，确保了国家队备战不受大的影响。

从一张草图到彩虹球台

在李良熹的职业生涯里，有一个作品始终是绕不开的焦点，那便是彩虹球台。这个诞生于21世纪初期的产品，不仅让红双喜站上了新的高度，更推动乒乓器材走入了新的纪元。不过在说起自己的代表作时，李良熹依旧不改从容淡定的本色，"那是黄勇武和楼世和的创意，我只是执行者。"虽然他说得轻描淡写，但从一张草图变成一副球台的过程，显然并不容易。

2000年8月的一个下午，红双喜公司的一台传真机上，传出了响声，在那张从澳大利亚悉尼传回来的图片上，看似普通的乒乓球台下，有了一道"彩虹"。"其实关于新球台，黄总他们很早就开始构思了，只是2000年才付诸行动。"拿到草图，看到底下黄勇武的简单标注后，李良熹和研发团队马上开始行动。"其实球台设计和结构方面并不是特别难，因为之前就讨论过，最纠结的是颜色。"据他介绍，最早尝试过紫罗兰色和黄色，最后经过讨论，选用了红色。"黄总那段时间经常来车间，很多员工怕被他'捉扳头'，我其实很喜欢他来指出问题。"李良熹笑着说，"找出了问题，他有收获，我有方向，一举两得。"在红双喜上下的共同努力下，两个月后的扬州乒乓球世界杯，成了彩虹球台的首秀，也就此打开它走向世界的大门。作为彩虹球台创造者之一的李良熹，自然也相当欣慰，"在我做过的球台中，第一版的彩虹球台，是我最满意的作品。"

改变人生轨迹的10分钟

除了球台，球拍和套胶，也是运动员能否取得成功的关键。这其中，"狂飙"系列可谓是红双喜的拳头产品。作为该系列最主要的研发者，红双喜原高级工程师杨熙春被不少人称为"狂飚之母",但给她留下最深印象的,并不是研发中遇到的种种困难,而是来乒乓球拍厂报到前的那10分钟。

1983年8月3日,杨熙春骑着自行车,在斜土路上不停来回。"那时候我刚刚接到到球拍厂报到的通知,内心其实很犹豫。"杨熙春坦言,自己的专业是高分子,此前在油墨工厂工作过,老领导也很希望她能回去。"我大概骑了10分钟,决定接受这个挑战,到球拍厂去开辟新的天地。"当时的杨熙春或许不会想到,正是这10分钟,改变了她的人生轨迹。

为研究胶皮牺牲健康

来到球拍厂后,杨熙春凭借过硬的专业能力,很快成为胶皮研发部门的重要成员。"当时我们还是个人独立制作胶皮,并没有合作一说,因为每个人的配方和制作方式都是秘密。"这位高级工程师回忆,"当时最出名的胶皮是天津的,我拿那个做了很多研究,希望能够做出自己的成品。"1985年,国际乒联为抑制两面异制同色胶皮,做出了"两面必须使用红黑两种颜色"的新规定,这给研发部带来了新挑战和新机遇。

"当时我们领导做了一个非常有意思的比喻:不用酱油,要烧出红烧肉的味道。"杨熙春回忆道,"因为当时两面黑色的做法已经持续了一段时间,配方中每一丝的变化,都可能对胶皮颜色和性能带来不小的影响,所以还是比较困难的。"为了完成新胶皮的研制,杨熙春待在研究室里的时间越来越长。"因为当时人手不是相当充裕,每道工序都需要亲力亲为,"她透露,"因为研究室里有不少化学试剂,空气质量受到一定影响,很多人都染上了皮肤病。不过为了研制更好的胶皮,这点牺牲也是必须的。"在杨熙春的不懈努力下,终于研制出了符合规定的新产品——G888和PF4红色胶皮。

"其实'狂飚'可以看作是PF4的演变,"谈及自己最著名的产品,杨熙春笑了,"红双喜在胶皮和海绵方面都具有优势,我们就试着强强联手,这才有了套胶的概念。"她补充道,"当时正好是国际乒联为了增加回合数,实行小球改大球,对整个行业产生了巨大的影响,红双喜抓住了这个机会。在亚特兰大奥运会后,红双喜便开始准备球台、比赛用球及套胶等一系列产品的变革。当时我们就根据器材的变化,对胶皮进行了改良,有了'狂飚'的雏形。"

为球员度身定做"武器"

"狂飚"问世后,红双喜方面将产品送给上海选手席敏杰试打,后者一上手就感觉"这个产品很不一样,能有一番天地"。随后,红双喜方面将"狂飚"系列提供给了国家队使用,并由此开启了新一轮为球员"度身定做"球拍的模式。

在"狂飚"问世前,红双喜方面曾为王涛和邓亚萍两位世界冠军度身定制过球拍,并取得良好效果。伴随着"狂飚"在国家队使用率的不断提升,研发部门的任务也变得更加复杂。对这一切,杨熙春始终乐在其中,"我自己不太会打乒乓球,虽然以前经常去国家队服务,但水平并没有提高,不过看着他们拿着自己研制的产品夺冠,总是开心的"。

据杨熙春透露,在众多"狂飚"使用者中,给王励勤的产品,是最"特殊"的。"他回球力量大,对套胶黏性有非常高的要求。"这位高级工程师说道,"每次我们提供给王励勤的产品,都是专门另外放置的,只要跟员工们说一声'王励勤',他们就明白了。"在度身定制的同时,红双喜也始终会定期收集反馈意见,"运动员对击球的感觉很敏锐,有的时候哪怕只是一点点不对,也会感觉出来,所以研发人员一定要细致。"在杨熙春印象中,孔令辉、马琳、王励勤和王皓是她接触最多的运动员,要求也不尽相同。"孔令辉对海绵强度要求比较高,马琳追求摩擦,王皓相对而言就偏向平衡一些。"最让她高兴的是,这几位服务对象,都拿着她研发的"狂飚"或"天极",成了世界冠军。

"乒乓球对我们国家而言有着不同的意义,随着球队成绩节节高,国内的乒乓球爱好者也越来越多。"采访的最后李良熹和杨熙春都对红双喜的未来提出了新的期望:"乒乓器材是门学问,很有挑战性,希望红双喜能一直秉持工匠精神,静下心来做好每一道工序,同时不断创新,未来更上一层楼。"

（陆玮鑫）

人生因红双喜而精彩

张青海 　　　吴明元 　　　刘幕国

他们，是时代的弄潮儿。他们，在市场经济的大潮下，不畏艰难前进。他们，是和红双喜共同繁荣的好伙伴。

听红双喜销售有限公司前总经理和红双喜中国地区商业伙伴讲故事。他们庆幸，同红双喜结缘，他们自豪，人生因红双喜而精彩。红双喜的发展壮大，亦离不开他们的坚守。

从3000万到7.2亿

讲述人：张青海　67岁　上海红双喜体育用品销售有限公司前总经理

1995年5月，红双喜四厂合并，成立红双喜体育用品总厂，并成立上海红双喜体育用品销售有限公司，器材厂原厂长张青海调任销售公司，担任支部书记兼副总经理。这是红双喜发展历史上极为重要的一次调整，由计划经济开始向市场经济转变。当时的数据，张青海记得一清二楚，合并时销售总额是3000万元，1999年，公司实现了真正的市场化，到2018年，红双喜的销售额已猛增至7.2亿元。

大量的人员合并，内销任务转为销售公司负责，面对未来的销售发展规划，张青海承担了巨大的工作量和压力。在保证每年销售额递增的要求下，张青海需要调动所有工作人员的积极性。于是，这一批20世纪五六十年代出生的工作人员，一个个都成了出差全国各地跑订单的业务员，张青海一马当先。住简陋的宾馆，坐火车硬座，张青海回忆道："一个月至少15天以上在外出差。有一次我回家，女儿坐在弄堂口，我跟她打招呼她没反应，都不认识我了。"

公司出台了一系列严格的考核办法。比如，实行末位淘汰制，排名倒数三位的自行离职；销售人员有风险抵押，2万一年，以防坏账。为了做员工的思想工作，他找每一个员工谈心，常常谈到深夜。张青海对他们说："如果85%的销售额没完成，就自动下岗，但如果你做得好，工资可以翻一倍。"

销售公司成立之初，便实行独立核算。在张青海的带领下，大家热火朝天地跑业务，做订单。1998年，销售额增到了5000多万元。1999年，公司要求销售额达到一个亿，在当时很多人看来遥不可及的任务，销售公司最终做到了。张青海自豪地说："到现在为止，我们的坏账没有超过三笔，而且数额并不大。"

　　"自从我们生产出小球时代的第一款套胶G888，再到大球时代的'狂飚'套胶，红双喜为乒乓球带来了巨大变革。销售公司刚成立时，我们主要竞争对手销售额就已经有两个亿了，我们当初是没有优势的。但随着产品的迅速开发和升级，我们取得了今天的销售成绩。"

　　销售工作压力巨大，但张青海和他的部下，在取得一次次喜人的销售成绩的同时，分享着红双喜一次次开发出行业领先器材的喜悦。有一次他去外地出差，在一家经销商门店的门口，一位消费者坐在门口不肯走，他对张青海说："我打'狂飚'上瘾了，可是这里断货，我就要买'狂飚'，你们能不能多给他们配一些货。"2005年世乒赛，红双喜一件5美元的官方T恤，遭中外友人"哄抢"，现场摊位供不应求。短短一周内，整个红双喜展位的产品和纪念品销售了40多万元。

　　张青海介绍，全国乒乓球器材市场并不大，红双喜如今达到7.2亿元，在同类行业中领先不少。他指出："红双喜大胆走市场经济的道路，在当年是一个很关键的节点，标志着新的里程碑的开启。"

　　在返聘了七年后，67岁的张青海今年2月才正式退休，今年红双喜年会上，公司特别为他颁发了贡献奖。张青海在致辞中说："红双喜的60年，积聚了几代人的心血，极为不易。希望红双喜再创辉煌。"

红双喜给了我一个"情"字

　　讲述人：吴明元　41岁　红双喜中国地区经销商

　　从红双喜销售人员，到红双喜中国地区商业伙伴，新上海人吴明元说：

"在我们公司，我认为所谓的利润、销售额是冷冰冰的数字，乒乓器材我只卖红双喜，因为红双喜给我一个很重要的东西，那就是'情'。"

2001年，大学刚毕业的吴明元，原本在刚成立的杭州绿城集团实习，因为一次偶然的面试，他加入了红双喜市场部。当初他选择在上海发展，看中的是红双喜这个名字。

同红双喜的"情"，在他还是个职场"菜鸟"时，就在他心底里生根发芽。在人生地不熟的上海，红双喜就是他的家，每到周末，他的上级领导会邀请大家去家里玩，打造了很强的凝聚力。当时吴明元住在集体宿舍，年底时，楼总（楼世和）特地前来慰问大家，细心地吩咐公司有关人员，为员工配备两根拔河绳，绑在窗户上，以防在发生火灾时，能有一个紧急逃生通道，这令吴明元暖在心头。

在这个有爱的集体里工作，吴明元干劲十足。为了去做市场调研，数不清多少个凌晨，他和同事摸黑爬起来，扛着几大篮球，倒好几部公交车，去一所所高校调研。有一次春节后去天津出差，因为买不到火车票，他坐长途大巴到苏州，挤上火车，足足站了17小时，他笑着说："因为人太多，只能一条腿站着，练就了'金鸡独立'的本事。"还有一次从乌鲁木齐回沪，坐了六天五夜的绿皮火车，手里的哈密瓜都烂掉了，在车厢里热得不想说话，"隔壁乘客还以为我是哑巴"。

2002年，销售公司成立广州分公司，吴明元被派去了广州。办公条件极为艰苦，一楼是厂房，三楼是仓库，每天扛器材就自己来，送货也是自己骑三轮车去，四名员工轮流买菜，每天将就着吃点。"有点像农民工一样。"他开玩笑道。

苦中作乐的故事，实在太多，但吴明元说，心甘情愿。"在红双喜工作，为我未来的发展，打下了扎实的基础。培养了我甘于吃苦、勇于争先的精神。红双喜打造的有爱的团队精神，指引了我的人生。"

2008年，吴明元离开红双喜，在一家健身器材公司干了一阵，他决定自己创业。这一次，他又回到了红双喜的身边，"红双喜是我情有独钟的品牌，干脆就卖红双喜的器材"。

创业初期，红双喜给予了他极大的支持，尽管他的门店只有15平方米，但红双喜的品牌号召力强，不愁卖，赚到了第一桶金，吴明元的销售点日趋庞大起来，如今他手下管理着100多名员工。

随着电商来袭，头脑活络的吴明元成为吃螃蟹的人。2008年，他开设了淘宝店，这是一条新的销售渠道。很快，吴明元的红双喜销售额达到了1000多万元，这引起了销售公司总经理张青海的注意，他对吴明元的销售额存疑。于是，吴明元请他来实地考察，在电脑上操作给他看。"张总是个乐于倾听下面意见的人，回去后他立刻投入对电商的学习中去，向年轻人请教，跟上潮流，了解电商的优势。"吴明元称赞道。

近年来，吴明元的团队越来越壮大，其他乒乓器材品牌也试图同他谈合作，但吴明元一概拒绝。"我跟我的团队讲，我们没有退路。我不管利润哪个高，我们只做红双喜，因为我看重的是同红双喜的'情'。"

红双喜品牌"养活"了我们

讲述人：刘幕国　53岁　红双喜中国地区经销商

哈尔滨市南岗区大成街30号，"三益体育"的招牌格外醒目。大门前的电子屏上，播放着店里红双喜的器材简介。这家运动品牌专卖店，同时也是红双喜体验店，400平方米的店面宽敞明亮，其中红双喜的摊位占据了最大的面积，店内设有免费体验的红双喜球台，所有红双喜球拍可免费试打，还有咖啡、可乐等免费饮料提供。店主刘幕国自豪地说："我们这里红双喜器材的营业额，每年接近1000万元人民币。是红双喜这个品牌'养活'了我们。"在全国所有14家红双喜体验店中，刘幕国的店是活跃度最高的。

刘幕国同红双喜结缘，还要从20世纪70年代说起。刘幕国小时候打乒乓球，第一块球拍就是爸爸送给他的红双喜，在当时一个月工资30多块的背景下，这块球拍是奢侈品。刘幕国特别珍惜，胶皮用了很久都不舍得更换。工作后，刘幕国在一家体育用品销售二级站负责销售红双喜品牌，当时是计划经济年代，红双喜并没有同私企合作的先例。1995年，市场经济刚开启的背景下，刘幕国毅然下海经商，1999年1月，在大成街这条体育用品器材一条街的地下室里，他开设了唯一一家专卖乒乓器材的店。不过，80平方米的店面，只有30平方米放产品，因为没有渠道，更没有红双喜的产品。

刘幕国本来准备在当年5月的长沙体博会上，亲自去找红双喜谈，没想到，红双喜一名高管到哈尔滨的偶然参观，开启了双方合作的契机。"他问我为什么没有红双喜，我告诉他，'红双喜太大，我们太小'。"这名高管当即决定，同刘幕国合作，因为这家店很专业。

"红双喜顺应市场经济转型，同我个人的转型，有很高契合度，我很荣幸，红双喜能找到我。"这是刘幕国的真心话。

不过，合作第一年，销量并不佳。同其他品牌一年200万元的销售额相比，红双喜在刘幕国的店里只有五六十万元的销售额。不过，刘幕国当时对另一家品牌说："将来红双喜一定会超越你们，成为行业内领先品牌。你知道为什么吗？因为你们只有销售部，而红双喜有市场部，他们在产品推广、赛事包装方面，对市场有持续的有序推进。"

正如刘幕国所料，从2000年开始，店里的红双喜销售量逐年递增。

在红双喜所有经销商中，刘幕国得了个外号——"狂飙王"。因为他敏锐地捕捉了商机，经营思路是主打"狂飙"套胶，这是店里经久不衰的爆款。"胶皮是快消品，底板是耐用品，增加胶皮的进货量，才能快速增长我们的销售额。"不过，早期红双喜给每家经销商，每个月只配给100多块普通"狂飙"，"省狂"更少。刘幕国做了一个大胆的决定，背了一书包的钱，只进一个品牌的一个产品，去体博会上的红双喜展位谈判，按他的说法就是"死缠烂打":"每个月我进你1500块'狂飙',其中你保证给我点'省狂'。"最终,刘幕国得偿所愿。有一件趣事,红双喜仓库在发货时,一位主管拿着发货单去问发货员:"你怎么填错了?出货量多加了一个零。"发货员告诉他,没填错,就是这么多。

提到"狂飙",刘幕国啧啧称赞:"在乒乓球器材中,没有人能做到像红双喜一样,一款套胶,全民使用,甚至供不应求。"

渐渐地,哈尔滨当地乃至黑龙江全省的乒乓球体校,都慕名而来。但凡要用红双喜器材,都从刘幕国那里进。国家队现役球员王曼昱,小时候就是店里红双喜器材的忠实客户,刘幕国后来索性给她免费提供了一批器材和服装。

同红双喜牵手的20年里,刘幕国怀揣同红双喜一样的回馈社会的心。"企业做好了,也要服务社会。"他开始在全省范围内搞业余比赛,在红双喜的支持下,吸引了东北三省各地的乒乓球业余爱好者。

徐寅生在哈尔滨参加活动时,特意来到了刘幕国的店,欣然为"三益体育"题字,他夸赞道:"我认为,你的店,是亚洲范围内最好的红双喜器材经销店。"

53岁的刘幕国如今继续顺应着市场的变革,他在中国体育直播平台上,开通了直播店铺,"有红双喜的品质保障,我们有信心,将这家体验店做得更好"。

(陶邢莹)

附录一 中国乒乓球世界冠军名录

年份	赛事	地点	世界冠军
1959	第25届世界乒乓球锦标赛	德国多特蒙德	男单：容国团
1961	第26届世界乒乓球锦标赛	中国北京	男团：容国团、王传耀、徐寅生、庄则栋、李富荣 男单：庄则栋 女单：邱钟惠
1963	第27届世界乒乓球锦标赛	捷克布拉格	男团：徐寅生、庄则栋、李富荣、张燮林、王家声 男单：庄则栋 男双：张燮林/王志良
1965	第28届世界乒乓球锦标赛	南斯拉夫卢布尔雅那	男团：庄则栋、李富荣、张燮林、徐寅生、周兰荪 男单：庄则栋 男双：庄则栋/徐寅生 女团：梁丽珍、李赫男、林惠卿、郑敏之 女双：林惠卿/郑敏之
1971	第31届世界乒乓球锦标赛	日本名古屋	男团：庄则栋、李富荣、李景光、郗恩庭、梁戈亮 女单：林惠卿 女双：林惠卿/郑敏之 混双：张燮林/林惠卿

（续表）

年份	赛事	地点	世界冠军
1973	第32届世界乒乓球锦标赛	南斯拉夫萨拉热窝	男单：郗恩庭 女单：胡玉兰 混双：梁戈亮/李莉
1975	第33届世界乒乓球锦标赛	印度加尔各答	男团：许绍发、梁戈亮、李振恃、陆元盛、李鹏 女团：葛新爱、张立、胡玉兰、郑怀颖
1977	第34届世界乒乓球锦标赛	英国伯明翰	男团：梁戈亮、李振恃、郭跃华、黄亮、王俊 男双：梁戈亮/李振恃 女团：葛新爱、张立、张德英、朱香云 女双：杨莹
1979	第35届世界乒乓球锦标赛	朝鲜平壤	女团：葛新爱、张立、张德英、曹燕华 女单：葛新爱 女双：张立/张德英 混双：梁戈亮/葛新爱
1980	第1届男子单打世界杯	中国香港	男单：郭跃华
1981	第36届世界乒乓球锦标赛	南斯拉夫诺维萨德	男团：谢赛克、蔡振华、施之皓、郭跃华、王会元 男单：郭跃华 男双：李振恃/蔡振华 女团：张德英、曹燕华、童玲、齐宝香 女单：童玲 女双：张德英/曹燕华 混双：谢赛克/黄俊群
1982	第2届男子单打世界杯	中国香港	男单：郭跃华
1983	第37届世界乒乓球锦标赛	日本东京	男团：谢赛克、蔡振华、江嘉良、郭跃华、范长茂 男单：郭跃华 女团：曹燕华、童玲、耿丽娟、倪夏莲 女单：曹燕华 女双：戴丽丽/沈剑萍 混双：郭跃华/倪夏莲

（续表）

年份	赛事	地点	世界冠军
1984	第5届男子单打世界杯	马来西亚吉隆坡	男单：江嘉良
1985	第38届世界乒乓球锦标赛	瑞典哥德堡	男团：谢赛克、江嘉良、王会元、陈新华、陈龙灿 男单：江嘉良 女团：童玲、戴丽丽、耿丽娟、何智丽 女单：曹燕华 女双：戴丽丽/耿丽娟 混双：蔡振华/曹燕华
1985	第6届男子单打世界杯	中国佛山	男单：陈新华
1986	第7届男子单打世界杯	特立尼达和多巴哥	男单：陈龙灿
1987	第39届世界乒乓球锦标赛	印度新德里	男团：江嘉良、陈龙灿、陈新华、王浩、滕义 男单：江嘉良 男双：陈龙灿/韦晴光 女团：戴丽丽、陈静、李惠芬、焦志敏 女单：何智丽 混双：惠钧/耿丽娟
1987	第8届男子单打世界杯	中国澳门	男单：滕义
1988	第24届奥运会	韩国汉城	男双：陈龙灿/韦晴光 女单：陈静
1989	第40届世界乒乓球锦标赛	德国多特蒙德	女团：李惠芬、陈静、陈子荷、胡小新 女单：乔红 女双：乔红/邓亚萍
1989	第10届男子单打世界杯	肯尼亚内罗毕	男单：马文革

（续表）

年份	赛事	地点	世界冠军
1990	第1届团体世界杯	日本千叶	女团：邓亚萍、乔红、高军、陈子荷
1991	第41届世界乒乓球锦标赛	日本千叶	女单：邓亚萍 女双：高军/陈子荷 混双：王涛/刘伟
1991	第2届团体世界杯	西班牙巴塞罗那	男团：马文革、王涛、王浩、张雷、谢超杰 女团：邓亚萍、乔红、刘伟、陈子荷
1992	第25届奥运会	西班牙巴塞罗那	男双：吕林/王涛 女单：邓亚萍 女双：邓亚萍/乔红
1992	第13届男子单打世界杯	越南胡志明	男单：马文革
1992	第2届女子双打世界杯	美国拉斯维加斯	女双：邓亚萍/乔红
1993	第42届世界乒乓球锦标赛	瑞典哥德堡	男双：王涛/吕林 女团：高军、陈子荷、邓亚萍、乔红 女双：刘伟/乔云萍 混双：王涛/刘伟
1994	第3届团体世界杯	中国台北	男团：刘国梁、丁松、林志刚、王浩、秦志戬 女团：邓亚萍、乔红、刘伟、乔云萍、杨影
1995	第43届世界乒乓球锦标赛	中国天津	男：王涛、马文革、丁松、孔令辉、刘国梁 男单：孔令辉 男双：王涛/吕林 女团：邓亚萍、乔红、刘伟、乔云萍 女单：邓亚萍 女双：邓亚萍/乔红 混双：王涛/刘伟

（续表）

年份	赛事	地点	世界冠军
1995	第16届男子单打世界杯	法国尼姆	男单：孔令辉
1996	第26届奥运会	美国亚特兰大	男单：刘国梁 男双：刘国梁/孔令辉 女单：邓亚萍 女双：邓亚萍/乔红
1996	第17届男子单打世界杯	法国尼姆	男单：刘国梁
1996	第1届女子单打世界杯	中国香港	女单：邓亚萍
1997	第44届世界乒乓球锦标赛	英国曼彻斯特	男团：王涛、马文革、丁松、孔令辉、刘国梁 男双：孔令辉/刘国梁 女团：邓亚萍、王楠、李菊、杨影、王晨 女单：邓亚萍 女双：邓亚萍/杨影 混双：刘国梁/邬娜
1997	第2届女子单打世界杯	中国上海	女单：王楠
1998	第3届女子单打世界杯	中国台北	女单：王楠
1999	第45届世界乒乓球锦标赛	荷兰埃因霍温	男单：刘国梁 男双：孔令辉/刘国梁 女单：王楠 女双：王楠/李菊 混双：马琳/张莹莹
2000	第45届世界乒乓球团体锦标赛	马来西亚吉隆坡	女团：王楠、李菊、孙晋、王辉、张怡宁

（续表）

年份	赛事	地点	世界冠军
2000	第27届奥运会	澳大利亚悉尼	男单：孔令辉 男双：王励勤/阎森 女单：王楠 女双：王楠/李菊
2000	第21届男子单打世界杯	中国扬州	男单：马琳
2000	第5届女子单打世界杯	柬埔寨金边	女单：李菊
2001	第46届世界乒乓球锦标赛	日本大阪	男团：孔令辉、刘国梁、刘国正、王励勤、马琳 男单：王励勤 男双：王励勤/阎森 女团：王楠、李菊、孙晋、杨影、张怡宁 女单：王楠 女双：王楠/李菊 混双：秦志戬/杨影
2001	第5届女子单打世界杯	中国芜湖	女单：张怡宁
2002	第6届女子单打世界杯	新加坡	女单：张怡宁
2003	第47届世界乒乓球锦标赛	法国巴黎	男双：王励勤/阎森 女单：王楠 女双：王楠/张怡宁 混双：马琳/王楠
2003	第24届男子单打世界杯	中国江阴	男单：马琳
2003	第8届女子单打世界杯	中国香港	女单：王楠

（续表）

年份	赛事	地点	世 界 冠 军
2004	第47届世界乒乓球团体锦标赛	卡塔尔多哈	男团：孔令辉、刘国正、王励勤、马琳、王皓 女团：王楠、李菊、张怡宁、牛剑锋、郭跃
2004	第28届奥运会	希腊雅典	男双：马琳/陈𡆧 女单：张怡宁 女双：王楠/张怡宁
2004	第25届男子单打世界杯	中国萧山	男单：马琳
2004	第8届女子单打世界杯	中国萧山	女单：张怡宁
2005	第48届世界乒乓球锦标赛	中国上海	男单：王励勤 男双：孔令辉/王皓 女单：张怡宁 女双：王楠/张怡宁 混双：王励勤/郭跃
2005	第9届女子单打世界杯	比利时列日	女单：张怡宁
2006	第48届世界乒乓球团体锦标赛	德国不来梅	男团：王励勤、马琳、王皓、陈𡆧、马龙 女团：王楠、张怡宁、郭跃、郭焱、李晓霞
2006	第27届男子单打世界杯	法国巴黎	男单：马琳
2006	第10届女子单打世界杯	中国新疆	女单：郭焱
2007	第49届世界乒乓球锦标赛	克罗地亚萨格勒布	男单：王励勤 男双：马琳/陈𡆧 女单：郭跃 女双：王楠/张怡宁 混双：王励勤/郭跃

（续表）

年份	赛事	地点	世界冠军
2007	第5届团体世界杯	德国马格德堡	男团：马琳、王皓、王励勤、陈玘 女团：张怡宁、郭跃、李晓霞、王楠
2007	第28届男子单打世界杯	西班牙巴塞罗那	男单：王皓
2007	第11届女子单打世界杯	中国成都	女单：王楠
2008	第49届世界乒乓球团体锦标赛	中国广州	男团：王励勤、马琳、王皓、陈玘、马龙 女团：王楠、张怡宁、郭跃、郭焱、李晓霞
2008	第29届奥运会	中国北京	男团：马琳、王励勤、王皓 男单：马琳 女团：张怡宁、郭跃、王楠 女单：张怡宁
2008	第29届男子单打世界杯	比利时列日	男单：王皓
2008	第12届女子单打世界杯	马来西亚吉隆坡	女单：李晓霞
2009	第50届世界乒乓球锦标赛	日本横滨	男单：王皓 男双：陈玘/王皓 女单：张怡宁 女双：郭跃/李晓霞 混双：李平/曹臻
2009	第6届团体世界杯	奥地利林茨	男团：马龙、张继科、许昕、邱贻可 女团：郭跃、李晓霞、刘诗雯、丁宁
2009	第13届女子单打世界杯	中国广州	女单：刘诗雯

（续表）

年份	赛事	地点	世界冠军	
2010	第50届世界乒乓球团体锦标赛	俄罗斯莫斯科	男团：马琳、王皓、马龙、张继科、许昕	
2010	第7届团体世界杯	阿联酋迪拜	男团：马龙、王皓、张继科、许昕、郝帅 女团：郭跃、李晓霞、郭焱、刘诗雯、丁宁	
2010	第31届男子单打世界杯	德国马格德堡	男单：王皓	
2010	第14届女子单打世界杯	马来西亚吉隆坡	女单：郭焱	
2011	第51届世界乒乓球锦标赛	荷兰鹿特丹	男单：张继科 男双：马龙/许昕 女单：丁宁 女双：郭跃/李晓霞 混双：张超/曹臻	
2011	第8届团体世界杯	德国马格德堡	男团：马龙、王皓、许昕、马琳、王励勤 女团：郭跃、李晓霞、郭焱、丁宁、范瑛	
2011	第32届男子单打世界杯	法国巴黎	男单：张继科	
2011	第15届女子单打世界杯	新加坡	女单：丁宁	
2012	第51届世界乒乓球团体锦标赛	德国多特蒙德	男团：马琳、王皓、马龙、张继科、许昕 女团：郭跃、郭焱、李晓霞、刘诗雯、丁宁	
2012	第30届奥运会	英国伦敦	男团：王皓、张继科、马龙 男单：张继科 女团：李晓霞、丁宁、郭跃 女单：李晓霞	

（续表）

年份	赛事	地点	世界冠军
2012	第33届男子单打世界杯	英国利物浦	男单：马龙
2012	第16届女子单打世界杯	中国黄石	女单：刘诗雯
2013	第52届世界乒乓球锦标赛	法国巴黎	男单：张继科 女单：李晓霞 女双：郭跃/李晓霞
2013	第9届团体世界杯	中国广州	男团：张继科、马龙、许昕、王皓、王励勤 女团：李晓霞、丁宁、刘诗雯、常晨晨、武杨
2013	第34届男子单打世界杯	比利时韦尔维耶	男单：许昕
2013	第17届女子单打世界杯	日本神户	女单：刘诗雯
2014	第52届世界乒乓球团体锦标赛	日本东京	男团：王皓、马龙、张继科、许昕、樊振东 女团：李晓霞、刘诗雯、丁宁、陈梦、朱雨玲
2014	第35届男子单打世界杯	德国杜塞尔多夫	男单：张继科
2014	第18届女子单打世界杯	奥地利林茨	女单：丁宁
2015	第53届世界乒乓球锦标赛	中国苏州	男单：马龙 男双：张继科/许昕 女单：丁宁 女双：刘诗雯/朱雨玲 混双：许昕/梁夏银（韩国）
2015	第10届团体世界杯	阿联酋迪拜	男团：张继科、马龙、许昕、樊振东、方博 女团：丁宁、李晓霞、刘诗雯、朱雨玲、陈梦

（续表）

年份	赛事	地点	世界冠军
2015	第36届男子单打世界杯	瑞典哈尔姆斯塔德	男单：马龙
2015	第19届女子单打世界杯	日本仙台	女单：刘诗雯
2016	第53届世界乒乓球团体锦标赛	马来西亚吉隆坡	男团：马龙、张继科、许昕、樊振东、方博 女团：李晓霞、刘诗雯、丁宁、陈梦、朱雨玲
2016	第31届奥运会	巴西里约热内卢	男团：张继科、马龙、许昕 男单：马龙 女团：丁宁、李晓霞、刘诗雯 女单：丁宁
2016	第37届男子单打世界杯	德国萨尔布吕肯	男单：樊振东
2017	第54届世界乒乓球锦标赛	德国杜塞尔多夫	男单：马龙 男双：许昕/樊振东 女单：丁宁 女双：刘诗雯/丁宁
2017	第21届女子单打世界杯	加拿大万锦	女单：朱雨玲
2018	第54届世界乒乓球团体锦标赛	瑞典哈尔姆斯塔德	男团：马龙、许昕、樊振东、林高远、王楚钦 女团：丁宁、刘诗雯、朱雨玲、陈梦、王曼昱
2018	第11届团体世界杯	英国伦敦	男团：马龙、樊振东、许昕、林高远、于子洋 女团：丁宁、刘诗雯、朱雨玲、陈幸同、王曼昱
2018	第39届男子单打世界杯	法国巴黎	男单：樊振东

（续表）

年份	赛事	地点	世界冠军
2018	第22届女子单打世界杯	中国成都	女单：丁宁
2019	第55届世界乒乓球锦标赛	匈牙利布达佩斯	男单：马龙 男双：马龙/王楚钦 女单：刘诗雯 女双：王曼昱/孙颖莎 混双：许昕/刘诗雯

截至2019年4月第55届匈牙利世界乒乓球锦标赛，中国乒乓球队共115人获得239枚金牌，6次包揽世乒赛全部冠军，5次包揽奥运会全部金牌。

世界乒乓球锦标赛 包揽全部冠军	1981 年 1995 年 2001 年 2005 年—2006 年 2007 年—2008 年 2011 年—2012 年	第 36 届诺维萨德世界乒乓球锦标赛 第 43 届天津世界乒乓球锦标赛 第 46 届大阪世界乒乓球锦标赛 第 48 届上海 / 多哈世界乒乓球锦标赛 第 49 届萨格勒布 / 广州世界乒乓球锦标赛 第 51 届鹿特丹 / 东京世界乒乓球锦标赛
奥运会 包揽全部金牌	1996 年 2000 年 2008 年 2012 年 2016 年	第 26 届奥运会（亚特兰大） 第 27 届奥运会（悉尼） 第 29 届奥运会（北京） 第 30 届奥运会（伦敦） 第 31 届奥运会（里约热内卢）

附录二　中国乒乓·红双喜·辉煌六十年

　　红双喜是一个特殊的体育品牌，与中国乒乓如同一家人，伴随着中国乒乓球运动的发展，融入了世界乒乓，成为中国体育用品制造和品牌发展历史的一部分。红双喜品牌从1959年诞生至今已60年，制造历史则可往上追溯到1927年。

　　红双喜由小球推动，发展举重和大球项目，也创造了很多的第一，在中国乒乓、中国体育和中国建设发展、改革开放背景下不断成长壮大，融汇国家的情感和体育的情感，又成长为世界体坛的一支力量。

　　红双喜，起于上海，立于中国，活跃在世界的体育舞台上。

　　回顾红双喜的发展史，离不开中国运动的发展，离不开世界乒乓的发展，也离不开中国改革开放的背景。

中国第一个世界大赛指定赛事器材（1961年第26届北京世乒赛）
中国第一个成为奥运会器材的体育品牌（2000年第27届悉尼奥运会）
中国第一个国际足联最高质量认证的足球品牌（2016年）
中国第一个用于世界举重锦标赛的举重器材商（2007年）
一届奥运会三项赛事器材（2008年北京奥运会，乒乓、羽毛球和举重）

国家体育产业示范单位
"上海品牌"认证和"中华老字号"

第一阶段 1904—1949
乒乓运动传入中国，中国乒乓制造业从无到有

1904 年
乒乓运动传入上海，在中国民间生根。
乒乓球开始在沿海省市的学校中流行，逐步在民间流传。虽然民间赛事如火如荼，但乒乓鲜少在全国性赛场上出现。

1904 年
乒乓球主要从国外进口，有英国的"海立克斯""巴纳"，日本的"披爱"。

1916 年
上海已有陈林记等生产木制体育器材（简易球台）的小作坊。

1927 年
中国造的第一只乒乓球诞生于上海，从此中国拥有了自行制造乒乓球的能力。

1928 年
中国乒乓公司建立，大中华赛璐珞厂也兼产乒乓球。
葛兴记木作行开始生产乒乓球拍，年产2000～3000副。
此时乒乓球有白色、单色和彩色数种，球内放有少量硬质碎粒，摇之有沙沙声，一般作为儿童玩具。

1929 年
葛洪记乒乓板厂创立，生产"顺风牌"乒乓球拍。

1933 年
南京举办了旧中国的全运会，初时，没考虑乒乓项目。南京乒乓球团体邀请上海和广东的乒乓球团体赴南京，以表演形式参会。

1935 年
国际乒联曾邀请中国入会，参加第9届世乒赛，因多种原因，最终未能成行。

1937 年
中国乒乓公司出品"连环牌"比赛球，这是中国第一个可用于比赛的乒乓球。
中国拥有了制造比赛级乒乓球的能力。

1946 年
华联乒乓球厂建立。到1948年，上海三家主要乒乓球工厂年产量约200万只。

第二阶段 1949—1959
乒乓运动蓬勃发展，诞生红双喜品牌

1949年
中华人民共和国成立。新国家鼓励大力发展体育事业，毛泽东在1952年题词"发展体育运动，增强人民体质"。

1953年3月
第一任国际乒联主席伊沃·蒙塔古，力排众议，在国际体育组织中第一个欢迎中华人民共和国乒乓球协会的加入，乒乓球项目成为中国体育项目中第一个走向世界的运动项目。

1953年
第20届罗马尼亚布加勒斯特世乒赛，中国队第一次出现在世乒赛上。

1956年—1958年
公私合营，上海华联乒乓球厂、上海木制体育器具厂、中国乒乓板厂、明星运动器具厂成为红双喜的前身。
上海华联乒乓球厂（1966年更名为上海乒乓球厂）
上海木制体育器具厂（1966年更名为上海体育器材三厂）
中国乒乓板厂（1967年更名为上海乒乓球拍厂）
明星运动器具厂（1968年更名为上海体育器材一厂）

1957年
中国第一只密缝乒乓球在上海由华联乒乓球厂试制成功，结束了中国只能生产有缝乒乓球的历史。

1959年
容国团代表中国队获得第25届世乒赛男子单打冠军。这是中国人拿到的第一个世界冠军。

1959年
红双喜品牌诞生
为了在1961年的北京世界乒乓球锦标赛上使用中国制造的比赛器材，1959年9月，由上海华联乒乓球厂会同上海赛璐珞厂、四川泸州化工厂、上海市轻工业局塑料研究所和中国乒乓球厂试制，徐寅生等著名运动员试打后认为乒乓球符合赛事要求；同时，符合赛事要求的乒乓球台也生产出来，通过了运动员试打测试。

为纪念中华人民共和国国庆十周年和中国首夺世界冠军，由周恩来总理命名为"红双喜"。

第三阶段，1959—1994
中国乒乓与世界的融合

中国进入"全民乒乓"，中国乒乓打世界
乒乓行业从计划经济逐步向市场经济转变

1961年
中国乒乓球队在北京第26届世乒赛上共夺得男团、男单、女单三项世界冠军，成为国家体育史上一次空前的胜利。以此为起点，世界乒乓球的重心开始从日本转移到中国，乒乓球逐渐成为"国球"，中国迎来了"全民乒乓"热潮。同时，建立起了层层衔接的三级训练体制（业余体校—省市队—国家队）。

1961年
"红双喜"乒乓球、乒乓球台、翻分器等赛事器材在第26届北京世界乒乓球锦标赛上亮相。

中国制造的体育器材第一次在世界大赛上使用。

在乒乓球开发过程中，中国人的智慧得到充分展现，如为了便于运动员挑选重心好的乒乓球，红双喜研制了"乒乓球偏心"生产测试设备，这个"乒乓球偏心"指标，直到1983年才被国际乒联列为国际标准的一项重要内容。

1963年
经国际乒联检测，"红双喜"乒乓球与英国海力克斯乒乓球并列第一。

1965年
中国乒乓球队拿下了世乒赛7项冠军中5项，中国队获得了男单、男团三连冠（第26、27、28届世乒赛），中国女队以绝对优势击败了雄踞乒坛冠军宝座长达八年之久的日本队，取得里程碑的胜利。

为帮助中国女队在第28届世乒赛上打翻身仗，1964年，徐寅生到女队介绍经验，《如何打好乒乓球》的讲话，得到了毛泽东高度赞扬，并在1965年1月12日亲笔批示："……讲话全文充满了辩证唯物论，处处反对唯心主义和任何一种形而上学……他讲的是打球，我们要从他那里学习的是理论、政治、经济、文化、军事。如果我们不向小将们学习，我们就要完蛋了。"

1965 年

第28届世界乒乓球锦标赛上,中国乒乓球队所有选手全部使用红双喜的乒乓球拍(65型系列)。

1971 年

"乒乓外交"

阔别世界乒坛大家庭六年之久的中国队参加了第31届名古屋世乒赛,在这届世乒赛上,"乒乓外交"打开了中美两国相互紧闭了22年的大门,中美关系随即取得历史性突破。"小球转动了大球。"

1971 年

随着"小球转动大球",中国乒乓球全民运动在沉寂一段时间后,再次得到发展,红双喜乒乓器材的产量和需求量逐步回升。

1972 年

经国际乒联检测,"红双喜"乒乓球各项技术指标总分第一,连续18次被国际乒联批准为国际比赛用球。

1977 年

中朝组成跨国女子双打,获得世乒赛女双冠军,中国金牌榜多了一个0.5金的特殊符号。

1978 年

中国开启"改革开放"

1981 年

包揽世乒赛冠军

经过两年的卧薪尝胆和技术创新,总教练李富荣率领焕然一新的中国队出现在第36届诺维萨德世乒赛上,在那个群雄割据的年代,世乒赛55年来第一次由一个协会囊括全部金牌,中国队创造了乒乓球历史上空前的奇迹。

1981 年

红双喜PF4系列产品包括乒乓球、乒乓球拍、乒乓胶皮等进入国际市场,首个开拓国际市场的中国品牌。

1986 年

1986年,红双喜乒乓球先后被亚洲乒乓球联合会确定为1986—1990年亚洲杯赛和1990年第11届亚运会指定用球。

屡获奖项

红双喜乒乓球于1979年、1988年连续获国家优质产品金质奖
红双喜硬质球获1983年国家优秀新产品奖;
红双喜乒乓球拍1978年获全国科学大会重大贡献奖,1981年获国家科委发明奖,1983年获国家优质产品金质奖;
红双喜PF4胶粒片获国家经委优秀新产品奖,1985年获国家科技进步奖。

1988年 　　**乒乓首次进入"奥运大家庭"**，在汉城，中国队获得四枚金牌中的两枚。

1989年 　　红双喜杠铃的前身"力士"杠铃被国际举联批准为"A"级杠铃，成为中国第一个国际举联批准举重器材。

1992年 　　中国乒乓球队在巴塞罗那奥运会上获得三枚金牌，男队以双打为突破口，逐步走出低谷。

第四阶段 1995—
中国乒乓领军世界
红双喜从有到强，从小球到大球

在这个新阶段，中国诞生了很多集奥运会、世乒赛、世界杯冠军于一身的乒乓球大满贯选手（邓亚萍、王楠、张怡宁、李晓霞、丁宁、刘国梁、孔令辉、张继科、马龙）。

中国乒乓球队继1981年第36届世乒赛之后，在1995年第43届天津世乒赛、2001年第46届大阪世乒赛、2005年—2006年第48届世乒赛、2007年—2008年第49届世乒赛、2011年—2012年第51届世乒赛上共六次包揽全部冠军。

中国在1996年、2000年、2008年、2012年、2016年五届奥运会上包揽全部金牌。

1995年

天津世乒赛

继1961年第26届后，世乒赛时隔34年再一次来到中国，这是中国乒乓球史上划时代的一场盛会。中国队最终续写了36届世乒赛的神话——囊括七个项目的全部冠军。从此，中国乒乓占据世界领先地位，形成了"世界打中国"的新格局。

1995年

红双喜品牌统一运营。上海红双喜体育器材总厂成立，并在1996年中外合资为上海红双喜冠都体育用品有限公司。

由上海乒乓球厂、上海乒乓球拍厂、上海体育器材一厂、上海体育器材三厂合并，结束红双喜品牌分散经营的局面，红双喜统一运营后，通过产品战略聚焦、销售渠道改革、工艺设备改造、产品创新，进入发展快车道。

1995年

"红双喜"乒乓球成为第43届天津世乒赛比赛用球。

时隔34年，中国制造重返世界大赛舞台。

1996年—2000年

乒乓球完成从小球到大球的改革

1996年，国际乒联决定推行乒乓球改革，委托红双喜研制新球；

1999年，红双喜经过三年多的研制和推广，两次国际测试赛，确定了40毫米直径大球的生产标准和生产工序；

2000年，红双喜提出的技术标准被采纳为国际标准，乒乓球完成从小到大的改革，红双喜乒乓球成为国家重点新产品。

1998年

通过将胶皮和海绵黏合一体的方法，红双喜推出第一款"套胶"类型的球拍覆盖物"狂飙"。

改变了中国运动员打球前需要长时间粘贴海绵的习惯，提高了乒乓球拍覆盖物的稳定性，"狂飙"至今仍然是国家队争金夺银的利器，绝大部分国手正手使用，日本、韩国、欧洲等国外运动员也开始使用"狂飙"。

2000年

悉尼奥运会

悉尼奥运会是划时代的一场乒乓球盛宴。作为小球时代的最后一次集结，欧亚各路好手都铆足了劲儿，力争在38毫米时代的最后时刻绽放最灿烂的光芒，最终中国乒乓球队包揽四枚金牌。

2000年

扬州男子世界杯

这是40毫米大球第一次在世界大赛上使用，乒乓球进入40毫米时代，加上2001年开始乒乓实行11分制，乒乓技术打法进入新的变革阶段。

2000年

红双喜乒乓球成为第27届悉尼奥运会指定用球。

这是中国制造的体育器材第一次被奥运会官方接纳为赛事器材。

2000年

彩虹球台问世。

打破传统球台四平八稳的桌式结构，在当年的男子世界杯和2003年的第47届巴黎世界乒乓球锦标赛上亮相，开启了国际乒乓领域场地设施器材的创新。

2003年

红双喜重新进入羽毛球和举重领域，建立生产基地。

2005年

股份制改制，上海红双喜股份有限公司成立。

2005年

红双喜底板重返国家队。

上海世乒赛上，"狂飙王"帮助王励勤取得男单冠军，加上之前王楠的全系列红双喜配置，红双喜底板重返国家队，打破20世纪80年代以来国外底板在国家队的垄断。

2007年

红双喜举重杠铃及配套设施成为世界举重锦标赛指定比赛器材。

在全球，仅有五个品牌拥有进入奥运会和世锦赛顶级举重赛事的资格。

2008年 — **北京奥运会**
2008年8月23日,中国乒乓球队创造了一个"绝对空前也很可能绝后"的奇迹:继男女团体获得金牌之后,男女单打包揽了金银铜牌,两次同时升起了三面五星红旗。留下了一个属于中国乒乓球以及中国体育的无与伦比的辉煌历史时刻。

2008年
红双喜成为第29届北京奥运会指定器材供应商。
红双喜为乒乓、羽球和举重三个项目提供器材装备。红双喜为奥运会开发了自动升降裁判椅、光控出球器等新技术应用产品,提升了赛事运行效率。

2009年 — **有机胶水退出乒乓赛场**

2009年
红双喜NEO(尼奥)解决方案,确保中国乒乓球队在无机胶水时代继续保持领先。

2010年
红双喜为首届青年奥运会(新加坡)提供赛事器材。
红双喜为乒乓和举重两个项目提供器材装备。

2012年
红双喜球台被国际奥委会特许使用五环造型作为球台组件,五环球台被国际奥委会在伦敦奥运会结束后收藏于瑞士洛桑总部。

2014年
乒乓球告别123年的"赛璐珞球"时代,进入塑料球时代。
赛璐珞易燃的特性让乒乓运动在过去100多年内的发展受限于乒乓球的运输与仓储。塑料球使乒乓球从危险品变成了便于航空运输的安全物,加速了乒乓球运动的全球流通和推广。

2014年
醋酸纤维材质的"赛福球"研制成功。
赛福球成为首批被国际乒联批准的新材料乒乓球,并成为2014年—2016年世乒赛、奥运会、世界杯和国际乒联各大公开赛的比赛用球。

2016年
红双喜FS180足球获得国际足联QUALITY PRO最高质量认证。
红双喜成为第一个获得该项认证的中国品牌,该项认证的足球适用奥运会和世界杯等顶级赛事。

2016年　红双喜成为里约奥运会乒乓项目器材商。
新材料乒乓球首次在奥运赛场上使用。

2017年　ABS材质"赛顶球"研制成功。
ABS材质取代醋酸纤维后，球的圆度得到大幅度提高，更快更弹，牢度是赛璐珞乒乓球2～3倍，三星球圆度差可控制在0.08毫米以内，成为目前世界上最圆的乒乓球。2017年—2020年，包括东京奥运会在内的大多项国际大赛都将使用赛顶乒乓球。

2017年　新材料室外球台研制推出。
红双喜将复合铝材料应用于乒乓球台，在传统的木制、MDF和SMC基础上，推出全金属球台，这种球台可经受室外日晒雨淋，同时红双喜推出一体成型球拍，乒乓球打开更广阔的室外空间。

2020年　东京奥运会将使用红双喜乒乓球。
从悉尼到雅典、北京、伦敦、里约热内卢再到东京，红双喜已连续成为六届奥运会乒乓器材供应商。

红双喜重大赛事列表

6届奥运会赛事器材，3届青奥会赛事器材，18次世乒赛赛事器材
——2020年　第32届·东京奥运会（乒乓）
——2016年　第31届·里约热内卢奥运会（乒乓、羽球）
——2012年　第30届·伦敦奥运会（乒乓、羽球）
——2008年　第29届·北京奥运会（乒乓、羽球、举重）
——2004年　第28届·雅典奥运会（乒乓）
——2000年　第27届·悉尼奥运会（乒乓）

——2018年　第3届·布宜诺斯艾利斯青奥会（乒乓）
——2014年　第2届·南京青奥会（乒乓、举重）
——2010年　第1届·新加坡青奥会（乒乓、羽球）

——2020年　釜山世乒赛
——2019年　布达佩斯世乒赛
——2018年　哈尔姆斯塔德世乒赛
——2017年　杜塞尔多夫世乒赛
——2016年　吉隆坡世乒赛
——2015年　苏州世乒赛
——2014年　东京世乒赛
——2013年　巴黎世乒赛
——2012年　多特蒙德世乒赛
——2011年　鹿特丹世乒赛
——2010年　莫斯科世乒赛
——2008年　广州世乒赛

——2005年　上海世乒赛
——2004年　多哈世乒赛
——2003年　巴黎世乒赛
——1999年　埃因霍温世乒赛
——1995年　天津世乒赛
——1961年　北京世乒赛

注：制造百年史，品牌六十载，因时间长久，史料多有不全，难免疏漏，不足之处，敬请读者指正。

从首冠到首次举办世乒赛

1959年，容国团为新中国获得第一个体育世界冠军

1961年世乒赛，中国男团获得冠军

2009年，纪念容国团夺冠50周年活动（从左到右 王志良、庄则栋、徐寅生、李富荣、张燮林、刘凤岩）

辉煌中国乒乓

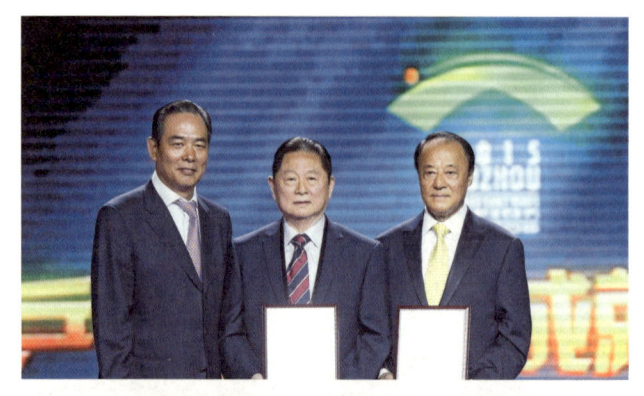

2015年，蔡振华代表中国乒协授予徐寅生、李富荣"中国乒乓终身成就奖"

2008北京奥组委副主席杨树安与时任国际乒联主席沙拉拉在乒乓赛场上

2018年12月，新一届中国乒乓球协会成立

现任国家体育总局乒羽中心主任雷军（右一）在世乒赛上与徐寅生、李富荣、施之皓和李宁

2019年，中国乒协副主席柳屹（右二）助力四川成都获得2022年世乒赛举办权

1988年，乒乓首次进入奥运会，程嘉炎（前排右二）担任仲裁委员

中国乒乓球队的三任领队，从左至右：沈积长（第二任）、姚振绪（第三任）、黄飚（第四任）

367

运动赛场

容国团

徐寅生

李富荣

张燮林

蔡振华

曹燕华

张德英

邓亚萍、乔红

王涛、吕林 　　　　　　　　　　刘国梁

孔令辉 　　　　　　　丁松 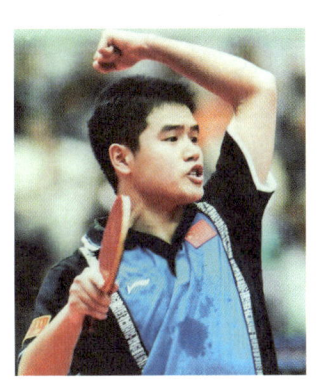　　　　　　　刘国正

王励勤、王皓 　　　　　　　　　　王楠

丁宁　　　　　　　　　马龙　　　　　　　　　樊振东

1995年，中国队再夺男子团体冠军并包揽世乒赛金牌

2003—2004年，中国队第47届世乒赛再次包揽世界冠军，图为中国女队

2006年德国不来梅世乒赛决赛之后的合影

2016年里约奥运会，中国女队再次包揽奥运金牌

马龙与刘国梁在2016年里约奥运上

2016年里约奥运会，中国男队再次包揽奥运金牌

新华社高级记者曹剑杰（左一）在里约奥运会

夏娃在奥运现场

世界乒乓

国际乒联主席托马斯·维克特和首席执行官斯蒂夫·丹顿推动乒乓不断改革，图为2019年布达佩斯世乒赛期间的国际乒联大会

2018年奥林匹克日，乒乓成为重要元素，国际奥委会主席巴赫与朝鲜运动员在洛桑打乒乓

国际乒联博物馆2018年搬入上海，成为第一个设在中国的国际体育组织博物馆，国际乒联主席托马斯·维克特与红双喜合作伙伴们一起参加国际乒联博物馆开馆活动

乒乓行业存在良好的竞合关系。2008年，日本卓球株氏会社社长北冈功（中）、邵博云（左一）与红双喜黄勇武、楼世和、王国光共同参加红双喜大厦落成典礼

国际乒联主席托马斯·维克特（中）推动乒乓行业的合作（左红双喜楼世和，右日本卓球株氏会社邵博云）

器材改革是乒乓改革的一部分，2003年巴黎世乒赛，彩虹球台问世，拉开了世界乒乓器材视觉改革的序幕

器材改革是乒乓改革的一部分，2017年，杜塞尔多夫世乒赛球台采用黑色台面

器材改革是乒乓改革的一部分，2012伦敦，国际奥委会特许在球台两侧放置"超规格"的五环标志，该球台被收藏于瑞士洛桑国际奥委会总部

乒乓外交

乒乓在中美关系中一直扮演着重要角色（图为基辛格、徐寅生、柳屹）

1971年，美国乒乓球队访问中国

2011年，中美乒乓外交40周年纪念活动在人民大会堂举行

2021和2022年，世乒赛将分别在美国和中国举办，图为刘国梁与美国乒协主席

全民乒乓

全国人大常委会原副委员长邹家华酷爱乒乓

20世纪60—70年代的大众乒乓球运动

2005年世乒赛前,千人万台乒乓赛被记入吉尼斯世界纪录

沙海林是乒乓发烧友　　　　　　　张学兵挥拍姿态

2005年开始的新民晚报杯赛场一年比一年热闹，2018年参赛人数达到3000多人

红双喜与乒乓大家庭

20世纪80年代，时任上海乒乓球厂厂长的陈德凤邀请国家队教练和运动员到红双喜试打，提供器材反馈意见

1995年，中国乒乓球队在天津世乒赛包揽了七项冠军之后，带着奖杯来到上海乒乓球厂，感谢红双喜长期以来的支持

2001年，蔡振华将大阪世乒赛男团金牌转赠给时任红双喜总经理黄勇武

在第26届世乒赛球台边（第26届世乒赛裁判顾寇凤、红双喜总经理楼世和、世界冠军曹燕华、国际裁判长孙麒麟）

红双喜是第一个进入奥运会的中国体育品牌（2000年悉尼）

现任红双喜总经理楼世和是2008年北京奥运会的奥运火炬手

红双喜是世界大赛的常客，从悉尼到东京，红双喜已成为6次奥运会器材商

国际乒联原主席沙拉拉与红双喜楼世和在"吵架"中合作

李宁、红双喜是中国乒乓球队的坚实后盾（从左至右：孔令辉、黄勇武、李宁、楼世和、张向都）

红双喜与中国乒乓球队每次大赛后的宴会成为传统

每逢大赛，中国乒乓球队在红双喜都有一个专门的休息室

李宁（左二）、张向都（左一）与红双喜楼世和（右二）、章建华（右一）在2019年世乒赛

中国乒协的筑梦行动遍及五大洲，每年由红双喜提供装备，图为红双喜常务副总章建华在"筑梦大洋洲"活动中捐赠器材

李宁、楼世和、黄勇武、陈德凤（从左至右）为红双喜园区奠基

红双喜大厦在2007年奠基（从左到右：李洪洲、沙海林、李富荣、黄勇武、徐寅生、李毓毅和刘凤岩）

2008年，红双喜大厦落成，国际乒联、中国乒协、中国乒乓球队参加大厦落成典礼和奥运庆功仪式

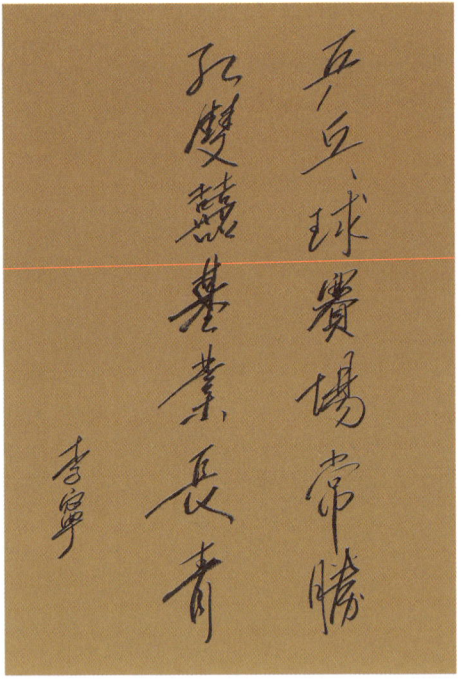

李宁给红双喜的祝福

乒乓爱心

2015年，徐寅生、楼世和、王楠、王励勤、王皓参加红双喜与中国乒协、中国乒乓球队共同发起的爱心捐赠活动

2015年，中国乒乓球队领队黄飚率领世界冠军到普洱澜沧县进行公益助学活动

2016年,徐寅生、李富荣、张燮林参加红双喜与中国乒协、乒乓球队共同发起的爱心活动

2017年,红双喜爱心捐赠,马龙、丁宁齐聚现场,上演爱心大满贯。捐赠筹得63万元爱心善款及30万器材,用于支持江西崇义慈善事业

2018年,红双喜与中国乒协、乒乓球队共同发起的爱心活动

后 记

为了迎接2019年红双喜品牌诞生60周年，我们2018年就在思考：用什么样的方式来纪念红双喜的60年，展望我们的未来？

正如中国乒乓一样，红双喜的发展也交织着传承和创新。我们想，是否可以邀请各个领域的大咖接受采访，将大家的精彩故事写下来，编成一本书，作为一种传承，激励我们红双喜人不断拼搏，追求更高的目标。

怀着期待，通过沟通，得到大家的肯定、鼓励和支持，我们才下定决心，编写这本文集。

感谢国务院原副总理、全国人大常委会原副委员长邹家华先生，为我们题词"辉煌六十年，小球大乾坤"，对我们是莫大的激励。

感谢以徐寅生、李富荣、杨树安、蔡振华、刘国梁为代表的体育界大咖们接受采访，正是他们几十年来，对红双喜的热爱、帮助、支持，才让红双喜成为世界闻名的乒乓品牌，正是他们挑剔的眼光和严格的要求，才让红双喜不断"精益求精，勇于创新"。

感谢沙海林、张学兵、滕俊杰为我们呈上精彩的乒乓故事。

这些人物，正如你们看到的，包括了运动员、教练员、裁判、领队、乒协和乒羽中心的领导、国际乒联主席和CEO，也有乒乓同行、球迷、新闻传媒人，还有红双喜发展不同时期的高级管理人员和员工。他们的人生跨度，远超过了60年。

感谢红双喜在职员工、退休老同事，是几代人近100年的不懈努力和奋斗，成就了红双喜的伟大和辉煌。

感谢中国乒协秘书长秦志戬和乒羽中心办公室主任刘威先生的大力支持，为我们精心安排场地，协调采访时间。感谢姚振绪先生和夏娃女士，对部分资料进行了核实。

感谢《新民晚报》的大力支持，他们派出记者，从2019年2月底到4月，短短的两个月内，他们在上海、北京、深圳、广州分批采访、录音、撰写，为我们奉献精彩的故事和文章，红双喜的徐硕莒陪同记者进行了全程采访；感谢《乒乓世界》和中国乒协为本书提供人物照片和资料。感谢文汇出版社的努力，使本书如期与读者见面。

红双喜希望得到所有乒乓人和体育人的祝福，永争一流。我们愿继续为中国乒乓、世界乒乓贡献自己的力量。

如果不是篇幅和时间的限制，本书或许可以容纳更多的人物故事，因为热爱支持红双喜的人太多了，人们与红双喜之间有着深厚的感情，难以割舍。最后，我们选取60篇，以呼应红双喜60年。

若有不到之处，谨请大家谅解，向大家致以崇高的敬意。

上海红双喜股份有限公司总经理

楼世和

2019年8月8日

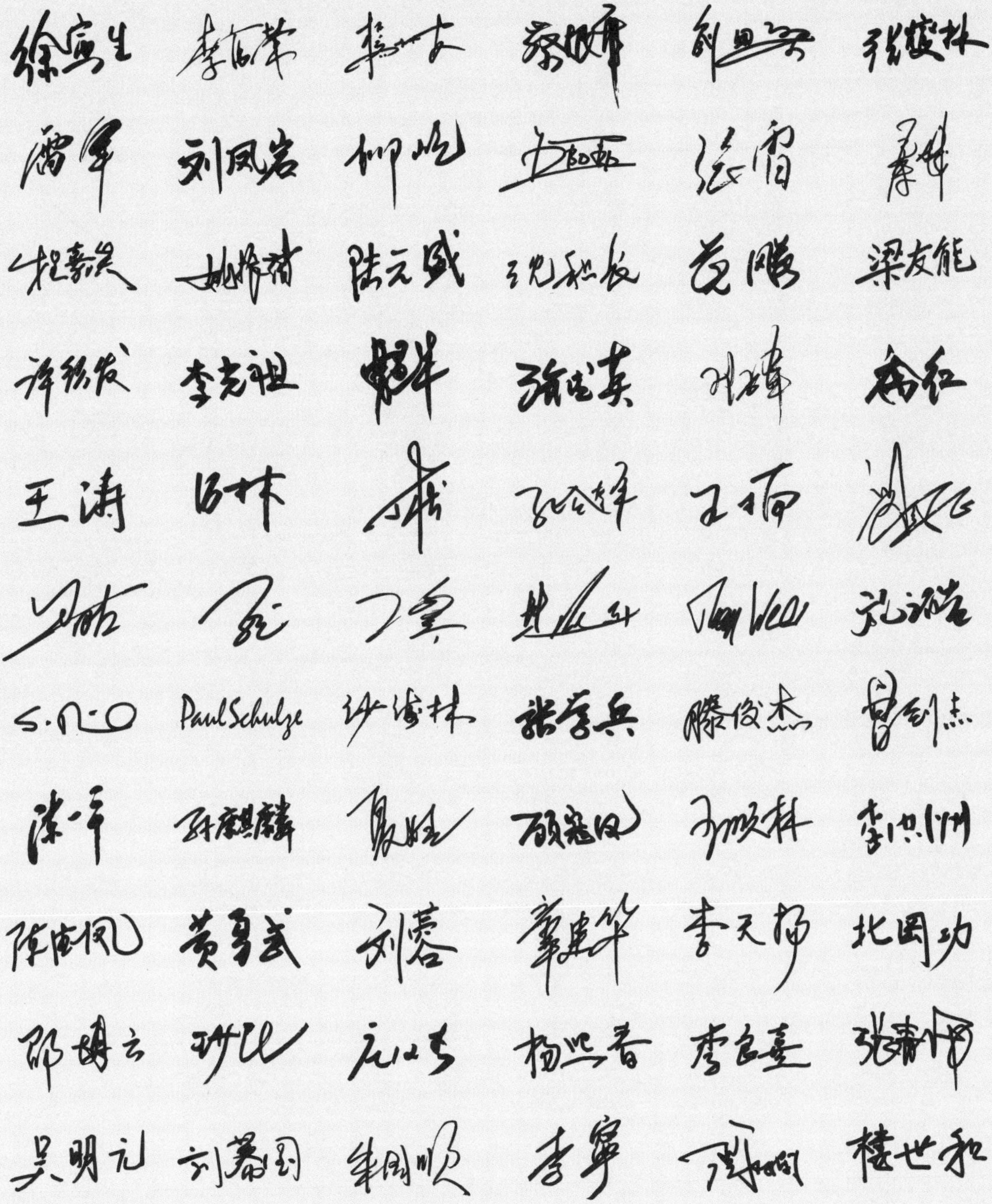
刘凤岩
梁友能
李光祖
王涛
Paul Schulze
滕俊杰
楼世和

图书在版编目(CIP)数据

小球大乾坤 / 朱国顺,李宁主编. — 上海:文汇出版社,2019.8
ISBN 978-7-5496-2924-4

Ⅰ.①小⋯ Ⅱ.①朱⋯②李⋯ Ⅲ.①报告文学一作品集—中国—当代 Ⅳ.①I25

中国版本图书馆CIP数据核字(2019)第131137号

小球大乾坤

主　　编 / 朱国顺　李　宁
责任编辑 / 鲍广丽
封面装帧 / 观止堂_未氓

出　版　人 / 周伯军

出版发行 / 文汇出版社
　　　　　上海市威海路755号
　　　　　（邮政编码200041）
经　　销 / 全国新华书店
排　　版 / 南京展望文化发展有限公司
印刷装订 / 上海丽佳制版印刷有限公司
版　　次 / 2019年8月第1版
印　　次 / 2019年9月第2次印刷
开　　本 / 710×1000　1/16
字　　数 / 375千字
印　　张 / 25.25

ISBN 978-7-5496-2924-4
定　　价 / 98.00元